# CIELO Y TIERRA

# CHRISTINA DODD

# CIELO Y TIERRA

**Titania Editores**

ARGENTINA - CHILE - COLOMBIA - ESPAÑA
ESTADOS UNIDOS - MÉXICO - PERÚ - URUGUAY - VENEZUELA

Título original: *Move Heaven and Earth*
Editor original:Avon, An Imprint of HarperCollins*Publishers*, New York
Traducción: Claudia Viñas Donoso


1.ª edición Febrero 2012

ISBN: 978-84-92916-19-1
E-ISBN: 978-84-9944-096-5
Depósito legal: B-1325-2012


Fotocomposición: Zero preimpresión, S. L.
Impreso por: Romanyà-Valls - Verdaguer, 1 - 08786 Capellades (Barcelona)


Impreso en España – *Printed in Spain*

*Para mis suegros, Tom y Lou, que dieron al mundo tres hijos: una Chica, un Chico y Perfección.*

*Gracias a Tom por ser una roca. Y a Lou... Ojalá estuvieras aquí para ver esto. Lo habrías disfrutado más que nadie.*

# Prólogo

*L*a partera le pasó a Radolf el bultito con el recién nacido chillando y pataleando, con la carita roja y todavía mojado, envuelto en un paño de lino.

—El bebé es robusto, sano y fuerte, excelencia —dijo, con una voz totalmente desprovista de entusiasmo.

Radolf cogió al bebé con temerosa expectación.

—Déjame verlo —ordenó.

Sabiendo lo que deseaba ver, la partera echó atrás el paño para dejar a la vista el sexo del bebé.

—¡Un hijo! —exclamó Patton, el caballero jefe, mirando con franca envidia por encima del hombro de Radolf, y luego le dio una palmada en el hombro al tiempo en que en la sala grande resonaban los gritos masculinos de celebración—. Un hijo, por fin, con tu pelo negro en la cabeza y tu vigor en su pecho.

Un hijo. En el interior de Radolf se mezcló la incredulidad con la alegría. Había rezado, trabajado y hecho planes para ese momento desde el día en que el rey le otorgó Clairmont Court y el ducado, porque, ¿de qué servirían las tierras y el título si no tenía un hijo para heredarlos?

Levantando en alto al bebé se dio una vuelta completa y gritó:

—¡Mirad a vuestro futuro señor!

Los gritos de celebración estremecieron las vigas y el bebé berreó. Con sumo cuidado, Radolf lo bajó, se lo entregó a la partera y le remetió el paño cubriéndole los agitados bracitos y piernas.

—Fájalo bien, manténlo abrigado y seco y busca una nodriza para que lo amamante hasta que le venga la leche a mi señora.

Con la cara pálida como la cera, la partera devolvió al lloroso bebé al calor de su amplio pecho y lo cubrió con el borde de su capa.

—Eso no tendría que ser ningún problema, excelencia.

Cogiendo la jarra de cerveza que le ofreció alguien, Radolf bebió su primer brindis por la buena salud de su hijo. Se limpió la boca con el dorso de la mano y frunció el ceño.

—Sé que Jocelyn desea amamantarlo ella, pero no podemos permitir que mi hijo pase hambre.

—Tu esposa no lo amamantará —dijo la partera.

Radolf bebió otro trago y eructó.

—¿Ha cambiado de opinión? —Recordando de quién hablaba, aulló de risa—. Noo, Jocelyn no. Es una mujer tan terca como...

—Como tú —terminó Patton gritando.

Se desvaneció la sonrisa en la cara de Radolf y lo miró furibundo. El enorme hombre se encogió ante la furia que vio en sus ojos azules. Cuando Patton retrocedió encogido, demostrando el respeto suficiente por su furia, Radolf se relajó:

—Sí, tal vez es cierto. —Le dio un golpe en la oreja, un golpe amistoso que lo lanzó solamente hasta la mitad de la sala—. Jocelyn es tan terca como yo. —Levantó la jarra—. ¡Un brindis! Por Jocelyn, compañera de cama, ama de casa, curandera, y la única esposa que me ha dado un hijo.

Los hombres bebieron, pero la partera continuaba ahí, acunando al bebé en sus tiernos brazos y mirando a Radolf como si fuera más que terco, como si fuera un cerdo.

¿Qué diablos le pasaba a la vieja bruja? Incluso una partera ignorante tenía que saber que el nacimiento de un hijo era motivo de celebración. Irritado, le preguntó:

—¿Qué pasa, mujer? ¿No te he dado ya las órdenes?

—Sí, excelencia, sí, pero pensé que tal vez querrías saber por qué tu esposa no va a amamantar al bebé.

Algo en su manera de decir eso lo hizo recordar los gritos provenientes del aposento soleado una hora antes. Los hombres decían que las mujeres gritaban durante el parto, y sabían de qué hablaban, ¿no?

Le pasó la jarra a un escudero que pasaba por ahí.

—Jocelyn ya está peleando por levantarse, ¿verdad?

La partera negó con la cabeza, en silencio.

Él le cogió el brazo.

—¿Está enferma?

—No, excelencia.

Él sonrió.

—Bueno, pues, ¿por qué esa cara tan larga?

—Murió —dijo la partera, con voz lúgubre, como quien ha asistido el parto de un bebé muerto.

—Mientes. —Él sabía que eso tenía que ser mentira. Jocelyn no era una mujer maciza, pero era la primera de sus esposas que le pagaba con la misma moneda. Jamás se echaba atrás, jamás se asustaba ante sus gritos, jamás se encogía ante sus cicatrices o su mal genio. Era la primera esposa que le había dado un hijo—. Mientes.

No le gritó, pero la partera retrocedió encogida como si le hubiera gritado.

—El sacerdote está con ella ahora. —Acomodando más al bebé en su pecho, se dirigió a la puerta—. Puedes ver el cuerpo de tu señora esposa cuando la hayamos limpiado y preparado.

Radolf la siguió.

—Mientes.

—No debes entrar ahí —dijo ella—. Verla así no es apropiado para un hombre que no sea sacerdote.

En ese momento salió el sacerdote del aposento soleado, con la cara larga, y Radolf lo detuvo.

—Dime que es mentira —le dijo.

Era un sacerdote anciano y duro de oído, pero al parecer era experto en comprender la incredulidad de un marido.

—Hijo mío, debemos resignarnos a la voluntad de Dios.

Radolf movió las manos, cerrándolas y abriéndolas, cerrándolas y abriéndolas.

—¿Resignarnos? ¿Resignarnos? —repitió en voz más alta echando a andar hacia el interior de la habitación.

El sacerdote se abalanzó y le cogió del cuello por la túnica.

—Sería mejor que no miraras.

Radolf continuó caminando, llevándolo como una pulga aferrada a un perro.

En el interior de la habitación, las apenadas criadas de Jocelyn corrieron hacia él, bloqueándole la visión.

—¡Excelencia, no puedes! —gritaron al unísono.

Pero sí que podía. Ella estaba en la cama, sola, fría, blanca, inmóvil, el pelo dorado que tanto le gustaba acariciar apagado por el sudor.

«No es cierto, no es cierto.»

Las sábanas estaban rojas de sangre. Los vivos ojos azules que lo desafiaban y embelesaban estaban cerrados y muy hundidos.

No es cierto.

Sus bien formadas piernas se veían torcidas, como si se le hubieran roto los huesos con el esfuerzo de parir a su hijo.

El hijo por el que había rezado con exclusión de todo lo demás.

No es cierto.

Algo, alguien, le golpeó la espalda y lo zarandeó hasta dejarlo mirando hacia la puerta. Alguien caminaba delante de él, tironeándolo para llevarlo de vuelta a la sala grande. A través de la niebla que le cubría los ojos, lo vio. Era Patton. Movía los labios y desde muy lejos oyó sus palabras de consuelo:

—Siempre puedes buscarte otra esposa. Ya tienes experiencia en lo de buscar esposa. Has tenido mala suerte al casarte con mujeres tan endebles que no han podido llevar a término a un hijo, pero Jocelyn te ha dado uno, y tu próxima esposa también te lo dará.

De la garganta de Radolf salió un grito, con tanta fuerza que hizo encoger a todos los hombres de la sala.

—¡No! —Levantó la mano y lanzó a Patton al suelo de una bofetada en la cara—. ¡No! —Cogiendo un banco lo arrojó sobre las mesas de caballete y salieron volando jarros y copas; el olor a cerveza amarga impregnó el aire—. ¡Nunca más!

Su mirada se posó en la partera, y echó a caminar hacia ella. Chillando, ella intentó proteger al bebé con su cuerpo.

—Bruja estúpida —dijo él, su tono embargado de desprecio. Suavemente apartó el paño que cubría a su hijo y le acarició el pelo negro tan parecido al suyo—. Jamás le haría daño al niño. Jocelyn dio su vida por este niño y eso me lo hace doblemente precioso. —Mirando a los ojos a la mujer, ordenó—. Búscale la mejor nodriza de Inglaterra. Asegúrate de que la leche sea pura y dulce. Cuida bien de mi hijo, porque es el único que tendré, y si él muere, tú también.

—Sí, excelencia —dijo la partera.

Se inclinó en una reverencia, luego en otra y, a un gesto de él, corrió hacia el aposento soleado, para bañar ahí al bebé junto al calor del fuego del hogar.

Tambaleante, Radolf se dirigió a su macizo sillón para desmoronarse. Entonces miró el símbolo de su señorío: la madera oscura labrada con complicadas ornamentaciones, los cojines tapizados que protegían su noble culo, y recordó. Recordó cuando Jocelyn lo embromaba por su título; recordó cuando conseguía derribarla y sentarla en su regazo; recordó la promesa que le hizo de mandarle hacer un sillón noble, si le daba un hijo.

«No es cierto. No para siempre.»

Cogió el sillón y lo levantó en alto; cayeron al suelo los cojines. Lo llevó hasta la ventana. No cabía por esa estrecha abertura, así que lo golpeó contra la pared de piedra hasta que se desprendieron las patas y se desarmó el respaldo. Entonces lo arrojó por la ventana y escuchó atento hasta oír el satisfactorio ruido que hizo al estrellarse en el suelo.

Astillas. Era todo astillas.

Cierto. Para siempre. Jocelyn había muerto, muerto por su hijo, por Clairmont Court y por él, y ninguna otra mujer sería digna jamás de ser la esposa del duque de Clairmont.

Levantando el puño hizo el juramento que lo ataría.

—Por el bien del hijo de mi dulce Jocelyn, removeré cielo y tierra para conservar Clairmont Court, para siempre.

# Capítulo *1*

*Somerset, Inglaterra, primavera de 1816*

Un fantasma se pasea por los corredores de Clairmont Court por la noche.

La señorita Sylvan Miles se afirmó la papalina con una mano y se sujetó a una correa con la otra pues el coche abierto de dos ruedas comenzó a subir otra colina más.

—Me decepcionaría si no hubiera uno —dijo, soltando una risita gutural.

El cochero encorvó sus macizos hombros.

—Sí, puede reírse. Una mujer pequeña como usted puede reírse, hasta que se encuentre cara a cara con ese formidable lord.

Jasper Rooney la había pasado a recoger por la posada Hawk and Hound sólo hacía dos horas. Su primera impresión de él fue que era un hombre adusto sin nada de imaginación; en ese momento pensaba si no padecería de un exceso de imaginación. Diciéndose que no debía alentarlo a hablar, se desentendió de la punzada de curiosidad y centró la atención en contemplar el escabroso páramo por el que iba pasando el elegante calesín llamado tílburi Stanhope. Le llegó el olor del mar, pues se iban acercando a la costa y encorvó los hombros al sentir la fresca brisa. Y no pudo resistirse:

—¿Usted ha visto a ese fantasma?

—Pues sí que le he visto. Creí que me había vuelto loco cuando lo vi caminando por el parque con su elegante traje. Se lo dije a nuestro reverendo Donald y me dijo que yo no era el primero que lo veía. Es el fantasma del primer duque de Clairmont.

Le vibró de emoción la voz y se estremeció, pero ella no se asustó. Había visto cosas peores que fantasmas en su vida.

—¿Cómo sabe eso? —preguntó—. ¿Le preguntó su identidad al fantasma?

—No, señorita. Pero es igual al retrato de Radolf. Un hombre temible, alto y fornido. Un guerrero con maza y espada.

Ella sonrió de oreja a oreja, segura de que el cochero no le veía la cara.

—Si lleva una maza, haré todo lo posible por evitarlo. Los guerreros me agotan.

—No es usted una señorita muy respetuosa —dijo él, en tono de reproche.

—No es usted el primero que hace ese comentario —concedió ella. Entonces el coche llegó a lo alto de la colina y exclamó—: ¡Pare!

Antes que Jasper detuviera totalmente el coche, bajó los peldaños y saltó al suelo. Ante ella se extendía un enmarañado bosque viejo, el páramo y el agitado mar. Avanzó por la verde hierba nueva aspirando el olor que desprendía al aplastarla con los pies. Alrededor había matorrales de brezo y zarza, y más allá se extendía el mar, ondulando a la orden del viento. Más lejos, en la distancia, se veían cuadros de tierra marrón que habían limpiado, arado y tal vez sembrado, pero aún no producían nada. En el mar, entre las rocas, se mecían barcas de pesca, empequeñecidas por la distancia. Juntando las manos en el pecho trató de contener la sensación de regreso al hogar que pasó por su interior.

Era un regreso al terruño, aunque nunca había estado ahí.

—Este lugar es terriblemente primitivo, ¿verdad? —dijo el cochero, como si esperara que ella estuviera de acuerdo—. Muchas damas reaccionan igual que usted. Algunas desean dar la vuelta al verlo desde aquí, pero siempre continúan.

—Nunca había visto nada igual —dijo ella. Se llenó los pulmones de aire fresco, que la embriagó. Deseó correr y bailar, encontrar un lugar muy alto para saltar y dejarse llevar por el viento—. Estoy dispuesta a enfrentar los horrores de las tierras Clairmont, por el prestigio y la riqueza del duque.

Y luego dejarse caer suavemente a la tierra y ahí descansar y sanar.

—Claro que no puede marcharse —dijo Jasper—. Su excelencia dijo que usted es la nueva enfermera de lord Rand.

Descansar. Buen Dios, qué no haría por una buena noche de sueño.

—Le dije que era una tontería —continuó Jasper—. Los otros eran enfermeros, como debe ser, y no consiguieron arreglárselas con lord Rand.

El tono de mofa del cochero la sacó de su ensoñación y centró la atención en él.

—¿Arreglárselas con lord Rand? ¿Qué quiere decir?

—Las rabietas, gritos y maldiciones han hecho huir a cuatro hombres fuertes en ocho meses. ¿Cómo lo va a soportar una mujer? —La miró de arriba abajo, desdeñoso—. Sobre todo siendo tan pequeña y delgada.

Sylvan se quedó absolutamente inmóvil, tratando de combatir la sensación de haber sido traicionada.

Garth Malkin, el duque de Clairmont, le había asegurado que su hermano estaba inválido. Le dio a entender que la mala suerte había agotado todo el ánimo y la moral de lord Rand; la hizo suponer que era un hombre medroso, acobardado, que debía ser tratado con mucho cuidado. Esas afirmaciones de su excelencia fueron sus únicos motivos para dejarse persuadir de venir, porque en realidad no había escapado ilesa de su último encuentro con lord Rand Malkin.

Descubrió que no soportaba la idea de que esos ardientes ojos azules de Rand estuvieran apagados por la derrota ni su vibrante cuerpo consumido, atrofiándose. Se había imaginado engatusándolo amablemente para que volviera a la vida, poniendo una sonrisa en sus pálidos labios y reencendiendo la chispa de su alma. Sin embargo, Jasper insinuaba...

—¿Empieza a tener sus dudas, señorita?

Dudas, desde luego. Las dudas eran para cobardes y damas, no para la señorita Sylvan Miles.

Cuadrando los hombros levantó la vista y lo miró sonriendo.

—Tendrá que esperar para ver, ¿verdad?

Él la miró boquiabierto y entonces apareció una sonrisa en su hosca cara.

—Tal vez usted lo consiga. Su excelencia no es ningún tonto, ¿verdad? —Se apeó del coche y le ofreció su enorme mano—. Será mejor que suba.

Ella no se movió.

—¿Dónde está la casa?

—Pasada la aldea, a la vuelta de la colina, arriba. Hace cuatrocientos años, lord Radolf la construyó frente al mar, así que las ventanas vibran con la más ligera brisa. Cuando hay tormenta tenemos suerte si mantenemos encendidos los hogares y el humo sale de la casa. El primer duque actuaba igual que los Clairmont de ahora. No le interesaba el sentido común ni la comodidad, sólo los problemas y los desafíos. Toda la condenada familia está empeñada en hacer locuras.

Jo, eso sí era interesante.

—¿Por qué dice eso?

—Será mejor que suba al coche, señorita. En la casa deben de estar esperándola.

No le iba a contestar. Estaba claro que lamentaba haber revelado algo, y ella no podía seguir interrogándolo. Podía no tener la crianza de una dama, pero su institutriz la había enseñado bien. Una dama no escucha los cotilleos de un criado.

Siempre había considerado que eso era desaprovechar informaciones valiosas, pero esa idea provenía de su vulgar linaje. Colocando un pie en el peldaño, subió al coche sin ayuda.

Jasper exhaló un suspiro de mal disimulada impaciencia y subió al pescante. Era un hombre inmenso, en realidad. Debería haber sido granjero, o soldado.

—¿Estuvo en Waterloo? —preguntó.

—Sí, señorita —dijo él, como si estuviera hablándole al par de hermosos caballos iguales, bajando por un serpentino camino—. Era el criado personal de lord Rand. Sigo siéndolo, si es por eso. Le cambio las sábanas, cuido de su ropa, lo lavo, lo visto.

—Lo lleva en coche también, supongo.

—Él no sale, señorita.

Ella se inclinó hacia delante.

—¿No? ¿Cómo se mantiene al corriente de las cosas que sin duda le interesan?

—¿Como qué?

Ella lo pensó.

—Bueno, como los acontecimientos que ocurren en el mundo. El exilio de Napoleón y cosas de esas.

—Le llevo los diarios de Londres cuando llegan.

—¿Y... esto, los acontecimientos de la propiedad?

—Le digo lo que necesita saber.

Tal vez la preocupación de Garth estaba justificada. Tal vez lord Rand había entrado en una especie de decadencia, de deterioro.

—O sea, que depende totalmente de usted —dijo, para evaluar más a Jasper—. Usted cuida de él cuando no hay ningún enfermero en casa. Hábleme de su enfermedad.

—No puede caminar.

Su laconismo rayaba en grosería, pero ella no se ofendió. Si él estuvo en Waterloo había tratado la herida que abatió a lord Rand y sabía más sobre su estado que cualquier otra persona. Jasper ya había demostrado que se sentía el protector de la familia. Tal vez la historia del fantasma sólo había sido un invento para asustarla y hacer que se marchara.

—¿Qué es eso? —preguntó, apuntando hacia una nube de humo negro que se elevaba en el horizonte.

—La fábrica.

—¿Qué fábrica?

—La fábrica de hilado de algodón.

—¿En tierras Clairmont? —Miró la nube de humo, siguiendo su trayectoria hasta que se disipó con los vientos altos que hacían trizas las nubes—. Imposible. Los duques no se complacen en la industria. —Y seguro que no lo haría el simpático y guapo Garth—. Eso sólo lo hacen los comerciantes. Entonces se compran una baronía y ponen a su hija en el mercado del matrimonio en busca de un título que haga buena pareja con su fortuna.

—Bueno, de eso no sé nada, señorita. Sólo sé lo de su excelencia.

Qué diantres, pensó Sylvan. Igual podría haber dado rienda suelta a su curiosidad. Él no le diría nada.

El coche se zarandeaba por el camino lleno de baches. Pasaron por una hondonada en que había campos cultivados, donde unos hombres estaban arando y sembrando; después pasaron por en medio de una simpática aldea rural, con unas cuantas casas y tiendas. Se veía limpia y próspera, el tipo de lugar que ella había imaginado que existía pero no había visto nunca.

El herrero la observó atentamente cuando pasaron, y luego levantó la mano en gesto de bienvenida; ella correspondió el saludo.

Un regreso al terruño.

—Comenzamos la subida a la casa —dijo Jasper, apuntando con el mango del látigo—. Si mira hacia arriba cuando demos la vuelta a este recodo, verá un atisbo.

Ella miró, y ningún tipo de protocolo le impidió exclamar:

—¡Misericordia!

La casa estaba situada sobre la rocosa cima de la colina, como un buque de guerra gótico desafiando los elementos. Era evidente que cada uno de los duques había tenido diferentes ideas sobre la elegancia y el buen gusto arquitectónico, y algunos debieron estar locos, como insinuara Jasper. Aunque lo intentara, la mezcolanza de chimeneas, ventanas y molduras talladas no distraían la atención del revoltijo exterior de piedra gris, arenisca y mármol.

—Da la impresión —comentó asombrada— de que un niño gigante hubiera derribado los bloques y luego intentado rearmarlos.

Vio que Jasper enderezaba la espalda.

—La mayoría de los visitantes se impresionan —dijo.

Dejaron atrás un bosque de inmensos castaños de Indias y serbales, luego los setos. Dieron la vuelta por un recodo y apareció la casa en todo su esplendor. Nada de ella se parecía a la nueva casa de su padre, que fue diseñada y decorada por los mejores artesanos de Inglaterra, pero en cierto modo Clairmont Court le daba la bienvenida, a ella, la hija de un industrial. El coche se detuvo ante una escalinata de anchos peldaños que subía a una terraza que llevaba a la entrada, y pudo contemplar el imponente edificio.

—Impresionante. Yo estoy impresionada. Nunca había visto nada ni remotamente parecido a esto. Es caótico, bárbaro. Es...

Una silla de madera salió volando por una ventana estrecha de la planta baja, rompiendo el cristal, cayó en la terraza y se deslizó por el suelo.

—Probable que empeore —terminó Jasper—. Debe de haber oído el ruido del coche y haberla visto llegar.

Unos chicos corrieron a sujetar las cabezas de los caballos al tiempo que del interior de la casa salía una voz ronca, potente, furiosa:

—¿Una mujer? ¿Me has buscado una mujer de corazón maternal?

Una estatuilla de cristal siguió a la silla, aunque por otra ventana, y los trozos de cristal roto destellaron como gotas de lluvia en un día de cielo despejado.

Jasper bajó de un salto y subió corriendo la escalinata, olvidándose de su deber para con Sylvan, pero a ella no le importó. Sola podría captar mejor la situación.

Fortaleciéndose para estar preparada, bajó del coche. Se quitó los guantes y la papalina y se pasó la mano por el pelo, ahuecándoselo.

Los mellados bordes del cristal de una ventana se rompieron en una serie de ruidosas protestas al ser pinchados por un palo, tal vez un bastón.

—¿Qué diablos pretendes conseguir con una mujer?

—¡Dame eso!

Por la ventana se oyó claramente el ruido de una refriega.

—Eso, qué bonito, robarle a un lisiado.

—Si al menos esperaras a conocerla...

Sylvan reconoció la voz de Garth, aunque, más aún, había reconocido también la otra voz. Antes esa voz sonaba ligeramente desdeñosa, indicando una atracción a regañadientes. El tono había cambiado, eso sí, pero también lo reconocía, por sus experiencias en el campo de batalla y en el hospital. Lo había detectado en cada soldado cuando lo llevaban chillando al cirujano para que le practicara una amputación.

Era un tono de rabia, dolor, repugnancia y miedo.

No deseaba enfrentar nuevamente esas dolorosas emociones. Los once últimos meses los había pasado intentando olvidar, aun sabiendo que no olvidaría jamás.

«Huye —le recomendó su cabeza—. Echa a correr antes que tu estúpida compasión te deje atrapada aquí.»

Pero sus pies avanzaron.

«Llama a Jasper y dile que has cambiado de opinión. ¡Huye!».

Subió lentamente la escalinata, oyendo los improperios furiosos de Rand y las represiones de Garth. Un florero lleno de flores salió volando por la ventana y cayó tan cerca de ella que, al romperse, el agua le mojó los zapatos y le salpicó el vestido. Lord Rand debía haberla visto y ya sabía adónde apuntar.

Esa era una clara señal de que debía marcharse, pero en lugar de darse media vuelta, se agachó a recoger una de las fragantes rosas silvestres y continuó caminando, disimulando su aprensión con una expresión de calma, la expresión que había perfeccionado en el campo de batalla.

—Entre, señorita, ¡dése prisa! —le dijo Jasper desde la puerta, haciéndole gestos—. Nunca lo había visto así, y tal vez cuando vea lo hermosa que es usted, recuerde sus buenos modales.

Ella podría haberse reído de la ingenuidad de Jasper, pero esta demostraba lo poco que entendían al inválido.

Su aparición no calmaría a la bestia, lo provocaría, porque a ningún hombre le gusta verse débil e impotente ante una mujer.

De verdad debería marcharse antes de poner un pie en el interior de la casa, pero en ese momento de vacilación volvió a experimentar la cálida sensación de regreso al hogar. Clairmont Court la sorbió, y avanzó, pasando por el umbral de la puerta.

—¿Se va a quitar la capa, señorita?

Una criada de ancha sonrisa se inclinó en una reverencia mientras ella le pasaba los guantes y la papalina para quitarse el capote.

—Gracias.

El ancho vestíbulo de mármol se extendía hasta la escalera y había puertas a ambos lados. En una de las puertas estaban dos hombres y tres damas mirándola. Detuvo los pasos.

—Le dije a Garth que esta era una idea tonta —se quejó una de las damas, una mujer atractiva de unos cincuenta años, con voz aguda, exasperada—. No sé por qué no me hace caso.

—Tal vez, mamá, porque él es el duque y tú sólo eres la cuñada del duque.

Sylvan miró al joven que estaba en la puerta, que era la del salón, dándole palmaditas en la mano a su madre.

Él sonrió y le hizo un guiño.

—James Malkin, a su servicio, y mi madre, lady Adela Malkin.

—¿Por qué no debe tener una enfermera? —preguntó Sylvan a la dama.

—No necesitamos una «mujer» enfermera —enmendó lady Adela—. Sin duda usted es buena y amable, pero todos los otros enfermeros lo han tratado con timidez, cuando lo que necesita es que le metan algo de sensatez.

—No es un mal chico —dijo casi en un susurro la mujer de cara dulce y pelo plateado vestida a la última moda—. Sólo tiene dificultades para adaptarse.

Al vestíbulo llegó otro rugido de cólera y lady Adela se encogió:

—Si no recupera el autodominio habrá que encerrarlo.

—¡Encerrarlo! —exclamó la otra mujer, la madre de Rand, supuso Sylvan, con dos lágrimas bajándole por las mejillas, habiendo perdido la batalla por la serenidad—. Vamos, Adela, ¿cómo podrías?

—¿De veras se podría hacer? —preguntó Sylvan a James, no a las dos damas.

—No, en absoluto —repuso él rotundamente—. Pero estoy de acuerdo con mi madre. Lo hemos probado todo con amabilidad y él simplemente se enfurece más. Tal vez unas pocas sacudidas le irían bien.

Unas pocas sacudidas. Sylvan lo pensó y reanudó la marcha. Las botas de Jasper golpeaban el brillante suelo guiándola; tomaron por un corredor que salía a la izquierda y él se detuvo ante una puerta que parecía ser la de un despacho, un despacho convertido en dormitorio en la planta baja. Haciendo una inspiración audible, él abrió la puerta y la sostuvo ante ella.

La puerta. Cuando entrara estaría comprometida. Mientras lo pensaba, una vela golpeó el borde de la puerta, y a esta la siguió una andanada de otras seis, que golpearon la otra pared del corredor. Jasper les hurtó el cuerpo, contándolas, y finalmente declaró:

—Esas son todas las de ese candelabro, señorita. No corre peligro por el momento.

Sylvan entró.

Se desentendió de los libros diseminados por el suelo y de los huecos en los estantes; se desentendió de los muebles volcados y de los restos de todos los adornos que antes decoraban la habitación destrozada; se desentendió de la cara roja del duque de Clairmont, que tenía fuertemente cogido un bastón en una mano y murmuraba disculpas. Toda su atención estaba concentrada en el ocupante de la silla de ruedas.

Los ojos de Rand brillaban con diabólica intensidad observándola. Su pelo negro estaba todo revuelto, con mechones en punta, como si se lo hubiera estado mesando. La silla de ruedas de mimbre debieron haberla hecho especialmente para él, de forma que contuviera cómodamente su nervudo cuerpo y sus largas piernas.

Supo que eran largas porque vestía una bata de seda negra; una bata con dobladillo especial para que no le arrastrara por el suelo cuando hacía avanzar la silla. Una bata atada con un cinturón que revelaba claramente que llevaba puestos unos pantalones y nada más.

Él se movió pavoneándose. Un lado de la bata le cayó por el lado del hombro, dejando ver los desarrollados músculos de un hombre obligado a usar constantemente los brazos. Su pecho era igualmente musculoso. Cuando ella levantó la vista hacia su cara, vio que él se estaba riendo malicioso de ella.

¿Creía que nunca había visto a un hombre semidesnudo?

—Por Júpiter, Rand, cúbrete —dijo Garth, corriendo a subirle la bata para cubrirle el pecho.

Rand lo apartó de un empujón, sin dejar de mirarla a ella desafiante. Sólo sus manos delataban su agitación, porque después las aferró a las grandes ruedas de madera dura, con tanta fuerza que los nudillos se le pusieron blancos.

Ella no podía prestar atención a Garth, no podía poner su atención en nada ni nadie aparte del hombre que se rechazaba a sí mismo rechazándola a ella.

Ofreciéndole la espinosa rosa con ostentoso ademán, dijo:

—Para ser un inválido, no es mal parecido.

Él cogió la rosa y la arrojó lejos.

—Para ser una enfermera, se ve casi normal.

Ella sonrió de oreja a oreja.

Él sonrió de oreja a oreja.

¿Cuál de los dos enseñaba los dientes con más desafío?, pensó ella.

—Qué conducta tan odiosa —dijo, como si la asombrara—. ¿Lleva mucho tiempo practicándola?

A él se le desvaneció un poco la sonrisa.

—Sin duda la perfeccionaré durante el corto periodo de su «visita».

—Esto no es una visita —dijo ella secamente—. Si deseara hacer una visita la haría a una persona educada y de buenos modales. Pero soy una empleada, y como tal debo ganarme el salario.

A él se le agitaron las ventanillas de la nariz y apretó los labios.

—La despido.

—No puede. No es usted quien me ha contratado.

Con un violento movimiento él cogió un libro y lo arrojó contra el panel superior de la ventana; el libro chocó y cayó. Ella retrocedió y él se rió satisfecho. El sonido de su risa la irritó y le confirmó su evaluación provisional. Adela tenía razón. Ese hombre necesitaba algo, algo diferente. Algo distinto del tierno cuidado y trato amable, y si no se comportaba, ella era la mujer para darle ese algo.

En descarado desafío, Rand arrojó otro libro al mismo panel y se rompió parte del cristal y los trozos cayeron dentro de la habitación. Garth soltó una maldición y retrocedió de un salto. Rand se quitó los cristales sacudiéndose como un perro para desprenderse del agua. A Sylvan le cayeron trocitos de cristal en el pelo, y cuando se pasó la mano para quitárselos, de un dedo le salió sangre.

—Uy, señorita Sylvan —dijo Garth avanzando hacia ella, aplastando y rompiendo más los cristales con las botas, con una expresión mezcla de humillación y decepción—. Permítame que llame a Betty para que le cure esa herida.

Por la sonrisa satisfecha que vio en la cara de Rand ella comprendió que Garth ya había claudicado.

—¡No! No había comprendido lo que deseaba lord Rand. Ahora lo sé y no lo olvidaré jamás. —Tuvo la satisfacción de ver desaparecer la sonrisa de Rand—. Lord Rand, si deseaba tomar aire fresco, sólo tenía que pedirlo. Romper las ventanas me parece excesivo, pero eso me facilita cumplir con mi deber cuando se expresa tan elocuentemente.

Resuelta, avanzó hacia él.

Él retrocedió con la silla, receloso.

Sin el menor esfuerzo ella rodeó la silla y cogió los mangos para empujarla.

—¿Qué pretende hacer? —gruñó él.

—Llevarle a tomar el aire.

—Señora, ¡no me va a llevar!

Resueltamente cogió las ruedas, pero ella tiró la silla hacia atrás y luego la empujó hacia delante.

—¡Ay! —exclamó él, mirándose las palmas.

Ella empujó hacia la puerta, pasando las ruedas por encima de los libros y haciendo polvo los trozos de cristal.

—Sobrevivirá.

Rand cogió nuevamente las ruedas y las sujetó firme. La silla continuó avanzando muy lentamente, pero los rayos de las ruedas le pinchaban las yemas de los dedos y la fricción le calentó las palmas laceradas.

No podía creer que esa mujer fuera a hacer eso. Llevaba meses sin salir de la casa. Los médicos le habían recomendado que saliera; su madre intentaba convencerlo con mimos; la tía Adela lo regañaba; Garth y James lo embromaban. Pero ninguno se había atrevido a tratarlo con esa resolución y salir impune.

Y ahora esa diminuta mujer lo llevaba por el corredor en dirección al vestíbulo, donde todos lo mirarían. Volvió a coger las ruedas y casi logró detenerlas. Oía los jadeos de ella atrás, por el esfuerzo para superar la fuerza de él; sentía su cálido aliento en el pelo y su pecho presionándole la espalda al empujar la silla con todo el cuerpo. Se relamió de satisfacción.

Ella se estaba agotando; él ganaría, y siempre la primera batalla es la más importante.

Entonces la silla avanzó bruscamente, con tanta fuerza que él levantó las manos y se le dobló el cuerpo.

Garth se apartó y se limpió el polvo de los dedos.

—¿Van a salir? —dijo—. Ojalá esto se me hubiera ocurrido a mí.

—Gracias, excelencia —dijo la mujer y continuó empujándolo.

—Pero, excelencia —dijo Jasper—, lord Rand no desea salir.

Por su tono Rand comprendió que Jasper estaba alarmado y eso lo enfureció más aún. Su fiel criado, el hombre que lo había acompañado en la batalla, no era otra cosa que una vieja sobreprotectora que se creía que podía dirigir su vida.

Todos creían que podían dirigir su vida, incluso su hermano y esa enfermera enana. Ya no le presionaba la espalda con el cuerpo pero él sabía que seguía ahí, empujando sin parar. Empujando, empujando. Y empujando llegó al final del corredor, dio la vuelta y entraron en el vestíbulo. Los criados observaban, asomados con falsa discreción por los rincones y recovecos. Sus familiares lo observaban sin disimulo, todos agrupados en el vestíbulo.

—Garth, querido. Rand, querido. Ay, Dios —balbuceó su madre sonriendo valientemente.

—Me alegra verte, primo —dijo James.

Y lo dijo con ese tono de voz alentadora con que lo trataba desde su regreso de la guerra, convertido en un inválido inútil. Esa fue la primera vez que lo decepcionó y la decepción fue amarga. James no lo miraba a los ojos desde la batalla de Waterloo.

—Rand —dijo la tía Adela, y su voz, educada y correcta, resonó como la campana de una iglesia sobre su cabeza—. Cúbrete, estás indecente.

Pero a él nada lo divertía más que ofender a su tía Adela, y su expresión horrorizada le devolvió un poco de equilibrio. Le sonrió con una satisfecha sonrisa ofensiva.

—No hay manera de hablar contigo, veo —lo regañó ella—. Pero por lo menos piensa en los santos modales de Clover Donald. Está horrorizada.

Rand vio a la esposa del párroco mirándolo desde el interior del salón. Parecía una ratona, tan tímida que sólo se asomaba por detrás de su madre, la tía Adela, James y el reverendo Donald.

—Es posible que no se haya divertido tanto desde hace años —replicó, y agitó la mano saludándola—: Hola, cariño.

Alto, rubio y vestido todo de negro, Bradley Donald se tomaba muy en serio su sacerdocio, en especial en lo que se refería a su tímida mujer; girándose le cubrió los ojos con una mano.

—Pecaminoso —declaró.

Rand se relajó y la silla reanudó la marcha.

Eso había sido divertido.

Entonces vio a Jasper, con los labios muy fruncidos, sosteniendo la puerta de la casa abierta.

Buen Dios, sí que iba a salir.

Él, al que le había encantado caminar y cabalgar, iba a salir en una silla de ruedas. Iba a salir con una enfermera, como un gusano indefenso que necesita protección.

Él, que había sido el más fuerte de los hermanos. Él, que había sido el más rápido, el más enérgico, en el que estaban puestas todas las esperanzas de la familia. Iba a salir y todo el mundo lo iba a ver, a reírse de él.

—Por favor —masculló, cogiéndose de los brazos de la silla.

Ella empujó la silla y la hizo pasar por el umbral saliendo a la luz del sol, como si no lo hubiera oído.

Y tal vez no lo oyó. Tal vez su mala audición lo salvó de parecer tan patético como se veía.

El viento lo golpeó fuerte, pero sintió agradable el sol en la cara, por no decir en las piernas y el pecho. Dos de los perros de caza se levantaron, se desperezaron y se le acercaron a olerle las manos. Darles palmaditas era un placer olvidado porque no se les permitía entrar en la casa.

Y, francamente, ¿cuántos desconocidos podrían verlo ahí sentado en la terraza?

—Por favor, traedme mi capa —dijo la mujer a los criados que rondaban por ahí—. Y después, si sois tan amables, levantad la silla y bajadla por la escalinata.

Él miró alrededor y comprendió que se refería a «su» silla.

—¿Qué diablos piensa hacer? —preguntó con un gruñido.

—Se me ha ocurrido que salgamos a dar un paseo —dijo ella. Cogió la papalina que le pasó una criada, se la puso y se ató las cintas bajo el mentón—. Me hace ilusión ver el Atlántico.

Garth ni siquiera pestañeó. Actuaba como si él saliera periódicamente a pasear por el campo llevando su silla de ruedas, alardeando de su impotencia para que todo el mundo pudiera apuntarlo con el dedo y reírse. Su amado hermano lo traicionó haciéndole un gesto a Jasper.

—Bájalo por la escalinata.

Rand esperaba que Jasper pusiera más objeciones, pero le tenía el respeto debido al duque de Clairmont.

—Coged una rueda cada uno —ordenó Jasper haciéndole un gesto a dos lacayos—. Yo levantaré el reposapiés.

Rand le dio un puñetazo.

Jasper cayó sentado en el suelo de piedra; a Rand se le fue el cuerpo hacia atrás por el impacto. Cuando recuperó el control, vio a Jasper con la mano en la boca y a los dos lacayos asustados.

Bajando la mano, Jasper se miró la palma y vio sangre, y luego movió los labios enseñando los dos dientes frontales.

—No ha perdido esa derecha castigadora, lord Rand.

—Intenta levantarme otra vez y probarás mi izquierda.

—Vamos, lord Rand —dijo Jasper, en tono de reproche, por en medio de sus labios hinchados—, sólo cumplo con mi deber.

Rand casi no veía por la niebla roja que tenía ante los ojos.

—Tu deber es obedecerme a mí.

Sylvan se puso los guantes.

—Actúa como un perro baboso.

—Y usted actúa como una cerda.

El viento cantó con su voz elemental, los perros se lamieron, y todos los demás guardaron silencio.

—Oh, Rand —gimió Garth, de pie en la puerta.

Él quería a su hermano, de verdad. Sabía que Garth sólo quería lo mejor para él, pero no comprendía, no podía comprender, la desesperación ni la humillación que lo embargaba.

Nadie lo entendía, pero detestaba humillar a su hermano con esa falta de modales. En realidad, se humillaba a sí mismo. Pero eso no quería reconocerlo; no lo reconocería para ver la sonrisa afectada de la mujer.

—Bueno, lo es —ladró.

—Me han llamado cosas peores —dijo ella, aparentemente imperturbable, poniéndose el capote—. Y hombres mejores.

¿Nada la afectaba?

Jasper alargó una mano y tocó el reposapiés de la silla de ruedas, y puesto que él no hizo nada aparte de mirarlo furioso, hizo un gesto a los lacayos. En silencio, lo bajaron por la escalinata, atravesaron el camino de entrada y lo dejaron en el sendero que llevaba hacia el mar.

Rígido de desaprobación, Jasper apuntó hacia la mancha azul que brillaba más allá de los árboles.

—Siga ese sendero, señorita. Es bastante bueno, así que no tendrá muchos problemas, pero no baje demasiado hacia la playa, porque tendrá dificultades para traer de vuelta a lord Rand.

Ella ocupó su lugar detrás de la silla de ruedas.

—Gracias, Jasper.

—Ha hechizado a mi hermano, ¿eh? —dijo Rand, secamente—. A mí no me va a hechizar.

—Dudo que los resultados valgan el esfuerzo.

Con un violento empujón hizo avanzar la silla y, pese a su diminuta estatura, siguió haciéndola rodar por el sendero.

Generación tras generación, los duques de Clairmont y sus familiares habían cabalgado por ese sendero y los caballos habían dejado un surco en el liso césped pasando por entre las peonías florecidas. Las ruedas de la silla saltaban pasando por fuera del surco, y él saltaba con ellas, experimentando la molestia con tristeza triunfal.

Menuda enfermera era esa mujer, tratando a su paciente con ese desdeñoso desinterés. Probablemente no era más que una de esas frescas que se bebían el whisky de sus pacientes, administraban los medicamentos cuando se acordaban y puteaban con los pacientes que tenían dinero.

Una gran lástima que no pudiera putear con él. Daría muchísimo por tener esa carita engreída sobre una almohada. Le enseñaría quién estaba al mando.

Al menos, se lo habría enseñado en otro tiempo.

Llegaron al acantilado que bajaba hacia la playa en suave pendiente. Él había bajado y subido por ahí desde que aprendió a caminar. En la primera parte del sendero la pendiente era apenas nada, hasta llegar a una explanada rocosa donde se había sentado muchísimas veces. Pero a partir de ahí la pendiente era más pronunciada y el sendero serpenteaba virando a la izquierda y a la derecha, en cerradas curvas que hacían posible el descenso para aquellos que tenían piernas capaces de caminar.

En otro tiempo le había encantado ese lugar. En ese momento se aferró a las ruedas, mirando alrededor, temeroso. El acantilado encerraba la playa por ambos lados, convirtiéndola en una trampa para los tontos que no sabían lo de las mareas. Las rocas redondeadas por la erosión, en cuyos huecos se juntaba la arena, lo llamaban como un sacrificio cruento. El agua del mar lamía la playa, arrastrando la arena.

—Qué precioso.

Las palabras sólo fueron un suspiro, pero él las oyó. Volvió a mirar, entrecerrando los ojos para evitar el brillo del sol. Lo había visto así una vez.

Ella avanzó y se puso a su lado.

—Veo hasta el infinito.

Él la miró y vio que veía hasta el infinito también. El viento lo hacía posible, pues le aplastaba al cuerpo el delgado algodón azul del vestido, moldeando todas sus curvas. Se veía como si un hombre elfo, absolutamente borracho, la hubiera armado como a su ideal. Era esbelta y lo bastante baja para que la cabeza le quedara bajo el mentón, si pudiera estar de pie.

Pero no era flaca. Tenía buenas curvas. Era guapa también. No hermosa, pero sí atractiva. Incluso en reposo, su cara revelaba que le gustaba reír, por las finas arruguitas en las comisuras de su ancha boca y de sus grandes ojos almendrados. Pero su pelo, ¿era rubio o blanco el mechón que aparecía por entre sus cabellos castaños?

—¿Qué edad tiene? —le preguntó.

—Veintisiete años —contestó ella tranquilamente—. ¿Y usted?

Entonces él recordó que era de mala educación preguntarle la edad a una mujer. Hacía tanto tiempo que no era educado con nadie, tanto tiempo que no le importaba lo que pensaran de él, que había olvidado esa regla elemental. Pero no iba a pedir disculpas por esa infracción de poca monta. Había hecho cosas peores esos últimos meses, y a personas a las que quería.

—Treinta y seis años, para llegar a los cien —dijo.

—¿No esperamos eso todos?

Pasaron pájaros catapultados por el viento. Ella los observó, mientras él la observaba a ella. Era blanco ese mechón de pelo. Su piel resplandecía como esa perla de forma rara que se ponía su madre en ocasiones especiales, y sus grandes ojos verdes chispeaban como si se hubiera reído toda la vida, pero en algún momento, por algún motivo, las lágrimas le habían marcado reveladores surcos en la delicada piel.

—Vamos ahí —dijo ella apuntando hacia la explanada rocosa del primer saliente.

—No.

—Podríamos apoyarnos en la roca y esta nos protegerá del viento.

—No podrá subirme de vuelta.

Ella lo miró detenidamente.

—Con esos músculos, usted puede subir solo la silla.

Entonces él comprendió que el viento no sólo revelaba el cuerpo de ella; revelaba el de él también. Su descarado pavoneo en el interior de la casa se había convertido en un flagrante exhibicionismo ahí. ¿Qué hacía en el acantilado en bata?

Se la cerró bien sobre el pecho y se ató mejor el cinturón. Entonces la silla se movió y comenzó a bajar la suave pendiente, empujada por ella.

—¡No!

Alargó las manos para coger las ruedas pero ella se apresuró a decir:

—¡No! Perderé el control.

Perder el control. Vamos, por el amor de Dios, esa frase de pesadilla. Se quedó inmóvil y se dejó llevar, y llegaron a la roca plana. Ella retrocedió la silla y la detuvo en medio de un hueco. Se quitó el capote, lo dobló, lo dejó en el suelo y se sentó a los pies de él.

No dijo ni una sola palabra. Él tampoco. Estaba en peligro ahí, lo sabía. El lugar era demasiado abierto, demasiado salvaje. Esa exposición a los elementos le hacía arder la piel, le secaba los pulmones y le helaba el alma.

Sin embargo, la ancha boca de Sylvan, que parecía como si debiera estar en constante movimiento, sonriendo o hablando, continuaba serena. Tenía las manos apoyadas en la falda, con las palmas hacia arriba. Se le habían alisado las extrañas arruguitas de la cara, y contemplaba el Atlántico como si en sus profundidades estuviera su salvación.

Se había sentado cerrándole el paso a su silla.

Salvándolo de sí mismo.

En otro tiempo venía a ese lugar cuando la vida se volvía muy frenética, cuando deseaba hacer las paces con el desenfreno de su alma. En ese momento la previsibilidad de las olas rompientes comenzó a hacer su trabajo en él. Los chillidos de los pájaros, el sabor salobre en la lengua... Se le aflojó el nudo del estómago. Por primera vez, después de meses, no pensaba, no sentía, simplemente era.

Y lo mejor de todo eso, era que su acompañante parecía igualmente afectada.

Pero cuando lo miró comprendió que sentía compasión por él.

Estaba harto de la lástima.

—¿Cómo diablos se llama?

—Sylvan.

—¿Sylvan qué más?

—Sylvan Miles.

El nombre le sonó vagamente conocido. La miró.

—¿La conozco?

Las luces y sombras bailaban en su cara como si fuera la tierra bajo un cielo moteado por nubes.

—Una vez bailamos.

La falta de expresión de su voz le dijo mucho.

El recuerdo le golpeó las entrañas.

Ella estaba en Bruselas antes de la batalla de Waterloo, como tantas otras damas inglesas. Esas fiestas eran una burla ante la batalla más importante que se ha producido en la Europa moderna, y ella estaba ahí, coqueteando con todos los hombres, cautivándolos, riendo y cotilleando, vistiendo los trajes más elegantes, cabalgando un hermoso semental y... bailando.

Ah, sí, qué bien que la recordaba.

—Pardiez —exclamó, dando un golpe en el brazo de la silla con el puño—. Usted se alojaba con Hibbert, el conde de Mayfield. Era su amante.

Hecha añicos su serenidad, se puso de pie de un salto.

—No diga eso.

—¿Por qué no? Es cierto.

—No. Era... —Cerró los ojos un momento y los abrió—. No, no es cierto —dijo en voz baja.

Por Júpiter, ya la tenía. Era sensible respecto a su pasado, como bien debía.

—Usted es igual a todas las otras enfermeras —dijo, saboreándolo—. De moral laxa. Pero no era enfermera cuando vivía con Hibbert. —Dando golpecitos en el brazo de la silla, empleó su tono más desagradable e insinuante—: No estaba casado y, hasta usted, nunca había mantenido a una mujer.

Ella bajó la cabeza como un toro a punto de atacar.

—Hibbert era mi más querido amigo y no voy a tolerar que lo calumnie.

—¿Por qué iba a calumniar a Hibbert? Me caía bien, y murió como un héroe en el campo de batalla de Waterloo.

—Lo que es más de lo que hizo usted —dijo ella, y continuó, también en tono despectivo—: Su hermano no se ha casado tampoco. Es duque, necesita un heredero y debe de andar rondando los cuarenta años.

Ah, jo. Eso lo explicaba todo. Era una cazadora de fortunas, como todas las demás mujeres que simulaban un interés en Clairmont Court. Enderezó la espalda.

—¿Ha venido aquí a cazar a un duque? Porque le advierto...

—No, yo le advierto a usted... —Se interrumpió para hacer una inspiración—. No diga una palabra más.

—No permitiré que haga desgraciado a mi hermano. Le diré la verdad a Garth, que usted es una puta de primera clase.

Girando sobre sus talones ella comenzó a subir por el sendero y él la observó con salvaje satisfacción. Expulsaría de ahí a la putita y...

—¡Eh, espere!

Ella se giró a mirarlo con una tensa sonrisa.

—No puede dejarme aquí.

—Ah, ¿no?

—¡Condenación! —Hizo girar la silla un poco—. No puedo volver solo.

—¿No?

—Sabe que no puedo.

—Pues debería haber pensado eso antes de insultarme. —Se dio un tirón en la falda—. Nos vemos en la casa.

Lo golpearon la furia y el miedo.

—Nos veremos en el infierno.

—Ya conozco ese territorio —dijo ella, asintiendo amablemente—. Si hemos de encontrarnos en el infierno, correré en círculos a su alrededor ahí también.

Diciendo eso se alejó y él la siguió con la mirada. Y continuó alejándose. Su único consuelo era ver el claro contorno de sus nalgas, modeladas por el viento mientras caminaba hacia la casa, y eso no era un consuelo, o no debería serlo. Sin desearlo, apreciaba ese bonito contorno.

¿Y por qué no? Si hacía lo que debía hacer, ese sería su último recuerdo.

Girando nuevamente la silla, miró hacia el mar.

Al fin y al cabo, ¿qué mejor lugar para poner fin al único loco que había producido la familia Malkin?

# Capítulo 2

$S$ylvan sentía la mirada de Rand quemándole el vestido, aprovechando la ayuda del viento para ver lo que debía estar oculto. Sabía que la estaba mirando pero resistió el impulso de mirar atrás, recurriendo a atizar la rabia por su increíble grosería. Rand tenía que comprender, y de inmediato, que no debía tratarla de manera tan ofensiva. No podía existir ningún tipo de relación entre ellos mientras no se impusiera el respeto mutuo, y ella había aprovechado la primera oportunidad para enseñarle eso. No era crueldad, sólo era educación.

Pero ¿y si de verdad no era capaz de subir la pendiente?

Se cubrió la boca con una mano.

Y, ¿si ya estaba tan trastornado que se negaba a aceptar el reto? Y, ¿si se deslizaba hacia atrás y se arrojaba...?

Aminoró el paso y casi se giró a mirar, pero seguía sintiendo la animosidad de su mirada. Estaba furioso y hostil, pero no en ánimo suicida. No, lo que hacía era lo correcto. Continuó caminando y se internó por entre los pocos árboles del parque de césped de la casa.

Lo sintió cuando Rand la perdió de vista; desapareció el calor de su mirada y el viento la enfrió. Había dejado ahí el capote. Lo pensó; ese sería un buen pretexto para regresar y ver cómo estaba él.

Pero eso estropearía todo el progreso que había hecho hasta el momento.

—¡Sylvan!

Ceñuda levantó la vista y vio a Rand caminando hacia ella a grandes zancadas.

¿Rand? No, Garth. Se llevó la mano al corazón, que de pronto estaba desbocado. No se había dado cuenta de lo mucho que se parecían los hermanos.

Aunque en realidad no se parecían tanto. Calculó que tendrían más o menos la misma altura, pero Garth tenía un poquitín de barriga, mientras que Rand, no, a pesar de su obligada inactividad. Sus rasgos eran casi idénticos, pero los ojos castaños de Garth miraban apaciblemente a las personas que lo rodeaban.

Había sido esa cualidad la que la convenció de venir a Clairmont Court. Nunca había conocido a un hombre que la hiciera sentirse tan cómoda inmediatamente, o que comprendiera intuitivamente su problema en su casa.

—Sylvan, he estado atento para veros volver. ¿Dónde está Rand? Todo el sendero es pendiente desde el acantilado. ¿No has podido traerlo de vuelta? Iré yo.

Y continuó hablando. Ese hombre, que la había impresionado por su sosegada imperturbabilidad, sentía una gran ansiedad por su hermano. Entonces, se apresuró a cerrarle el paso.

—Lo dejé en el acantilado.

A él se le desvaneció la sonrisa.

—¿Qué? ¿Lo dejaste ahí... a propósito?

—Se portó grosero y hosco. —Le cogió la mano, la pasó bajo la curva de su codo e intentó llevarlo con ella—. Tiene que entender que no debe insultarme.

Plantándose donde estaba, él miró hacia el sendero, como si esperara ver a Rand.

—Siempre ha sido grosero y hosco, desde que sufre de esa parálisis. Te lo advertí...

—No, no me lo advirtió. —Mirándolo a los ojos, continuó—: Me dijo que era un hombre deshecho, totalmente derrotado por su lesión.

Él curvó los labios en una leve sonrisa, lo justo para presumir.

—No dije exactamente eso. Tú te precipitaste a sacar esa conclusión y yo no la rectifiqué.

Recordando la entrevista con él, ella tuvo que reconocer, de mala gana, que tenía razón. Él dio a entender mucho y dijo poco, dejando a su imaginación hacer el resto. Eran hombres inteligentes los Clairmont, y haría bien en recordar eso en su trato con ellos.

—Muy bien, yo saqué conclusiones y usted ha hecho lo mismo. Creo que desea que su hermano supere su amargura, y yo haré lo que pueda para devolvérselo como un ser humano funcional normal. Cuando fue a mi casa y me convenció de venir a cuidar de lord Rand me dio carta blanca, ¿recuerda? Me prometió...

—Sé lo que prometí, pero no me imaginé que lo dejarías expuesto a los elementos toda una noche.

—Yo tampoco, pero las circunstancias desesperadas exigen medidas desesperadas.

Se miraron fijamente, ninguno de los dos dispuesto a ceder.

—No permitiré que lo mates —insistió él.

—Pero si eso sería un alivio. —Mientras él ahogaba una exclamación, continuó—: No tendría que soportar sus rabietas, la grosería y las decepciones de ver a su hermano reducido al estado de un paralítico.

—¿Cómo te atreves? Quiero vivo a mi hermano sea cual sea su estado.

Su indignación revelaba muy claramente que había recurrido al engaño para traerla a Clairmont Court. Habría hecho cualquier cosa para traerla, porque haría lo que fuera por su hermano.

—Será más simpático cuando esté adiestrado —le recordó.

—Pero no voy a permitir que lo sacrifiques, sea cual sea nuestro éxito.

—Estupendo —dijo ella mansamente.

Él entrecerró los ojos al comprender que le había tomado el pelo, y se pasó las manos sucias por la cara.

—Eres una señorita inteligente.

—Voy a necesitar carta blanca para enseñar a lord Rand, puesto que él ha sido muy ocurrente para adiestrarlos a todos ustedes. —Mientras él se reía, no ofendido, preguntó—: ¿Cuánto falta para la puesta de sol?

—Unas tres horas.

—Si no aparece dentro de dos horas, enviaremos a alguien a buscarlo.

—¿Quieres decir que lo crees capaz de volver a la casa sin ayuda?

—¿Qué cree usted?

—Creo que.. bueno, creo que... —Pensó un momento—. Siempre he dicho que Rand sería capaz de hacer lo que fuera que se propusiera. Supongo que es cuestión de si decide quedarse ahí o volver a la casa.

—No conozco bien a su hermano, pero mi suposición es que continuará en el acantilado hasta que sienta frío y entonces decidirá volver. —Sonrió—. Simplemente para demostrarme que puede.

Garth se rascó la nuca.

—A Rand le irá bien tenerte aquí.

Ella se inclinó en una reverencia.

—Gracias, amable señor.

—A todos nos irá bien.

Ese comentario no le gustó como debiera. Le recordó la acusación de Rand, que había venido a conquistar a un duque. Echó a andar, resuelta.

—Se ve muy fuerte.

—Es fuerte. Detesta esta impotencia e insiste en hacer solo todas las cosas que puede.

—Entonces, ¿cree que es capaz de volver?

—Ah, sí.

—¿Y no cree que... —titubeó, pues detestaba ponerle esa idea en la cabeza, pero necesitaba más seguridad de la que le daban sus instintos— que se le ocurriría arrojarse por el acantilado?

Garth se rió, fuerte.

—¿Rand? Jamás. Le gustan los desafíos, siempre le han gustado, se hace fuerte con ellos. Como te dije cuando hablamos, y te engatusé para que vinieras, me sorprende que siga tan afectado por su estado. No sé, eso no lo encuentro coherente con su carácter, pero supongo que ninguno de nosotros sabe cuánto tiempo dura un proceso de recuperación, ¿verdad?

Ya se veía claramente la casa, observó Sylvan. Alguien había tapado con tablas las ventanas rotas de la habitación de Rand, pero aún con esa extraña adición, la casa ya no parecía el experimento de un arquitecto. Sólo un lugar para descansar.

—Yo no lo sé, seguro.

Vio salir a una pareja de la casa. Reconoció la ropa negra del párroco que había visto, y supuso que la mujer era su esposa. Ella bajó la escalinata tambaleándose, firmemente sujeta por él. ¿Estaría bebida?

—Tú lo sabes mejor que nadie, según el doctor Moreland.

Ella vio que al llegar al pie de la escalinata, el párroco le dio una sacudida a su esposa y la llevó por el camino de entrada con la firmeza de un padre preocupado. No envidió a la esposa; tenía experiencia en tratar a su propio padre preocupado.

—El doctor Moreland fue un bocazas al decirle eso.

—Me dijo que nunca había visto a una mujer trabajar tanto para sanar a los heridos, y que nunca había visto a nadie, ni hombre ni mujer, que tuviera mejores instintos para comprender el funcionamiento de la mente de un hombre al que le han amputado un miembro.

La pareja se perdió de vista y Sylvan los expulsó de sus pensamientos.

—A su hermano no le han amputado nada. Por lo que he visto hoy, y he visto bastante, tiene todo lo que tenía cuando nació.

Él se puso rojo desde el mentón a la línea del pelo, y ella vio otra diferencia más entre los hermanos. La frente de Garth era más ancha que la de Rand: su pelo había perdido la batalla de Waterloo y estaba haciendo su larga retirada.

Garth tragó saliva y dijo:

—Lamento su... esto... falta de ropa adecuada hoy. Le encanta ofender a la tía Adela con su conducta escandalosa, y quitarse la camisa es su nueva táctica.

—Por lo poco que oí hablar a su tía Adela, ofenderla agradaría a un santo. —Al verlo detenerse a mirarla, cayó en la cuenta de que había sobrepasado los límites de la cortesía—. Perdóneme, excelencia. He sido intolerablemente grosera al hablar así de su tía. Por favor, atribúyalo a mi mente cansada por el viaje...

Él se rió.

—Agradaría a un santo, ¿eh? Confieso que a mí me agrada, y no soy un santo. Cuando éramos niños, Rand y yo competíamos para ver cual de los dos podía ofender más a la tía Adela. Lógicamente siempre ganaba yo, porque al ser duque, lo que fuera que hiciera yo tenía más importancia que lo que hacía él. Y lo que fuera que hiciera James, pobre primo, importaba más que lo que hacía yo, ya que es el segundo en la línea de sucesión y, más importante aún, es su hijo.

—Debe de resultarle difícil ese papel.

—Le pesa. Ella haría cualquier cosa para favorecer su causa, y él haría cualquier cosa para hacerla feliz e impedirle que le regañe. Pero a ninguno de los dos los has conocido como es debido, ¿verdad? —añadió, avergonzado.

—No ha habido tiempo.

Comenzó a subir la escalinata hacia la terraza y apoyó una mano en la baranda para afirmarse.

Él la observó con mirada sagaz.

—No has tenido tiempo ni siquiera para cambiarte la ropa de viaje o tomar un refrigerio. Betty va a pedir mi cabeza.

—¿Betty?

—Mi... el ama de llaves. Nos mangonea a todos, a excepción de la tía Adela, por supuesto. La tía Adela sabe lo que es correcto y formal, pero Betty sabe lo que es hospitalidad.

Cogiéndole el codo la llevó escalinata arriba y al llegar a la terraza intentó llevarla al interior de la casa, pero ella se resistió.

—Creo que prefiero sentarme aquí fuera —explicó—. Sólo hasta que lord Rand aparezca.

—Yo me quedaré a esperar —se ofreció él.

—Creo que no. —Se sentó en uno de los sillones distribuidos por la terraza para aprovechar el sol de la tarde. La luz le daba directamente en la cara y el calor absorbido por el asiento pasó por la tela del vestido hasta penetrarle en los huesos—. Usted iría a buscarlo o al menos a rondarlo nervioso.

—Lo confieso —dijo él, levantando las manos—. Estoy nervioso.

—No es un niño. —Apoyó la cabeza en el respaldo, pensando qué agradable sería quedarse dormida. La expectación de encontrarse con lord Rand le había impedido dormir la noche anterior, y la noche pasada se lo había impedido la expectación del viaje—. No hay que consentirlo como si lo fuera.

—Eso he dicho yo repetidas veces —dijo lady Adela saliendo a la terraza, vestida como para asistir a un elegante té, y se detuvo ante Sylvan—. No la saludé como es debido cuando James nos presentó. Bienvenida a Clairmont Court.

Entrecerrando los ojos, Garth dijo:

—Madre, ven aquí a saludar a nuestra huésped. Tú eres la duquesa.

Eso era una clara y cortante represión, pero lady Adela asintió:

—Tienes toda la razón. No debería haberme adelantado a la duquesa viuda.

—No pasa nada —dijo lady Emmaline Malkin, saliendo a la terraza y haciéndose visera para protegerse los ojos del sol poniente—. No me importa, Adela, lo sabes.

—Emmie, eres la duquesa viuda y tienes el derecho...

—Lo sé, pero no me gusta imponerme.

—Estás equivocada, querida, deberías...

—Señoras —interrumpió Garth, haciéndoles un gesto—, si me hacéis el favor de permitirme terminar...

—Garth, nuestra huésped ni siquiera ha tomado el té —dijo lady Emmie, menuda, preocupada, mientras avanzaba—. No debes alargar estas cortesías.

Garth se encogió de hombros, con lo que Sylvan dedujo que habían acabado los saludos.

Lady Emmie miró alrededor, nerviosa.

—Esto... ¿dónde está Rand? No la vi empujándolo cuando llegó.

Se confirmaron las peores sospechas de Sylvan. Habían estado pegadas a las ventanas mirando todo el tiempo mientras ella llevaba a Rand, y ahí estaban, como si esperaran oír alguna tragedia más. Seguro que considerarían catastrófico que no lo hubiera traído de vuelta.

Antes que pudiera contestar, se le adelantó Garth.

—Rand va a volver solo, madre. Sylvan consideró que sería saludable para él saber cuánto es capaz de hacer.

Lady Emmie movió los labios, sin hacer ningún sonido.

—Madre, recuerda que hablamos de esto —continuó Garth—. Sylvan sabe mejor que nosotros lo que le conviene a Rand.

Ojalá eso fuera cierto, pensó Sylvan, rogando que no se le notara su consternación por esa inmerecida confianza.

Pero lady Emmie se recuperó con toda la elegancia de una verdadera dama inglesa.

—¿No quieres entrar, querida Sylvan? ¿Puedo tutearte y llamarte Sylvan?

—Me sentiría honrada, excelencia, y no, prefiero quedarme aquí fuera, gracias.

Y echar temerosas miradas hacia el mar.

—Entonces te acompañaremos.

—Prefiero que no, excelencia. No conviene que lord Rand piense que alguien pone en duda su capacidad para volver.

Como si no la hubiera oído, lady Emmie se sentó en un asiento tan ancho como un sofá, y sus amplios pechos se agitaron dentro de su escotado corpiño. Sylvan retuvo el aliento, esperando que los gelatinosos pechos se desbordaran, pero al parecer la dama los tenía bien enseñados, porque se quedaron quietos cuando ella también lo hizo.

Sylvan volvió a intentarlo.

—De verdad, excelencia, preferiría...

—Te oí decir que hemos mimado a Rand consintiéndolo —interrumpió la madre, cogiendo la pañoleta que le colgaba al cuello y remetiéndola en el escote—. No lo hemos consentido. Sólo...

—No seas tonta, Emmie —dijo lady Adela sentándose a su lado—. Lo has consentido terriblemente.

—¿Que yo lo he consentido? Creo que no soy la única.

—No pretenderás insinuar que lo he consentido yo, ¿verdad?

—No, tú no. Siempre has mantenido una distancia correcta. Pero ¿y tu hijo?

—Ooh —suspiró lady Adela, para que Sylvan comprendiera la desesperación de una mujer cuyo hijo le ha fallado—. James.

—¿Me has llamado, madre? —preguntó James, saliendo fuera.

La sangre Malkin debía correr fuerte por sus venas, pensó Sylvan, observando su parecido con sus primos. Pero James se veía más libre, como si hubiera escapado de las cargas de la responsabilidad y disfrutara de su suerte. Vestía unos pantalones ceñidos de la mejor calidad, llevaba atada la corbata con un muy complicado lazo y el pelo castaño cortado a la última moda. Sus botas brillaban al sol y de una cadenilla que le rodeaba el cuello colgaba un monóculo. En la ciudad sería un dandi, pero en el campo, ¿a quién quería impresionar con esa elegancia?

—Está aquí la enfermera, Sylvan... —dijo lady Adela. Molesta, frunció los labios—. ¿Donde adquirió ese horrible nombre, jovencita?

—Mi madre es una chica de campo que vive en Londres. Echa terriblemente de menos su terruño, y cuando nací me puso el nombre de una ninfa del bosque.

Lady Adela sorbió por la nariz.

—Qué plebeyo.

—Sí. Es plebeya.

—Eso no tiene por qué avergonzar a nadie —dijo lady Emmie firmemente—. Es mejor la buena cepa plebeya inglesa que un material extranjero.

—Es la cepa plebeya la que ha manchado la sangre Malkin —dijo lady Adela. Hizo un gesto hacia el horizonte, donde se cernía la nube de humo de la fábrica—. Y ves las consecuencias.

—Mi hijo no está manchado —ladró lady Emmie.

—Sus ideas son una deshonra.

—¡Basta! —exclamó Garth, con un deje de ira en su muy refinada voz—. Ya hemos hablado de esto y no veo la necesidad de discutirlo delante de la señorita Sylvan.

Las damas se callaron al instante y en sus mejillas aparecieron manchas rojas, las dos mirando rígidas hacia el frente.

Se hizo un incómodo silencio. James lo interrumpió:

—Señorita Sylvan, ¿ha sugerido que hemos mimado a Rand?

Sylvan deseó preguntar si toda la familia escuchaba detrás de las puertas, pero se impusieron los buenos modales .

—Sí.

—Así que lo hemos mimado —dijo James—. Se lo merecía. Volvió de Waterloo convertido en un héroe.

—Tú también, querido —dijo lady Adela, enderezando orgullosa la espalda.

—Ah, sí —dijo Garth, sarcástico—. Uno de nuestros íconos nacionales.

Ese desdeñoso comentario horrorizó a lady Adela.

—James fue muy valiente.

James se encogió de hombros como si así pudiera desprenderse de la aspereza de Garth.

—Garth tiene razón, mamá. Sólo fui uno de los actores inferiores. Mi lesión fue leve.

—¡Leve! —exclamó lady Adela, inclinándose le tocó la rodilla a Sylvan—. Perdió dos dedos.

—¿Se los amputaron? —le preguntó ella a él.

—Fue más fácil. —Movió los dedos que le quedaban en la mano derecha—. Una bala. Herida limpia, no se infectó.

—¿Le atendí en el hospital?

—Sí. —Esbozó una encantadora y modesta sonrisa—. Me alegra ver cómo siempre dejo una impresión en una mujer hermosa.

—Alégrese de que no la dejara —dijo ella, mirándose los diez dedos que entrelazaba y separaba en la falda—. No le convendría ser uno de los pacientes que recuerdo.

—Tenga la seguridad, señora, de que ningún paciente que atendió la olvidará jamás.

Ante esa fervorosa declaración ella levantó la vista hacia él, y él se tocó la frente, en un saludo.

Ese encantador gesto la arropó, aun cuando sabía que no significaba nada.

—James es el más culpable de mimar a Rand —dijo lady Emmie en tono triunfal—. Siempre lo ha idolatrado.

—Eso no significa que lo mimara —rebatió lady Adela.

—James siempre se vestía como él. Se interesó en la política debido a Rand. Incluso entró en el ejército siguiendo sus pasos.

James exhaló un suspiro, azorado, y Sylvan reprimió una sonrisa.

Lady Adela se aclaró la garganta y dijo:

—Bueno, James es once años menor que Rand. Supongo que podría haber sentido algo de admiración por el héroe.

—James desea volver a Londres.

—Puede volver a Londres cuando le apetezca —ladró lady Adela—. Nuestra fortuna es abundante para mantener...

—James no puede ser importante si va sin...

La elegante fachada de James comenzaba a derrumbarse bajo el peso del disgusto por esa prolongada pelea. Desesperada, Sylvan interrumpió:

—Nadie me ha explicado la naturaleza de la lesión de lord Rand. —Ante el silencio que siguió, miró fijamente cada una de las afligidas y culpables caras. Después miró a Garth—: ¿Lord Clairmont?

Él se pasó la mano por la cara y luego miró hacia el mar.

—Todavía no lo veo.

—Yo tampoco —convino ella—. Por lo tanto, este es el momento perfecto para explicarme todo lo referente a la herida que le causó la parálisis.

—Dijiste que deseabas esperar sola a Rand, ¿verdad? —dijo Garth.

—Sí, pero...

—Entonces te dejaremos sola y te enviaremos el té. Vamos, señoras.

Las dos damas se levantaron de un salto, con una sumisión que Sylvan encontró muy sospechosa.

Al ver que James parecía tener la intención de quedarse, Garth le dijo:

—Vamos, James.

Durante un breve instante la expresión de James reveló un ánimo violento; después hizo un gesto de resignación y entró en la casa detrás de su madre.

Garth se quedó para decirle:

—Tendrás la colaboración que necesitas, lo prometo.

Dicho eso entró en la casa detrás de los demás, y ella quedó con la curiosidad de saber qué ocultaban. Había visto a Rand casi desnudo de cuerpo entero ese día, pero eso sí, ni una sola cicatriz. Pero algo lo había colocado en una silla de ruedas. ¿Qué podía ser, y dónde le ocurrió?

—¿Señorita?

Sylvan se giró hacia la voz y vio a la criada de ancha sonrisa a su lado.

—Le he traído el té. Aquí tiene un buen surtido de galletas y pasteles hechos por nuestro confitero italiano.

A Sylvan se le escapó una risita.

—¿Un confitero italiano?

A la criada se le escapó una leve sonrisa. Colocó la bandeja sobre la estrecha mesa y se la acercó.

—Sí, señorita. Fabuloso, ¿verdad?

—Muy fabuloso. —Mirando agradecida mientras la mujer le servía el té, añadió—: Me alegra que mi padre no esté aquí, porque mañana mismo tendríamos un confitero italiano trabajando en nuestra cocina.

Se desvaneció la tranquila diversión de la criada, y la miró atentamente.

—Es aristócrata, entonces.

Sylvan se extendió la nívea servilleta en la falda.

—Ah, no. Sólo soy rica. Mi padre es un barón industrial. Con eso quiero decir que tuvo mucho éxito en su industria y se compró una baronía.

—¿Está reñida con él, para haberse empleado como enfermera?

Esa franca curiosidad sorprendió a Sylvan, y la observó con el mismo detenimiento con que fue observada por ella. Vio a una mujer alta de unos treinta y cinco años, de cara guapa, rasgos fuertes y un porte que rara vez se ve en una criada. En realidad, a muchas damas refinadas les gustaría tener el porte y dignidad de esa mujer.

—Debes de ser Betty —dijo.

—Sí, señorita, soy Betty. ¿El señor Garth le habló de mí?

—Sólo me dijo que los mangoneas a todos y que tu hospitalidad es impecable.

Envolviéndose las manos en el delantal, Betty sonrió. Se le formaron hoyuelos en las mejillas, y los abundantes rizos castaño rojizos que le asomaban bajo la cofia se le agitaron cuando asintió.

—El señor Garth siempre es generoso con sus cumplidos.

Sylvan le puso azúcar al té y bebió un trago con una dicha incondicional.

—¿Por qué lo llamas señor Garth?

Betty se ruborizó.

—Perdóneme, no debería, pero somos de la misma edad y crecimos juntos.

A la familia Malkin se la podía llamar excéntrica, concluyó Sylvan. El ama de llaves trataba al duque con familiaridad; la duquesa viuda y su cuñada se peleaban como crías; tenían una fábrica de hilado de algodón en sus tierras y su propio fantasma.

Pero claro, eran de una antigua familia noble de inmensa fortuna, y la excentricidad era aceptable. Ella no tenía un cojín como ese para sentarse. Contestó la anterior pregunta de Betty:

—Mi padre no quería que viniera a ser enfermera, pero su excelencia me hizo una oferta irresistible. Me prometió que nadie lamentaría mi reputación perdida mientras estuviera bajo su techo.

—¿Perdió su reputación, señorita?

—No me gusta alardear —dijo ella, levantando la cara hacia Betty, y esta se inclinó para escuchar—, pero soy una de las mujeres de peor fama de Inglaterra.

Betty la miró fijamente, con los ojos como plato, y luego se echó a reír.

—Tal vez lo es, señorita, tal vez lo es.

Como una estúpida, Sylvan se sintió casi herida por la incredulidad de Betty.

—¿No me crees?

Betty se limpió las manos en el delantal.

—Uy, señorita. Muchísimos nobles visitan Clairmont Court a lo largo del año, y he aprendido a distinguir entre una reputación perdida y un alma corrupta. —Le acercó el plato con galletas—. Usted tiene una finura que nunca he visto en esas almas corruptas.

—De todos modos, mi reputación expiró. Ya no me invitan a las fiestas de la alta sociedad, y cualquier hombre que demuestre un interés en mí sólo quiere probar el género.

Betty cogió un plato de porcelana, puso en él delgadas rodajas de pastel de ciruelas y diversos tipos de pasteles y galletas, y se lo colocó en la mano.

—O sea, ¿que es su padre el que lamenta su reputación, señorita?

—Amargamente y con frecuencia. Todo lo hace amargamente y con frecuencia. —Eligiendo un mostachón, lo probó y movió la cabeza aprobadora—. ¿Sabes la naturaleza de la lesión de lord Rand?

Le pareció que había hecho la pregunta con bastante naturalidad, pero aunque Betty no cambió la expresión de su cara, sintió levantarse la barrera.

—No puede caminar.

Por excéntricos que fueran los Malkin, era evidente que contaban con la lealtad de sus criados.

—Pero es capaz de manejar esa silla de ruedas —añadió Betty, apuntando hacia el parque de césped.

Sylvan miró y vio a Rand haciendo avanzar laboriosamente su silla por el sendero.

—Gracias a Dios.

Le tembló violentamente la mano y le cayó té en la servilleta que tenía en la falda. Betty le dio una palmadita en el hombro y gritó:

—¡Jasper!

Al instante salió Jasper a la terraza, lo que hizo comprender a Sylvan que había estado en la puerta esperando que lo llamaran. Miró a Betty, acusadora, pero esta le susurró:

—No podía oírnos, señorita. —En voz alta dijo a Jasper—. El amo va a necesitar ayuda para subir la escalinata. Será mejor que traigas a tus ayudantes.

Jasper se apresuró a entrar en la casa a llamarlos. Entonces Sylvan aprovechó para decir:

—Si me haces el inmenso favor, Betty, dile a la familia que se sienten a jugar a las cartas o a leer un libro, y reciban a lord Rand con la mayor despreocupación posible. A él no le va a gustar que lo reciban como a un héroe victorioso por una hazaña de tan poca monta.

—¿Cree que le gustará que lo traten con indiferencia después de meses de tenerlos precipitándose a complacerle todos sus deseos? —preguntó Betty.

Sylvan sonrió.

—Tal vez no, pero prefiero que se enfurezca por falta de atención que por exceso.

Betty se puso las manos en las caderas y la miró de arriba abajo.

—¿Se necesita algo más que simple sentido común para ser enfermera, señorita?

—No, pero el sentido común no es muy común, ¿verdad?

—Nos vamos a llevar muy bien, señorita —dijo Betty, caminando a toda prisa hacia la puerta de la casa—. Muy bien.

Jasper y sus ayudantes llegaron hasta Rand antes que este hubiera atravesado el camino de entrada, pero les ordenó volver con un violento gesto. El sudor le pegaba los mechones de pelo negro y le caía por las tupidas cejas; le bajaba en chorritos por la frente y le brillaba en el pecho.

Desentendiéndose de su cansancio y sudor, hizo avanzar la silla por el camino de entrada con imponente resolución, y la detuvo al pie de la escalinata. Entonces permitió que Jasper y los lacayos lo levantaran. Ellos lo subieron a la terraza y, por orden suya, dejaron la silla delante de Sylvan.

Ella vio que, si algo le había ocurrido, sólo era que había aumentado su amargura, y habría jurado que la odiaba cuando dijo:

—Espero que esté contenta, mujer. Me ha demostrado a mí también que soy un cobarde.

# Capítulo 3

*L*a humillación le quemaba el alma como una brasa encendida. Era tal su cobardía que no fue capaz de arrojarse por el borde del acantilado.

¡Como si tuviera algo por lo cual vivir! Un desquiciado inválido impotente. ¿Qué otra prueba más necesitaba de su inutilidad, de su locura?

Esa remilgada mujer estaba sentada en la terraza, comiendo pasteles, bebiendo té y observándolo como si fuera una rareza.

Ella se limpió los labios con la servilleta y se levantó.

—Ha tomado muchísimo el aire, lo que sin duda le ha infundido vigor. Mañana volveremos a hacerlo.

—¿Mañana? —Notó que la voz le salió en un tono agudo al que nunca había llegado antes—. Ma...

Pero su furia no pudo con su agotamiento. Era tan grande su cansancio que no tenía fuerzas para otro berrinche.

Cogió el capote de ella que llevaba en el regazo y se lo arrojó a la cara con toda la fuerza que pudo. La manga golpeó la taza y la volcó, y tuvo el placer de verla apartarse a toda prisa de la mesa para evitar que le cayera encima el chorro de té caliente. Entonces movió las ruedas haciendo avanzar la silla hacia la puerta de la casa, hacia su refugio. Pasó por el umbral, entró en el vestíbulo y miró alrededor.

¿Dónde estaba su madre? ¿Dónde estaba su hermano? ¿James, e incluso la tía Adela? ¿Dónde estaban las personas que cuidaban de él, que lo protegían?

Al oír voces, llevó la silla hasta la puerta del despacho y entonces los vio.

Su maravillosa familia, siempre tan preocupada por él, estaba jugando a las cartas. Había fichas dispersas sobre la mesa. La tía Adela estaba sentada al borde de su silla, lady Emmie sostenía sus cartas con bastante descuido, Garth intentaba aflojarse la corbata ya arrugada y James estaba reordenando sus cartas como si así pudiera cambiar las pintas.

A juzgar por su desmelenada apariencia, habían estado jugando a las cartas todo el tiempo que él estuvo ausente.

—¿Qué diablos estáis haciendo? —tronó.

Todos pegaron un salto, como si su llegada los hubiera sobresaltado.

—Por Júpiter, Rand, ¿por qué no ocupas el lugar de este zoquete? —dijo James—. Es tan lento con las cartas como con el matrimonio.

Garth alargó la mano y le dio una palmada a su primo.

—Al menos yo entiendo las cartas de triunfo.

La tía Adela esbozó una leve sonrisa.

—Qué conducta tan poco deportiva sólo porque las damas vamos ganando.

—¡Eso! Es un placer ganar —dijo lady Emmie.

Entonces se inclinaron nuevamente sobre las cartas, concentrándose en todo menos en él.

En su interior hirvió el resentimiento. Mientras él hacía denodados esfuerzos para conseguir subir laboriosamente la pendiente del acantilado, ellos jugaban a las cartas. Seguro que habían celebrado esa primera oportunidad de librarse de él; seguro que se alegraron cuando la mujer volvió sin él, y hasta hicieron apuestas sobre su capacidad para volver solo.

Cada uno arrojó una carta sobre la mesa, y entonces su madre gorjeó:

—¿Cómo te ha ido la caminata, querido?

Entonces estalló su furia.

—¿Caminata? ¿Caminata? Las piernas tienen que funcionar para caminar. —Se señaló las suyas, ahora inútiles, que antes lo llevaban dondequiera deseara ir—. No puedo caminar.

—Creo que su madre ya lo sabe —dijo la voz de Sylvan detrás de él—. No hace ninguna falta que la aporree con las tristes realidades de su vida.

Rand giró la silla, listo para atacar, y justo entonces Garth dijo:

—Sólo es una manera de hablar, Rand. Madre quiso decir...

—Sé lo que quiso decir.

—Entonces no le hables con tan mala educación a la duquesa viuda —dijo la tía Adela—. No es adecuado a su posición, ni a la tuya.

—Vamos, Adela, a mí no me importa —dijo lady Emmie, sonriendo levemente, intentando, como siempre, poner paz entre Adela y sus hijos.

—A mí me importa por las dos. Si no fuera por mí, esta familia caería en prácticas destructivas y debilidad moral. —Miró altivamente a Garth—. Y ni siquiera yo soy baluarte suficiente para detener las depravaciones del actual duque.

Garth arrojó sus cartas sobre la mesa, diciendo:

—Vamos, no comencemos con eso otra vez. Sabes mis motivos, tía Adela.

—Me voy a la cama —anunció Rand.

—Muy bien, cariño —dijo lady Emmie, haciéndole un débil gesto de despedida, toda su atención concentrada en la pelea que se iba a iniciar.

Apuntando a Rand, como si fuera una prueba documental, lady Adela dijo:

—Lo ves, Garth, incluso tu hermano supera de vez en cuando su degradante enfermedad.

Rand oyó a Sylvan hacer una brusca inspiración de horror, y entonces ella exclamó:

—¿Degradante? ¿Qué tiene de degradante una herida recibida mientras cumplía con su deber?

—En realidad no fue herido —dijo lady Adela, y descartándola volvió a mirar a Garth—. Supongo que tú, como duque...

—¿No fue herido? —interrumpió Sylvan, con las manos apretadas en sendos puños a los costados.

—Calle —masculló Rand.

—¡Está en una silla de ruedas!

—Cállese.

—No fue herido —repitió lady Adela, perdiendo la paciencia.

Cayó pesadamente el silencio en la sala.

—Por el amor de Dios, madre —dijo James, levantándose de un salto y caminando hasta la ventana.

Lady Adela se encogió bajo el peso de la furia concentrada de todos.

—Bueno, alguien tenía que decírselo.

Sylvan cambió ligeramente de posición, pero Rand notó su impaciencia.

—Entonces, que alguien me lo diga.

—¿Qué debo decir? —preguntó Rand—. No puedo caminar, y no tengo ninguna cicatriz de nada.

—¡Eso no es cierto! —exclamó James, girándose angustiado—. Te vi cuando te caíste en presencia de Wellington; cubierto de sangre y magulladuras.

—Heriditas sin importancia —dijo Rand, burlón.

—Dirigiste ataque tras ataque. Tres caballos cayeron muertos por las balas debajo de ti. Después que perdiste a tu regimiento combatiste como un loco. Yo estaba luchando al otro lado del campo de batalla, pero oí hablar de tu valor. ¡Un estímulo!

—Pero no puedo caminar —dijo Rand. Hizo avanzar la silla hasta el centro de la sala y todos se apartaron para dejarle espacio—. Si soy tan gran estímulo, ¿por qué no puedo caminar?

—Podrías si lo intentaras —dijo James—. Sé que si lo intentaras...

—¿Crees que no lo he intentado? ¿No sabes cuánto deseo caminar? —Hizo unas cuantas respiraciones profundas para aliviar la opresión en el pecho—. He visto médico tras médico, me he dejado hurgar y pinchar y tomado sus asquerosas pociones. Me he dado esos estúpidos baños de hierbas y ¿para qué? Para seguir siendo tan inútil como antes.

—Por favor, querido —dijo lady Emmie, juntando las manos en el pecho y arrugando las cartas—. No digas eso.

—¿Inútil? —preguntó él, encontrando un perverso placer en la pena de ella—. Inútil. Inútil, inútil, inútil.

—Rand —dijo Garth, y se miraron a los ojos—, hemos pasado una tarde agradable sin ti. No nos tientes a descubrir qué otros agrados podría producirnos tu ausencia.

Rand no pudo creer que su hermano, ¡su hermano!, lo amenazara de esa manera.

Dirigió una mirada de odio a Sylvan. Ella tenía la culpa. Toda esa horrible tarde era culpa de ella.

—Niños, no riñáis —dijo lady Emmie, poniendo una mano en el brazo de Garth—. Hijo, tenemos que hacer concesiones —añadió en voz baja.

—Hemos hecho concesiones —dijo Garth—. Es hora de que la vida continúe. Él sufre, es mi hermano y lo quiero, pero estoy cansado de que ponga la casa del revés día y noche. ¿No podemos tener un poco de paz? ¿Al menos hasta que yo termine la fábrica? ¿No podemos tener un poco de paz?

La desesperación de Garth conmovió a Rand, poniendo culpabilidad donde sólo había habido rabia.

¿Eso era lo que había hecho su enfermedad? ¿Hacer que su hermano estuviera a punto de perder el control? Él sabía las cargas que debía soportar el duque de Clairmont. Además, conocía las ambiciones de Garth para su gente y sus tierras.

Lo sabía porque Garth solía hablar con él, intercambiar ideas, le contaba sus sueños. Pero ¿cuánto hacía que no lo escuchaba?

Miró a James; este desvió la vista. Miró a la tía Adela, que tenía los labios tan fruncidos que comprendió que deseaba decir que estaba de acuerdo. Miró a su madre, y la vio secándose las lágrimas.

Esta vez el silencio ahogaba todo pensamiento.

—¿Ninguno ha oído hablar de la muerte eólica? —preguntó Sylvan, en tono tranquilo, como si creyera que todos los días se representaba un espectáculo como ese.

—Yo oí —dijo James, y se aclaró la garganta—. Es un nombre anticuado para... esto... cuando un soldado se muere y no tiene ninguna herida ni lesión en el cuerpo.

Sylvan asintió.

—Los cirujanos creían que el viento de una bala al pasar cerca les chupaba el aire de los pulmones y los soldados morían sofocados. Al examinarlos, se comprobó que las muertes estaban causadas por varias lesiones internas, que no dejaban marcas externas.

—¿Sugiere que es eso lo que le ocurrió a Rand? —preguntó lady Adela.

—No del todo —terció Rand—, no estoy muerto, todavía.

—Distinción frívola, pero importante —dijo Sylvan, en tono solemne, que a Rand le extrañó—. Sugiero que podría tener una lesión en la espina dorsal.

Él deseó creer eso. Lo deseó, terriblemente, pero dijo:

—Imposible. Sólo me derrumbé cuando fui a darle mi informe a Wellington. Estuve inconsciente dos días, y cuando desperté... —Se señaló las piernas.

—Tal vez no fue una sola herida o lesión lo que te dejó lisiado —sugirió Garth—, tal vez fue la acumulación, una herida tras otra, lo que te derrumbó.

—O una acumulación de sangre en tu columna, que con el tiempo se disipará —dijo James—, ¡y volverás a caminar!

Su entusiasmo delataba su deseo.

—Cualquier cosa es posible —dijo Sylvan amablemente—. Pero Rand necesita adaptarse a la situación tal como es, en lugar de esperar un milagro que igual podría no ocurrir nunca.

James seguía mirándolo con esos ojos atormentados, esperanzados, observó Rand, y se sintió encadenado a la silla de ruedas por esa expectativa.

—¿Quién me va a ayudar a adaptarme? —preguntó, y miró burlón a Sylvan—. ¿Usted?

—Sí, ella —contestó Garth—. Rand...

—¿No sabes quién es?

Lo dijo en un tono tan desagradable que Sylvan comprendió qué iba a revelar. El muy maldito. ¿No podría haber esperado un día? ¿No podría haber esperado hasta que ella hubiera dormido un poco?

—La de enfermera, como todos sabéis, es una de las profesiones más deshonrosas a las que se puede rebajar una mujer.

Las dos damas desviaron la mirada, revelando con su silencio que lo sabían.

—Rand, esto es innecesario —dijo Garth, secamente.

—Pero para esta mujer —continuó Rand, saboreándolo—, convertirse en enfermera fue subir un peldaño desde la profesión más antigua del mundo.

—Rand —exclamó lady Emmie—, no querrás decir...

—Sylvan era la amante de Hibbert, el conde de Mayfield.

Podría haber dicho algo mucho peor, pensó Sylvan. Podría haber asegurado que ella hacía la calle en Bruselas o que él la había conocido íntimamente previo pago. Pero el resultado fue el mismo.

Lady Emmie se llevó una mano al corazón y lady Adela se apartó como si su sola presencia contaminara el aire. Durante un instante James la miró con una especie de expectación medio babosa, pero enseguida cambió su expresión a la de la cortesía anterior.

A Garth se le agolpó la sangre en la cara. Rand la miró con expresión triunfal y ella comprendió que creía que había ganado.

—¿Por qué les has dicho eso? —dijo Garth, avanzando hacia él como si deseara golpearlo—. ¿Te ha obligado a hacer algo que no deseabas hacer? ¿Te ha hecho comprender lo burro que has sido? ¿Por eso la has atacado?

A Rand se le desvaneció la sonrisa y negó con la cabeza, y Sylvan comprendió que de verdad no entendía; había creído que Garth se horrorizaría como los demás. No sabía que él le había ofrecido un refugio para estar a salvo de todas esas acusaciones.

—¿No estás horrorizado? —preguntó—. ¿No crees que nuestra madre tiene derecho a saber con qué tipo de mujer va a tratar?

Garth apoyó las manos en los brazos de la silla de ruedas y se inclinó hasta quedar con la cara a nivel de la suya.

—Nunca has sido un hipócrita. Te conozco, Rand, y conozco tus gustos. Le tenías envidia a Hibbert. Y es posible que aún sigas teniéndosela.

—¿Cómo diablos puedo tenerle envidia a un hombre muerto?

—Puede que haya muerto, pero cuando estaba vivo tenía lo que tú deseabas.

—¡Garth! —exclamó lady Emmie, espantada.

—... lo que todavía deseas. No eres otra cosa que un cobarde quejica.

Sylvan gimió y se cubrió los ojos. Rand estaba pasmado por la inesperada dirección de ese ataque, pero ella se sentía humillada. ¿Cómo había podido Garth adivinar con tanta precisión lo del deseo que los había unido a ella y a Rand durante un corto baile?

Lo recordaba incluso en ese momento. El iluminado salón, caluroso por la luz de las velas y el apiñamiento de cuerpos. La música, un vals perfecto. El calor de la mano de Rand en su espalda, la fuerza de su hombro que sentía en su palma. Sus manos cogidas firmemente. Las miradas de los dos, rozándose, encontrándose, evitándose y volviendo a encontrarse mientras giraban al ritmo del vals por la pista, inmersos en un lugar mágico donde estaban solos.

Y cuando terminó el vals, sus dedos levantándole el mentón y rozándole los labios, prometiéndole placeres desconocidos.

Después no le pidió otro baile, y ella no deseaba que se lo pidiera.

El contacto fue tan breve que ninguna de las cotillas lo notó. Nadie lo notó fuera del querido Hibbert, que no sobrevivió a la batalla del día siguiente.

—¿Te atreves...? —gritó Rand.

Sylvan pegó un salto, pero vio que no le estaba gritando a ella. Él movió bruscamente su silla, apartándola de las manos de Garth.

—¿...a llamarme cobarde?

—Ah, sí que fuiste a Waterloo y mataste a franchutes por la seguridad de Inglaterra. Pero le tienes miedo a las consecuencias. Te has pasado la vida combatiendo las injusticias y la brutalidad y cada vez has resultado victorioso. Bueno, esta vez eres la víctima también, pero has tenido que pagar un precio muy alto. ¡Continúa con tu vida, Rand! Deja de revolcarte en esta autocompasión, y sigue con tu vida.

Dirigiéndole una fulminante mirada a su hermano, Rand hizo girar bruscamente la silla.

Sylvan alcanzó a hacerse a un lado antes que la atropellara en su prisa por salir, y al parecer él ni lo notó.

Garth le tocó el brazo.

—No te preocupes.

Ella lo miró sin comprender.

—Yo arreglaré las cosas con las damas y con James. Te tratarán con el respeto que te mereces. Lo prometo.

Ella asintió tontamente.

Él la llevó hasta el vestíbulo y dijo:

—Betty, ahora llévala a su habitación.

Betty avanzó y le cogió el brazo, y Garth volvió a entrar en el despacho y cerró la puerta.

Acompañada por Betty, subió la escalera principal y llegaron a un ancho corredor.

—Qué jaleo, ¿eh, señorita? —comentó Betty, deteniéndose ante una puerta de dos hojas y haciéndola pasar—. Pero no se preocupe, el señor Garth lo enderezará todo. Pusimos aquí sus baúles. Estos son los mejores aposentos del ala de las mujeres. A excepción, claro, de los de su excelencia y lady Adela.

Era evidente que Garth esperaba que sus aposentos le aliviaran de la pesadez del trabajo, porque entraron en una suntuosa sala de estar decorada en azules y dorados. Dos sillones y un sofá formaban un semicírculo delante del hogar donde ya ardía un fuego. Sobre una pulida mesa había un servicio de té de porcelana, y las cortinas de las ventanas eran de brocado. Por la puerta abierta se veía un dormitorio con una cama alta acortinada, otro hogar y alfombras para proteger del frío del suelo.

Al verla sonreír y asentir, Betty continuó:

—Necesitamos saber si debemos prepararle una cama a su doncella. ¿Va a venir después?

—No, no. Mi padre no me permitió traer nada aparte de mi ropa.

Betty comenzó a desvestirla con la eficiencia que demostraba su experiencia, y suspiró cuando ella continuó:

—Mi padre dijo que si quería servir de criada a un noble presuntuoso, bien podía hacerlo sola.

Betty emitió el sonido de una gallina con un polluelo.

—Qué tontos son los hombres, ¿verdad? Pero yo la atenderé personalmente, y cuando mis otras obligaciones me lo impidan, le enviaré a Bernadette. Es una muchachita inteligente, y puede dormir en la habitación con usted.

—¡No!

Betty la miró sorprendida, así que intentó suavizar la negativa.

—Por favor, no permito que ni siquiera mi doncella duerma en mi habitación. Tengo un sueño muy inquieto.

—Como quiera, señorita Sylvan. —Era evidente que, aunque se sentía perpleja, Betty no iba a hacer el menor esfuerzo por entender la manera de pensar de la gente bien—. Entre en su dormitorio a bañarse, y cuando salga le cepillaré el pelo y la prepararé para acostarse.

Sylvan miró por la ventana.

—Pero si sólo se está poniendo el sol.

—Sí, pero es primavera y hay luz hasta tarde. Ha tenido un arduo día de viaje, seguido por un disgusto tras otro. Le traeré la cena en una bandeja y después se puede acostar. Simplemente fíese de Betty, señorita.

Sorprendentemente, Sylvan le hizo caso. Hacía años que no se dejaba mimar por nadie, y desde su regreso de Waterloo tampoco se fiaba del juicio de nadie. Fue al dormitorio, se bañó, y cuando volvió a la sala de estar encontró la cena esperándola.

Observando la bandeja bellamente preparada, dijo:

—Debe de haber un chef francés además del confitero italiano.

Betty le apartó la silla para que se sentara.

—Sí, señorita. —Le extendió en la falda la servilleta de lino, cogió la cuchara y se la puso en la mano—. Ahora coma. Tiene el aspecto de haberse perdido muchas comidas.

Sylvan no contestó.

—Me parece que sus ropas no fueron hechas para que le sentaran tan holgadas —dijo Betty sagazmente—. Da la impresión de que usted y el señor Rand sufren de la misma enfermedad.

—¿Y qué enfermedad es esa? —preguntó Sylvan, probando la sopa de rabo de buey.

—Recuerdos.

Sylvan bajó la cuchara.

—Eres una mujer muy inteligente.

Betty cogió el tenedor y se lo puso en la mano.

—Sí. Pruebe las pastas.

Sylvan obedeció. Las pastas eran porciones de una excepcional mezcla de carnes de vaca y cerdo con cebolla y nabo, un poco de mejorana, envueltas en delgado hojaldre. Como todo lo demás, sabían maravillosamente, aunque pensó que la compañía influía en el sabor de la comida.

Al fin y al cabo, ¿con qué frecuencia tratan con respeto a una mujer de su reputación, aunque sea una criada? Y en especial una criada de ese discernimiento. Cayó en la cuenta de que su opinión acerca de Betty estaba en proporción directa con la opinión que esta tenía de ella.

—¿Qué sabes del fantasma? —preguntó despreocupadamente.

—¿El fantasma? —repitió Betty, desviando la mirada, y añadió en tono forzadamente despreocupado—: ¿Qué fantasma?

—El fantasma del que me habló Jasper.

—¡Ese Jasper! —exclamó Betty, haciendo un mal gesto—. Tiene la lengua suelta.

—O sea, ¡que hay un fantasma! —Con el codo sobre la mesa, apoyó el mentón en la palma y la miró fijamente—. ¿Lo has visto?

Betty soltó una risita falsa.

—¿Yo? ¿Ver un fantasma? Pruebe el cordero.

Sylvan enterró el tenedor en una tierna rodaja.

—Lo has visto, ¿verdad?

Encorvando los hombros, Betty masculló:

—Una vez.

—¿Una vez?

—Está bueno el cordero, ¿verdad? —Ante la mirada de Sylvan, reconoció—: De acuerdo, dos veces. Una vez en la casa. —Estremeciéndose fue hasta la ventana, donde ya se veía la oscuridad de la noche, y cerró las cortinas—. Una vez lo vi mirándome por la ventana.

La habitación se veía más acogedora con las cortinas corridas, concluyó Sylvan.

—Yo no creo en fantasmas —dijo. Entonces recordó los espectros que perturbaban su sueño por la noche—. O, mejor dicho, no creía.

—Yo nunca había creído en fantasmas antes, y a la luz del día sigo creyendo que no existen. Tiene que haber otra explicación. Su excelencia lo dice y yo sé que es cierto. —Frotándose los brazos, hizo una inspiración—. Pero por la noche, cuando aúlla el viento y la luna aparece y desaparece en la niebla... bueno, entonces recuerdo las historias que contaba mi abuela sobre el primer duque y cómo aún sigue caminando por la casa cuando va a haber problemas en Clairmont Court, y escondo la cabeza bajo las mantas.

Sylvan también se estremeció. La manera de hablar de Betty le erizó el vello de la nuca.

—¿Alguien de la familia ha visto a ese fantasma? ¿Su excelencia lo ha visto?

—No, la noche que miró por la ventana, él... —Se interrumpió, y Sylvan habría jurado que un rubor le cubrió la blanca piel. Pero entonces Betty se inclinó hacia el hogar, atizó el fuego y encendió unas cuantas velas más de las que había distribuidas por la sala—. No, su excelencia no lo ha visto, pero yo creo que lord Rand sí.

—¿Lord Rand? —repitió Sylvan; pensó en su cara escéptica y furiosa y negó con la cabeza—. Seguro que no.

—Sí, señorita, yo creo que sí. —Volviendo a la mesa, Betty se acuclilló ante ella y continuó en voz baja—: Cuando lord Rand volvió a casa lisiado estaba furioso con el mundo, por supuesto, y muy deprimido, pero el señor Garth, su excelencia, hablaba con él acerca de la propiedad y lo obligaba a ayudarlo en los planes para la fábrica, igual que antes, y lord Rand comenzó a mejorar. Se estaba adaptando a esa silla de ruedas, e incluso hacía bromas sobre sus inútiles piernas. Durante un tiempo comprendió que él no era el único al que le causaba tristeza su accidente.

Sylvan enderezó la espalda. Eso era interesante; era fascinante.

—Entonces, la noche que yo vi la cara en la ventana, se lo conté al señor Garth, y cuando él se lo contó a lord Rand al día siguiente, riéndose de mí, este estalló en un ataque de cólera. Nunca lo habíamos visto así, arrojando cosas y maldiciendo. Y desde entonces ha continuado así. Mejora un poco, y luego empeora. Como hoy. —Se incorporó—. ¿Qué puedo pensar sino que lord Rand vio al fantasma y sabe lo que anuncia?

—Problemas.

—Sí —dijo Betty y se pasó las palmas por sus amplias caderas como para secarse el sudor—. Problemas.

El golpe en la puerta las cogió por sorpresa y las dos pegaron un salto. Avergonzada por su sobresalto, Betty fue a abrir. Sylvan no vio a la persona que estaba fuera porque Betty le bloqueaba la visión, pero oyó una voz masculina.

—¿Qué pasa, Betty? —preguntó.

—Es Jasper —contestó esta, de mala gana—. Desea un favor, pero le he dicho que ya son más de las diez de la noche y no debe molestarla.

Sylvan se levantó.

—¿Un favor? ¿Alguien está enfermo?

—Es lord Rand —dijo Jasper—. La necesita.

A Sylvan le dio un vuelco el corazón y se le alojó en la garganta. ¿Se habría esforzado demasiado ese día? ¿Ella le habría exigido demasiado? Abrochándose el cinturón de la bata, fue a la puerta, la abrió más y se situó al lado de Betty.

—¿Qué le pasa a lord Rand? —Echó a andar por el corredor y bajó la escalera, sin mirar atrás para ver si los criados la seguían. Las velas ardían alegremente en el vestíbulo cuando pasó—. ¿Ha tenido accesos de tos? ¿Tos con sangre? ¿No puede hablar?

—No, señorita.

Jasper trotaba a su lado y Betty los seguía a los dos mascullando improperios.

—Tiene una astilla clavada.

Sylvan se detuvo tan bruscamente que Betty chocó con ella.

—Una astilla.

—Sí, señorita.

—¿Es una broma?

Jasper rascó el suelo con los pies, pero no dejó de mirarla a los ojos.

—No, señorita. Se enterró astillas de la rueda esta tarde cuando trató de impedirle que avanzara con la silla, y una está muy profunda. Yo podría habérsela quitado, pero él aún está levantado y dice que quiere que lo haga usted.

Eso sí era interesante.

—Me gustaría saber por qué.

—Puede que me haya golpeado la pluma del ala de un búho, señorita, pero no sé por qué.

—Vuelva a su habitación —la instó Betty—. No hay ninguna necesidad.

—Creo que podría haberla.

Betty apretó las mandíbulas.

—¡Por lo menos vístase! Su reputación...

—No puede sufrir ningún daño. —Sonriendo, se volvió en dirección a su habitación—. Pero me vestiré.

Cuando volvió a bajar, muy pulcra con un sencillo vestido de muselina, Betty continuó pegada a sus talones, protestando:

—Señorita, no me gusta esto.

Tratando de imaginar el motivo de Rand, Sylvan contestó:

—Tal vez quiere ponerme a prueba. Tal vez siente verdadero dolor y no quiere reconocerlo. Los hombres son así, ya sabes.

—Sí, unos tontos —gruñó Betty, pero echó a andar por el corredor en dirección a la habitación de Rand—. Y ya sea que le preocupe o no su reputación, yo estaré ahí para protegérsela.

Jasper abrió la puerta y se agachó. Al parecer Rand tenía la costumbre de arrojar cosas a quienes se atrevían a desafiarlo en su madriguera.

Puesto que no salió nada volando, el criado dijo:

—La he traído, señor.

—Hazla pasar.

La voz de Rand sonó áspera, como si hubiera estado llorando.

Pero al pasar por la puerta, Sylvan vio que no. Tal vez no lloraba desde que era un crío, y necesitaba llorar. Como decía Betty, todos los hombres son tontos.

Él estaba sentado en la cama, con la espalda apoyada en la cabecera, mirándose la palma, ceñudo. Estaba más vestido que esa tarde. Una bata blanca de dormitorio le cubría los hombros, brazos y pecho.

—¿Se lo ha dicho Jasper?

—¿Que tiene enterrada una astilla? —preguntó ella tranquilamente—. Sí.

—Creí que no vendría.

—Pues claro que lo haría. Soy su enfermera. Cuando me llama yo vengo corriendo.

Sus ojos azules brillaron a la luz de las velas, tenía el pelo negro en punta, y ella vio el brillo de sus dientes blancos cuando sonrió.

—Eso lo dudo.

—Dentro de lo razonable —añadió ella. Le tendió la mano—. Déjeme verle la mano.

Él alargó la mano y ella se la cogió entre las palmas. Tenía los dedos largos y gruesos, callosos entre las articulaciones y en todas las almohadillas de la palma. La piel atravesada por surcos, algunos eran las líneas naturales de la mano, otros, cicatrices de heridas. Había gotitas de sangre en los lugares de donde Jasper le había sacado otras astillas y al instante vio el motivo por el que la había requerido. La astilla, grande y negra, se le había enterrado muy profundo en la piel de la almohadilla de la base del índice. Tenía que dolerle mucho y si no se la extraía podría infectarse.

Era razonable que hubiera llamado a su enfermera para que se la extrajera.

Aunque no creía que fuera por eso por lo que la hizo llamar.

—¿Tenemos pinzas, aguja y desinfectante de albahaca?

—Sí, señorita —contestó Jasper, señalando los instrumentos y la botella oscura con tapón.

Debía inmovilizarle la mano, pero al mismo tiempo necesitaba tener las suyas libres. Si se la apoyaba en la cama, se hundiría y quedaría mal iluminada. Sin embargo...

—Siéntese en la cama —ordenó Rand—, y apóyela en su falda.

—¡Lord Rand! —exclamó Betty.

—Betty, fuera de aquí —le gritó.

—No me iré, señor —dijo Betty, poniéndose las manos en las caderas—. No es decente que la señorita Sylvan esté aquí por la noche, y necesita carabina.

—Jasper está aquí.

Betty no se convenció.

—Y Sylvan no me tiene miedo. ¿Tienes miedo, Sylvan?

Ella lo miró y vio el desafío personificado.

—No, no le tengo miedo.

—Venga, Betty, vete a jugar —dijo Rand señalando la puerta, pero Betty continuó donde estaba, tozuda y firme, y ante la sorpresa de Sylvan, Rand cedió—. Vamos, por el amor de Dios, ve a buscarme unas lonchas de fiambre y unas pocas galletas. No he cenado y tengo hambre.

Betty aflojó la postura y lo pensó.

—De verdad, Betty, puedes ir —dijo Sylvan—. Si intenta alguna diablura, lo golpearé.

Rand la miró de arriba abajo; no le llevó mucho tiempo.

—Uy, qué miedo.

—Vale más que lo tenga, lord Rand, porque si me da motivos haré que lo lamente. —Después de esa sorprendente declaración, Betty dijo a Jasper—: Tú los vigilas.

Dicho eso, salió de la habitación.

Rand se quedó mirando la puerta.

—Supongo que será mejor que haga la diablura pronto para que ella no me pille. —Volviendo la atención a Sylvan, le ordenó en voz baja—. Ahora sube a la cama y quítame la astilla.

Habiendo presenciado la falta de respeto de Betty, Sylvan se sintió algo superior. Al fin y al cabo, si el ama de llaves podía hablarle así a Rand y quedar impune, ¿qué daño podía hacerle sentarse en la cama? El hombre estaba paralítico, y ella era su enfermera. Así que tranquilamente subió a la cama.

—¡Señorita Sylvan!

La exclamación de Jasper sonó más escandalizada aún que la de Betty, pero ninguno de los ocupantes de la cama le prestó atención. Sylvan se sentó sobre los talones, de cara a la cabecera y se remetió bien la falda, de forma que no quedara ni un trocito de piel a la vista que pudiera tentar a Rand, aunque por qué la preocupaba eso no lo sabía.

La mano de él estaba apoyada sobre la sábana, donde se la puso ella, tan fláccida como si también la tuviera paralizada. Pero cuando se la cogió y se la apoyó en su muslo, se llenó de vitalidad. Nunca había tocado a una persona tan viva, tan vibrante; era como si la energía vital se canalizara a través de Rand al resto del mundo, de modo que si él muriera el mundo se acabaría.

Extraña idea, y ella la atribuyó a su cansancio.

Presionó la palma alrededor de la astilla, y cogió la aguja.

—Esto va a doler.

—Lo sé.

El sonido áspero de su voz la sorprendió; casi daba la impresión de que le gustaba sentir dolor. Tuvo que hurgar y escarbar con la aguja, más y más profundo, pero él lo soportó estoicamente, incluso cuando después de extraer la astilla le puso el desinfectante de albahaca para prevenir la infección.

¿Habría descubierto que el dolor era mejor que no sentir nada en absoluto?

—Ya está —dijo, limpiándose las manos en una toalla. Entonces le preguntó—. ¿Alguna otra cosa?

—No. —Al ver que ella comenzaba a bajarse de la cama, le cogió el brazo con la mano no dañada—. Sí.

Lo miró interrogante.

—Deseo pedir disculpas.

—¿Señor?

—Por mi hermano.

Primero la sacudió el asombro y luego la furia, y se soltó bruscamente el brazo.

—¿Pide disculpas por su hermano después de todo lo que ha hecho usted hoy?

Él abrió la boca, la cerró y se pasó la mano por la cara.

—No lo había considerado así, pero sí, pido disculpas por mi hermano.

—Debería...

—¿Recibir una zurra? —preguntó él, arqueando las cejas y sonriendo.

—Avergonzarse.

—No. He sido insufrible, pero no fui yo quien la engatusó para que veniera aquí.

—¿Cómo lo...?

—¿Sé? —Sonrió—. Conozco los métodos de Garth, y no me cuesta imaginarme la historia que le contó. «Pobre Rand, obligado a guardar cama y a moverse en una silla de ruedas. Ha perdido el deseo de vivir.»

Eso era tan similar a lo que le dio a entender Garth, que ella se ruborizó intensamente, y él se rió.

—Garth es un buen hombre, pero mi padre lo educó para ser el duque, y mi padre creía que el duque de Clairmont Court sólo era inferior en importancia a los apóstoles y siempre debía hacer su voluntad y conseguir lo que deseaba por los medios que fuera.

—Y usted ¿no?

—Mi padre me educó para creer que la familia Malkin es capaz de detener la marea con una palabra.

—¿Por qué no lo hace, entonces? —preguntó ella, irritada.

A él le brillaron de travesura los ojos azules.

—Ese no es mi deseo.

Ella bajó una pierna de la cama.

—No me interesan sus deseos.

—¿No?

Ella detuvo el movimiento ante su tono, y se quedó totalmente inmóvil cuando él añadió:

—Me gustaste en Bruselas.

Ella miró hacia Jasper.

—Chss.

—Vete, Jasper —dijo él, agitando una mano, impaciente—. No te necesito.

—Pero, señor...

—Vete, vete. La señorita Sylvan puede traerme todo lo que necesito.

Mirándolo resentido, Jasper se dirigió a la puerta.

—Ciérrala —gritó Rand.

—¡No! —gritó Sylvan.

Jasper cerró la puerta con cierta fuerza, y ella continuó el movimiento de bajarse de la cama, pero de pronto él giró la mano dañada que tenía reposando tan fláccida sobre su muslo, y le cogió la rodilla.

—Y me gustas ahora.

—Eso quiere decir que le siguen funcionando los ojos —ladró ella, irritada.

—Me hace pensar en por qué me fijo. ¿Qué bien le hace a un hombre lisiado fijarse en la apariencia de una mujer?

Ella le dio una palmada en la muñeca. Él le friccionó el muslo por encima de la falda.

—¿Y qué bien le hace a una mujer besar a un hombre?

¿Deseaba besarla?

—¿Besar?

En Bruselas ella se había sentido atraída por él. Pese a su sensatez y prudencia, lo había deseado por su fuerza, su manera de moverse, por su apariencia. Sólo había sido una atracción física, ¿o no?

—Sobre todo a uno tan inofensivo como yo —añadió él.

—¿Inofensivo?

Era tan inofensivo como un tigre hambriento.

—Acércate —musitó él.

Y ella era tan estúpida que deseó acariciar al tigre para oírlo ronronear.

La garra del tigre subió por su pierna, tocándosela con tanta suavidad que ella tuvo la impresión de que no la movía.

—Considéralo uno de tus deberes de enfermera, como extraerme la astilla de la mano. Por la noche me desvelo pensando si sigo siendo un hombre.

Vivir con su padre le había instilado escepticismo hasta el fondo de su ser, y este, junto con su sentido de autoconservación, le devolvieron algo del sentido común.

—Seguro que ha besado a todas las criadas de Clairmont Court para descubrir si sigue siendo un hombre.

—¿Sí? —Se observó la mano subiéndola hasta el lazo del corpiño y desatándolo—. Entonces tal vez debes besarme por otro motivo.

Ella lo miró a los ojos.

—¿Cuál sería?

—Curiosidad por saber si sigues siendo una mujer.

Debía de tener razón el muy maldito, pensó ella, porque le permitió rodearle la cintura con las manos. Él la acercó y ella lo dejó, aunque sosteniéndose con sumo cuidado para no tocarlo con el cuerpo. Él advirtió su cautela, divertido, y la besó.

Un beso con las bocas cerradas y descentrado, la mirada de ella fija en la barba que asomaba en su mejilla.

Decepcionante.

—Intentémoslo otra vez —gruñó él, y el sonido resonó en su pecho.

Levantándola, manipulándola como un tigre, la instaló atravesada sobre su regazo y le apoyó la cabeza en el hueco de la axila.

Y ella se lo permitió.

Con dos dedos le cerró los ojos y le apartó el pelo de la frente, y entonces se inclinó y la besó. En realidad fue una serie de suaves mordisquitos en los labios, y cuando ella los abrió, suaves caricias con la lengua. Había bebido coñac, descubrió ella, y le gustaba la textura del interior de su labio inferior, porque pasó varias veces la lengua por ahí.

Para ser un hombre odioso, era una caricia delicada.

Entonces él le cogió el labio entre los dientes y ella casi dejó de respirar. No le hacía daño, pero estaba el peligro. Aunque él simplemente se lo chupó, como si fuera un dulce caro que se le derretía en la boca.

Derretida en sus brazos, ella esperó, sin aliento, qué más haría.

Él ahuecó la mano en su pecho, lo sopesó y musitó «Perfecto», con la boca sobre la de ella. Con el pulgar le frotó el pezón de un lado a otro, haciéndola sentir la textura del encaje en la piel, y se estremeció de placer.

Delicadamente le separó los labios y le tocó los dientes con la lengua. Ella pegó un salto y se tensó, ante ese atrevimiento, pensando si le gustaba. Él detuvo el movimiento, como si estuviera sorprendido, y entonces la acercó más y lo repitió. Al parecer quería explorar con la lengua, buscando algo, aunque ella no sabía qué. Sólo sabía que eso era una caricia muy íntima, invasora, y la hacía sentirse más unida a él de lo que se había sentido nunca con otra persona.

No lo conocía bien. Ni siquiera le gustaba mucho. Pero eso fue lo que sintió cuando bailaron en Bruselas.

Que se sentirían bien juntos.

—Me cargas con todo el trabajo, ¿eh? —dijo él, raspándole la piel con la barba de un día—. No lo habría sospechado nunca.

Ella abrió los ojos, y él le hizo un guiño. La sorpresa le hizo abrir la boca, y entonces la besó. La besó de verdad. El sabor, la textura, la insistencia, hicieron que esa experiencia fuera muy distinta de sus anteriores incursiones. Era un beso con las bocas abiertas, exigiendo una trabazón que no permitía ocultar nada. Él le buscó la lengua hasta que la encontró, y entonces se la succionó hasta que ella obedeció la orden y se la introdujo en la boca. Hasta que todo era Rand, llenándole todos los sentidos y borrando el pasado y el futuro.

—Lord Rand, señorita Sylvan, ¡basta!

Sylvan sintió una mano moviéndole el hombro y la severa voz de Betty:

—Lord Rand, suéltela. Suéltela, inmediatamente. Jasper, oblígalo a soltarla.

Sylvan abrió los ojos y miró a Rand.

Sus ojos azules estaban desenfocados, pero al verla los enfocó.

—Por Júpiter —dijo—, creo que hemos descubierto algo. Betty, has vuelto demasiado pronto, pero puedes dejar de regañarme. He terminado. —Pasó una última vez el pulgar por el pezón—. Por el momento.

Sylvan se sentó y miró a la escandalizada Betty y al imperturbable Jasper. Entonces se ató el lazo del corpiño. Volvió a mirar a Rand, y con los dedos temblorosos hizo el lazo.

—No puedes borrar lo que acabamos de hacer.

La ronca voz de Rand la acarició, e hizo otro nudo en el lazo.

—Creo que nos hemos demostrado algo mutuamente.

Ella bajó la mirada al regazo de él y se puso las manos en las mejillas calientes. Jamás había estado tan cerca de un hombre en ese estado, pero al parecer él no estaba sufriendo.

—Sí —musitó él—, sin duda has demostrado que curas a los enfermos.

Su aire de posesividad la enfureció, y sin pensarlo, ladró:

—Curo a los enfermos, no levanto a los muertos.

Rand echó la cabeza hacia atrás y rugió de risa, pero Betty dijo, horrorizada:

—Señorita Sylvan, eso ha sido cruel.

—No es cruel, Betty —dijo él, inclinándose hacia Sylvan, incitándola—. Está asustada.

—No le tengo miedo.

—Pues deberías.

La pregunta le quedó en la punta de la lengua: ¿Por qué? ¿Por qué debía tenerle miedo? Pero sabía que no le gustaría la respuesta, así que se apresuró a escapar.

Él esperó a que llegara a la puerta, la dejó probar el primer sabor de la escapada, y entonces, como si ella hubiera hecho la pregunta, dijo:

—Porque tú me excitas y yo te excito.

Sylvan deseó maldecirlo con todas las palabrotas que había oído en el campo de batalla; deseó mandarlo al infierno de ida y vuelta, pero su educación se lo impidió, y se limitó a decir:

—Es usted un ser odioso.

Él contempló la puerta donde había estado ella hasta mucho después que se apagaron los sonidos de sus pisadas.

Jasper, que estaba esperando para prepararlo para acostarse, dijo con una sonrisa maliciosa:

—¿Lord Rand? Es tal como decían que era, ¿verdad?

—¿Cómo?

—Es montura fácil.

—¿Fácil? —repitió Rand, todavía grogui por el deseo.

Jasper se le acercó otro poco y le dio un amistoso codazo en las costillas.

—Se subió inmediatamente en la cama y se puso cómoda.

La comprensión pasó por Rand como un rayo. Cogió a Jasper por la camisa, cerca del cuello y lo acercó hasta dejarlo cara a cara con él.

—No vuelvas a decir eso jamás. No le digas nunca a nadie lo que ha ocurrido aquí. A no ser que desees volver a la granja de tu padre, olvidarás lo que has visto y tratarás con respeto a la señorita Sylvan. ¿Entendido?

Con los ojos desorbitados por la falta de aire, Jasper asintió y Rand lo apartó de un empujón, haciéndolo caer sentado. Pero no podía continuar enfadado; el triunfo de su descubrimiento se lo impedía.

—Los rumores acerca de Hibbert eran ciertos —dijo.

# Capítulo 4

*L*os muertos la llamaban.

«Sylvan, cúrame, por favor.»

El hedor a pudrición le llenó las narices cuando la cogieron primero uno y luego otro cadáver. Los dedos húmedos y blancos se le enroscaban en la falda, en el brazo, en el cuello. Oía los arañazos de sus uñas, secas como aulaga en verano.

«Cúrame, soy demasiado joven para morir.»

La arrastraron y la hicieron caer, suplicándole. El borde de la tumba se desmoronó bajo sus pies y desesperada trató de afirmarse para no caer dentro. Se le cubrió la piel de moho; cayó la tierra como lluvia.

«Todavía no. No puedo morir todavía.»

Uno a uno los espectros le chuparon el aire de los pulmones.

«Auxíliame, cúrame.»

Ella se defendió, sintiendo ese miedo tan conocido.

«Cántame.»

Trató de gritar, pero el polvo le cerraba la garganta.

«Cógeme la mano.»

Deseó golpear, pero no pudo.

«Auxíliame, cúrame.»

—¡No puedo!

Bajó de la cama de un salto y cayó al suelo de rodillas. Agradeció el dolor del golpe, la irritación por la fricción de la alfombra. Desesperada, miró alrededor, a ese entorno desconocido. Se dejó caer al suelo hasta apoyar la mejilla en la rugosa lana de la alfombra.

—No os puedo curar. Yo os maté.

Los fantasmas continuaron bailando en su cabeza, y poco a poco se fueron retirando, arrastrando sus mortajas, sus mejillas hundidas y sus miembros amputados. Se habían ido, pero volverían.

Se limpió los ojos, pero los tenía secos; entonces se sentó derecha y se apoyó en la pata de la cama; la pulida madera se le enterró en la espalda, volviéndola a la realidad, devolviéndola desde el borde de la cordura.

Ya lo recordaba. Rand Malkin. Clairmont Court. ¿El fantasma que caminaba por la noche?

No era de extrañar que hubiera tenido esa pesadilla.

Gimiendo volvió a echarse en el suelo y apoyó la cabeza en los brazos. ¿Los muertos nunca la dejarían en paz? ¿Nunca más volvería a dormir apaciblemente?

Raj, raj. Chaf, chaf.

Levantó la cabeza y miró hacia la puerta.

¿Qué eran esos ruidos? ¿Arañazos? ¿Pasos?

Aguzó los oídos, pero no oyó nada más.

Debían ser los restos de su pesadilla.

Se incorporó, se puso de pie y miró alrededor. La luz de la luna dibujaba una fría franja blanca en el suelo; fue hasta la ventana, apartó las gruesas cortinas y miró.

La habitación daba a la parte de atrás de la casa, donde las ruinas del antiguo castillo se mezclaban con un simpático jardín. Trozos de piedra de los antiguos muros estaban cubiertos por enredaderas rastreras, y las paredes que en otro tiempo escucharon viejas penas ya no oían nada aparte de los suspiros del viento. Desnudo a la luz de la luna, el lugar se veía tan misterioso como cualquier cosa de su imaginación.

Pero nada se movía ahí fuera. Todo el mundo, todos, estaban durmiendo.

Sintió la soledad royéndole la delgada capa de autodominio que la mantenía cuerda. ¿No había nadie en el mundo que estuviera en vela esa noche?

Como a modo de respuesta, algo golpeó su puerta.

Sin saber cómo, se encontró escondida detrás de las cortinas, tiritando, con el corazón desbocado, los ojos tan agrandados que le dolían. Dios mío, te lo ruego, pensó. Pero ¿qué podía prometerle que no le hubiera prometido ya todas esas noches solitarias?

No sintió ningún otro sonido, así que se asomó por entre las cortinas. Nada se movía en la habitación; todo estaba tan quieto como un camposanto.

¡Vaya! ¿Qué la había impulsado a hacer esa comparación?

Tal vez el eco de la voz temblorosa de Jasper; tal vez el recuerdo de la actitud de Betty cuando reconoció que ella también creía que el fantasma del primer duque caminaba por los corredores por la noche.

Armándose de valor, salió de detrás de las cortinas y avanzó de puntillas por la habitación.

En la mesilla de noche ardía una vela, pero su luz no era suficiente. Con la mano temblorosa la cogió y procedió a encender todas las velas repartidas por la habitación, colocadas con generosidad por el personal de los Malkin. Uno a uno los pabilos fueron cogiendo llama, arrojando la oscuridad de vuelta a la tumba de donde venía.

Cuando terminó, la habitación estaba iluminada como un salón de baile y la cera derretida olía a seguridad. Se sentó en uno de los sillones y levantó las piernas flexionadas apoyando las rodillas en el pecho.

Nunca se sabe cuándo un fantasma puede cogerte los dedos de los pies.

Nunca se sabe cuándo el fantasma puede atravesar la pared.

Nunca se sabe si el fantasma está fuera, mirándote, a través de la maciza puerta de madera tallada, acurrucada en un sillón.

¡Aj! ¿Por qué se le ocurría pensar esas cosas? ¿Por qué en ese momento, en una casa desconocida donde no tenía adónde ir ni a quién recurrir?

No creía en los fantasmas, le dijo a Betty.

Bueno, pues no creía. ¿Por qué tenerle miedo a una persona muerta hacía ya tanto tiempo cuando sabía, por la cruel experiencia, que eran los hombres a los que había intentado curar los que la rondaban?

En todo caso, Betty lo expresó mejor: «Es fácil olvidar eso por la noche cuando aúlla el viento y la luna aparece y desaparece por entre la niebla».

Sólo que esa noche no aullaba ningún viento. El silencio la aplastaba como si fuera una rata atrapada en una cúpula de cristal. Su respiración hacía ruido; oía los tictacs del reloj de pie del vestíbulo, y los del reloj más pequeño de su habitación. Entonces, en una grandiosa nota, el minutero tocó la aguja de la hora y los relojes comenzaron a dar las doce campanadas de la medianoche, al unísono. Cada campanada le reverberaba en la cabeza. El tiempo se detendría y el espectro que andaba por el corredor entraría por la pared y...

Emitiendo una risa temblorosa, se levantó de un salto. Idiota, se regañó; qué manera de meterse miedo.

Era Sylvan Miles, osada y valiente aventurera. Por Dios que se lo demostraría a su padre, cumpliría todas las expectativas del duque de Clairmont y al hacerlo enterraría a sus propios fantasmas. Haciendo una temblorosa inspiración, asintió. Un duque muerto hacía ya tanto tiempo no podía caminar, y por Dios que lo demostraría.

Sonó la última nota de la última campanada cuando cogió el candelabro, fue hasta la puerta y la abrió de par en par.

Se quedó inmóvil, paralizada por la conmoción y el horror.

La figura de un hombre con una capa blanca se iba alejando de su puerta por el corredor.

Cuando pudo volver a respirar e hizo una brusca inspiración, él pareció oírla. Medio se giró y miró, y ella comprendió que se había equivocado. Él no la miró desde los huecos cavernosos donde habían estado sus ojos. La miró con el brillo amenazador de unos ojos apagados.

—Se parece a mí, ¿verdad? —comentó Rand.

Sylvan apretó los mangos de la silla de ruedas con tanta fuerza que él la sintió temblar.

—Sí.

—Dicen que Radolf era un cabrón mezquino. —Sintió aumentar el temblor; ¿qué le pasaba a esa mujer?—. Engendró hijos por toda la propiedad, pero lo único que le importaba era Clairmont Court y establecer una dinastía. Se casó con heredera tras heredera, pero ninguna duró mucho.

—Una de ellas tuvo que haber durado el tiempo suficiente para darle un heredero. Usted existe.

Él se enderezó la chorrera de su camisa blanca y se alisó los pantalones. Se había vestido para ella esa mañana y ni se había fijado.

—Sí, tuvo a su heredero por fin. Dicen que la esposa que le dio el heredero lo tenía bien enredado, y cuando ella murió no quiso volver a casarse.

—¿Para qué se iba a volver a casar? Ya tenía lo que deseaba, un hijo.

Si la amargura se pudiera destilar, ella habría producido una pinta, pensó él.

—¿Un hijo? —Se giró a mirarla—. Incluso hoy en día es fácil perder a un hijo. No, el duque debería haberse vuelto a casar y engendrado más, pero no se casó.

—Tal vez ella se volvió en contra suya y lo hizo desgraciado. Tal vez descubrió lo terrible que es vivir, día tras día, en un mal matrimonio.

—La historia dice que el día de la muerte de su esposa juró que no saldría jamás de Clairmont Court. Dicen que nunca salió de la propiedad en su vida, y que por eso sigue aquí.

Ella movió bruscamente la silla, como si le hubieran flaqueado las piernas; él le hizo un gesto hacia la ventana, indicándole las banquetas que estaban alineadas a lo largo de toda la larga galería.

—Siéntate, no sea que te caigas. Estás temblando como una hoja. ¿No sabes que yo soy el único inválido que se permite en esta casa?

Lo dijo en tono guasón, pero la observó preocupado cuando ella se sentó. ¿Qué le pasaba? Después del beso de esa noche, había supuesto que esa mañana se mostraría tímida. Que se ruborizaría y ofendería cuando él la embromara.

Sin embargo, cuando apareció daba la impresión de que la habían hecho pasar a rastras por un agujero, tirada por caballos de granja.

—¿No has dormido bien esta noche?

Ella desvió la mirada del retrato del duque Radolf y lo miró como si no lo conociera.

—¿Qué? Ah, sí, bien.

—¿Cuánto?

—Ya se sabe. Uno nunca duerme profundamente la primera noche en una casa desconocida.

—Tal vez deberías ir a tu habitación e intentar dormir un poco.

—¿Qué?

Otra vez estaba mirando al duque, y eso lo fastidió. Cierto, su antepasado era una figura imponente, pintado con toda su armadura. Su capa parecía flotar desde sus hombros, y sus perros saltaban alrededor de sus pies. Pero su cara tenía un aspecto envarado, y su severidad parecía más un gruñido. El primer duque fue famoso por su frugalidad. Era evidente que había sido parco para pagar al pintor de su retrato, aunque sus ojos seguían a la persona adonde fuera por la galería.

—Tal vez deberías ir a tu habitación —repitió.

Ella se puso de pie de un salto y esbozó una mala imitación de sonrisa.

—No. Que esté lloviendo no es motivo para que no haga su paseo. Puede enseñarme más cosas de la casa.

—Qué maleducada la lluvia por interrumpir los planes que tenías para mí, ¿eh?

Tristemente recordó cómo había fallado el día anterior, a sí mismo y a sus valientes antepasados, y pensó si su abortado plan habría sido más palpable ese día.

Lo dudaba. No podría, con el recuerdo de ese beso ardiendo en su corazón, y en los lugares de más abajo. Tendría que hacerlo, por supuesto, pero bendijo a la lluvia por quitarle esa carga un día más.

—Te llevaré a la biblioteca —dijo, decidido, haciendo girar las ruedas de la silla en dirección al final de la galería—. Tal vez ahí encuentres un libro que te aburra lo bastante para dormir.

Ella sonrió, se relajó y echó a caminar a su lado.

—Sí, eso me gustaría. Dejé la mayoría de mis libros en casa.

Él admiró los hoyuelos que le hundieron la tersa piel blanca de sus mejillas cuando sonrió. Le gustaba su cuerpo tanto como le había gustado el día anterior, y tal como le había gustado en Bruselas. En realidad, algo de ella lo hacía ser el hombre que había sido antes de la batalla. Volvió a pensar en el hombre elfo que la armó, y dudó que ese ser estuviera borracho.

El sonido de pies corriendo lo distrajo, y antes que pudiera hacer algo para evadirse, una niña delgada irrumpió por la puerta de la galería.

—¡Tío Rand!

La niña se arrojó sobre él y él la envolvió en sus brazos.

—¡Gail!

Ella lo abrazó como si creyera que no iba a verlo nunca más.

—Tío Rand, te he echado de menos. ¿Cuándo me vas a invitar a tomar el té otra vez?

—Te invité a tomar el té hace tres días.

—Tres días completos. —Gail se sentó en su regazo y apoyó la cabeza en su hombro—. Es una maravilla que no me haya muerto de hambre.

Sylvan contemplaba horrorizada a la niña fingir tanto desconsuelo.

Tío Rand, desde luego.

La sangre Malkin debía correr fuerte por ella, porque se veía su parentesco con Rand en algo más que la familiaridad con que lo trataba. Tenía sus ojos azules, su pelo negro y sus hermosos rasgos, suavizados por la edad y el sexo. Por su altura parecía tener doce años, pero en su figura no se veía ninguno de los indicios del comienzo de su transformación en mujer; era más probable que tuviera diez años, y fuera ilegítima, porque no había oído ni siquiera un susurro acerca de su existencia.

Hija de Rand.

Se dio una sacudida. No tenía por qué ser hija de Rand necesariamente. Se parecía a Garth también, y a James, y al primer duque. Pero el primer duque ya había muerto, y no lograba imaginarse a Garth complaciéndose en un ocasional revolcón con una camarera de salón, así que tenía que ser James. ¿James? ¿El elegante James? No pudo imaginárselo.

—De pie y derecha, señorita —dijo Betty desde la puerta, y ante su tono duro Gail se apresuró a bajarse de la silla—. Hazle una reverencia a la señorita Sylvan y muéstrale los modales que te he enseñado.

Gail se ruborizó y se inclinó en una reverencia hacia Sylvan, pero Rand le cogió la mano y se la apretó:

—Señorita Robards, permíteme que te presente a mi enfermera, la señorita Miles. Señorita Miles, la señorita Robards.

Gail la obsequió con una ancha sonrisa y a Sylvan con una tímida.

—Es un placer conocerla, señorita Miles.

—Y para mí conocerla a usted, señorita Robards.

No. Gail tenía que ser hija de Rand. El furioso alborotador del día anterior había desaparecido, dejando en su lugar a un ser humano educado. Sólo el poder de la paternidad podía producir semejante cambio.

¿Y quién era la madre? Pestañeando, hizo un esfuerzo extra para sonreírle a Gail.

—¿Se ha tomado un tiempo de sus estudios para venir a ver a su... a lord Rand?

—Mi institutriz dice que he debido sentarme en un hormiguero esta mañana. Estoy tan desasosegada que no me puedo tener quieta, así que he venido a desahogar los nervios corriendo por la galería. —Miró atentamente a Sylvan y en sus ojos se reflejó su aguda inteligencia—. ¿Eso es lo que está haciendo aquí?

—Sí. Lord Rand estaba desasosegado esta mañana, así que me va a enseñar la casa.

Gail se rió y miró a Betty.

—¿Puedo acompañarlos?

—Eres muy atrevida —dijo Betty.

—Vamos, déjala venir —suplicó Rand—. A esa vieja bruja que llamas institutriz no le va a importar. Sabes que sólo vive para conjugar verbos latinos.

Gail se rió más aún y Sylvan volvió a cambiar de opinión. Ese no era el comentario de un padre destinado a mantener la disciplina y favorecer la educación. Tal vez el padre fuera James. Tal vez Garth. ¿Tal vez algún primo desconocido?

Pero Betty regañó a Rand:

—Sabe que Gail repite todo lo que usted dice. ¿Cómo voy a explicar eso?

Rand le cogió la mano a Gail y le dio una palmadita, diciendo:

—No le digas lo que he dicho a la vieja bruja. Es una dama simpática. Si no está a nuestra altura, es que no lo puede evitar.

—No se lo diré —dijo Gail, en actitud remilgada y adulta—. Me cae bien la señorita Wainwright, y eso heriría sus sentimientos. Está enamorada de ti, ¿sabes? —añadió en un susurro, un susurro que resonó en toda la galería.

—¿Sí? —dijo Rand, también en un susurro—. No la embromaré acerca de eso.

Gail lo pensó un momento y luego dijo:

—Yo tampoco.

—Detesto los días lluviosos —masculló Betty, con la mirada clavada en Gail.

Sylvan fue a ponerse a su lado.

—¿Lo haces todo aquí? ¿Ama de llaves, doncella personal y niñera de la, mmm, niña? ¿La hija de...? —Vio que Betty la miraba tan consternada que se ruborizó por su osadía—. Perdón, la verdad es que no deseo saberlo.

—Señorita, creo que no...

—Juro que no deseo saberlo.

—¡Sylvan, ven con nosotros! —gritó Rand, que ya había atravesado la galería con Gail, y estaban en la otra puerta esperándola—. Vamos a hacer una incursión en el comedor.

—Vaya, señorita —dijo Betty, en un tono que denotaba alivio—. Necesita otra comida. Esta mañana no comió nada.

Sylvan los acompañó, pero sólo porque deseaba observar a Rand con la niña. Al parecer él la quería muchísimo y la trataba como a una adulta pequeña y la encantaba con su atención.

La niña no paraba de hablar, y cuando Rand la llamó «Gail Rollo», se echó a reír y la miró a ella poniendo los ojos en blanco. Observó que los demás criados la trataban bien también, no como a una bastarda marginada, sino como a la niña que todos habían ayudado a criar. Había hablado de una institutriz, lo que dejaba claro que Rand, Garth o James, la reconocía como hija.

Ojalá no deseara tan intensamente que su padre no fuera Rand, pensó, porque ¿qué decía eso de ella?

Estaban a punto de llegar a la puerta del comedor cuando apareció el cura en la puerta del despacho y gritó:

—¡Lord Rand! Cuánto me alegra ver que hoy se siente mejor.

Sylvan casi se rió por lo corto que se quedó el cura con esa frase. ¿Que se sentía mejor? Estaba claro que Rand se sentía mejor que el día anterior, en que rompió ventanas e hizo estragos por la casa.

A juzgar por la expresión de su cara, él pensaba lo mismo.

—Ah, reverendo —dijo Rand, dándole un codazo a Gail para que continuara caminando—. Gracias por sus buenos deseos. No esperaba verle por aquí en este día tan feo.

Gail miró hacia el buen cura y echó a correr hacia el comedor, pero el reverendo avanzó con una rapidez increíble y le cogió el brazo. Era más alto que el estante del armario en que se guardaba la porcelana, pero su cara tenía el aspecto blando de un hombre que pasa más tiempo leyendo que trabajando. De todos modos, su levita negra, larga hasta las rodillas, debía ocultar un cuerpo musculoso. Su boca sonreía, pero sus ojos se tornaron severos al decir:

—Gail Emmaline, ¿por qué no te he visto en la iglesia desde hace muchas semanas? Es triste que a una damita se le permita descartar su comunión con Dios como algo sin importancia.

—¡No hago eso! —exclamó Gail—. Estudio mis lecciones sobre la Biblia todos los días, pero mi mamá dice...

—Deberías ir a reunirte con tu mamá —interrumpió Rand, cogiéndole la muñeca al cura y sacudiéndosela para que soltara a la niña—. El señor Donald desea hablar conmigo en privado, no me cabe duda.

¿Su mamá?, pensó Sylvan. O sea, que la madre de Gail seguía viva. Deseó terriblemente conocer la identidad de la mujer y preguntar quién era su padre. Pero tuvo que reconocer que ese deseo de fisgar era algo más que esa curiosidad que normalmente sentía y que la había metido en problemas tantas veces. Su motivo era personal, vulgar, y resolvió combatirlo.

Gail se alejó corriendo y el párroco inclinó la cabeza.

—Tiene razón, por supuesto, lord Rand. Hablaré con la hija del pecado en otra ocasión.

A Sylvan no le gustó eso, y por la feroz sonrisa que esbozó Rand tuvo la impresión de que a él tampoco, pero aún así continuó con su autosacrificio:

—Si entra en el despacho, llamaré para que nos traigan unos refrigerios.

El párroco inclinó la cabeza.

—Gracias, lord Rand, me vendrá bien.

Rand esperó a que el párroco entrara en el despacho para gritar a voz en cuello al lacayo que estaba a menos de tres yardas.

—¡Eh! Necesitamos comida y té aquí.

Era una farsa, una vuelta a la tiranía del día anterior, pero expresaba de manera explícita su opinión sobre el reverendo Donald. Cuando vio que ella lo estaba mirando, musitó:

—Será mejor que escapes, como Gail. No es algo bonito de ver cuando Donald comienza a dar machetazos a mis pecados.

Cobarde como siempre, ella deseó obedecer, pero justamente por ese motivo, si no otro, dijo:

—Entraré. Igual podría desear darle machetazos yo también.

Inclinándose en una venia, desde su posición, sentado, él contestó:

—Como quieras, pero te falta la aptitud para dar machetazos con nuestro querido párroco.

Su tono le dio que pensar, pero su desagradable sonrisa satisfecha la desafió, así que entró en el despacho.

El cura estaba de pie junto a la repisa del hogar, delante de las llamas. Había hecho bien de instalarse ahí; de su ropa mojada salía vapor en los lugares que tocaba el calor. Pero a ella le pareció que su postura era al tiempo una declaración de poder. Ella no podía continuar erguida, y Rand no podía ponerse de pie para desafiar su supremacía; simplemente no podía. Así pues, el reverendo Donald tenía el poder.

Fue a sentarse esbozando una recatada sonrisa y el párroco le sonrió con igual reserva. Era un hombre de buen ver, de pelo rubio, ojos azules, y en su cara bronceada no se veía ninguna señal de dureza. En realidad, ella no podía criticarlo por llamar «hija del pecado» a Gail. No conocía a ningún clérigo que no hiciera lo mismo. Ninguno de ellos, en su opinión, era todo lo bueno que debía ser, pero su opinión no era objetiva.

La mayor parte de su vida los clérigos sólo le habían causado pena, y eso continuaría mientras no se doblegara a los deseos de su padre.

Rand entró en la sala llevando él su silla de ruedas, chocando con un extremo de la mesa y haciendo temblar el candelabro.

—Echo en falta a su simpática esposa —dijo.

—La lluvia se instalaría en los pulmones de la señora Donald —contestó el reverendo, y a ella le dijo—: Clover no es fuerte y yo la cuido. Pero, lord Rand, no he conocido oficialmente a esta joven.

—Sí, debemos atenernos a las cortesías —dijo Rand, haciendo retroceder la silla hasta hacerla chocar con el sofá donde estaba ella y haciéndola pegar un salto con el impacto—. Sylvan, él es el reverendo Bradley Donald. Su familia ha vivido en la propiedad desde tiempos inmemoriales. Él demostró tener dotes especiales, así que mi padre lo envió a educarse. Fue a la escuela de teología y volvió para ser nuestro párroco, y lo ha sido desde entonces. De eso hace unos cinco años, ¿verdad, Donald?

—Sí, lord Rand —contestó el reverendo, en tono afable y serio—. Y usted es la señorita Miles, de la que tanto he oído hablar.

—No crea todo lo que oye —le recomendó Rand—. No es tan recta como parece.

Sylvan no supo cómo interpretar eso; sólo supo que no le gustó. Apartó la silla de ruedas empujándola con el pie.

—Las mujeres nunca son tan rectas como parecen, y es sabio el hombre que tiene presente eso —dijo el reverendo; hizo un gesto al lacayo que estaba al otro lado de la puerta—. Entra el té.

El atrevimiento del cura irritó a Rand, vio Sylvan, y su comentario sobre las mujeres la irritó a ella, así que dijo:

—Sí, trae aquí el té. Yo lo serviré.

Asumiendo el papel de anfitriona retiró al reverendo Donald del foco de atención y se puso ella, pero su institutriz la había enseñado bien. Ocupó el rato siguiente haciendo preguntas sobre leche y azúcar y la conversación versó sobre los beneficiosos efectos de una buena taza de té contra el frío.

Demasiado pronto el reverendo dejó su taza en una mesa y fue a situarse ante Rand, severo.

—Así pues, hijo mío, ¿ha decidido dejar de lado su amargura?

—¿Me haría el favor de servirme más de ese pastel con nata, señorita Sylvan? —dijo Rand, con el tono altanero de un dandi londinense—. Es delicioso.

—Tan pronto como se haya sometido a los dictámenes de Dios, volverá a estar tranquilo —continuó el reverendo.

—Tenga, su pastel —dijo Sylvan, pasándole el pastel en un plato, representando su papel en esa farsa social—. El talento de su confitero es extraordinario.

—Se acabarían los estallidos como los de ayer —continuó el reverendo, tenaz—, y podría hacer buenas obras, conmigo para guiarlo.

—¡Usted! —exclamó Rand, hecha trizas finalmente su fingida tranquilidad—. ¿Qué puede enseñarme «usted»?

—Si bien es cierto que soy más joven, me siento mayor en sabiduría. Mi educación y mi experiencia me hacen mucho mayor que mis años. —Se inclinó sobre él—. Y sé qué lo aflige.

Rand le arrojó el pastel con nata al pecho, con tanta fuerza que el párroco retrocedió y cayó sentado en una otomana.

—Nadie sabe lo que me aflige.

A Sylvan le costó creer que Rand hubiera hecho eso, pero el párroco se levantó y con una servilleta se limpió la nata como si ese acto de violencia ocurriera todos los días, y en tono paciente, añadió:

—El Señor ha considerado oportuno revelarme el motivo de su miedo y desesperación. Si trabajara conmigo en salvar las almas de la parroquia, yo lo libraría de su incertidumbre.

—Maldito sea.

Sylvan vio que Rand ya estaba casi enloquecido de furia y la situación había empeorado hasta un punto inimaginable. Detestó ver a Rand con manchas rojas en los pómulos y las manos temblorosas. El reverendo Donald tenía el don de ser infaliblemente irritante, pero Rand no tenía por qué reaccionar así. Se había portado tan bien esa mañana; no tenía por qué volver al caos del día anterior.

Pero ya era demasiado tarde. Entonces, Rand le gritó al reverendo:

—Usted no es otra cosa que un montón de estiércol con dos bocas para soltarlo.

—¡Lord Rand! —exclamaron el párroco y Sylvan al unísono, los dos ofendidos y azorados.

—Lord Rand, no hay disculpas para su falta de autodominio —dijo Sylvan.

—Lord Rand, no debe hablar así delante de una dama —contestó el reverendo Donald.

Rand miró alrededor como un loco.

—No es una dama. Es una seguidora del ejército.

—Lord Rand, aunque eso sea cierto en un sentido, debemos perdonar sus pecados porque sus intenciones eran puras.

Sylvan se levantó de un salto, mirando al reverendo como si lo considerara un espécimen para practicar disección médica.

Pero el párroco pareció no notarlo y le puso suavemente la mano en la cabeza.

—El lugar de una mujer es la casa, y aquellas ovejas que se descarrían no tardan en encontrarse entregadas a los lobos. Pero un pastor sabio hace lo que debe para llevarla de vuelta al redil, y le da la bienvenida cuando ha hecho la debida penitencia.

—Es usted un idiota.

La rotunda declaración de Rand reflejaba los sentimientos de ella. Los sentimientos que habría expresado si hubiera podido hablar. Y por qué Rand la defendía, ¿por cierto? Acababa de arrojarla al cura para que la atacara.

Juntando las manos delante, el párroco inclinó la cabeza.

—Soy un idiota a los ojos de Dios, pero conozco la palabra del Señor. Ya había oído acerca de las transgresiones de la señorita Miles, y si bien no debo ehar más leña al fuego, le diré que al condenarla ha demostrado que su buen juicio no lo ha abandonado del todo. —Muy serio alargó la mano hacia Rand, pero este se alejó moviendo su silla—. Por eso sé que usted es el que puede ayudarme a convencer a lord Clairmont de que deje de construir su fábrica de algodón y desmantele su establo de libertinas.

—¿Libertinas? —repitió Sylvan, asombrada, confusa.

De los ojos del reverendo Donald brotaron lágrimas. La voz le salió ahogada, su aflicción muy real:

—Buenas mujeres que antes se ocupaban de sus casas y familia, ahora van a trabajar todos los días mientras sus maridos cocinan y cuidan de los críos.

Sylvan se sintió identificada con esas mujeres.

—Ah, o sea, que no son libertinas, sino que simplemente no están atadas a la tradición —dijo.

—Mi querida hija, veo lo equivocada que está, y me alegra este desafío que me lanza para poder encaminarla correctamente.

Ella estaba a punto de dejarle la huella de la planta del pie marcada en la espalda cuando en el corredor se oyeron pisadas de botas corriendo y entró James en la sala. Miró a Rand, que estaba con la cara roja de furia, luego a ella, que estaba con las manos cerradas en sendos puños, y al reverendo Donald, paciente y sereno.

—Supe que estaba aquí, reverendo —dijo James, en voz muy alta, en actitud muy efusiva. Por primera vez, Sylvan vio que tenía un mechón de pelo fuera de lugar—. Estaba deseando hablar con usted acerca de... algo... que me perturba muchísimo.

—Faltaría más, hijo mío.

Al parecer al párroco no se le pasó por la cabeza que James pudiera haber venido con el fin de proteger a Rand. Esperó amablemente a que este continuara, cuando James añadió:

—En privado, reverendo.

—Si me disculpan —dijo el párroco.

Intentó estrecharle la mano a Rand, pero este no se lo permitió. Sylvan no fue tan valiente y se dejó estrechar la mano por la muy fría del cura.

—Por cierto —dijo él, sin soltársela—. Anoche atacaron a una mujer de Malkinhampsted, fue terriblemente golpeada.

—¿Golpeada? —repitió Rand.

—¿Golpeada? —repitió James, en tono aburrido—. Ah, por su marido, supongo. Otra tempestad pueblerina en una olla.

—Nada de eso —dijo el reverendo, irguiéndose—. Iba caminando a casa desde la fábrica.

—¿Quién es? —preguntó Rand.

—Pert Seward. La conoce, ¿verdad?

Rand asintió, sintiendo mal sabor de boca.

—Las conozco a todas.

—El matón la dejó casi inconsciente, primero con una piedra. Ella dice que llevaba cubierta la cara con una bufanda.

—Imposible —dijo James, mirando fieramente al párroco—. Las mujeres siempre vuelven a casa juntas. Tal vez el marido la golpeó y Pert no quiere reconocerlo.

—No volvió a casa con las otras mujeres. Ya era tarde. Por algún motivo, lord Clairmont quiso que se quedara a trabajar hasta más tarde cuando las demás mujeres se marcharon, pero en su defensa debo decir que él no tenía ningún motivo para suponer un problema como este, y le dio una lámpara para iluminar el camino.

Sylvan sintió miedo de saberlo, y miedo de no saberlo, pero tenía que preguntar:

—¿El atacante la... la forzó de alguna otra manera?

El reverendo hizo una inspiración de horror, y Rand y James se aclararon las gargantas, con evidente incomodidad masculina.

—Ciertamente no —dijo el reverendo Donald.

—¿Por qué ha dicho «ciertamente no»? —preguntó Sylvan—.

Sin duda un hombre que ataca y golpea a una mujer indefensa no se resistiría a más degradaciones.

—No hubo más degradaciones —dijo el cura, con los ojos rojos de azoramiento y furia—. Es un insulto para la mujer reconocer eso.

—Me gustaría saber si le diría a otra mujer lo que no le dijo a usted —dijo Sylvan, medio para sí misma.

—A «usted» no le dirá nada —contestó el párroco—. Usted es una desconocida de mala reputación. Su marido no le permitirá entrar en la casa. —Le soltó la mano porque ella dio un tirón, y continuó—: Me lo contó todo, e incluso me hizo una descripción.

James, que estaba moviendo los pies hacia atrás y hacia delante, haciendo brillar sus botas, preguntó:

—¿Qué tipo de descripción?

El reverendo atraía la atención hacia él con una mezcla de teatralidad y dignidad, observó Sylvan, y comprendió lo fascinante que debía ser desde el púlpito.

—Su atacante era alto y fuerte —proclamó en tono vehemente y teatral—, y los ojos le brillaban en la oscuridad. Ella parecía asustada cuando yo le hablé, pero después de instarla mucho, me dijo —emitió una risita— que era el fantasma del primer duque.

—¡Vaya, qué tontería! —exclamó James.

Parecía molesto y asustado, observó Sylvan.

—¿Tontería? —repitió el reverendo—. Lo dudo. Si lo recuerda, algunas de las mujeres aseguran haber oído ruidos de alguien que las sigue cuando caminan a casa por la noche. Y Charlotte aseguró que una noche la golpeó un desconocido que apareció como salido de la nada y luego desapareció, y esa fue la noche en que apareció el fantasma.

James sorbió por la nariz, desdeñoso.

—Y luego apuntará con el dedo a Garth o a mí, porque nos parecemos al viejo duque.

Sylvan miró fijamente a James, al penetrarle en la cabeza sus palabras. ¡Por supuesto! Qué tonta había sido. No era un fantasma lo que había visto esa noche sino un ser humano. Y por la mañana había reconocido inmediatamente el retrato del duque. O sea, que su fantasma había sido ¿James o Garth?

—Yo no fui —dijo James.

Sylvan cayó en la cuenta de que todos lo estaban mirando.

James se volvió hacia Rand y extendió la mano abierta, suplicante.

—¿Saldría yo en medio de la oscuridad para seguir a unas aldeanas hediondas después de haber estado trabajando todo el día en la maldita fábrica?

—No —dijo Rand, riendo, desaparecida la sospecha de su cara—. No. Para lo único que sales es para ir a una fiesta en Londres o para darte un revolcón con tu damita.

El párroco estaba con expresión pensativa.

—Debería interrogar a todos los de la casa —dijo—. Tal vez alguien vio al fantasma anoche, o a quien sea que lo imita. —Se encontró con la horrorizada mirada de Sylvan y se la sostuvo, y pareció hablarle sólo a ella al decir—: Espero continuar esta conversación después.

—Mucho después —dijo ella en voz baja cuando él salió del despacho seguido por James.

No deseaba que la interrogara. No tenía la menor intención de decirle a nadie lo de ese fantasma. No quería que la creyeran loca antes que lograra sanar a Rand. Rand. Lo miró furiosa al recordar sus insultos.

—Es un burro —declaró Rand, aunque le tembló la voz.

—Usted también —ladró ella, disponiéndose a salir.

Él le cogió la mano.

—¿Qué pasa?

—¿Una seguidora del ejército? —gritó. No debía gritar; una dama jamás eleva la voz. Pero esa casa, ese puesto, ese «hombre» la hacían olvidar sus buenos modales y la mayor parte de su sensatez—. ¡Me llamó prostituta, seguidora del ejército!

—Estaba furioso —se disculpó él, como si ella debiera comprenderlo.

—¿Estaba furioso? —repitió ella, gesticulando con tanta fuerza que él se agachó como para evitar el golpe—. ¿Estaba furioso? ¿Y cuando está furioso puede decir cualquier cosa que desee y todos tienen que perdonarlo? ¿Porque está inválido? —retrocedió, alejándose de él como si estuviera sucio—. No hay nada mal en usted, aparte de que no le funcionan las piernas.

—¡Hay más que eso!

—¿Qué?

Pero no podía decírselo, pensó él. Deseaba decírselo, lo deseaba terriblemente. En un día ella se había ganado su confianza, lo había hecho sentir como si estuviera al mando de sí mismo otra vez. Pero no lo estaba. No sabía si lo que dijo el párroco era cierto, pero sí sabía que no tenía ningún derecho a arrastrar a Sylvan a su pesadilla particular.

Vio que ella comprendió que él no iba a hablar, pero no lo consideró un acto noble; creía que él simplemente no tenía nada que decir. Vio que ella estaba haciendo esfuerzos por serenarse, intentándolo con respiraciones profundas. Y después le hizo la pregunta:

—¿Dónde ha oído los rumores acerca de mí?

—El párroco lo oye todo. Todos, todos los chismes. No duerme, creo yo. Vive visitando a sus pecadores, y con ese extraño don para llegar en el peor momento. Por lo tanto, es el hombre mejor informado de la parroquia.

—¿No sabrá nada acerca de... del beso?

—Eso no —se apresuró a tranquilizarla él—. Sólo lo vieron Jasper y Betty, y son absolutamente fiables.

—Sí. —Se llevó la mano al corazón, y cuando lo miró, él tuvo la impresión de que había disminuido a sus ojos. En voz baja, como hablando consigo misma, dijo—: Hay veteranos de Waterloo mendigando por las calles de Londres. Les doy monedas. A veces me reconocen. A veces me agradecen que les haya salvado la vida. Muchas otras me maldicen. Y usted aquí, bien abrigado y bien alimentado, sentado en una cómoda silla de ruedas, rodeado por una familia amorosa, y autocompadeciéndose. —Dándose media vuelta corrió hasta la puerta y ahí se giró—. Yo también le compadezco. Su familia desea que se mejore, pero aún en el caso de que pudiera caminar, no mejoraría. Seguiría siendo un cobarde, temeroso de enfrentar todos los pequeños episodios desagradables de la vida.

Dicho eso salió corriendo y lo dejó ahí, con la mano extendida y una explicación en la lengua. Entonces bajó la mano a su regazo y se la miró como si no la hubiera visto nunca. En los once últimos meses se había vuelto más fuerte. Vio las venas levantadas bajo la piel; cada tendón y cada hueso se había ensanchado con el ejercicio. Sus brazos, pecho y abdomen también revelaban los resultados del uso constante. Y sus piernas... se pasó las manos por los muslos. En sus piernas no se notaba mucho deterioro todavía. Claro que Jasper se las ejercitaba, una a una, por la mañana y por la noche. Pero después de esos meses de inactividad, cualquiera diría que deberían estar flacas como las de un niño del asilo de los pobres.

Eso no había ocurrido aún. Nada había ocurrido como debía. Seguía soñando con caminar, trabajar, darle un revolcón a una mujer. Esa noche la mujer que apareció en sus sueños había sido Sylvan, y esa mañana había jurado seducirla para que fuera a su cama, para poder descubrir qué era parte del sueño y qué era real.

Y lo que hizo fue insultarla. No podía morir mientras no hubiera satisfecho su curiosidad respecto a ella. A pesar de sus insultos, sabía que tenía que ganarse su respeto para que ella le permitiera volver a acariciarla.

El reverendo Donald siempre estaba equivocado, pero ahora tenía razón en una cosa. Él no se había resignado a su destino. Tenía que aprovechar esa última oportunidad.

# Capítulo 5

Sentado en su silla de ruedas al lado de Sylvan, que estaba tendida en la hierba, Rand vio el momento en que se quedó dormida. Se le relajaron las manos apretadas en sendos puños, se le enderezaron los dedos de los pies que había visto encogidos bajo la delgada piel de sus zapatos, y se le separaron un poco las rodillas; se le aflojó el ceño que le formaba una arruguita entre las cejas, y por entre sus labios entreabiertos se le escapó un suave ronquido.

Pensó, no por primera vez, por qué ella necesitaba estar al aire libre a plena luz del sol para poder dormir. Cada día de las tres últimas semanas lo había sacado al aire libre. Empujando su silla cuesta arriba y cuesta abajo por las colinas, lo había llevado a lugares agrestes que, según decía, le sanarían el alma. Si acaso, parecía que era ella la que necesitaba la soledad de esos lugares más que él.

Había pasado tres semanas en su compañía y todavía no la conocía, y eso que estaba todo el tiempo pensando en ella.

Ella dirigía a Jasper en las manipulaciones de sus piernas; vigilaba lo que comía y le daba a beber asquerosos tónicos. Hablaba de enviarlo a un balneario de aguas termales terapéuticas, y cuando él discutía furioso sus planes, se limitaba a sonreír. Finalmente, se saldría con la suya, porque había conquistado a su familia.

Peor aún, lo había conquistado a él. Como si su cuerpo fuera una brújula, ella era el norte magnético y su aguja siempre apuntaba hacia ella. Mientras él trataba de idear maneras de volver a acariciarla, ella lo trataba como si fuera una especie de... lisiado; no como si tuviera lisiadas las piernas, sino como si tuviera la mente enferma. Tal vez no debería haberla llamado seguidora del ejército, sometiéndola a desprecios, pero había creído que ella lo perdonaría. Todos los demás le perdonaban todas las otras cosas despreciables que hacía.

La papalina de paja estaba donde ella la había tirado. Debido a su frecuente exposición al sol de Somerset, algunas guedejas de su pelo castaño se habían vuelto rubias, y le enmarcaban la cara enroscadas en rizos. La brisa del mar le agitaba la falda, y el sol le calentaba la piel haciéndola parecer madera dorada de roble de grano fino. Deseaba ser la brisa y el sol para ella, y pasar por su piel con suaves dedos y deslizarse bajo su falda. En lugar de eso, simulaba montar guardia junto a ella como un antiguo guerrero montando guardia junto a una princesa dormida, y paseaba la mirada por el campo por si veía algún peligro.

Nada se movía entre las crestas de las colinas azotadas por el viento, aparte de las matas de zarza y brezo, y la hierba verde de primavera se acamaba y levantaba en rítmicas olas. Desde ahí no veía las olas rompientes, pero las oía, y sí veía el mar azul y la calina que siempre hacía borrosa la línea del horizonte entre el agua y el cielo.

Juntos habían explorado los lugares más remotos de la propiedad, y Beechwood Hollow [Hondonada del Hayedo] se había convertido en su favorito. No estaba muy lejos de la casa y era fácil llegar, pero su aislamiento los atraía. Las hayas crecían protegidas del viento por las rocas, los claveles florecían en fragantes matas, y un arroyo discurría por un lado de la hondonada; más allá, el agua del arroyo caía por el acantilado en un arco plateado sobre las rocas de abajo y se unía con el mar. A ella la hacía feliz tenderse boca abajo sobre las rocas y asomarse por el acantilado a mirar la cascada.

A él lo asustaba de muerte. Sabía lo que debía hacer si no fuera tan cobarde. Si no fuera tan cobarde se situaría en lo alto del promontorio de arriba, pondría en movimiento su silla y la dejaría deslizarse por la pendiente hasta que siguiera al arroyo en su caída.

Pero todavía no. Antes quería...

Sylvan despertó sobresaltada. Sus ojos, de color tan similar a la hierba sobre la que estaba tendida, miraron aterrados hacia un peligro invisible. Se le volvieron a tensar los músculos que habían estado relajados y movió las piernas como si quisiera echar a correr.

No, todavía no podía matarse. No podía mientras no hubiera desenredado los hilos del terror de Sylvan.

Agachándose alargó la mano y le cogió el pie. Ella intentó soltárselo, pero él se lo sujetó por el tobillo.

—Quédate quieta —le dijo—. Sólo quiero darte un masaje.

Ella se pasó la mano por la cara como para limpiársela de telarañas.

—No.

Él le quitó el zapato y colocó el pie sobre su rodilla.

—Te gustará.

—No —repitió ella, como si eso la inquietara, y debió darse cuenta porque optó por la cordialidad—. Es decir, sí, seguro que me gustará, pero tengo cosquillas.

Él comenzó a friccionarle firmemente los dedos por encima de la media de seda blanca.

—Una amiga mía me enseñó lo básico.

—¡Querrás decir una de tus amantes!

—Una bailarina —reconoció él—. Pero es muy agradable, ¿verdad?

Ella buscó otro motivo para que él desistiera y finalmente protestó:

—Me vas a ver la ropa interior.

—Te aseguro que no me interesa en lo más mínimo mirar tu ropa interior.

No podría haber sido más sincero, y ella debió percibirlo, porque después de un inútil tironeo cerró los ojos y lo dejó hacer.

No había mentido. No le importaba su ropa interior; sólo le importaba lo que había debajo.

—¿Por qué no duermes por la noche? —preguntó.

—No necesito dormir mucho —contestó ella, demasiado rápido.

—Pensé que tal vez el fantasma te perturbaba. —Sintió moverse el pie que tenía en la mano y gorjeó—: ¡Ajá! Has visto al fantasma.

—Sólo una vez.

Su voz sonó malhumorada, como la de una niña molesta, así que le cogió el otro pie también.

—¡Suelta! —exclamó ella, retirándolo.

—No te he hecho cosquillas, ¿verdad?

—No —repuso ella, mohína.

—Eso se debe a que soy un experto. Si quieres, puedo darte masaje en los hombros y la espalda.

Y por delante y en las piernas, pensó, pero no lo dijo.

—Creo que no, lord Rand.

Dijo eso de un modo intolerablemente gazmoño, pero se le deslizó la falda dejando al descubierto la pierna, y él miró ávido la piel del muslo entre la liga y los calzones. Durante un horroroso momento no pudo moverse, y ella lo hizo como si fuera a abrir los ojos. Se apresuró a reanudar el masaje.

—¿Cuándo viste al fantasma?

—Mi primera noche aquí.

—La noche en que atacaron a Pert.

—Sí, pero decir que fue el fantasma fue una tontería, ¿verdad? Los fantasmas no arrojan piedras a las personas.

—Entonces tal vez tu fantasma era una persona. —Se inclinó hacia ella—. Escúchame, Sylvan. Esta noche cierra tu puerta con llave y duerme. No hay ningún fantasma, y no hay hombre que pueda atravesar una puerta cerrada.

—No es el fantasma de Clairmont Court el que me impide dormir —musitó ella.

O sea, que algo la desvelaba. ¿Sería él? Deseó preguntárselo, pero ella se veía muy relajada. El pecho apenas le subía y bajaba con sus respiraciones, y no se daba cuenta de que la brisa le iba subiendo la falda por la pierna, más y más.

No debía mirar. Mirar sólo lo haría desear más lo que no podía tener. Pero no podría haber desviado la mirada de esa vista como no podría darle la espalda a la puerta del cielo.

Para él Sylvan era la puerta del cielo.

¡Qué tortura! Le encantaba darle el regalo del reposo, pero al mismo tiempo deseaba quitárselo. Ella gimió cuando le presionó con el pulgar el arco de la planta del pie, y el gemido pareció de éxtasis.

La deseaba tanto, tanto, que casi la saboreaba; deseaba tanto saborearla que sufría de inanición. Le friccionó el tobillo un momento y luego le presionó los músculos de la pantorrilla. Mojándose los labios, le preguntó:

—¿Te desvelas pensando en mí?

Ella abrió los ojos, no aterrada como antes, sino con una especie de adormilada curiosidad.

Él le daba masaje como un sanador, pero su mirada era la de un amante. Ella se quedó inmóvil y él miró el lugar en el que la deseaba besar. Entonces a ella se le despejaron los ojos como cuando desaparecen las nubes ante el sol de mediodía, retiró bruscamente el pie de su mano y rodó, alejándose. Luego se incorporó hasta quedar sentada, se cogió la orilla de la falda y se la bajó, como si él pudiera levantársela con el pensamiento. Después se apresuró a coger la papalina y se la plantó en la cabeza.

—Eres un hombre malo.

—Soy un hombre hambriento —enmendó él—. ¿Por eso no puedes dormir?

—¡No! No. —Desvió la cara para ocultar su expresión con las alas de la papalina—. ¿Me das el zapato, por favor?

Él lo cogió para dárselo, pero ella alargó la mano con tanta rigidez y continuó tan resueltamente con la cara desviada, que vaciló. Total, ya lo consideraba malo. ¿Por qué no añadir otro pecado? Dejando el zapato en su regazo, dijo:

—Ven a cogerlo.

Con esa rápida jugada la curó del azoramiento. Ella se puso de pie y se situó ante él, empequeñeciéndolo. Él la miró sonriendo, y cuando alargó las manos para coger el zapato, le cogió las muñecas y la hizo caer sobre sus muslos. Ella se enderezó y se bajó rápidamente, pero él le retuvo las muñecas. Tratando de liberarse, lo recriminó:

—Eres un sinvergüenza, señor, un delincuente de primera clase y voy a...

—¿Besarme?

—¿Por qué? ¿En recompensa por tu deplorable conducta?

—Noo, como pago por tu zapato.

Soltándose las manos de un tirón, ella volvió a intentar coger el zapato, él la dejó hacerlo y entonces le atrapó la mano. Volvieron a teñírsele de rojo las mejillas cuando vio su estado.

—Tus actos infantiles no me impresionan, señor.

—A mí me impresiona tu contacto. —Se inclinó hacia ella—. Un beso.

—No —dijo ella, intentando liberar la mano.

Él se la retuvo.

—Dos besos, entonces.

Debería haberlo visto venir, pero no lo vio. Ella le dio una palmada tan fuerte que le zumbaron los oídos. Rodeándole el cuello con el brazo, como un luchador, le acercó la cara a la suya y la miró a los ojos riendo.

—Tienes una derecha castigadora, milady, y me debes tres besos por la gratificación que obtuviste usándola.

Ella se debatió durante el primer beso y se mantuvo rígida durante el segundo. Pero el tercero... ah, no fue la oscuridad ni la proximidad de la cama lo que la liberó de sus inhibiciones aquella noche. Eso lo demostraba el que hubiera conseguido una respuesta ahí, a la luz del sol, y al viento. Cuando finalmente apartó la cara, le acarició la mejilla y musitó:

—Tienes que ir a verme alguna noche y permitirme demostrarte lo que puede ser el placer.

Ella bajó los ojos y sus pestañas le sombrearon las mejillas.

—¿«Puedes» encontrar placer? —preguntó en un susurro.

—No lo sé, pero si no puedo, de todos modos puedo prometértelo a ti.

No supo si la había azorado otra vez o ella no lo había entendido, pero antes que pudiera preguntárselo, oyó:

—Tío Rand, ¿qué hacéis?

Los dos giraron la cabeza y vieron a Gail a un lado de la silla, con la cabeza ladeada, observándolos ceñuda. Sylvan hizo una rápida inspiración y cuando alargó la mano para coger el zapato él la dejó hacerlo.

—Niña granuja —dijo él—. ¿Cuánto rato llevas ahí?

Estirando los labios en una magistral imitación de la tía Adela, Gail contestó:

—Desde que comenzasteis a luchar.

—¿Por qué no dijiste nada? —preguntó Sylvan en tono bastante enérgico, saltando en un pie y tratando de meterse el zapato de blanda piel en el otro.

—Lo hice, pero no me oísteis.

Sylvan lo miró a él y luego miró hacia el cielo como si creyera que iba a encontrar una solución en las tenues nubecillas.

—Posiblemente he gritado demasiado fuerte, ¿eh?

—El tío Rand se estaba riendo también y luego la besó, pero no entiendo por qué.

A Rand se le ocurrieron varias respuestas que tuvo que descartar y finalmente dijo:

—Le estaba demostrando a la señorita Sylvan lo mucho que me gusta.

—Y, ¿por qué lo hacías de «esa» manera?

Él reconocía el asco cuando lo veía, e incluso recordaba que él había sentido lo mismo a su edad. Pero haría falta un hombre más fuerte que él para explicarle la atracción entre un hombre y una mujer a una niña de diez años.

—¿Qué haces aquí Gail Rollo?

Los ojos azules de la niña, tan parecidos a los de él, se agrandaron en evidente súplica.

—Quería ir a la fábrica y no tengo permiso para ir sola.

Rand sonrió de oreja a oreja. La niña le recordaba muchas cosas de él, con su aguda inteligencia y sus ingeniosos ardides. Era de esperar que la vida la tratara bien. Deseaba vivir lo suficiente para verla crecer. Deseaba tener un escudo para protegerla de las flechas de crueldad que el mundo arroja a una bastarda.

—Entonces, ¿quieres que te llevemos?

—¡Oh, me llevaríais! —Pegó un saltito—. Qué maravillosa idea.

—Estoy de acuerdo —dijo Sylvan, irónica—. Qué maravillosa idea.

—Aunque detesto abandonar nuestra soledad —dijo él, mirando travieso a Sylvan y haciendo el movimiento de hurtarle el cuerpo cuando ella lo miró furiosa—. Pero supongo que será mejor que vayamos antes que la señorita Sylvan vuelva a verse dominada por el deseo.

—El deseo de darte una palmada en la cara —ladró ella.

—Otra vez —dijo él, frotándose la mejilla que todavía le ardía—. Vamos.

Alejándose del camino normal hacia la casa avanzaron hacia el sendero que discurría paralelo al acantilado en dirección a la fábrica. Sylvan empujaba la silla y él movía las ruedas cuando se quedaban atascadas en las matas de hierba. Una elevación con bastante pendiente les puso dificultades, pero con la ayuda de Gail llegaron a la cima de la colina desde la que se veía la fábrica.

Abajo las olas lamían un pequeño puerto, y la fábrica estaba rodeada por colinas, pero de todos modos dominaba en su entorno. Era un edificio imponente construido con piedra de la zona y techo de pizarra, del que salía un ruido estruendoso y humo negro, por el carbón que alimentaba a la máquina de vapor. Un aldeano estaba subido en una escalera encalando la pared: una batalla perdida, pues las cenizas y el hollín llenaban el aire y cubrían la hierba a todo alrededor, cosa que al parecer no preocupaba en absoluto a las mujeres que estaban comiendo fuera.

Rand tuvo que combatir el cobarde instinto de encogerse y retroceder. Esas eran las mujeres que él, lord Rand Malkin, saludaba antes en la iglesia, las mujeres a las que llevaba provisiones en los crudos inviernos, las mujeres a las que embromaba cuando hacía la tradicional visita a sus casas en Navidad. Había sido el señor benéfico y ahora estaba relegado a una silla de ruedas.

No deseaba ver su lástima ni saber que susurraban a sus espaldas.

Gail echó a correr delante, gritando sus nombres, pero Sylvan le tocó el hombro, dándole animo, aun cuando no podía saber que lo necesitaba.

Cuando las mujeres lo vieron se levantaron como una sola a mirarlo. Él cerró los ojos y estuvo así un momento, buscando el valor en su interior. Y cuando los abrió vio muchas caras sonrientes.

—Lord Rand, cuánto me alegra verle —dijo Loretta, corriendo hacia él. De osamenta ancha y vientre abultado, era la portavoz de la aldea y lo conocía bien—. Ha estado siempre presente en nuestras oraciones este año.

Mientras Loretta le besaba la mano efusivamente, Nanna, de la granja más alejada, llegó a situarse a su lado. Gail se había cogido de las manos de Roz y Charity, y estaba saltando y parloteando. Mientras tanto, Rebecca, Shirley, Susan y todas las demás mujeres a las que conocía y quería, se agruparon a su alrededor. Sonreían, tímida o abiertamente, según sus naturalezas, e intentaban besarle las manos o tocarle el hombro. Se ruborizó ante la sinceridad de esa bienvenida, pensando por qué las había evitado.

—Le echamos de menos la pasada Navidad, lord Rand —dijo Shirley—. Recibimos nuestra parte de la cerveza y la carne, pero no tuvimos a nadie que coqueteara con nosotras.

—Sí, y nuestros maridos se pusieron todo engreídos —añadió Roz.

—Pero tú tumbaste a tu marido, ¿no, Roz? —dijo Loretta con las manos en las caderas.

Rand se rió al ver que Roz se ruborizó.

—Sí, es una cachonda —dijo.

—Es una pena lo de sus piernas, milord —dijo Loretta, sacando el tema sin la menor turbación—. Pero su excelencia dice que su enfermera es la mejor que se puede tener, y ella cuidará bien de usted. —Le cogió la mano a Sylvan y se la besó también—. Y estoy segura de que cuidará bien de él, señorita. Tiene una cara amable, además de hermosa, y sabemos que podemos fiarnos de que sanará a nuestro querido lord Rand.

Le tocó a Sylvan ruborizarse y a Rand le gustó eso; que sienta azoramiento también.

—No veo a Pert —dijo.

—Estoy aquí, señor —dijo la diminuta mujer, avanzando.

Los moretones de alrededor de los ojos habían pasado a un color verde amarillento, y tenía un corte a un lado de la boca que debía dolerle bastante. Se le habían caído dos dientes desde la última vez que la vio, pero podría haberlos perdido por causas naturales. Sonrió tímidamente cuando él le cogió la mano.

—Este fantasma pega fuerte para ser un espíritu vaporoso.

A Pert se le llenaron los ojos de lágrimas, y miró por encima del hombro como si temiera que hubiera alguien detrás de ella.

—Aun no estaba totalmente oscuro, pero vestía todo de negro. Fue culpa mía, supongo, por andar fuera tan tarde, pero su excelencia me pagó para que me quedara a ayudar, y no se me ocurrió que alguien...

Loretta le pasó el brazo por los temblorosos hombros.

—No es culpa tuya que un cobarde malparido te golpeara. No vuelvas a decir eso.

En ninguna parte de Malkinhampsted se podría encontrar una mujer tan tímida y modesta como Pert, pensó Rand, y alguien le había hecho eso.

Una persona. Un hombre. Un maníaco.

—¡Lord Rand, me hace daño! —exclamó Pert.

Al instante le soltó la mano y mientras ella se la friccionaba, vio horrorizado que le había dejado marcas rojas al apretársela con tanta fuerza.

—Perdona. Me vagaba la mente.

Pert intentó sonreír.

—No me ha hecho ningún daño.

—Ningún daño —masculló él.

—No tiene por qué preocuparse —dijo Loretta en su tono más mandón, sin dejar de abrazar a Pert—. No somos estúpidas, piensen lo que piensen los hombres. No vamos a andar solas por la noche.

—Eso me alivia —dijo él.

No veía la fábrica porque las mujeres le bloqueaban la vista, pero oyó el ruido de la puerta al abrirse.

—¿Habéis acabado de comer? —gritó Garth—. Estamos atrasados en el trabajo.

Las mujeres se miraron y luego se apartaron para que Garth viera al objeto de su atención. Garth sonrió, encantado y sorprendido, y caminando hacia él, gritó:

—¡Rand! Gracias a Dios que has venido. Necesito tu ayuda con estas frescas. —Las miró ceñudo, fingiendo disgusto—. Trabajarán para ti cuando no quieran trabajar para mí.

—Nosotras no tenemos la culpa de que estemos atrasados, excelencia —protestó Loretta—. Las máquinas todavía no funcionan bien. Siguen rompiendo los hilos a cada rato, y cuando alargamos las manos para atarlos, tenemos suerte si ese aparato del diablo no corcovea.

Garth le dio una suave palmadita en el hombro.

—Lo sé, Loretta. Juraría que hay duendecillos en el algodón. Entrad y veremos si podemos recuperar el tiempo perdido.

—¿Trabajaremos hasta tarde, excelencia? —preguntó Shirley.

—Al menos mientras las máquinas funcionen bien. —Haciendo un gesto de disgusto, ofreció—: Pagaré extra.

Las mujeres sonrieron y se dirigieron a la fábrica de muy buena gana.

—Señorita Sylvan —dijo Garth. Se limpió la mano en un trapo grasiento y le cogió el brazo—. Y Gail. —Le ofreció el otro brazo a la niña y esta se lo cogió, sonriendo radiante—. Cuánto me alegra veros. —Llevándolas hacia la puerta, continuó—: Permíteme que te enseñe mi orgullo y alegría.

—¡Eh! —gritó Rand, en su silla de ruedas en medio del patio—. ¿Y yo?

—Bueno, ven —ordenó Garth—. No te quedes atrás.

Sylvan se soltó de la mano de Garth y, dándose la vuelta, le dio un empujón a la silla para ponerla en movimiento. Moviendo él las ruedas, avanzó hasta la puerta y entró sin encogerse.

Sylvan no pudo no encogerse. Su padre tenía participación en varias fábricas textiles. Ella las había visitado y detestaba el ruido, el calor y el olor. Las mujeres ocupaban sus puestos, colocando el algodón en las máquinas, extrayendo la hilaza cuando estaba lista, atando cabos sueltos cuando se rompía. El trabajo no requería mucha fuerza ni inteligencia, pero las mujeres de Malkinhampsted lo hacían de buena gana, alternándose en las tareas cuando un grupo paraba para comer.

Gail iba cogida del brazo de Garth, conversando con mucho entusiasmo, y le conmovió el corazón ver con qué cariño la miraba Garth. Tal vez él fuera su padre. Cuanto más conocía a Garth más veía la posibilidad de que se hubiera complacido con un momento de pasión en su juventud y luego asumido seriamente su responsabilidad. Era evidente que disfrutaba de la compañía de Gail y la trataba como un padre, pero ¿lo hacía o bien porque James o bien Rand no podían? Cada vez que creía que tenía resuelto el asunto, ocurría algo que la hacía cambiar de opinión.

Cuando entraron, ella y Rand, Garth interrumpió amablemente a Gail:

—Enseñémosle nuestra fábrica a la señorita Sylvan.

—Ah, sí —dijo Gail, entusiasmada—. Es una planta grande. Todavía no está en total funcionamiento. Sólo podemos hacer el hilado, pero cuando tengamos instalados los telares produciremos los mejores tejidos del país y contribuiremos al mantenimiento de las familias de Malkinhampsted. Una familia como la nuestra tiene responsabilidades hacia su gente, y esta es la mejor manera de cumplirlas.

La niña recitaba frases que había oído muchas veces. Garth le apartó suavemente un mechón de los ojos:

—No soy imparcial, lo sé, pero es extraordinariamente inteligente, ¿verdad?

—Muy inteligente —dijo Sylvan, pensando que sí, que Garth debía de ser el padre de Gail.

Rand los observaba con conmovedora melancolía.

—Malcrías a la niña.

—¿Quién mejor que yo? —dijo Garth.

Cogiéndole el brazo a Sylvan, explicó los procedimientos para convertir el algodón en hilo y luego confeccionar las telas con él. Mientras lo oía, Sylvan se maravillaba de ese duque que ponía tanto interés en un trabajo que fácilmente podría delegar en un supervisor.

Intentando sofocar su curiosidad, también buscó la manera de preguntar con tacto acerca de la madre de Gail, pero no la encontró. De todos modos, no saber nada de ella le pareció algo sin importancia. Esa familia, los Malkin, demostraban tener más interés y compasión por su gente y sus hijos que cualquier otra familia noble de Inglaterra.

—Es la salvación de la familia Malkin —dijo Gail entonces—. Con esta fábrica ganaremos dinero suficiente para mantener Clairmont Court eternamente. Al mismo tiempo, mantendrá a nuestra gente aquí y lejos de las ciudades.

A Garth se le iluminó la cara por el entusiasmo.

—Sí, los hombres pueden trabajar los campos y las mujeres...

Un grito hizo trizas su satisfacción, y empujó a Gail hacia la pared. Sylvan miró alrededor espantada; Rand gritó algo a los operadores de los tornos de hilar, y el grupo de mujeres que estaban en el centro de la fábrica corrieron a auxiliar a una de ellas. Loretta cortó los hilos que rodeaban a Roz, que tenía los ojos desorbitados, gritando. Gotas de sangre cayeron a sus pies, salpicándole los zapatos, el suelo y las hilazas.

Sylvan se sintió paralizada.

No, por favor, ahora no. No más sangre. No más dolor. No más inútiles muertes ni terror impotente. No, por favor...

Se sacudió para quitarse el terror y corrió hacia Roz.

Se le había quedado cogida la mano entre los hilos que giraban y estos le habían hecho un corte hasta el hueso. La sangre le brotaba en un chorro.

Sylvan le cogió el brazo, le aplicó presión y le envolvió la mano con su falda.

—Necesito un lugar para sentarla —gritó.

Garth levantó suavemente a Roz en los brazos y echó a andar hacia un rincón de la planta, y Sylvan caminó a su lado, sosteniéndole el brazo a la mujer. Entraron en un cuarto pequeño en el que había un escritorio lleno de papeles, y la sentó en un inmenso sillón tapizado en piel.

—Agua —dijo Sylvan, desenvolviendo la mano herida—. Y aguja e hilo.

La herida era fea, se veían jirones de músculo y tendón.

Roz temblaba violentamente; tenía los labios azulados y la piel fría y húmeda.

—¿Voy a perder el pulgar? —preguntó.

—Excelencia —dijo Sylvan—, ¿tiene una manta y un lugar donde pueda reposar esta señora mientras le reparo el pulgar? —A Roz le sonrió y le dijo—: Esta se parece a los cientos de heridas de sable que traté después de Waterloo.

—¿Lo puede reparar? —preguntó Roz, y se estremeció cuando Garth le puso una manta sobre los hombros.

—Haré todo lo posible.

Garth tiró al suelo todos los papeles del escritorio y ayudó a Roz a instalarse en él, y Sylvan comenzó su trabajo.


Gail, que estaba al lado de Rand, corrió hacia Sylvan cuando esta salió del despacho de Garth.

—¡Señorita Sylvan! ¿Se va a poner bien?

Sylvan no había estado mucho con niños; no sabía cómo reaccionar ante ellos, pero en ese momento, la vista de la cara lozana e inteligente de Gail le llenó una necesidad. Gail estaba sana, entera, intacta, tan lejos del hedor de la muerte como era posible estar. Alargando una mano temblorosa, le acarició la mejilla.

—Se pondrá bien.

—¿Le va a volver a funcionar la mano? Porque tiene ocho hijos y su marido cayó enfermo hace seis meses y nunca ha valido mucho en todo caso. Si Roz no puede trabajar aquí, no sé qué va a hacer. —Levantó la cara y la miró—. Pero usted le ha reparado la mano, ¿verdad?

El ruido de las máquinas asaltó a Sylvan. El aire la sofocaba. Trocitos de algodón flotaban como una ventisca de tela sin tejer. La luz que entraba por las altas ventanas iluminaban los hilos girando en un movimiento constante, vertiginoso.

—He hecho lo que he podido. El resto está en manos de Dios.

Se miró las manos, sus manos incompetentes, y vio sangre bajo las uñas. Sintió náuseas.

—Pero piense en sus hijos —insistió Gail—. Usted tiene que curarla. Tiene que...

—Gail, no fastidies —dijo Garth, llegando al lado de Sylvan.

—He organizado el transporte para Roz —dijo Rand—, y Loretta la va a acompañar y se quedará a cuidarla esta noche.

Garth asintió.

—Estupendo. Les pagaré a las dos, por supuesto.

—No ha sido culpa tuya.

Rand habló con tanta suavidad que Sylvan creyó que le hablaba a ella, pero antes que pudiera contestar, Garth dijo:

—Lo sé, pero parece que esta empresa está plagada de accidentes. ¿Estamos malditos por el cielo?

—Lo más probable es que estemos malditos por la inexperiencia —dijo Rand.

Garth se frotó los ojos y se dejó una línea aceitosa en cada uno.

—Contraté al mejor equipo de montadores de Inglaterra.

—Mejoraremos —lo tranquilizó Rand—. Simplemente somos muy novatos en todo esto, como lo son nuestros trabajadores y trabajadoras, y cuando llevemos más tiempo...

—Llevemos —dijo Garth, mirándolo—. ¿Significa eso que vas a venir a ayudar?

Rand miró a las nerviosas mujeres, a los preocupados maquinistas y a su hermano, agotado por la preocupación y las dificultades. No dijo que no, pero tampoco se comprometió. Simplemente prometió:

—Ayudaré mientras pueda.

Gail apuntó hacia Sylvan, que estaba con la espalda apoyada en la pared.

—Señorita Sylvan. Tiene casi toda la falda manchada de sangre.

Sylvan se la levantó y miró el fino linón, casi todo teñido de rojo, con el peso y la humedad de la sangre y, por lo que fuera, eso ya no lo pudo soportar. Miró a Garth, a Gail y a Rand, y los vio a través de una niebla roja. Vio que Rand movía los labios, pero sólo oyó un zumbido.

Entonces el suelo subió a encontrarse con ella.

# Capítulo 6

*R*and se inclinó y remetió más la manta de coche tras la cintura de Sylvan y dio un empujoncito a Gail para que se acercara a ella.

—Abrázala —le ordenó—. Mantén abrigada a la señorita Sylvan.

En realidad no hacía frío, sólo el fresco de un atardecer de primavera junto al mar, pero Sylvan agradeció el calor de la niña y de la manta. Sólo fue el orgullo el que la impulsó a decir:

—No me pasa nada. Sólo fue la reacción a la conmoción. He visto heridas peores que esa.

Rand no le hizo caso, como no lo había hecho a ninguna de sus protestas. Jasper había llegado con el coche de viaje cerrado que habían adaptado especialmente para él, ensanchando la puerta, quitando el asiento del lado opuesto, y poniendo correas para afirmar la silla de ruedas.

Y él parecía sentirse bastante cómodo cuando dijo:

—Ya casi hemos llegado a Clairmont Court.

Sylvan miró resentida su oscura figura. Detestaba que alguien la viera sufrir, y había sufrido en la fábrica. Toda esa planta industrial era un accidente a la espera de ocurrir. En realidad, no fue el ruido ni los movimientos lo que la enfermaron, sino la posibilidad que existía siempre de que alguien se hiriera.

Desde Waterloo veía el peligro en todas partes. Era como la madre de un hijo que comienza a aprender a andar, imaginándose los peores accidentes en todos los casos, y parecía ser la madre de todo el mundo. La enfermaba pensar en toda la sangre derramada sin motivo, debido a la guerra, a la negligencia o a la falta de atención.

Pero Rand le ofreció consuelo.

—Garth ha llevado a Roz y a Loretta a casa en uno de los otros coches, y se quedará con ellas hasta que estén tranquilas. El cocinero va a enviarle una cesta con comida. Mi madre le va a enviar mantas, y Loretta prometió hacer todo lo que le dijiste para tratar a Roz. —Le relampaguearon los dientes en la oscuridad—. Loretta te cree capaz de hacer milagros. Me dijo que hiciera todo lo que tú me dijeras que hiciera, y que me curarías también.

Sylvan se rió y el sonido le salió muy parecido a un sollozo. Nunca había curado a nadie. Sólo había vendado a los hombres y rezado, y de todos modos muchos murieron.

—Así que puedes cenar e irte a acostar. Se hará todo lo que hay que hacer. Nada de discutir, y nada de pensar en fantasmas.

Al instante ella pensó en los cadáveres que había visto en Waterloo, en los hombres, en otro tiempo vibrantes, que aparecían en sus pesadillas.

—¿Fantasmas? ¿Cómo sabes lo de mis fantasmas?

Pasado un momento él dijo amablemente:

—No me refería a tus fantasmas, sino al fantasma de Clairmont Court.

—Ah —rió ella—, ese fantasma. No, no es vuestro fantasma el que me asusta, sino el loco que se disfraza de fantasma y ataca a las mujeres. —Se interrumpió al oír la risita de Gail—. Pero tengo una enorme fe en que lo cogerán pronto. —Y poniendo falsa alegría en la voz, añadió—: De verdad.

—¿Le tiene miedo al fantasma, señorita Sylvan?

—¡No! —Le daría una patada a Rand por sacar ese tema, y se dio de patadas ella por haberlo continuado; no estaba acostumbrada a medir sus palabras, pero él, sí. ¿No temía asustar a la niña?—. Las chicas mayores no le tienen miedo a los fantasmas.

—Existe una explicación lógica de esta tontería del fantasma —dijo Gail, su voz potente y profunda, como si estuviera citando a uno de los adultos—. Cogeremos a ese fantasma y nos encargaremos de darle su merecido.

El coche se detuvo con una sacudida y Sylvan casi no oyó a Rand musitar:

—Esa es la verdad, y ese será su final.

Jasper saltó del pescante y abrió la puerta con tanto vigor que hizo estremecer el coche. Asomando su fea y preocupada cara, preguntó:

—Señor Rand, ¿continúa bien?

En todos los peldaños de la escalinata había criados con linternas, protegiéndolas de la omnipresente brisa.

—Yo estoy muy bien —dijo Rand—. Ayuda a bajar a las damas.

—Pero, señor... Sí, señor.

Le ofreció la mano a Gail, pero esta bajó de un salto sin ayuda; entonces le ofreció la mano a Sylvan, y ella se sorprendió al notar que le temblaba.

—Oímos todo tipo de rumores sobre el accidente y de quién resultó herida —dijo Jasper, apretándole la mano con demasiada fuerza—. No podría soportarlo si al señor Rand le ocurriera algo cuando yo no estoy con él.

La dejó temblando en la escalinata y subió al coche a ayudar a Rand a liberar la silla de ruedas de las correas que lo sujetaban.

Jasper estaba celoso, comprendió ella.

Sabía que no le gustaba que ella sacara a pasear a Rand todas las tardes, porque cada día ayudaba a bajarlo de más mala gana. Pero la sorprendió la amenaza que sintió emanar de él, así que observó atentamente sus anchos hombros. ¿Podría haber sido él el fantasma que vio en el corredor?

No, seguro que no. ¿Por qué iba a querer asustarla? ¿Qué motivo podía tener para montar ese tipo de engaño? Además, pensó, relajándose, no se parecía a Radolf. Nuevamente estaba viendo peligro donde no lo había.

Un grito en lo alto de la escalinata la hizo girarse con el corazón en la garganta.

—¡Hijo mío! —exclamó lady Emmie, bajando a toda prisa con las manos extendidas—. ¿Te encuentras bien?

Sylvan cerró los ojos e hizo una respiración lenta y profunda. Sí, le convenía calmarse, no fuera a ponerse a lanzar gritos histéricos.

—Estoy bien —dijo Rand, soportando el abrazo de su madre—. Madre, estoy bien.

—Tu madre estaba preocupada por ti —dijo lady Adela, bajando majestuosa, apoyada en el brazo de su hijo—. Convencida de que resultaste herido en la fábrica. Le dije que los Malkin son duros y fuertes, pero ¿hace caso?

Rand pasó junto a ella en su silla llevada por Jasper y los lacayos, y acompañado por lady Emmie balbuceando en voz baja. La tía Adela inició el ascenso, sin interrumpir la perorata:

—No, sigue preocupándose por esa fábrica. Es una constante preocupación para todos nosotros, y es una vergüenza que tú y tu hermano insistáis en continuar con los planes de hacer algo que sólo puede significar nuestra perdición.

—Madre —dijo Rand, como si estuviera desesperado—, es Sylvan la que no se encuentra bien.

Lady Emmie se detuvo en lo alto de la escalinata y miró atrás.

—Sylvan, querida, ¿qué te pasa?

Comenzó a bajar, pero Sylvan levantó una mano.

—Un lacayo me puede ayudar a subir.

—Gail puede ayudarla también —dijo Betty, en lo alto de la escalinata, con las manos envueltas en un delantal tan arrugado que debía de haber estado retorciéndolo—. ¿Señorita Gail?

Al instante Gail se puso en posición de firmes.

—Sí, señora.

Le cogió un brazo a Sylvan y un lacayo le cogió el otro, pero lady Emmie siguió bajando, con la tía Adela seguida por James.

—Pobrecilla —dijo lady Emmie; entonces, le echó una buena mirada y agrandó los ojos—. Tienes sangre en el vestido. ¿Estás herida?

—No, lady Emmie —contestó Sylvan, subiendo los primeros peldaños—. Sólo atendí a la mujer que resultó herida.

—¡Menos mal! Lamentaría tener que decirle a tu padre que has sido herida estando a nuestro servicio. Te llegó una carta de él hoy, y a mí también. Venga, Gail, cariño, déjame a mí —apartó a la niña de un codazo y le cogió el brazo a Sylvan—, te vas a hacer daño en tu hermosa espalda recta ayudando a la señorita Sylvan.

—¿Ha llegado una carta de mi padre? —preguntó Sylvan, tratando de no gemir—. Y le ha escrito a usted también. ¿Ha sido cordial?

—Le preocupa muchísimo tu reputación. Eso es evidente, por su misiva.

Eso no era una respuesta, y Sylvan lo comprendió. Se encogió al pensar en las exigencias que su prepotente padre le haría a la dama.

—También te ha escrito un médico.

—¿El doctor Moreland?

—Creo que ese es el apellido. Sólo le eché una mirada a la correspondencia. Es de muy mala educación leer las cartas de otra persona.

—Y uno de los pasatiempos favoritos de mi padre.

—Cada padre tiene sus propios métodos —lo disculpó lady Emmie, ayudándola a subir otros peldaños—. Dime si crees que te vas a desmayar para poder cogerte.

Sylvan miró hacia abajo y vio una diminuta figura.

—Estoy detrás de usted, señorita Sylvan —gorjeó Gail.

—Ahora me siento muy segura —repuso Sylvan.

Lady Emmie le tenía rodeada la cintura con un brazo, en un gesto que parecía de afecto.

—Qué espantoso sería que te enfermaras mientras eres nuestra huésped. Claro que tú eres la enfermera y tal vez estás justo en el medio de esta tragedia.

La tía Adela se giró bruscamente cuando pasaron junto a ella y declaró:

—Siempre he dicho que las mujeres no son lo bastante fuertes para soportar la visión de la sangre y esas cosas, pero las jóvenes de hoy en día no hacen caso.

—Adela, querida, eso no es estrictamente cierto —contestó lady Emmie, llegando con Sylvan a lo alto de la escalinata y adelantando la silla de ruedas de Rand—. Piensa en todos los años en que las mujeres eran parteras y curanderas. Tienes que reconocer que las mujeres son más fuertes de lo que nos consideran los hombres.

Betty estrechó a Gail en un fuerte abrazo y dijo:

—Si no tiene más necesidad de mí, excelencia, iré a acostar a la señorita Gail.

—Excelente. —Soltando a Sylvan, lady Emmie dio un rápido beso a Gail en la mejilla—. Que duermas bien, hija. Hoy has sido una niña valiente.

—¡La de enfermera es una profesión escandalosa! —exclamó la tía Adela, apresurándose a ocupar el lugar de lady Emmie al lado de Sylvan—. Tienen que mirar —bajó la voz— las partes de los hombres. Sé que estás de acuerdo conmigo.

—¡Madre! —exclamó James, deteniéndose junto a Rand, azorado por el giro que había tomado la conversación.

—Ah, puede que haya estado de acuerdo —repuso lady Emmie—, pero eso era antes que conociera a la señorita Sylvan. —Ordenó al lacayo que se apartara y la cogió por el otro brazo—. Es una mujer tan hermosa, tan encantadora, de modales tan excepcionales. ¡Y tan valiente!

—Pero ahora le pasa algo —dijo la tía Adela, triunfante. Entre las dos la hicieron entrar en el vestíbulo y luego en el despacho—. Así que no debe estar tan capacitada para esas tareas, después de todo.

—Estoy bien —dijo Sylvan, sintiéndose como un hueso entre dos pendencieros perros pequeños, mientras ellas le quitaban la capa—. Y le aseguro, lady Adela, que si bien he visto las partes de los hombres, uno no se fija en eso cuando les está brotando sangre.

—No, supongo que no —dijo la tía Adela.

Lady Emmie le pasó a Sylvan una copa de jerez.

—Ahí tienes, Adela. Aunque yo creo que le restas importancia a lo que te ocurre, Sylvan; si no fuera importante, Rand no nos la habría hecho notar.

—A Rand simplemente le gusta que todos se preocupen de otra persona, para variar.

Bebió un trago de jerez y suspiró. Era muy bueno el jerez que servían los Malkin, y en ese momento agradecía sus propiedades reconstituyentes.

—Me parece que nuestra señorita Sylvan está bien —declaró la tía Adela. Sirvió dos copas de jerez, le pasó una a lady Emmie y las dos la observaron—. Si pensamos en las dificultades y... esto... los líquidos corporales que acompañan al parto, creo que es sorprendente que tantas personas consideren ineptas a las mujeres para ser enfermeras.

—Somos el sexo débil —dijo lady Emmie.

—Pero no se pueden dejar estos asuntos en manos de los hombres. —Miró ceñuda a Rand y a James, que estaban entrando en la sala, como si fueran personalmente responsables de los caprichos del sexo masculino—. Mi querido marido, el hermano del difunto duque, temblaba cuando James se hacía un rasguño en la rodilla, y sé que tu marido, el querido difunto duque, hacía lo mismo.

—Eso es cierto, pero Roger era el más feliz de los hombres cuando luchaba, aunque acabara sangrando. No, querida, creo que las mujeres no son aptas para ser enfermeras.

—Lo son, querida.

A Sylvan ya le giraba la cabeza por el desconcierto, y al ver las expresiones de Rand y de James, le pareció que experimentaban lo mismo. Pero estaba claro que ellos estaban acostumbrados, porque Rand desvió la atención de las damas con una sola frase:

—La señorita Sylvan se desmayó.

Las dos se interrumpieron en mitad de la pelea.

—Garth alcanzó a cogerla —continuó Rand—, pero creo que deberían llevarla a acostarse inmediatamente.

—Cuando yo esté dispuesta —ladró ella.

Él sonrió satisfecho y ella comprendió que sí le gustaba pasar la atención a otra persona. Eso era señal de que estaba sanando, pensó, y se relajó otro poco.

—La cena os estaba esperando —dijo lady Emmie—. Señorita Sylvan, ¿prefieres comer algo ligero en tu habitación, o nos acompañarás a cenar como nuestra invitada de honor?

Esa era una invitación que no podía declinar, así que fue a cambiarse y pasó una agradable hora de abundante comida regada con abundante vino, y luego la familia volvió al despacho a rematar los cotilleos. Ella se quedó rezagada y su mirada se posó en las cartas que estaban sobre la mesa del vestíbulo. No debía leerlas en ese momento, pero la inquietaba lo que le decía su padre, así que las cogió, se las metió en el bolsillo y entró en el despacho, donde ya había comenzado una pelea.

De pie delante del hogar, la tía Adela entrelazó las manos sobre el abdomen.

—Esto es la consecuencia de tener la fábrica.

Sylvan fue a sentarse, aceptó una copa de jerez y sacó disimuladamente las cartas.

Rand exhaló un fuerte suspiro.

—Vamos, tía Adela, no volvamos a discutir eso.

Sylvan también exhaló un suspiro dándole vueltas a la carta de su padre y luego sonrió al coger la de su mentor. Primero, lo malo, decidió. Mirando hacia sus anfitriones con aire de culpabilidad, rompió el sello de la carta de su padre.

—¿Por qué no? —exclamó la tía Adela con altiva indignación—.

Es la verdad, ¿no? Reconozco que tenía mis dudas sobre esta joven antes que llegara, pero ha demostrado ser una dama bien hablada y refinada. ¿Y en qué la hemos convertido? En una esclava que trata las dolencias de las aldeanas.

—No fue una dolencia, fue un accidente —protestó Rand.

Garth se asomó sigiloso a la puerta.

—No habría habido accidente si no hubiera fábrica —contestó la tía Adela.

Y al oírla, desapareció.

La tía Adela salió al vestíbulo siguiéndolo.

—Vuelve aquí, jovencito.

Echándole una rápida mirada a la extensa carta, Sylvan pensó si su padre no copiaba la misma carta una y otra vez.

Ella era una decepción. Él había trabajado arduo, haciendo dinero para que ella pudiera tener todo lo que deseara. Se había comprado una baronía para que ella pudiera entrar en la alta sociedad, con la esperanza de que encontrara un noble para casarse. Pero no, obstinadamente ella había rechazado todas las proposiciones. Su mejor oportunidad se estropeó con la muerte de Hibbert, pero viviendo en Clairmont Court podía conseguir un duque. Era hora de que dejara de vacilar y lo cazara.

Entró Garth; la tía Adela lo llevaba cogido del brazo. Su desaliñada apariencia contrastaba con la impecable sala y con la elegancia de sus ocupantes.

—Hemos hablado de esto antes y no ha cambiado nada —dijo—. Alega lo que quieras, pero todos sabemos que lo único que te preocupa es la arruinada reputación del duque de Clairmont.

Sylvan arrugó la carta, fue hasta el hogar y la arrojó al fuego.

—Bueno, alguien tiene que preocuparse —dijo la tía Adela—; es evidente que a ti no te importa nada.

Sylvan deseó poder arrojar su rabia con la misma facilidad. Decidiendo reservarse la carta del doctor Moreland para la mañana, se la guardó en el bolsillo. Sería una descortesía leerla ahí en medio de la discusión que se estaba desarrollando, y después de haber leído la carta de su padre, tenía mal sabor de boca. Bebió un trago de jerez.

Garth se dirigió a la licorera y se sirvió coñac.

—Mi reputación es mía.

—¡Pues no! —exclamó James, entrando en la refriega—. Tu reputación nos va a manchar a todos. ¡Industria! —exclamó, como si esta fuera una palabra sucia—. Los duques de Clairmont han vivido quinientos años en este lugar...

—Cuatrocientos —interrumpió Rand.

—... y ninguno se ensució jamás las manos con profesiones tan bajas como la industria y el comercio.

—Yo diría que ya era hora de que alguno trabajara un poco, ¿no? —dijo Rand, y cogiendo la copa de coñac que le ofrecía Garth, la levantó y las chocaron.

—Ah, sí, estáis de acuerdo, siempre tan unidos, los dos —dijo James con clara amargura en la voz—. No comprendéis lo embarazoso que es cuando asisto a alguna reunión en Londres y un comerciante arribista me pregunta cómo va nuestra empresa. —Curvó los labios en un gesto de repugnancia—. Un comerciante se atreve a hablar conmigo como si yo fuera su igual.

—Cuando ciertamente no lo eres —dijo Garth.

A Sylvan eso le pareció sarcasmo, y sin duda también se lo pareció a la tía Adela, porque se hinchó de indignación.

—James es el más sumiso de los primos. Aunque está en línea directa en la sucesión del ducado no os envidia nada, chicos. Sólo desea su posición y su dignidad.

—No le he quitado ninguna de las dos cosas —dijo Garth.

—Por el amor de Dios, no me tomáis en serio —protestó James—. Nadie me toma nunca en serio, pero tengo claras mis ideas políticas y no tengo patrocinador. Si me patrocinaras...

Garth emitió una risita desagradable.

—¿Enviarte al Parlamento para que puedas trabajar contra todo lo que yo defiendo? Creo que no.

Sorprendida, Sylvan miró al duque que había creído afable y reposado. Su serenidad encubría una férrea voluntad, al parecer, y una fiera decisión a seguir adelante con sus proyectos encontrara o no aprobación. ¿Qué otros secretos ocultaba su serenidad?

—Día tras día la clase media erosiona los privilegios de los aristócratas, y si no se hace algo, todos acabaremos sirviéndoles el té a nuestros mayordomos —alegó James.

Los presentes miraban del uno al otro haciendo más elucubraciones. Sylvan pensó que esas tenían que ser riñas añejas, viejas heridas.

—Entonces, ¿deberíamos legislar nuestros privilegios en lugar de adaptarnos a los tiempos y ganárnoslos? —dijo Rand, que al parecer había mediado otras veces en ese conflicto—. Es una batalla perdida, James. ¿No lo ves?

—Es mejor luchar una batalla perdida que rendirse sin un solo disparo.

—Ah, yo no me he rendido —dijo Garth—, me he unido al enemigo.

James abrió su cajita de rapé y cogió una saludable pulgarada.

—Deberías avergonzarte.

Una serie de estornudos impidió hacer más protestas, y la tía Adela tomó el relevo:

—No sirve de nada hablar con él, James. —Apuró su jerez en un solo y largo trago, muy impropio de una dama—. Su excelencia se deleita en la deshonra.

Garth se puso la mano en la cadera en exagerado gesto de refinamiento.

—¿Significa eso que no me vas a apoyar cuando ponga en marcha mi fábrica textil?

—Dime que es broma —dijo la tía Adela.

James cogió del brazo a su madre y la llevó hacia la puerta.

—Garth no bromea nunca, madre. Simplemente vamos a nuestros aposentos a hacer prácticas sobre cómo enhebrar una aguja.

—Mi corazón —dijo la tía Adela poniéndose una mano en el pecho y dejándose llevar fuera—. Mi corazón no soporta estas exigencias.

Garth se quedó mirándolos con una sonrisa sesgada y después dijo:

—Lamento que hayas tenido que escuchar esto, Sylvan.

Mirando lo que le quedaba de jerez en la copa, Sylvan también lo lamentó. No se había dado cuenta del descontento que burbujeaba bajo la superficie de esa familia aparentemente tan moderada.

—Pero esta pelea la tenemos cada tantos meses —continuó Garth—, y continuará hasta que comprendan que no voy a dar marcha atrás.

—O hasta que patrocines a James para que entre en el Parlamento —dijo Rand.

—No voy a pagar para que mi primo trabaje en mi contra —rugió Garth.

—Pues eres un grandísimo tonto —rugió Rand—. Por lo menos tendríamos paz en Clairmont Court. Además, ¿qué podría hacer? Un solo hombre no puede parar esta revolución, como no podría parar las mareas.

—James trabajaría concretamente en mi contra.

—No —dijo lady Emmie, que había estado callada todo el rato—. James es un buen chico y le importa mucho la familia.

—Puede que sea un buen chico, pero también es un chico frustrado —repuso Garth.

Cogiendo el decantador, sirvió más coñac en su copa y fue a llenarle la copa a Rand. Sylvan puso su copa de jerez vacía; después de mirarla fijamente, él se la llenó también. Levantando el decantador, preguntó:

—¿Madre?

Lady Emmie arrugó la nariz, pero luego lo reconsideró:

—Tal vez un poco. No hay maldad en James.

—No le arranca las alas a las moscas, si es eso lo que quieres decir —dijo Garth—, pero odia mi fábrica, y haría cualquier cosa...

—Cualquier cosa, no —insistió su madre.

—Cualquier cosa para destruirla —añadió Garth, y luego se rió—: En realidad, le preocupa lo que piensan los demás.

—Uno se preocupa de eso, Garth, si no es el duque —dijo Rand, con fina ironía.

—A ti nunca te ha preocupado.

—Pues sí que lo ha hecho. ¿Por qué crees que no salía antes que la señorita Sylvan me obligara?

—Nunca lo pensé.

—Ojalá lo pensaras, querido —terció lady Emmie—. Dudo que ni siquiera Sylvan logre convencer a Rand de volver a Londres, y James no volverá mientras no tenga patrocinador. Es muy difícil vivir con un hombre frustrado en la casa.

—Lo pensaré —dijo Garth. Miró hacia la puerta y dijo a alguien que estaba fuera—: ¿Ya estás? —Al parecer la persona asintió, porque añadió—: Bueno, me voy. Buenas noches a todos. Consultemos esto con la almohada y veamos que nos trae mañana.

Salió y lady Emmie se lo quedó mirando.

—No te apures, madre —le dijo Rand—. Sabes que no sirve de nada preocuparse por Garth. Es resuelto y hará lo que considere mejor.

—Lo sé. —Se levantó como si estuviera agotadísima—. Sólo me gustaría estar de acuerdo con su juicio. Buenas noches, cariño. —Lo besó en la mejilla—. Buenas noches, Sylvan.

También la besó en la mejilla y salió de la sala.

A Rand lo divirtió ver a Sylvan tocarse la mejilla y luego mirarse los dedos como si esperara ver algún residuo del beso.

—Es una dama encantadora, ¿verdad? —dijo.

Ella se levantó a coger el decantador y se sirvió otro coñac.

—Tienes una familia encantadora.

—¿Después de presenciar un estallido como este dices que tengo una familia encantadora?

Ella lo miró con una expresión en los ojos que parecía tan antigua como las colinas.

—Mi familia también se pelea. —Bebió un trago y movió la cabeza como para despejársela—. Nuestras peleas consisten en cosas horribles dichas por mi padre, con voz controlada, y palabras tranquilizadoras de mi madre, musitadas, cediendo en todo para hacerlo feliz. —Se rió amargamente—. Y sin conseguirlo.

—¿Y tú?

—¿Yo? Ah, yo tozuda, callada y desobediente como siempre.

—Es curioso —dijo él, llevando la silla hacia el hogar, seguido por ella—. Nunca hablas de tu madre. Pensé que había muerto.

—Está muerta. Sigue respirando, pero no se atreve a hablar, y nunca se le ha permitido pensar.

—Siéntate. —Le indicó el sillón de enfrente de su silla de ruedas y ella se sentó obedientemente—. ¿A causa de eso no te has casado?

Ella levantó la copa y bebió otro poco.

—El marido tiene todo el poder, la esposa no tiene ninguno, y jamás me someteré a ese tipo de tiranía.

—No todo es tiranía. Mis padres se adoraban hasta el día en que murió él, y aunque no te lo imaginarías jamás, la tía Adela adoraba al tío Thom, y él a ella.

Ella se mordió el labio e hizo girar la copa entre las manos, observando los movimientos del coñac.

—Nada de matrimonio para mí.

—¿Hibbert te pidió que te casaras con él?

Ella esbozó una conmovedora sonrisa.

—Hibbert fue mi amigo más querido.

—Eso has dicho, pero ¿deseaba que te casaras con él?

—Sí. —Lo miró con los párpados muy entornados—. Y si no me casé con ese hombre tan bueno, puedes apostar a que ningún otro me va a persuadir de ir al altar.

Extraña, pensó Rand, la intensa satisfacción que sentía por haber satisfecho su curiosidad. Hibbert había sido el mejor de los hombres, el tipo de hombre que cae bien a pesar de sus preferencias, pero él no quería ni pensar en Sylvan viviendo con él, ya fuera en pecado o no.

—Así que sacrificaste tu reputación por Hibbert.

Sylvan se rió, una risita achispada que acabó en un hipo.

—En realidad, no. Perdí mi reputación en el instante en que entré en un hospital de Bruselas.

Él recordó las sábanas sucias, el hedor de la sangre, los cadáveres no retirados. En ese momento se estremeció al pensar que había estado ahí, aunque sólo hubiera sido por poco tiempo.

—Entonces, ¿por qué entraste?

—Buscaba a Hibbert.

—¿A Hibbert? —repitió, ceñudo. Después de la batalla había estado inconsciente o delirante, intentando comprender su estado. Sabía que Hibbert había muerto, pero no recordaba ningún otro detalle—. ¿Lo encontraste?

—En el campo de batalla. —Se pasó la copa por la frente y cerró los ojos para contener las lágrimas que le brotaron—. Muerto, un cuerpo sin vida. Le habían robado todo lo de valor, incluso los dientes, que, por lo que me dijeron, vendían como trasplantes para los afortunados que quedaron vivos, con la desgracia de haber perdido los dientes.

—Sylvan.

Le tendió la mano, pero ella no se la cogió.

—Había otras mujeres en el campo de batalla, buscando también, pero buscaban a maridos o hermanos, y no sucumbieron al deseo de atender a los que seguían vivos.

Él bajó la mano al costado. Ella no deseaba su consuelo en ese momento. Una mezcla de rabia y pena la impulsaba a hablar.

—Lo que no entendí —continuó—, lo que nunca entenderé, es que las damas nobles pudieran odiarme tanto.

Las velas se consumieron y él miró hacia la cara de ella. La luz del fuego del hogar le hacía brillar los labios, mojados con coñac, y aunque tenía la lengua estropajosa, sabía lo que decía:

—Antes de que fuera a Bruselas, las damas cotilleaban acerca de mí. Ocultaban las caras tras sus abanicos y hablaban a mis espaldas, y luego se me acercaban a hacerme comentarios sarcásticos, y yo me daba cuenta de que envidiaban mi libertad. Después fui a Bruselas a bailar, a beber y a armar más escándalo, y en lugar de eso me convertí en enfermera. —Tenía la respiración rasposa, y echó el aliento en la copa al llevársela a la boca—. Descubrí qué es realmente el prejuicio. Quise hablar con una dama cuyo hijo estaba vivo gracias a mí, y que me daba la espalda. Intentaba explicarle cómo debía cuidar de él, como irrigar sus heridas, pero seguía dándome la espalda. Salvé a su hijo, le salvé la vida, y eso arruinó mi reputación a sus ojos. Cuando lo único que hacía era bailar, beber y actuar como una tonta, era fascinante, estupenda, traviesa. Cuando me ensucié las manos con sangre para salvar a los buenos muchachos ingleses, me convertí en paria. ¿Dónde está la justicia en eso? Renuncié a mi paz, y ¿para qué? Buen Dios.

Se le cayó la copa y rodó por la piedra del hogar. Apoyó la cabeza en el respaldo del sillón. Él la vio tragar saliva y la ternura que sintió casi lo ahogó. ¿Cómo había llegado a ese extremo esa hermosa mujer? ¿Qué podía hacer él para ayudarla?

—No tengo ninguna amiga, ningún familiar que me quiera.

—¿Cómo puedes decir eso? Nosotros te queremos.

—Ni siquiera puedo dormir —continuó ella, como si no lo hubiera oído—, y todo por hombres que me tratan como si fuera una zorra y por sus madres que no se fían de mí.

Se levantó tambaleante.

—No te vayas —dijo él, cogiéndole la mano antes que escapara—. Mi madre piensa que tu sonrisa es como la salida del sol, y de las únicas otras personas que piensa eso son sus hijos. James te embroma y Gail te adora.

—Gail es una niña. —Lo miró interrogante—. ¿Qué sabe ella?

—Gail ve más que muchos adultos —contestó él amablemente—. De todos modos, incluso la tía Adela te aprueba, y si la tía Adela aprueba... —Las siguientes palabras las eligió con sumo cuidado—: Me has conquistado a mí también. Permíteme que te lo demuestre.

—¿Cómo?

—Ven a mi cama.

—No —dijo ella, sin pararse a pensar.

—Estaríamos bien juntos.

—No.

—No porque estoy inválido —dijo él, rotundamente.

—No es eso.

—¿Qué, entonces? Yo cuidaría de ti. —Y deseaba cuidar de ella—. Te haría feliz.

—No lo entiendes, ¿verdad? —Se liberó la mano y lo miró como si lo odiara—. No quiero ser tu experimento. No quiero ser la mujer que uses para comprobar si todavía conservas tu masculinidad.

—Eso no es...

—¿Ah, no? —Lo despojó de su presunción con una sola y feroz mirada—. ¿No?

Entonces salió corriendo de la sala y él maldijo su estupidez. Sí, había deseado descubrir si seguía funcionando bien, pero había muchas mujeres en la propiedad que estarían felices de ayudarlo a descubrirlo. En realidad, no le había interesado eso hasta que Sylvan Miles entró en su vida, y si se marchara, perdería el interés.

Pero sabía que era un error hacerle esa proposición a una dama de manera tan franca. Les gustaba que las galantearan, que coquetearan con ellas, no que les ofrecieran un revolcón entre las sábanas como un antídoto para la tristeza. Por la mañana le diría...

La enorme puerta que daba al exterior se abrió y luego se cerró de un golpe.

Esa puerta no la había abierto Sylvan, ¿verdad? No ha sido ella la que había salido, ¿verdad?

Movió la silla hasta la ventana y soltó una maldición al verla bajar corriendo la escalinata.

—¡Jasper! —gritó—. ¡Jasper, ven aquí!

Dado que no entró nadie, cogió un candelabro dorado y con él golpeó la mesa. Buen Dios, ¿la había hecho salir al peligro con su impaciencia?

Ya casi no la veía, parecía bailar como una sombra plateada por la hierba.

—¡Condenación, Jasper!

Hizo retroceder la silla, cogió una banqueta tapizada y la arrojó a la ventana. El cristal se rompió con un desagrable ruido y entró la brisa en la sala.

—¡Sylvan! —gritó.

Entró corriendo un lacayo y luego otro y otro, y finalmente apareció el despeinado mayordomo.

—Lord Rand —dijo Peterson, jadeante—. ¿En qué puedo servirle?

Él hizo un gesto hacia la ventana. Ya no la veía.

—Ha salido y ya está lejos. ¿No puede ir a detenerla uno de vosotros, imbéciles?

Los lacayos se agruparon como ovejas confusas balando. Rand los maldijo y entonces entró corriendo Garth, a medio vestir.

—¿Qué pasa, Rand? Ya estaba acostado. No estoy de humor para una escena.

—Sylvan ha salido corriendo. Tenéis que ir a buscarla.

—¿No podías habernos dicho eso de una manera menos teatral? Esos cristales rotos...

Entró Betty en la sala y captó la situación con una sola mirada. Calmada como siempre dijo:

—Garth, esto es importante. Anda un loco suelto y no queremos que hiera a la señorita Sylvan.

Llegaron lady Emmie y la tía Adela en un revuelo de vaporosos algodones y encajes belgas, dándose codazos para pasar primero por la puerta. Añadieron sus exclamaciones al alboroto de voces mientras Garth organizaba a los hombres para enviarlos a peinar la propiedad. Rand intentaba combatir su terror, pero las caras preocupadas de los hombres decían claramente lo en serio que se tomaban los rumores sobre el fantasma y el atacante.

—No quiero oír decir que el fantasma os asusta —les dijo Garth severamente—. Sois hombres adultos y sabéis que no se puede creer que un fantasma podría atacar a una mujer.

—No, excelencia —dijo uno—, no creemos que el fantasma ataque a las mujeres. Creemos que el fantasma nos quiere advertir que un asesino anda al acecho por la noche.

—Aún no ha matado a nadie —dijo Garth—, y haríais bien en temerme más a mí que a un atacante desconocido. Os voy a enviar en grupos de dos en dos. No correréis peligro.

Como para contradecirlo entró el viento aullando por la ventana rota, y los hombres guardaron silencio. Rand tuvo la impresión de que iban a desafiar a Garth, pero entonces Peterson se puso su chaquetón y dijo:

—Tenemos que ir a buscarla. No podemos permitir que la señorita Sylvan esté fuera sola en la oscuridad. Podría hacerse daño.

Los demás manifestaron su acuerdo en murmullos y salieron a hacer la búsqueda.

—Les cae bien —dijo Rand, sorprendido.

—Están cansados de barrer cristales rotos —dijo Garth apartando los trozos con el pie—. Esta es la primera vez que rompes uno desde que llegó ella. ¿Dónde está James?

—Aquí —dijo James, saliendo de la oscuridad, adecuadamente vestido con su chaqueta y sombrero desgastados, y unas botas viejas.

—Irás conmigo —dijo Garth.

—Creo que no —contestó James, lisa y llanamente.

Garth lo cogió por el cuello de la camisa.

—¡Maldita sea, James!

—Yo soy el que luchó en Waterloo mientras tú esperabas a salvo en casa —dijo James, feroz—. Tratándose de experiencia en la batalla yo estoy a millas de distancia de ti, excelencia, así que sugiero que me sueltes.

—James —dijo la tía Adela, asustada.

—Garth —dijo lady Emmie, con los ojos llenos de lágrimas.

Garth y James continuaron mirándose furiosos, hasta que Rand hizo avanzar la silla y golpeó con ella a Garth en las piernas.

—¡Por Júpiter! —exclamó Garth, soltando a James bruscamente—. ¿Qué pretendes hacer, Rand?

—Si quieres luchar con James, lucha, pero después de que hayáis encontrado a Sylvan. —Lo miró hasta que Garth desvió la mirada. Entonces se volvió hacia James y le dijo—: Localízamela. Cuento contigo. Tráela de vuelta.

James sonrió brevemente, todavía furioso.

—La traeré, Rand, la traeré —dijo, y salió sin mirar a nadie más.

Betty llegó con el abrigo de Garth y lo ayudó a ponérselo. Él parecía avergonzado. No debería haber ofendido a James, y lo sabía. Pero su cara demacrada revelaba su cansancio.

—Hablaremos de eso mañana —dijo Rand.

Garth asintió y dijo a Betty:

—¿Tú organizarás a los hombres cuando vuelvan?

Ella asintió, con los labios blancos.

—Les daré té y galletas, pero no les permitiré que se queden aquí mientras no hayan encontrado a la señorita Sylvan.

Garth se acercó a Rand y le puso una mano en el hombro.

—Vete a la cama. La encontraremos.

El cansancio golpeó a Rand, penetrándole hasta los huesos.

—Vete a la cama —repitió Garth—. De verdad no tienes por qué preocuparte. Sylvan es enfermera. Apuesto a que es más fuerte que cualquiera de nosotros.

Rand pensó en las cosas que le había contado ella, en su sufrimiento y angustia. Recordó la tristeza que la invadía desde que estaba ahí.

Entonces pensó en su búsqueda en el campo de batalla, en su servicio en los hospitales, en su fuerza ante el estigma social. Era fuerte. Nadie sabía lo fuerte que era. Era la única mujer de la que se podía fiar, la única mujer que no le tenía miedo ni temía por él. Lo había dejado en el acantilado como prueba de que confiaba en sus capacidades.

¿No debía demostrar él la misma confianza en ella?

—Betty me ayudará a tenderme en el sofá, pero tienes que prometerme...

Garth lo interrumpió levantando la mano.

—Prometo que Betty vendrá a decírtelo cuando hayamos encontrado a Sylvan. —Se dirigió a la puerta y se giró—. Pero lo que deseo saber es ¿qué locura la impulsó a huir de la casa?

—Locura no —dijo Rand—. Estupidez. Mi estupidez, y no me perdonaré jamás si...

—¿Si es la próxima víctima del loco?

Rand se pasó las manos por los muslos.

—Tiene que estar a salvo. Tiene que estar bien.

# Capítulo 7

Qué estupidez la hizo salir del calor y la luz de Clairmont Court? El viento que soplaba en Beechwood Hollow le azotaba la falda y le ponía la carne de gallina, pero no le daba ninguna respuesta.

Al menos ninguna respuesta que ella deseara oír. Tal vez podía echarle la culpa a la bebida, a su desmayo o a su frustración con Rand, pero en realidad fue su estupidez la que la llevó a salir por la puerta. No tenía ningún motivo para resucitar sus recuerdos de Bruselas y no debería haberle dicho todo eso a Rand. Y no debería haberla tentado su ofrecimiento de darle consuelo en la comodidad de su cama.

Se detuvo, se quitó un zapato y lo sacudió para que saliera una piedrecilla.

¿Y qué creyó que le resolvería una excursión al aire libre? Cierto que le gustaba el aire fresco, el sonido del mar y la sensación de libertad. Pero ninguna de esas tres cosas iluminaban la oscuridad, y en el campo la oscuridad reinaba suprema por la noche.

Se había criado principalmente en Londres. Allí había luz por la noche, de las ventanas iluminadas, de las linternas de los coches e incluso de las farolas de luz de gas que había en tramos de las calles. Pero ahí podía situarse en la ladera de una colina, otear el entorno y no ver nada. Nada, a no ser... ¿qué era eso?

Se tensó al ver una luz avanzando y moviéndose, pero. de pronto, desapareció. ¿Qué era? ¿Acaso el fantasma necesitaba una luz para sus excursiones por el campo? O, peor aún, ¿el espectro de un muerto tenía una luz que brillaba en su interior?

¿O la persona que atacó a Pert andaba buscando otra víctima?

Los fantasmas le daban miedo, pero aunque había visto uno la primera noche, en realidad no creía que existieran.

Sí creía, en cambio, que existían asesinos.

Emitiendo vergonzosos gemidos, echó a correr, tropezó con un tocón de árbol, cayó de bruces y fue a chocar con una roca. Algo mareada, se puso lentamente de pie y se exploró en busca de lesiones. Y encontró una; al meter el dedo por una rotura de la falda tocó un arañazo en la rodilla, húmedo por la sangre, y le dolió. Deseó que esa heridita no le recordara tanto sus hazañas de la infancia. Después de todo, ya no era esa niña marimacho escapando de la dominación de su padre, y debía dejar de actuar como si lo fuera.

Dolorida, se enderezó y echó a andar cojeando en la dirección que, era de esperar, fuera la de la casa.

Sería mejor si no se hubiera extraviado. Presumida como era, había creído que encontraría los senderos que exploraba durante el día. Pero estaba muy oscuro. Un momento, eso era otra luz. Se acuclilló y agachó, como si eso la fuera a proteger de la distante luz, pero esta desapareció igual que la primera. Desapareció, supuso, detrás de una roca elevada o de la cima de una colina.

Incorporándose, reanudó la marcha con renovado empeño para volver a Clairmont Court, con la esperanza de que la pendiente en bajada sólo fuera un hundimiento en la tierra mojada.

En Clairmont Court los criados mantenían los hogares encendidos noche y día, y el calor impregnaba toda la casa. Cuando llegara de vuelta llamaría para que le llevaran agua caliente y le pediría a Betty que la ayudara a prepararse para acostarse. Ojalá ahí no estuviera tan oscuro.

El viento le susurró un gemido de miedo en el oído. ¿O no había sido el viento? ¿Había oído una voz?

—Buenas noches —dijo, y la voz le salió temblorosa—. ¿Quién anda ahí?

Sólo le respondió el ruido de guijarros deslizándose por la pendiente de una roca.

Animales pequeños, pensó. Animalitos asustadizos con dientes afilados y ojos grandes que la miraban, y que eran totalmente inofensivos.

Pero si eran tan inofensivos, ¿para qué necesitaban dientes afilados?

La pendiente de la roca era tan escarpada que al caminar la tocaba con las manos, y notaba el declive con los pies. No recordaba haber pasado por ahí, pero Clairmont Court estaba en esa dirección. Pronto vería las luces.

Las luces de la casa, no esa maldita llama ambulante que volvió a ver por el rabillo del ojo.

Las piedras que cayeron esta vez de lo alto de la roca eran más grandes, así que retiró la mano con que se guiaba por la lisa piedra.

Ese desprendimiento de piedras no podía estar causado por animales pequeños, y hacía cientos de años que no había lobos en Inglaterra, o al menos eso le habían dicho.

Se pasó las manos por la cara. No podía mentirse. No eran lobos, ni animales pequeños y ni siquiera un asaltante lo que oía. Era miedo, no un peligro al acecho. Esa noche ella era su peor enemigo, al no saber qué dirección tomar, y deseaba volver a la casa. Gimiendo, alargó las manos para tocar nuevamente la roca y en respuesta oyó un lastimero gemido de agotamiento.

Bajando de un salto se giró a mirar hacia donde le pareció que estaba la cima de la roca, y no vio nada. Pero oyó, oyó un murmullo, un ruido, un susurro amedrentador, sin palabras.

El ruido de una piedra rascando otra.

Retrocedió de un salto justo en el instante en que desde arriba cayó un enorme canto rodado en el lugar donde había estado ella. Girándose echó a correr al oír un rugido de rabia. Continuó corriendo hasta que de pronto se acabó el suelo firme y pisó en el aire.

Rand despertó en su cama, totalmente desconcertado. En la mesilla de noche había una vela encendida. El viento aullaba azotando las ventanas. Por el cristal se veía oscuridad, por lo tanto era de noche, y sin embargo se sentía como si hubieran transcurrido horas desde que se echó en el sofá.

¿Sofá? Se frotó los ojos. ¿En qué momento se fue a acostar? ¿Quién lo metió en la cama? ¿Por qué estaba totalmente vestido, con la ropa que llevaba puesta el día anterior? ¿Y por qué aumentaba en intensidad ese bullicio de voces de hombres?

Sylvan, pensó.

—¡Sylvan! —gritó.

Nadie contestó. Tal vez nadie lo oyó. Pero el bullicio de voces iba en aumento.

—¡Jasper! —gritó.

Jasper no contestó. Pero tenía que estar ahí, si no, ¿cómo llegó él del sofá a la cama sin despertarse?

Sintió bajar un escalofrío por el espinazo, y para combatir la angustia lanzó un rugido de furia. Al mismo tiempo que el rugido se abrió la puerta y vio ahí a James con Sylvan en los brazos.

Sylvan estaba cubierta de tierra como un confite que se ha hecho rodar por chocolate en polvo. Envuelta en la capa de James, tiritaba lastimosamente, y Rand creyó ver magulladuras en su embarrada frente.

—No estoy herida —dijo ella, con los dientes castañeteando—. Tuve mucha suerte.

La expresión de James contradijo ese intento de animarlo.

—Se cayó de la cornisa rocosa del medio, cerca de Beechwood Hollow.

—¡Buen Dios!

Alargó los brazos y James la llevó hasta él, pasándola a sus brazos como si fuera su posesión. Sintió el frío del cuerpo de ella a través de la tela de su camisa, y la envolvió en un abrazo para abrigarla.

—¿Tienes algo roto?

—Nada —se apresuró a contestar ella.

No intentó apartarse de él, observó Rand. Lo que fuera que le ocurrió durante esa excursión nocturna la había asustado tanto que se acurrucó más, apretada contra su cuerpo, y apoyó la cabeza en su pecho.

—Nada que yo pudiera encontrar —contestó James—. Pero estaba inconsciente cuando la encontré, aunque recuperó el conocimiento casi inmediatamente. Me dijo que oyó ruidos en lo alto de las rocas y que saltó hacia atrás para evitar que le cayera encima una que bajó rodando.

Rand le pasó la mano por la cara y al desprender un poco de tierra y trocitos de hierba, comprobó que tenía un chichón en la frente y una magulladura en la mejilla. Miró a James, furioso por esa profanación de su belleza de elfo.

James se palpó los bolsillos hasta que encontró su cajita de rapé.

—¡No me mires tan furioso, Rand! No soy yo el que me imaginé una voz en lo alto de la roca. —Abriendo la cajita con la mano a la que le faltaban dos dedos, cogió una pulgarada de rapé, se la llevó a la nariz y estornudó violentamente. Entonces giró la cara hacia el corredor y anunció en tono de claro disgusto:

—Ha regresado su excelencia.

En efecto, Garth había vuelto. Irrumpió en la habitación como un toro de lidia, y una mirada le bastó para captar la situación.

—Señorita Sylvan, sana y salva. —Exhaló un suspiro de alivio—. Después de lo de Loretta temía... bueno, dejemos eso para mañana.

—Pero, vamos, qué torpe —le regañó Betty desde la puerta—. Podría haber esperado para decir algo tan revelador. Señorita Sylvan, ¿qué hace en la cama con lord Rand?

—Tengo frío.

Betty la miró fijamente, con los ojos entrecerrados por la desaprobación, hasta que Rand dijo:

—Vamos, déjala. Esto es bastante inocente. Están aquí la mitad de la familia y todo el personal de la casa, y me sorprende que todavía no hayan aparecido mi madre y la tía Adela.

Betty hizo un gesto a dos criadas cargadas con bandejas y les indicó que las dejaran en la mesa. Cuando ellas salieron, cogió la parpadeante vela de la mesilla de noche y encendió otras hasta que la habitación estuvo bien iluminada.

—Su madre y su tía estaban durmiendo en sus aposentos del ala de las damas cuando fui a verlas —dijo—. Y usted compórtese, lord Rand, y así no cederé al deseo de ir a despertarlas.

—Me comportaré —prometió Rand, con vehemencia y sinceridad—. Dime lo que ha ocurrido —dijo a Garth.

—Puede que no encontráramos a Sylvan, pero encontramos a Loretta.

—¿A Loretta? —preguntó Sylvan—. ¿No se iba a quedar acompañando a Roz? —Intentó sentarse pero Rand la abrazó con más fuerza. Mirándolo indignada, le susurró—: Suéltame.

—Después —susurró él.

Garth alargó la mano para coger la taza de té que acababa de servir Betty, pero esta le pasó de largo y se la dio a Sylvan. Entonces Rand le permitió sentarse, pues no podría beber en posición reclinada, pero no le permitió bajarse de su regazo; y posiblemente él no podría moverse tampoco.

—Cuéntanos lo de Loretta, Garth —dijo.

—¿Estás seguro? —preguntó Garth, mirando significativamente a Sylvan.

—Cuénteselo —dijo Betty.

Después de mirar dolido al ama de llaves, Garth explicó:

—Loretta se quedó en casa de Roz hasta que esta se queó reposando tranquila y su hija mayor dijo que ella podía encargarse de todo. Entonces se fue a su casa para ocuparse de su familia. A su marido no le gusta que se ausente. La encontramos...

—¿La encontrasteis? —interrumpió Rand, sintiendo el lento y conocido proceso del horror en su interior.

—Jasper la encontró —reconoció Garth, contrariado—. Iba arrastrándose por el suelo, intentando llegar a su casa. Tiene un brazo fracturado y tal vez la mano también por tratar de protegerse la cabeza.

Betty dejó la tetera en la mesa con un ruido; James soltó una maldición y Rand cogió la taza de Sylvan, no fuera que se le derramara el té.

No podía creer lo que estaba oyendo. Otra vez no. No en ese momento.

—El canalla la golpeó con una especie de barra metálica. La ha dejado horrosamente magullada. Su cara... —Sacó del bolsillo un pañuelo sucio y se limpió el sudor que había empezado a brotarle en la frente. Después continuó, resuelto—: Pero Loretta es una mujer fuerte y ya ha jurado que no va a morir de esto.

—No —dijo Rand, haciendo una brusca inspiración—. Nada de muertes.

—Le enviaré un paquete de parte de la duquesa —dijo Betty para sí misma, y volvió a coger la tetera en la temblorosa mano.

—Justo cuando me marchaba, llegó el señor Donald —continuó Garth—, y Jasper estaba velando junto a la cama de Loretta, tan cerca que pensé... bueno. —Su mirada estaba fija en el humeante té que estaba sirviendo Betty—. Su marido despotricó lo suyo hasta que yo hablé con él. —Nuevamente alargó la mano para coger la taza, pero Betty le puso azúcar y se la pasó a James—. Por Júpiter —protestó—, las damas primero y todo eso, pero yo soy el duque.

Rodeando la taza de fina porcelana con los dedos para calentárselos, James sonrió engreído:

—«Yo» encontré a Sylvan.

Sylvan. Rand la miró, muy cerca en sus brazos, y vio que ella también lo estaba mirando. Tal vez no se merecía una mujer como ella; tal vez había pecado demasiadas veces y demasiado bien. Pero la necesitaba en su vida, y la tomaría ahora y se haría digno de ella después. Si había un después.

—Sí, bueno —dijo Garth, moviéndose nervioso y mirando alrededor—. Has dejado una huella de tierra desde la puerta de la entrada hasta aquí.

No podría haber sido más descortés, y Betty le dio un golpe en el brazo.

—Qué bonito elogio a su primo por haber recorrido la propiedad a medianoche. Tiene envidia por no haberla encontrado usted con sus bien elaborados planes y sus hombres con linternas. —Sirvió té en otra taza—. Además, usted tampoco es tan limpio. Hay más huellas de tierra desde la puerta de la entrada hasta aquí, y todos simulan no saber nada cuando me quejo.

Le pasó la taza a Rand con un ostentoso gesto. Él tuvo que soltar a Sylvan, aunque de mala gana. Esa podría ser la última vez que la abrazara. La última vez.

Sylvan se acomodó en la almohada al lado de él y preguntó:

—¿Quién fue?

El sentimiento de culpabilidad hizo recordar a Rand la queja de Betty.

—¿Quién dejó las huellas?

Todos lo miraron, y James, que ya había recuperado bastante de su sentido del humor, dijo:

—No seas tonto. Desea saber quién atacó a Loretta.

—No te gustaría saberlo —dijo Garth, cogiendo la última taza de té en sus callosas manos.

Garth tenía razón, pensó Rand; no le gustaría saberlo, aunque temía que ya lo sabía.

—¿El fantasma?

—Un hombre alto, de pelo moreno, pero no le vio la cara —dijo

Garth—. Loretta no dijo que fuera el fantasma. De hecho, se mofó cuando uno de los vecinos lo insinuó. —Miró fijamente su taza, como si hubiera olvidado su deseo de beber—. Queda el hecho de que en la aldea todos creen que es el fantasma, que ha venido a vengarse de mí por hacer funcionar la fábrica.

—El fantasma —repitió Rand, con voz apagada.

—Entonces tendría que atacarlo a usted —dijo Sylvan a Garth.

—No —dijo James. Terminó de beber lo que le quedaba de té y le pasó la taza a Betty—. Sea quien sea, suponiendo que no es un fantasma, sabe que lo mejor para atacar a Garth es atacar a su gente. —Al oír el murmullo de sorpresa de Sylvan, se encogió de hombros—. Tenemos nuestros desacuerdos Garth y yo, pero no soy ciego a sus buenos argumentos. Simplemente él es ciego a los míos.

—Sé tus buenos argumentos —dijo Garth, irritado—. Sólo me gustaría que los aplicaras para cumplir tu deber para conmigo.

—¿En lugar de cumplirlo para con mi país? —replicó James.

—No le haces ningún favor a tu país con campañas para volver a la Edad Media.

Antes que estallara del todo la añeja pelea, Betty le cogió la manga a Garth.

—Sin duda su excelencia desea lavarse.

Garth se soltó la manga de un tirón.

—¡Maldita sea, mujer! Eres... —se interrumpió y observó la expresión de su cara—, tienes razón, sin duda. Sí que deseo... mmm.

Echó a andar hacia la puerta y Rand se desprendió de su pesadilla viviente: tenía que saber dónde estaban todos, en especial...

—¿Dónde está Jasper?

Garth se volvió.

—Sigue en casa de Loretta. ¿Necesitas ayuda?

—¡Buen Dios, no! —exclamó Rand, como si no pudiera sentirse más horrorizado.

Y Garth no podría haberse sentido más humillado.

—Perdona. Pensé que me permitirías... esto... asistirte.

La aflicción de Garth conmovió a Rand. No había sido su intención herirlo. No había sido su intención herir a nadie.

—No deseo levantarme en este momento. Si lo deseara, James me ayudará.

Al ver la expresión de Garth se maldijo; no había mejorado la situación con su irreflexivo comentario.

—James te ayudó después de la batalla, ¿verdad? —dijo Garth—. Sí, supongo que él es mejor para eso que... —Movió los pies rascando el suelo—. Por cierto, James, has hecho un excelente trabajo al encontrar a Sylvan. Excelente.

James pareció tan azorado como Garth.

—No fue nada. Sólo un poco de suerte.

—Sí, bueno —dijo Garth, retrocediendo hacia la puerta—. Felicitaciones.

El silencio que siguió a su partida se tragó todas las palabras. Betty desvió la mirada del lugar donde había estado Garth para mirar a Sylvan, que seguía sentada en la cama, y cogió la bandeja.

—Algunos hombres no entienden —dijo, dirigiéndose sólo a ella—, que heroísmo es mucho más que luchar guerras y encontrar almas perdidas. —Se inclinó en una reverencia—. Pero gracias por encontrar a Sylvan, sir James.

Después que Betty salió, James dijo, pensativo:

—No le ha gustado nada tenerse que quedar aquí, ¿eh?

—Garth cumple con su deber —contestó Rand—, y si eso significa ocuparse de Clairmont Court mientras los demás vamos a la guerra, lo hace.

—No se ha casado —dijo Sylvan—. ¿No es eso el deber de un duque? ¿Engendrar herederos?

—Ah, bueno —dijo James metiéndose las manos en los bolsillos—. Eso nunca importó...

Se interrumpió, azorado, y Rand terminó la frase:

—Cuando aún podía caminar, acordamos que yo sería el encargado de dar los herederos al ducado. Ahora Garth dice que cumplirá su deber de casarse, pero no antes de que la fábrica esté funcionando bien. Es desagradable para él.

—Sí, un dilema —convino James, incómodo.

Tiritando, Sylvan comenzó a meter los pies debajo de las mantas.

Al instante Rand alargó las manos hacia sus tobillos y alcanzó a cogérselos.

—No es decoroso —dijo, tratando de borrarle la expresión de sorpresa de la cara, pero su afirmación la sorprendió aún más.

Iba a perderla. Temía que ella ya hubiera visto su locura, pero deseaba desviarle la atención. Cogiendo la colcha, le envolvió los pies en ella.

—¿Mejor?

—Mucho mejor.

Pero continuó mirándolo, sondeándolo, intentando descubrir qué lo inquietaba, así que se apresuró a cambiar de tema:

—James, dime cómo la encontraste

Sabía que a James le encantaría contar la historia y esta captaría la atención de Sylvan.

—Buscaba a la señorita Sylvan —comenzó James, entusiasmado—. Había observado hacia donde salíais los dos a vagar y se me ocurrió que podría haber ido a Beechwood Hollow y luego se perdió al volver. Así pues, eché a caminar hacia las cornisas de terrazas y oí caer piedras y un grito de mujer. Corrí hacia allá, llamándola, y oí caer otra roca.

—¿No lo oyó gemir? —preguntó Sylvan.

James negó con la cabeza.

—Sólo oí los ruidos del mar, del viento y de un animal apareándose en la oscuridad.

Rand no le creyó; había visto esa expresión cuando James sabía algo que no le gustaba y no quería reconocerlo.

Pero esa desdeñosa negativa de James enfureció a Sylvan.

—No era un animal apareándose ni haciendo ninguna otra cosa. Le digo que era un hombre.

—Cualquier cosa es posible —repuso James—. Lo único que sé es que la encontré sin la intromisión de ese animal en éxtasis ni del hombre sufriente.

Rand puso la mano sobre la de Sylvan al ver que iba a volver a discutir con James, y ella lo miró con franca rebelión. Pero él asintió y sonrió, haciéndola saber que le creía, y ella cerró la boca y se bajó de la cama.

¿Sospecharía algo? Probablemente, no. James y sus dudas le habrían obnubilado la mente y eso al menos lo alegró.

—Existe una solución a este rompecabezas, no me cabe duda —dijo ella—, pero no puedo descifrarlo hasta que tenga la cabeza despejada. Me voy a ir a dormir lo que queda de noche, y les recomiendo hacer lo mismo. —Se tambaleó un poco al caminar hacia James. Aunque su voz sonó fría, le estrechó la mano amablemente—. Gracias por acudir a rescatarme. Si no fuera por usted...

—Si no fuera por mí no estaría aquí —interrumpió James—. Me debe la vida.

—Qué modesto, James —masculló Rand.

A Sylvan se le desvaneció la sonrisa y le temblaron los labios al recordar repentinamente su miedo.

—Creo que eso podría ser cierto —dijo.

Cogiéndole el mentón como si fuera una niña pequeña, James le ordenó:

—Vaya a acostarse y que tenga dulces sueños. Nadie intentó matarla esta noche. Sólo fue tonta y femenina, y esas dos cosas van siempre cogidas de la mano.

Ella volvió a tensarse y dijo:

—No me imagino dónde adquirió su fama de adulador.

Dicho eso salió de la habitación sin mirar atrás.

James se la quedó mirando con su hermosa boca abierta y los dedos crispados.

—¿Qué oíste en realidad? —le preguntó Rand.

James se giró hacia él.

—Lo que dije. El mar, el viento y un animal en celo. Nada más.

—No le mentirías a un inválido, ¿verdad?

—Tú no intentarías hacerme sentir culpable, ¿verdad?

Rand no pudo reprimir su amarga diversión y se rió. James asintió, bostezó y dijo:

—¿Necesitas algo antes que me vaya a acostar, primito? Es horrible perderse el sueño de la belleza.

—Nada —contestó Rand, con la voz ronca—. Vete.

Ante esa brusca orden James lo miró sorprendido y luego se encogió de hombros.

—Buenas noches, entonces.

Rand esperó hasta que ya no se oyeron las pisadas de las botas de James, hasta estar seguro de que todos se habían ido a acostar y de que estaba totalmente solo. Entonces, lentamente y con la angustia de un hombre que se va a mirar por primera vez las piernas mutiladas, echó a un lado las mantas. Se enderezó lentamente y miró.

No le serviría de nada maldecir la luz que le mostraba la verdad, ni llorar suplicando a Dios que lo hiciera comprender. Lo había intentado antes.

Ya sabía que nada podía eliminar las manchas de tierra de las sábanas de lino blanco, ni limpiarle el polvo que tenía metido entre los dedos de los pies, ni borrar el pecado de su alma. La prueba estaba ahí.

Había estado caminando otra vez.

# Capítulo 8

*P*ero no habría intentado hacerle daño a Sylvan. La amaba.

¡Maldita sea! Hundió la cabeza entre las manos. La amaba y había intentado matarla. Si eso no era estar loco, no sabía qué era.

Cuando llegó a casa de vuelta de Waterloo se sentía furioso, indignado por estar atado a una silla de ruedas, y furibundo por estar vivo. Un breve momento en el campo de batalla le había salvado la vida y marcado el alma, y no sabía si podría perdonarse alguna vez.

Pero se desentendió del sentimiento de culpabilidad; dejándolo de lado, resolvió llevar una vida útil que compensara las muertes.

Entonces, una mañana despertó con tierra en los pies y vio una huella desde la puerta de entrada hasta su cama, y luego oyó los rumores de un visitante fantasmal que caminaba por los corredores de Clairmont Court.

No lo creyó. No era posible que hubiera salido a caminar por la noche cuando no podía durante el día. Incluso había intentado caminar para demostrárselo y se cayó de bruces como el pobre lastimoso ser que era. Eso significaba que alguien tenía que entrar por la noche, ensuciarle con tierra los pies y crear una falsa huella. Esa era la única verdad que aceptaba.

Pero tenía el sueño ligero del soldado, un talento que se desarrolla cuando se trabaja para Wellington, y no lo había perdido en seis cortos meses. Cuando no venía nadie a perturbar su constante vigilia nocturna, se convenció de que lo drogaban. Le ordenó a Jasper que probara todas sus comidas y bebidas antes que él, y dormía muy poco. Cogería al culpable por las buenas o por las malas.

No lo cogió. Sólo tuvo otro de esos sueños en que caminaba y nuevamente al despertar vio las sábanas sucias. Deseó que fuera una broma pesada, una broma cruel, pero no consiguió engañarse otra vez; le dolían los músculos por la falta de costumbre de usarlos; en las plantas de los pies tenía cortes de rocas. Lo peor de todo fue que habían vuelto a ver al fantasma del primer duque, y fue Betty la que lo vio, Betty, la mujer a la que le confiaría su vida. Cuando le contó que había visto el fantasma del duque mirando por su ventana, él le gritó delante de todos: su madre, la tía Adela, James, el reverendo Donald, la tímida Clover Donald y Garth. Este se mostró sorprendido primero y luego furioso.

Después de eso sus caminatas nocturnas se convirtieron en un rito irregular que ocurría sin aviso previo ni motivo alguno. Llegó a pensar que el fantasma era su otro yo, un ser astuto que desataba nudos que él se había hecho a sí mismo, evitaba las trampas de Garth y atacaba a mujeres.

¿Cómo era posible que nadie sospechara? Las sábanas sucias, los pies sucios, la huella de tierra y su falta de autodominio que iba en aumento le parecían pruebas irrefutables para cualquiera que tuviera ojos para ver. Observaba a los criados y familiares por igual, por si veía culpabilidad, conocimiento o cualquier emoción reveladora, pero aunque todos deseaban aliviarle el sufrimiento y compartir su aflicción, se le hizo evidente que nadie comprendía en absoluto su sentimiento de culpa.

El tipo de culpa con la que ningún hombre decente puede vivir.

Bueno. Sabía qué tenía que hacer.

Sylvan subió la escalera golpeándose los dedos de los pies en cada peldaño. Había ido a despertar a Bernadette, la adormilada criada, para pedirle que la ayudara a quitarse la ropa, y mientras tanto intentaba desentenderse de un sordo dolor de cabeza y combatir la machacona sensación de que debía estar haciendo algo por alguien. Continuó por el corredor arrastrando los pies por el pulido suelo de madera. La sensación le era conocida, la había experimentado con frecuencia desde Waterloo, pero esa noche sus instintos le decían que se volviera y bajara la escalera.

Rand la necesitaba.

Pero no la necesitaba. No necesitaba a nadie en esos momentos. La hora anterior a la aurora era para dormir, y como todos los demás de la casa, él iba a dormir. Como iba a dormir ella.

—¿Señorita? —dijo Bernadette, sosteniéndole abierta la puerta de su sala de estar.

Resuelta, Sylvan entró y observó a la criada sacar su camisón del cajón.

Pero Rand no tenía el aspecto de un hombre que se iba a acostar tranquilamente para ponerse a dormir. Tenía la misma expresión de los soldados cuando estaban mortalmente heridos y no sabían cómo morir.

¿O lo sabía? Mientras Bernadette le soltaba los broches de cobre del vestido se cubrió los ojos con la mano y exhaló un suspiro. ¿Tenía la imaginación desmandada otra vez? ¿Los acontecimientos del día le habían acelerado su predilección por ver en todo un desastre? ¿El chichón en la frente y el alcohol que había bebido le habían estropeado el juicio?

Sí. Se cogió el vestido cuando le bajó suelto por los hombros y miró las florituras doradas talladas en el marco del espejo.

A Rand no le pasaba nada, y aun en el caso de que le pasara, ¿qué podía hacer? Estaba relegado a su cama o a su silla de ruedas; no podía levantarse ni caminar para salir.

Caminar para salir.

Se soltó bruscamente de las manos de Bernadette.

—¡Señorita, se ha roto el vestido!

Sylvan salió al corredor sin notarlo siquiera. Eso era, había visto algo, oído algo que la preocupó. No sabía qué ni por qué, pero sabía que tenía que encontrar a Rand antes que él... Echó a correr y mientras bajaba la escalera a toda velocidad se abrochó los broches superiores del vestido. Tal vez estaba demasiado sensible, pero tenía razón al preocuparse.

Llegó a la habitación de Rand cuando las primeras luces del alba comenzaban a iluminar el cielo, pero él no estaba ahí. Entonces vio la huella de tierra, lo cual no era nada sorprendente puesto que Garth y James habían entrado y salido. Pero la huella llegaba directamente a la cama de Rand, y había trocitos de hierba pegados a las orillas de las sábanas. Con sumo cuidado echó atrás las mantas y miró.

Ahí estaba. La mancha de barro.

Continuó mirándola y la onda de angustia se convirtió en torbellino. Todo ese tiempo había estado encaprichada por Rand, por su magnífico cuerpo, su agudeza, su mordacidad; pero al mismo tiempo una pequeñísima parte de ella lo despreciaba. ¿Por qué no dominaba sus emociones? ¿Por qué no vencía su aflicción natural por estar relegado a una silla de ruedas, y por qué no tranquilizaba a su madre y a su tía, ayudaba a su hermano en la fábrica y ayudaba a su primo a hacer realidad sus sueños?

Ante ella estaba el motivo.

A veces caminaba. A veces recorría los corredores de Clairmont Court, asustando a las criadas y a las tontas enfermeras nuevas. A veces salía de la casa y al volver dejaba las huellas de barro que fastidiaban a Betty.

Y a veces, cuando salía a caminar, atacaba a mujeres.

Caminaba sonámbulo. Que terrible y maravillosa la manera a la que recurría su mente para rehabilitar su cuerpo. Qué engaño tan absolutamente repugnante se estaba cometiendo con su inconsciente ayuda.

No era de extrañar que arrojara sillas y le dieran rabietas.

No era de extrañar que el encaprichamiento por él se hubiera transformado en algo semejante a amor.

¡No! De un salto se apartó de la cama como si esta la amenazara. Eso no era amor, sino sólo un inmenso nudo de contrición y deseo que le atenazaba la garganta haciéndole brotar lágrimas de los ojos.

Ella no amaba. No quería amar.

Arregló bien las mantas cubriendo la prueba y salió corriendo al corredor en penumbra.

—Rand —llamó—. ¡Rand!

Nadie contestó. ¿Adónde habría ido? Y, ¿cómo?

—¡Rand!

En el comedor muy iluminado encontró a Cole, el lacayo muy joven, poniéndose su chaqueta formal.

—¿Señorita? ¿Se le ofrece algo?

—¿Dónde está lord Rand? —Lo cogió por el cuello de la camisa antes que él hubiera metido el otro brazo en la manga de la chaqueta—. ¿Le has visto?

El larguirucho joven se puso rojo. Ella había visto esa reacción: la persona se siente tan incómoda por la invalidez de otra que casi no puede hablar. Pero ella no tenía tiempo para calmar sus sensibilidades.

—¿Le has hecho daño?

—¿Hecho daño? —Le miró las manos, que le tenían cogidos con tanta fuerza los extremos de la corbata que le apretaban el nudo impidiéndole respirar—. Tuve que ayudarlo.

—Explícate —consiguió decir ella.

—Iba a gatas.

—¿A gatas?

Él no pudo mirarla a los ojos y se le movió la nuez de la garganta al tragar saliva.

—Más bien arrastrándose por el corredor desde su dormitorio.

—¿No caminando? —insistió ella, para tenerlo todo muy claro.

—No puede caminar, señorita —dijo el joven, indignado—. ¿Acaso cree que nos engaña?

—No. —No, creía que iba caminando sonámbulo—. ¿Dónde estaba su silla?

—En el despacho. —Apuntó, como si ella no supiera dónde estaba el despacho—. Así que le traje... esto... la...

—Silla de ruedas. Se llama silla de ruedas.

—Sí, señora. —Asintió varias veces, como para asegurarle que sabía el nombre—. Silla de ruedas, su silla de ruedas. Se la traje y tuve que... esto... levantarlo... él no podía... —Vio venir el estallido de ella y se apresuró a terminar—: Lo levanté y lo puse en la silla y fui a sacar a los otros de la cama para que me ayudaran a bajarlo por la escalera. No tenemos por qué estar despiertos a estas horas, pero...

—¿Qué escalera?

—Fuera... esto... fuera...

—¿La escalinata de la terraza?

No podía esperar a oír su respuesta. Corrió hasta la puerta y trató de abrirla, pero el joven entendía sus deberes físicos mejor que los de palabra. La hizo a un lado y descorrió los cerrojos.

—¿Por qué le permitiste salir? —preguntó ella entonces, consternada.

—Él quería salir.

—¿Y se lo permitiste? No —levantó una mano—, no pasa nada. Claro que lo dejaste salir. Pero ¿para qué cerrar la puerta con llave después?

—Él no puede subir la escalera sin ayuda, y está el fantasma del que hay que preocuparse —explicó él, como si ella fuera la espesa.

Ella deseó preguntarle qué protección serían los cerrojos contra un fantasma, pero él abrió la puerta antes que pudiera desahogar su exasperación, así que salió corriendo a la terraza. Por el este la luz iba aumentando rápidamente. Los animales nocturnos ya habían terminado sus incursiones y los de la mañana aún no habían comenzado sus actividades. No se veía ningún movimiento. Nada hacía ni el menor sonido. No se veía a Rand por ninguna parte, pero desde ahí no alcanzaba a ver hasta muy lejos.

—¿Adónde iría? —musitó.

—¿Señorita? —dijo Cole, que parecía indeciso.

Ella volvió a pasear la mirada por el entorno.

—¡Señorita! Quisiera decirle que he visto a lord Rand romper ventanas y chillar como un bebé, pero nunca lo había visto tan... esto...

—¡Dímelo!

—Serio. Resuelto. —Se movió nervioso—. Me pidió perdón.

—¿Te pidió perdón? —La recorrió un estremecimiento—. Uy, Rand, ¿qué te propones hacer?

Bajó corriendo la escalinata y tomó el sendero hacia el lugar del acantilado adonde fueron el primer día.

Recordó la seguridad con que le habló Garth cuando la tranquilizó al respecto. Garth creía que Rand no se haría daño a sí mismo, que era tan valiente, tan fuerte y honorable que no haría jamás eso. Pero Garth no comprendía la intensidad de la desesperación de Rand, ni su odio hacia sí mismo.

Rand creía que sufría de ataques durante los cuales se levantaba para acechar y atacar por sorpresa a las mujeres de la aldea.

Justamente las cualidades que daban a Garth la certeza de que su hermano no optaría nunca por la solución del cobarde, le hacía a Rand imperioso hacerlo, y esas cualidades le daban la certeza a ella de que él no era culpable.

Al llegar a lo alto del acantilado no vio señales de Rand. Abajo rompían las olas, y el corazón se le vino al suelo.

—Rand —musitó—, espérame, por favor. No...

Caminando hacia el borde, bajó la primera pendiente y se detuvo. ¿Se habría arrojado por el acantilado? Un rápido examen del suelo y el recuerdo del terror de él ese primer día la decidieron. Ese no era el lugar.

La brisa del mar le estimuló la mente, pero no supo si creer o no lo que esta le susurraba. ¿Habría ido a Beechwood Hollow? Estaba bastante más allá y era más difícil llegar ahí, pero tal vez el cariño que le tenía al lugar le calmaría la amargura de lo que consideraba su obligación, acabar con su vida.

Rápidamente desanduvo los pasos hasta el lugar donde salía el sendero hacia Beechwood Hollow. Le dolían los costados y estaba jadeante. El sol comenzaba a hacer su trabajo. El entorno se iba iluminando momento a momento. Resollando, subió la última loma desde la que se bajaba a la hondonada. Entonces vio las huellas de las ruedas sobre la hierba mojada por el rocío.

Había pasado por ahí, pero ¿cuánto tiempo hacía?

Haciendo el esfuerzo subió más de prisa y llegó a la cima. Ahí estaba. La silla de ruedas estaba en la parte más elevada de la hondonada que llevaba al mar. Él se hallaba de lado respecto a ella, contemplando el horizonte como si pudiera ver la eternidad.

Ella temió que la viera.

Le gritó, pero la misma brisa que le apartaba el pelo de la cara se llevó su voz convirtiéndola en nada. Él puso las manos en las ruedas. Ella volvió a gritar, agitando los brazos. Él se dio un impulso. Ella bajó corriendo. La silla quedó inclinada hacia delante. Apoyándose en el respaldo, él se concentró en controlar la bajada por la pendiente como si fuera un deporte y él el maestro. Jadeando, ella corrió a interceptarlo. Matitas de hierba volaron hacia atrás arrancadas por las ruedas al avanzar hacia al borde. Él gritó su resolución y el sonido la impulsó a hacer otro esfuerzo más. Saltó hacia él justo en el instante en que Rand se dio cuenta de su presencia; se movió hacia un lado y ella golpeó la silla con toda la fuerza de su cuerpo. Él salió volando del asiento y los dos cayeron al suelo con un fuerte golpe.

Todo se detuvo.

Se detuvo todo sonido: el crujido de la silla de ruedas, los ruidos de las pisadas de ella, la risa de él, los jadeos de ella, el silbido del viento. El temerario descenso de él, la loca carrera de ella, acabaron con el sabor de la hierba y el golpe de la tierra. Al abrir los ojos ella vio borrosos los colores verde y marrón del suelo bajo la mejilla, y sintió subir y bajar el pecho de él bajo su cuerpo, intentando respirar. ¿Estaría herido? ¿Lo habría herido en su precipitación por salvarlo?

Se incorporó apoyándose en las manos, pero algo le golpeó la espalda haciéndola caer nuevamente encima de él.

Era el brazo de él, que le cayó sobre la espalda como una espada de acero.

—Maldita sea, Sylvan Malkin —dijo él, con la voz rasposa por la pena y la furia—. ¿Sabes lo que has hecho?

—Sí.

Intentó arrastrarse hacia delante, pero él no se lo permitió; entonces intentó arrastrarse hacia atrás y eso sí se lo permitió. Retrocedió el cuerpo hasta que quedaron cara a cara. Él tenía los ojos entrecerrados de furia, y apretó los labios hasta dejarlos convertidos en una delgada línea cuando ella continuó:

—Sí, sé lo que he hecho. Le he salvado la vida a un hombre bueno.

—No se trata de la vida de un hombre bueno, sino de mi vida.

Lamentando que él dudara de su valía, ella soltó:

—No eres tú quien lo ha hecho.

Notó que el pecho de él comenzó a subir y bajar con profundas respiraciones.

—¿Hecho qué?

—Atacar a esas mujeres.

A él se le agrandaron las pupilas, estrechando el azul del iris. Levantó una mano y le rodeó el cuello.

—¿Cómo podría atacar a una mujer desde una silla de ruedas?

Ella tragó saliva al sentir la presión de su mano, pero ya era demasiado tarde para echarse atrás.

—Caminas dormido.

Por la cara de él pasaron en rápida sucesión angustia, horror y furia.

—¿Quién te lo ha dicho?

—Nadie. Yo lo deduje sola.

—¿Me has visto?

—No, pero vi las manchas de tierra en tu cama.

A él le tembló la mano con que le tenía rodeado el cuello.

—¿A cuántas personas se lo has dicho?

Estuvo a punto de contestar, pero entonces pasó por ella una oleada de furia.

—¿Qué clase de mujer crees que soy?

—Simplemente igual que todas las mujeres del mundo. —Le cogió la mandíbula—. Parlanchina y de lengua rápida.

—Acabo de salvar tu miserable vida —dijo ella, apuntando hacia el borde del acantilado.

Él retiró la mano como si no soportara tocarla.

—¿Para qué? ¿Para que me envíen al manicomio?

—¡No! Porque no estás loco, simplemente... —Titubeó, porque no sabía lo que le pasaba; no lo entendía, pero jamás había conocido a nadie tan cuerdo. Creía que, por lo que fuera, sus caminatas nocturnas formaban parte de su curación, pero ¿cómo podía decirle eso con seguridad? ¿Ella, que por culpa de su ignorancia, había dejado morir a hombres que estaban a su cuidado? Se apresuró a decir—: No sé por qué ni cómo caminas por la noche, pero sí sé que no atacaste a esas mujeres.

—¿Cómo sabes eso? —preguntó él, despectivo.

—Porque deseo hacer esto. —Impulsada por la desesperación, le aplastó brevemente la boca con la suya, y levantó la cabeza—. ¿Te besaría si creyera que me vas a hacer daño? ¿Me haría vulnerable a ti?

Impaciente, él le cogió la nuca.

—Tal vez estás tan loca como yo.

—Puede que lo esté, pero era medianoche cuando vi al fantasma.

A él se le contrajeron los dedos.

—¿Qué?

Ella hizo un gesto de dolor y él retiró la mano como si se hubiera quemado.

—La primera noche que pasé aquí, vi al fantasma. ¿Recuerdas? Pero no era el fantasma, eras tú. Eso lo sé ahora. Pasaste por el corredor y yo te vi. Buen Dios, no lo olvidaré nunca. —Cerró los ojos para recordar la visión—. Llevabas una bata blanca, tu bata. El hombre que atacó a Pert vestía de negro.

—¿Cómo sabes eso?

Ella abrió los ojos.

—Ella nos lo dijo ese día en la fábrica.

Él pareció dudar, tentado de creerle, y luego negó con la cabeza.

—Eso no demuestra mi inocencia.

—¿Despertaste con tierra en los pies a la mañana siguiente?

—No, pero me dolían las piernas como me duelen siempre que camino.

Volvió a moverse como si estuviera incómodo, pero cuando ella intentó rodar hacia un lado se lo impidió.

O sea, que deseaba que estuviera encima de él. Aflojar el control de su vida no le había resultado fácil a Rand Malkin, así que juró que se lo colocaría en sus manos una vez más.

—Caminaste, pero no saliste de la casa.

—¿Cómo sabes eso?

Dijo eso en tono de burla, pero era evidente que comenzaba a despertársele la esperanza.

—Porque Pert dijo que aún no estaba totalmente oscuro cuando la atacaron. —Vio que él iba a objetar algo, así que le puso un dedo en los labios—. Y esa noche, si lo recuerdas, me llamaste para que te extrajera una astilla de la mano. Eran casi las once cuando me marché de tu habitación, y te vi caminando por el corredor justo cuando el reloj dio las doce. —Frunció el ceño, pensando, calculando, e insistió—: Yo estuve contigo hasta cuando la oscuridad era total, y cuando volví a verte, no habías tenido tiempo de salir, atacar a una mujer y volver. —Notó el temblor de su cuerpo debajo de ella. Aún no le creía, pero estaba claro que deseaba creerlo. Continuó—: Alguien te ha visto caminar sonámbulo y quiere hacerte creer que estás loco y se comporta de esa manera. Pero no eres tú quien está loco y es brutal. Nunca has sido tú. —Cogiéndole el hombro, le suplicó—. Vamos, por favor, ¿no lo crees? Porque si te arrojaras por el acantilado...

—Si me arrojara por el acantilado no podría darte la recompensa que tan ricamente te mereces.

Ella se relajó, suspirando.

—Lo crees.

Él sonrió de oreja a oreja.

—Sí.

Ella comprendió que si él pudiera se pondría a correr y a saltar gritando de júbilo. Pero no podía ni siquiera incorporarse, por lo que buscó otra manera de celebrarlo. Le pasó las manos por los brazos, por la espalda y luego las ahuecó en su cara. Firmemente la atrajo hacia sí y la besó, primero en cada mejilla, luego en la nariz y luego en los labios.

—Me has salvado la vida —musitó—. Ahora soy tuyo para siempre.

Ella se rió, estaba tan débil por el alivio que no podía hablar. Y él se aprovechó de su debilidad; engatusándola con murmullos la instó a abrir los labios, y cuando los abrió introdujo la lengua, produciéndole sensaciones de textura y sabor. Fuera de ella se agitaba el mar arrasando el mundo con sus corrientes; en su interior, Rand le agitaba las sensaciones arrasándola con su pericia. Respiraba con él, gemía con él, deseaba con él. ¿Cómo podía hacer tanto con una caricia? ¿Cómo podía ella sentir tanto y desear más?

Tal vez no debería desear, pero una marea de gratitud se elevó en ella inexorable. Él estaba a salvo. Ella había conseguido eso. Había salvado una vida, la de él. Había demostrado que era digna de amor, y deseaba compartir su exultación con alguien, con Rand.

De pronto se le deslizó algo por el cuello y sintió en la piel el aire fresco de la mañana. Se sentó y entonces comprendió por qué. El cuello del vestido estaba abierto y le asomaba un hombro. Él le había desabrochado el vestido mientras la besaba. Cogió la tela para cerrarse el corpiño.

Él la estaba mirando con los ojos brillantes de admiración.

—Déjame verte.

Ella se pasó la lengua por los labios, nerviosa.

—Si de verdad no me tienes miedo, déjame verte.

Vio su estratagema; aprovechaba su compasión para manipularla, para atizar el fuego que ardía en él. Pero su llama autodestructiva había sido devorada por la llama de la pasión, y la pasión es para los que sobreviven.

Había soñado con eso. Tal vez no se permitiría el placer si no fuera por las circunstancias, pero en ese momento, con los dedos torpes, se bajó las mangas por los brazos, primero una y luego la otra.

La mirada de él se detuvo en sus pechos, ocultos por el delgado algodón de la camisola. Él alargó muy lentamente la mano para tocarla. Tuvo la oportunidad de apartarse; en realidad, el pudor que le quedaba la instó a apartarse. Pero parte del sufrimiento de él había sido reemplazado por expectación, así que le permitió tocarle el punto más sobresaliente.

—Las mujeres indecorosas no usan camisola —dijo él.

—Lo tendré presente.

Observó cuando él siguió con un dedo el círculo oscuro de la aréola. Sin duda indecorosa era la palabra que la describía, porque a la salida del sol estaba sentada en medio de una cañada permitiendo que un hombre la acariciara así, y lo disfrutaba. Él la instó a tenderse encima de él otra vez y ella se resistió, no porque le tuviera miedo, sino porque deseaba que la acariciara otro poco más. Entonces él levantó la cabeza y le cogió el pezón cubierto con la boca. Se lo succionó, extrayéndole la rigidez, el autodominio y todo el decoro, y dejándole solamente un caos de sensaciones. El placer viajó como un rayo hasta los dedos de sus pies, los dedos de sus manos y hasta un lugar muy profundo en su interior.

Se desplomó encima de él, segura de que eso la ascendería de indecorosa a lasciva.

—Déjame verte —pidió él otra vez.

Ella accedió y rápidamente se bajó la camisola hasta la cintura. No deseaba que él cambiara de opinión, pero por la radiante expresión de su cara sospechó que él no tenía esa intención.

—Sentía curiosidad por saber cómo serían —dijo él con la voz ronca—. Te he mirado de arriba abajo y manipulado para que el sol brille en esos vestidos de tela delgada que usas y el viento te aplaste la ropa a cada curva, pero nada podría haberme preparado para esto. —Ahuecó las manos en sus pechos—. Hermosos. —Acercándola, le succionó uno, inundándola de sensaciones; se le escaparon cortos gemidos y cuando se estremeció, él se rió—: Y sabroso.

Ella sintió una punzada de disgusto.

—¿Qué? —preguntó él.

—¿Te estás riendo de mí?

—¿Riéndome de ti? —Volvió a reírse pero con menos humor—. Estoy tendido de espaldas, vestido con la ropa de ayer, soy incapaz de moverme, y dependo de una chica exquisita para que me seduzca porque yo no puedo seducirla a ella. No puedo sostenerla, conquistarla con mi pasión, darle el beneficio de mis años de práctica, práctica sólo para este momento, podría añadir. ¿Y me estoy riendo de ti? —Negó con la cabeza—. No, estoy esperando que te alejes brincando, riéndote del hombre que se atrevió a soñar con amarte.

Ante esa vulnerabilidad a ella se le llenaron los ojos de lágrimas.

—Menudo par somos, ¿eh?

Se desvaneció el furor de la pasión, dando paso a la ternura. Se acurrucó y exhaló un suspiro con la caricia de sus brazos en la espalda.

—Y aún en el caso de que te alejes brincando —musitó él—, continuaré agradecido. Me has dado esperanza y la oportunidad para comenzar de nuevo. —La cambió de posición hasta dejarla apretada a su pecho y caderas—. Pero si te quedas, pequeña hada, te haré una demostración de una magia mía propia.

El sol le daba a él en la cara, destacando marcadas elevaciones y valles, y osadamente le tocó la parte hundida de la mejilla con un dedo.

—Si me deseas, me quedaré.

Él la recompensó con una sonrisa de inmenso encanto.

—Una caricia de tu dedo significa más para mí que todos los placeres que tiene el mundo para ofrecer.

—¿Por qué, entonces, estás deslizando la mano por debajo de mi falda?

—Deseo darte igual placer.

Ella sabía reconocer una tontería cuando la oía.

—Alguien me advirtió acerca de hombres como tú.

—¿Tu madre?

Ella se movió a instancias de Rand hasta que las rodillas le quedaron a ambos lados de él, tocándole las caderas.

—No. Hibbert.

Él se rió. Entonces ella se acomodó en la posición y él gimió.

—Que Dios tenga a Hibbert en su paz. Te protegió reservándote para mí.

Le friccionó la espalda hasta que a ella la posición le pareció menos incómoda y se relajó. Entonces la empujó intentando sentarla, y ella hundió la cabeza en su hombro.

—Esto no es muy elegante, ¿verdad?

Sintió el movimiento de su pecho con el esfuerzo por no reírse; giró la cabeza y lo miró indignada.

—¿«Esto»? —dijo él—. ¿Lo vamos a llamar «esto»?

—¿Qué otra cosa sugirirías?

—¿Qué te parece...? —No pudo terminar porque ella le tapó la boca, pero él le mordió suavemente la palma—. No es eso lo que iba a decir —la regañó—. Si sabes esa palabra quiere decir que has conocido a demasiados soldados. Iba a llamarlo «placer digno de dioses», o tal vez «la experiencia más magnífica de mi vida».

Ella no pudo por menos que preguntarle, desconfiada:

—¿Cuándo aprendiste a ser encantador?

—Mucho antes de que aprendiera a ser hosco. —Le pasó la yema de un dedo por la curva de los labios—. En cuanto a elegante, no lo es. Es sudoroso y ruidoso, y te lo haré tan bien que no te importará. Siéntate, cariño, para que me sientas apretado a ti.

Ella obedeció, deslizando las manos por su pecho hacia su abdomen. Entonces sintió el miembro en la pelvis, lleno, duro, largo. Presionó con el cuerpo y él cerró los ojos como si sintiera dolor.

—¿Te hago daño? —preguntó, intentando levantarse.

Él le cogió las caderas y se lo impidió.

—Sufrimiento exquisito.

Las largas pestañas ensortijadas reposaban sobre sus mejillas, curiosamente femeninas en su cara absolutamente masculina.

Sylvan deseó que siempre se viera así, deseoso pero satisfecho, desesperado pero contento. La naturaleza la incitó a la valentía. Las aves marinas se elevaban de sus nidos y chillaban aliento, haciendo demostraciones de promiscuidad en su espontáneo vuelo. Del suelo subía el olor a hierba húmeda y tierra fértil, un regalo al sol que los acariciaba.

Acarició a Rand a todo lo largo de su miembro, calentándolo como si fuera el sol. Él abrió los ojos, la miró un momento y dijo:

—Me desconciertas. Eres toda osadía y luego toda timidez. Pero a ver —la levantó—, déjame resolver el enigma.

Le metió la mano en la entrepierna y buscó hasta encontrar la rajita de sus calzones y la acarició ahí hasta que ella chilló y saltó hacia atrás.

Al instante él la cogió.

—¿No sabes cómo funciona esto?

—Sí.

Y lo sabía. Sólo que no había supuesto que fuera tan... íntimo. Sabía dónde encontrar el paraíso, pero era interesante ver que él también lo sabía. Y con tanta pericia y rapidez. ¿Todas las mujeres estaban hechas igual?

Él contestó a esa pregunta antes que ella preguntara.

—No todas las mujeres son tan sensibles, ni tan tímidas. —Arrugó la frente, pensativo—. Tal vez sería mejor si yo mirara primero.

¿Mirar?

—¡No! ¡Jamás!

Él meditó otro poco.

—¿Te sentirías más cómoda si te saboreara primero?

—¡No!

—Te saboreé los pechos y te gustó.

—No es lo mismo. —Trató de explicarlo, pero la leve sonrisa de él le bloqueó los pensamientos—. Me estás embromando.

—Ponme a prueba y verás.

Lo haría. Tal vez encontraba divertida la turbación de ella, pero no le cabía duda de que a ese pícaro le encantaba mirar, saborear y acariciar de cualquier manera y todo el tiempo que pudiera. Y, además, a ella le gustaría, porque él lo había prometido.

Él hizo un morro, intentando parecer un niño dolido, mientras su cuerpo lo proclamaba un pícaro semental.

—Déjame acariciarte —rogó él, mimoso.

Ante las alternativas, ella asintió.

Le había dado el permiso y sus impertinentes dedos lo aprovecharon al máximo.

—Me gusta esto —dijo él entonces—. Tendremos que venir aquí con frecuencia para...

—No.

—Te convenceré.

Parecía muy seguro de sí mismo y tal vez tenía razón. En ese momento podría convencerla de cualquier cosa, y sin decir una palabra. Él la toqueteó con delicadeza; suaves roces de encantamiento, caricias geniales. Todo vibraba con el ritmo de su corazón, y lo que comenzó siendo demasiado pronto pasó a ser no suficiente.

Debía parecer francamente lasciva, con la camisola y el corpiño arrugados en la cintura, la falda levantada hasta ahí también y los calzones abiertos, montada a horcajadas encima de un hombre. Un hombre con un brazo doblado bajo la cabeza; un hombre que se veía joven, encantado y relajado.

Eso valía el sacrificio, si se podía llamar sacrificio.

Él hurgó con los dedos y presionó, y a ella se le escapó un suave gemido.

Él se rió.

—Ese sonido significa que lo estoy haciendo bien. Significa que te gusta. Te gusta esto, ¿verdad?

Si lo que él decía era cierto, ya sabía la respuesta, pero volvió a preguntar:

—¿Verdad?

¿Qué podía cambiar una palabra?

—¿Te gusta?

Retiró la mano y ella dijo:

—¡Sí!

—No querría que se dijera que te forcé.

Los movimientos de sus dedos le producían un placer tan intenso que dejó de importarle. Se le endurecieron los pezones, se le tensaron los dedos de las manos y de los pies, y echó atrás la cabeza y contempló el cielo. Nunca había estado tan cerca de volar.

—Un poco más, cariño. Vuela un poco más alto.

Guiándola la llevaba por el camino al paraíso.

—Relájate. Ríndete.

La brisa soplaba su piel, el sol la acariciaba con sus brillantes rayos de la mañana, y se concentró en elevarse más, relajarse, rendirse a... a lo que fuera.

De pronto el placer la atrapó en una contracción, la elevó, demostrando la pericia de Rand para elevarla a nuevos límites. Se aferró a él como si él pudiera retenerla en la tierra cuando en realidad la elevaba más y más.

Le encantó, se deleitó en ese placer. Deseaba más y más, y lo buscó con ansias y hambre, y él hizo uso de su habilidad para darle todo lo que exigía y más.

Entonces pasó la sensación, acabó la vibración y nuevamente tomó conciencia del sol, el mar, la brisa.

Haciendo una respiración, seguro que la primera desde que Rand le besó los pechos, intentó recordar su comportamiento habitual. Por lo que fuera, deseaba verse normal, como si experimentar el éxtasis fuera algo de cada día.

Rand no deseaba nada de eso. Alargando las manos hacia ella musitó:

—Ven aquí.

La cogió en sus brazos y la puso encima de él a todo lo largo otra vez, apoyándole la cabeza en su pecho. Ella oyó los fuertes latidos de su corazón aunque no entendió por qué; él no había experimentado lo mismo que ella. Pero lo había visto sonreír satisfecho, y deseó preguntarle, tan pronto como le volviera la voz, por qué actuaba como si estuviera satisfecho.

Pero antes que pudiera hablar sonó el estridente chillido de un pájaro y Rand dijo:

—¡Condenación! —Bruscamente la sacó de encima de él haciéndola caer a un lado, y cuando ella levantó la cabeza para ver hacia el otro lado de él, ordenó—. ¡Al suelo!

¿Al suelo? Estaba en el suelo, arrancada del cojín de placer y arrojada al mar de la humillación.

—¿Rand?

—Vístete —ordenó él secamente, mirando hacia el otro lado.

Conteniendo las lágrimas ella se subió la camisola hasta los hombros y se bajó la falda cubriéndose las piernas. Volvió a oír el estridente chillido del pájaro y paró para escuchar. Ese pájaro decía palabras mezcladas con furia; parecía escandalizado.

Entonces comprendió la forma como la apartó Rand, tratando de protegerla y servirle de escudo. Alguien los había sorprendido. Alguien... no, vio caras arriba, muy cerca de ellos: Garth, el duque de Clairmont, Jasper y el reverendo Donald.

# Capítulo 9

Garth estaba junto al hogar de la sala de estar, moviendo su bastón como si estuviera dirigiendo una orquesta.

—¿En el campo? ¿Os apareasteis en el campo? Rand, ¿te has vuelto loco?

Rand hizo un mal gesto ante la apropiada acusación de su hermano. Se había vuelto loco, loco por Sylvan. Lo que comenzara como un intento de suicidio arrojándose al mar se convirtió en un exquisito experimento de amor. La reprobadora y silenciosa furia del párroco, la gritada exasperación de Garth, la avergonzada ayuda de Jasper se diluían ante la desilusión que lo contrariaba. Acercando la cabeza a Sylvan, masculló:

—Una hora más. Lo que podría haber hecho con una hora más.

La había envuelto en su camisa blanca para cubrirla, y ella no había querido desprenderse de la camisa cuando le trajeron otra a él y a ella algo más femenino.

—¿Una hora? —preguntó, renunciando a cerrar los puños. Lo miró incrédula—. ¿Una hora?

Él lo pensó.

—Tal vez más. Siempre me ha gustado dilatar el momento, alargarlo, pero ahora podría haber llevado más tiempo.

—Chss —susurró ella, bajando la cabeza ante la mirada furiosa del párroco—. Te oirán.

Tal vez Garth no captó sus palabras, pero su mirada le dejó claro que no agradecía su pícara diversión. Elevó la voz apuntando a Jasper, que se había quedado en el vestíbulo.

—Jasper estaba fuera de sí de preocupación cuando llegó a casa y no te encontró en la cama. Fue a despertarme, otra vez.

Rand maniobró su silla de ruedas acercándola más a la banqueta donde estaba sentada Sylvan. Ella parecía tan desconsolada como una niña abandonada, y él deseaba, necesitaba, protegerla de la desaprobación colectiva de su familia.

—Por eso Garth está tan malhumorado —le dijo—. Necesita sus horas de sueño.

—... y salimos a recorrer el campo buscándote.

Cuando ellos estuvieron a la vista, lady Emmie y la tía Adela se estaban paseando por la terraza, Clover Donald estaba escondida en la sombra. El reverendo Donald se apresuró a poner al tanto de la situación a las mujeres. La expresión de su madre fue de horror e indignación; la de la tía Adela de horror y superioridad moral; Clover Donald gimoteó. Y la pobre Sylvan estaba en el centro de su desaprobación.

—Si no hubiera recordado que James dijo que te gustaba visitar Beechwood Hollow —continuó Garth—, todavía estaríamos fuera buscándote.

—Al menos no nos habrías interrumpido —musitó Rand.

No lo dijo en voz alta, pero Garth debió leerle los labios, porque estalló:

—No te tomas esto en serio. Os encontramos a ti y a la señorita Sylvan...

—¿En flagrante delito? —preguntó James, entrando en la sala ataviado con una bata.

Al ver encogerse a Sylvan, Rand contestó:

—No estábamos...

—Un hombre no puede irse a dormir en esta casa sin perderse los asuntos más entretenidos —interrumpió James.

—Cállate, James —dijo Garth, y aumentó el volumen de su voz—: Rand, Sylvan está llena de moretones.

—Me caí de un risco —dijo ella.

Garth o bien no la oyó, o no le importó o simplemente no creyó su explicación, y continuó:

—¿Cómo has podido obligar a una mujer a hacer algo así?

—En realidad no me...

—Claro que no la obligó —dijo la tía Adela paseándose desde el hogar a la puerta, apretando parte de su ropa contra el pecho—. Tú tienes la culpa de todo esto, Garth, y espero que en el futuro me hagas caso cuando yo esclarezca lo que es correcto. La señorita Sylvan sedujo al pobre muchacho. Esta es la recompensa que obtenemos por acoger a una víbora.

—No es... —alcanzó a espetar Rand.

—No es una víbora —dijo lady Emmie, sentada en el sofá retorciendo su pañuelo de encaje—. Es una chica descaminada y Rand se ha aprovechado de ella.

—¿Por qué, entonces, él tiene moretones? —preguntó la tía Adela.

Sylvan y Rand se miraron azorados y Sylvan no pudo ofrecer ninguna explicación. Los dos estaban llenos de moretones y magulladuras, la consecuencia del salto de ella hacia la silla de ruedas.

—Si supiera —musitó Rand en voz baja.

—¿Y cómo pudo aprovecharse de ella? —continuó la tía Adela en tono triunfal—. Está en una silla de ruedas.

—Está en una silla de ruedas, no muerto —contestó su amorosa y sincera madre—. Rand ha hechizado a mujeres más mundanas que la señorita Sylvan.

La tía Adela se volvió hacia su hijo, que estaba elegante incluso con una bata de cretona y unas zapatillas turcas.

—James, defiende a tu primo.

—No puedo —contestó él, malhumorado—. Todas las mujeres se desviven por una sonrisa suya. Serán bobas.

—¡La señorita Sylvan fue la amante de Hibbert! —exclamó la tía Adela, con la voz embargada por la indignación.

La tía Adela hería a Sylvan con esa calumnia, James con su diversión, lady Emmie con su expresión decepcionada, y el reverendo Donald parecía a punto de comenzar un sermón, pensó Rand. Era el momento de intervenir.

—No te creas todas las mentiras, tía Adela. Sylvan es tan pura como la nieve recién caída.

Con eso paró la conversación, tuvo el placer de comprobar. Todos giraron la cabeza hacia él. Todos los ojos se clavaron en él y después pasaron a la cara roja de Sylvan.

—¿Cómo sabes eso? —preguntó la tía Adela, y se apresuró a levantar la mano—. No importa, no me lo digas.

Sylvan se erizó de furia.

—No soy una vaca cuyo historial de crianza se exhibe para conocimiento público. Te agradecería, Rand, que te refrenaras de... —Se interrumpió bruscamente, sofocada por la fascinación con que todos estaban pendientes de cada palabra.

—Nunca te he considerado una vaca —dijo Rand amablemente, al tiempo que ella se subía la camisa de él para cubrirse la cara.

—Pero si sabes eso, no puede seguir siendo tan pura —señaló James.

—No seas burro, James, no terminaron el acto —dijo Garth. Entonces esbozó una media sonrisa—. Aunque podrías haberlo terminado, ¿eh, Rand?

Rand cayó en la cuenta de que Sylvan estaba asintiendo detrás de su escudo de algodón. Chica valiente. Estaba dispuesta a manchar más aún su reputación por la de él. Le acarició la espalda entre los omóplatos, consolador.

—Todos estáis interesados en mi vida privada —dijo.

—No es privada —dijo Garth elevando la voz otra vez, desaparecida su sonrisa—, si la exhibes en el campo.

—O sea, que los rumores sobre Hibbert eran ciertos —dijo lady Emmie, pensativa.

Los caballeros se giraron a mirarla, conmocionados.

—¡Madre! —exclamó Garth—. ¿Cuándo oíste esos rumores?

Ella esbozó una sonrisa enigmática.

—Los hombres no son los únicos que cotillean.

La tía Adela, que había estado de pie desde que entraron en la sala de estar, fue a sentarse en el sofá y acercó la cara a la de lady Emmie.

—Hibbert debió de haber utilizado a la señorita Sylvan como tapadera. —Miró a su hijo, furiosa—. Típica conducta masculina desconsiderada.

—Eso es inflar las cosas —protestó James.

Sylvan bajó la camisa, dejando ver su cara roja.

—Hibbert no era desconsiderado. Quería casarse conmigo y yo no quise.

—Pero, querida mía, ¿por qué no? —preguntó lady Emmie—. Habrías sido la esposa de un par del reino, y Hibbert era absolutamente rico. Piensa en las ventajas.

—No quería casarme —dijo ella, terminante.

—No veo que tengas otra opción —dijo Garth.

Lady Emmie se llevó las manos al cuello.

—¿Sugieres lo que creo que sugieres?

—Qué tontería, Garth —dijo lady Adela enérgicamente—. La familia Malkin no tiene por qué reparar una reputación arruinada hace tanto tiempo.

—Puede que tenga mala reputación —contestó Garth—, pero sabemos que está intacta. Sabemos que es una mujer de reputación impecable, y encaja bien en nuestra familia.

—¡Su reputación es una mancha! —exclamó lady Adela.

—Es doncella —dijo Garth—. Digna esposa para el heredero de Clairmont.

—Hay que despedirla —continuó la tía Adela, al parecer sin asimilar la resolución de Garth.

—¿Qué sugieres que haga? —preguntó Garth, elevando la voz otra vez—. ¿Enviarla a su casa con una nota prendida al corpiño? *Estimado señor Miles, permítame asegurarle que su hija, a la que prometí que no le ocurriría ningún daño, ha sido íntimamente examinada por mi hermano, con lo que demostró que está intacta.*

Sylvan volvió a cubrirse la cara con la camisa.

—No seas grosero, querido —masculló lady Emmie.

—Rand va a tener que casarse con ella —dijo Garth.

—Intacta —repitió lady Adela, mirando a Sylvan con otros ojos—. Es cierto que uno se asombra cuando estas niñas modernas hacen sus reverencias ante el príncipe vestidas de blanco después de visitar los jardines y hacer no sé qué más con sus pretendientes.

—Vamos, por el amor de Dios —bufó James.

—Un momento —objetó Rand—. Seamos justos con Sylvan. Ella no desea ser la enfermera de un lisiado el resto de su vida.

Asomando los ojos por encima de la camisa, Sylvan lo miró furiosa.

—¡Deja de llamarte así!

—A mí me parece que no le repugna tu enfermedad —dijo Garth—. Todo lo contrario. —Se pasó la mano por la ancha frente, desde las cejas a la línea del pelo—. Nada restablece mejor una reputación arruinada que casarse con el heredero de un ducado, sobre todo de un ducado cuya riqueza va en aumento con la producción de una próspera fábrica de hilado de algodón. —Desafió con la mirada a James y a la tía Adela, y antes que ellos pudieran objetar, añadió—: Y hará realidad las ambiciones de su padre.

Ella volvió a cubrirse la cabeza con la camisa y masculló:

—Ese sí es buen argumento para convencerme.

Garth fue a acuclillarse ante ella.

—No tendrás que vivir nunca más en la casa de tu padre.

Le respondió un silencio total. Había asestado un revelador golpe.

—Voy a tener que casarme con ella, ¿verdad? —dijo Rand.

En realidad no había pensado en esa posibilidad. Ella se casaría con un loco, aunque claro, no estaba loco. Ella acababa de llegar a extremos para demostrarle su fe en él. Y qué fe. Una fe que manaba de ella y lo envolvía a él.

Se miró las manos, por los dos lados, y se rió en voz baja. Por primera vez, desde hacía meses, estaba libre de la sombra del manicomio. Ya no tenía que tratar de imaginarse cómo se sostenía sobre sus dos pies y golpeaba a mujeres mientras chillaban y le suplicaban piedad. Ya no tenía que intentar matarse por el bienestar de la mitad femenina de la humanidad.

Se le aceleró el corazón, se frotó el pecho y se rió algo más fuerte. Entonces levantó la vista. Ya no creía que estuviera loco, pero a juzgar por las expresiones de sus caras, sus familiares no estaban muy seguros.

Mirando el tembloroso bultito envuelto en una camisa y una falda en que se había convertido Sylvan, le correspondió su fe con un amor que la igualaba y más. Nada podía impedir su matrimonio.

Habría una desventaja para ella. A la luz del día al menos, seguía siendo un lisiado, sin dominio sobre sus piernas. Pero llegaría el día en que comenzaría a caminar, y entonces estaría al mando de la vida de los dos. La vestiría con las mejores ropas, la llevaría a las mejores obras de teatro y viajaría con ella. Obligaría a esas despectivas viejas de la sociedad a aceptarla en sus casas, y ella no tendría que preocuparse de nada nunca más.

Lo que comenzara como el día en que iba a morir ya parecía el día en que se iba a casar. Dijo las palabras en voz alta, lentamente:

—Para mí sería un honor casarme con Sylvan.

Ella volvió a asomar la cara, desaparecida la expresión abatida de sus ojos, derrotada por la oleada de furia:

—Hibbert era bueno y generoso, el mejor amigo que he tenido en mi vida. Jamás arrojó una silla por la ventana, así que ¿por qué me casaría contigo si no quise casarme con él?

Rand sonrió con insolente placer.

—Porque yo puedo darte lo único que Hibbert no podía darte.

—No quiero...

—Cuidado —dijo él levantando un dedo, que ella miró con inquieta fascinación—. Los mentirosos van al infierno.

—Como también los fornicadores —entonó el cura, con su pelo rubio brillando como un nimbo—. He hecho todo lo posible por guardar silencio y dejar que esta familia llegue a una decisión correcta, y creo que ha llegado. Pero es necesario que a usted, señorita Sylvan, se la haga comprender lo grave que es el pecado que ha cometido. Ha tentado a un hombre a probar su mercancía y ha encontrado placer en sus brazos.

Clover Donald soltó una risita, una especie de agudo chillido de vergüenza.

—¿Hay un pecado más grave? —continuó su marido.

Rand se olvidó de que no podía ponerse de pie. Deseaba tanto abatir a puñetazos a ese cabrón santurrón que intentó levantarse de su silla. Sylvan lo cogió y lo empujó hasta dejarlo sentado, y Garth entró en la refriega:

—Usted nos dará la licencia, entonces, reverendo, y nos ahorraremos las amonestaciones.

El párroco sorbió por la nariz.

—Aunque el método correcto es hacer las amonestaciones, daré la licencia y realizaré la ceremonia.

—¿Por la mañana, entonces?

—¡Un momento! —exclamó lady Emmie—. No tenemos contrato de matrimonio.

No era la única preocupada por eso, pero Garth se desentendió de todos.

—La señorita Sylvan se fiará de que nosotros velaremos por su bien y yo redactaré el contrato. Sólo me gustaría que se pudieran casar esta tarde.

—Que estúpida esa ley que exige que las bodas se celebren por la mañana —protestó Rand—. Podríamos casarnos esta tarde.

—No —dijo Sylvan, negando con la cabeza—. No.

—Está cansada —dijo él. Ya la tenía y no la iba a soltar—. Mañana estará mejor.

—No estaré mejor.

Rand vio que le temblaban los labios y se le oprimió de compasión el corazón. Su osada y valiente enfermera era capaz de enfrentar su ira y de frustrar su suicidio, pero la sola idea de casarse la hacía temblar.

Le cogió la mano y la levantó.

—Ven conmigo, Sylvan. Ven a conversar conmigo.

Los parientes guardaron silencio hasta que salieron de la sala y entonces se reanudó la alborotada conversación.

En el vestíbulo estaban Jasper, que se había quedado junto a la puerta, y Betty, que vigilaba para que no se acercara ningún criado curioso. Las expresiones de los dos hacían innecesaria una explicación.

Betty se inclinó en una reverencia y luego le cogió la mano a Sylvan y se la besó.

—Felicitaciones, milady.

—No me voy a casar con él.

Betty le siguió el humor.

—No, claro que no, señorita, pero yo seguiré sirviéndola hasta el día de mi muerte.

Intentó cogerle la mano a Rand también, pero él se lo impidió con un gesto.

—Ahórrate los aplausos para la consumación, Betty. Esa será la verdadera prueba.

—Tengo fe en usted, lord Rand. Si hay algo que yo pueda hacer...

Él le sonrió.

—Creo que eso es algo que tendremos que resolver Sylvan y yo.

—Nada de matrimonio —balbuceó Sylvan.

Sin hacerle caso, Betty le hizo una reverencia a Rand.

—Sí, señor. Por supuesto, señor.

—La señorita Sylvan necesita que la acuesten —dijo él—. Dormir podría atenuarle su repugnancia por el estado matrimonial.

—No puedo dormir tanto tiempo —dijo ella, en tono ominoso.

Rand tampoco le hizo caso.

—¿La atenderás tú personalmente? —preguntó a Betty.

—Sí. —Contempló el desaliño y magulladuras de Sylvan y le preguntó—. ¿Cuánto tiempo lleva sin dormir, señorita?

Sylvan se pasó la mano por la cabeza.

—No lo sé.

—Una vez que esté acostada, Bernadette se quedará a acompañarla.

—Maravilloso —dijo Sylvan arrastrando la voz—. Después de lo de anoche cree que estoy loca.

—No tiene por qué preocuparle lo que piense ella de la esposa de lord Rand —la regañó Betty, y sonrió—. Sé que no le gusta tener a nadie en su habitación, pero podría despertar y necesitar algo, y no voy a permitir que tenga que hacer todo el camino hasta abajo en el mal estado en que se encuentra. No hemos oído la verdadera historia sobre eso, ¿verdad?

—Y no la vais a oír tampoco —le aseguró Rand.

—Vamos, entonces.

Intentó rodear a Sylvan con un brazo, pero Rand se lo impidió:

—Necesito hablar con la señorita Sylvan antes que suba a acostarse.

—Faltaría más. —Lo obsequió con otra de sus radiantes sonrisas—. Yo iré a buscar a Bernadette. Jasper, ven a ayudarme.

—No quiero —contestó Jasper, malhumorado.

—Pero vendrás. —Cogiéndolo del brazo lo obligó a andar—. Tenemos que darles un momento a solas a estos dos.

Mirando por encima del hombro, desesperado, Jasper se dejó llevar.

—A Jasper no le gusta la idea de que te cases conmigo —dijo Sylvan—. Deberías hacerle caso.

Rand descartó eso con un gesto.

—Es un hombre bueno, pero no es mi conciencia.

—Vamos, no te cases conmigo por tu conciencia.

—Sabes por qué me voy a casar contigo.

—¿Por mi reputación? —preguntó ella, sarcástica, haciendo un ostentoso gesto.

—Sí, por tu reputación. —Le cogió la mano entre las palmas y se la frotó—. Por tu reputación de mujer amorosa.

—Divertida.

—Siéntate. —Al ver que ella miraba alrededor, apuntó—: Ahí, en la escalera.

Ella se sentó en el segundo peldaño, apoyó el mentón en la mano y lo miró desafiante. Él acercó su silla hasta que sus rodillas quedaron rozando las suyas.

—Si no quieres casarte conmigo, lo único que tienes que hacer es decir las palabras mágicas.

—¿Y qué palabras son esas si se puede saber? —preguntó ella, desconfiada.

—Hay varias. Podrías decirme que te repugno, yo y mi enfermedad.

Ella emitió un bufido muy impropio de una dama.

—Sí, creo que ya estropeaste toda posibilidad de hacer que eso suene creíble. —Exhaló un suspiro de falsa conmiseración—. O puedes decir que me tienes miedo.

—¿Por qué habría de decir eso?

—Alguien ataca a las mujeres —señaló él.

—Creí que habíamos dejado claro ese asunto esta mañana —dijo ella, en voz baja pero firme—. Caminas sonámbulo y alguien se está aprovechando de eso. Alguien de aquí, tal vez de la casa, te observa.

Él ya había pensado eso, cuando se dio cuenta de que los ataques sólo ocurrían en las ocasiones en que aparecía el fantasma, pero había atribuido esa sospecha a su desesperado deseo de echarle la culpa a otro. Pero ya sólo podía preguntar:

—¿Quién?

—¿Jasper?

Igual podría haberle dado un capirotazo con una espada bien afilada.

—No seas tonta.

—¿Por qué no? Es un hombre alto, macizo, capaz de golpear a una mujer, y encuentro difícil creer que tu propio criado personal no sepa que caminas dormido.

—¿Por qué lo sabría?

—¿No duerme en la habitación contigo? ¿No te cambia las sábanas? Esas sábanas manchadas de barro fueron la revelación definitiva para mí.

Él ya había pensado eso la primera vez que Jasper le cambió las sábanas, pero el hombre parecía no darse cuenta de ello. No, seguro que no, maldita sea.

—Jasper luchó a mi lado en Waterloo. —Golpeó el brazo de la silla—. No es Jasper.

—Muy bien —dijo ella, descartando esa suposición, y él se relajó—. ¿Y tu hermano?

—¿Garth?

—¿A quiénes ha atacado ese loco? A mujeres que trabajan en la fábrica. Mujeres a las que tu hermano ha hecho trabajar horas extras.

La tensión que se apoderó de él le hinchó los músculos de los hombros.

—Son las mujeres a las que resulta más fácil atacar. Las mujeres solas son vulnerables ante cualquiera.

—Pero su excelencia tiene su genio. Eso lo he visto más de una vez. —Esperó a que él asintiera, y se apresuró a añadir—: Y tal vez no le gusta mucho el sexo femenino.

—¿A Garth? —Le tocó la frente. No tenía fiebre. Debía ser el

190

agotamiento el que la hacía hablar tan temerariamente—. A Garth le gustan las mujeres.

—No está casado.

Él agrandó los ojos y luego echó atrás la cabeza y rugió de risa.

—Esa es una manera estúpida de determinar las tendencias de un hombre.

A ella le subieron los colores y ladró:

—Así era como juzgaban a Hibbert. Conocí a unos cuantos de sus... amigos, y algunos eran caballeros amables y encantadores, pero otros le tenían aversión a las mujeres. A todas las mujeres. ¿No crees que...?

—No. —Volvió a reírse—. Garth, no. Hay cosas que no sabes de él. Y aun en el caso de que lo que te imaginas fuera cierto, es el duque. Si deseara hacerle daño a unas mujeres, podría hacerlo sin tomarse el trabajo de construir una fábrica.

A ella se le normalizó el color, pero no había acabado.

—James —dijo.

—Ah, ahora hablas como Garth.

—James es un joven frustrado y furioso que está en contra de la fábrica.

—Estuvo conmigo en Waterloo.

—De momento es el segundo en la línea de sucesión del ducado.

—Le salvé la vida.

—¿En Waterloo?

—Yo estaba con mi regimiento y lo vi. Había quedado separado y estaba rodeado por los franceses y... Bueno, yo estaba justo en el lugar y el momento oportunos.

—¿Y te imaginaste que tú podrías ser el que atacaba a las mujeres? —Se le formaron los hoyuelos aun cuando ella intentó reprimir la sonrisa; él podría haberse calentado junto al fuego de su admiración—. ¿Tú, que te habrías dejado matar en la batalla para proteger a James? ¿Qué te habrías arrojado por un acantilado para proteger a las mujeres de Malkinhampsted?

Él no supo qué decir. Sólo sabía que le gustaba que Sylvan lo tratara como si lo considerara un héroe. Volviendo al tema dijo:

—O sea, que podemos descartar a James.

A ella le desaparecieron los hoyuelos.

—A veces estar en deuda con una persona destruye el equilibrio entre los dos.

—¡Tonterías! —Entonces, sarcástico, se le unió en la tarea de añadir sospechosos a la lista—: Y si no es James, ¿tal vez el reverendo Donald?

—¿Por qué no? Se pasa el día y la noche visitando a sus feligreses.

Él no pudo creer que ella pudiera pensar eso aunque sólo fuera un momento.

—¡Lo conoces! —Apuntó hacia la sala de estar—. Es un cabrón santurrón, pero está totalmente consagrado a transmitir la palabra del Señor.

—Lo que quiero decir es que podría ser cualquiera el que comete esos ataques y por cualquier motivo. Incluso tu tía Adela.

—Vamos, qué buena idea. —Simuló pensarla—. ¿O mi madre?

—Es demasiado baja.

—Ah. —Con la intención de avergonzarla, dijo—: Basándome en eso, tendré que tacharte a ti también de mi lista de sospechosos.

—Muy generoso de tu parte, pero deberías tacharme de tu lista por otro motivo. Yo no estaba aquí cuando comenzaron los ataques.

—Tal vez estabas acechando en la posada de Malkinhampsted, esperando a tener la oportunidad para...

—Vamos, Rand, sé que no deseas que sea ninguna de las personas que conoces. —Le presionó las rodillas con las de ella y se inclinó, dejando una gloriosa vista por el escote—. Pero tiene que ser alguien que tiene algo en contra de ti.

Él logró refrenarse de lamerse los labios.

—Empleamos a cincuenta criados que viven aquí. ¿Te das cuenta del canasto de serpientes a las que estás silbando con esas acusaciones?

Ella le sonrió de una manera casi normal.

—Supongo que sería más fácil declararte culpable a ti, pero no soy partidaria de condenar a un hombre por conveniencia.

Había llegado el momento, decidió él, de desviar el rumbo de la conversación.

—Tampoco eres partidaria de casarte por conveniencia, parece.

Ella enderezó bruscamente la espalda y debió ver algo en su expresión porque se cerró la camisa sobre el pecho.

—Te trataré bien —prometió él.

—¿Mientras me comporte?

Lo dijo de un modo tan desagradable que él deseó poder hablar con su padre.

—Serás una Malkin y, con toda probabilidad, algún día serás duquesa. No tienes por qué comportarte. Tú pondrás las normas.

—Qué engreído.

—Sólo deseo que comprendas que hay algunas ventajas para ti en este matrimonio. En cuanto a esta mañana... —Guardó silencio mientras ella desviaba la mirada y se movía inquieta, y cuando volvió a mirarlo continuó—: Lamento haberte expuesto a esa escena. Debería haberte protegido mejor. Parece que no soy capaz de hacer nada bien.

Ella subió y bajó las piernas, recordando su manera de saludar a la aurora.

—Ah, pues hiciste bien una cosa.

—¿Eso es un cumplido? —Cogiéndole el mentón le levantó la cara y la besó, hasta que ella le cogió los hombros con las manos temblorosas—. Sylvan, nos vamos a casar mañana por la mañana. No vas a seguir discutiendo eso. —Le miró la cara, ruborizada, los ojos cerrados y una expresión embelesada—. ¿De acuerdo?

—De acuerdo, me casaré contigo.

No eran las palabras extasiadas que se había imaginado en boca de su prometida, pero las recibió con igual placer.

—¿Lo prometes?

Ella abrió los ojos.

—No voy a cambiar de decisión.

—Dame esa hora mañana por la noche —musitó él—, y verás que has tomado la decisión correcta.

—Eres horrorosamente arrogante. ¿Eras así antes de Waterloo?

—Peor, muchísimo peor.

Ella se levantó y se sacudió la falda.

—Y tal vez más insufrible día a día después de mañana.

Antes que él pudiera contestar, Betty y Bernadette salieron corriendo del comedor, donde habían estado esperando. Cogieron a Sylvan, una de cada brazo, y la llevaron escalera arriba, y Rand se quedó mirándolas.

—¿Señor? —dijo Jasper, junto a su silla—. ¿Desea retirarse a descansar también?

—No podría. —Vio desaparecer a Sylvan y lo miró—. Estoy demasiado agitado. Felicítame, ha consentido en ser mi esposa.

—Felicitaciones —masculló Jasper, con la cabeza gacha y una expresión solemne en su fea cara.

—¿Qué te pasa, hombre? —bromeó Rand—. ¿Tienes miedo de perderme?

—Es por culpa mía, señor. —Le cayó una lágrima de la punta de la nariz, y movió los hombros y la cabeza como si sintiera algún dolor—. Yo soy el culpable de que tenga que casarse. No estaba aquí para cuidar de usted.

¿Por qué actuaba así? Surgió la sospecha, fea, indeseada, y maldijo a Sylvan por habérsela puesto en la cabeza. ¿Dónde estaba Jasper esa noche?

—Supe que tú encontraste a Loretta —dijo.

La blanca cara de Jasper se puso roja.

—Sí, señor.

Maldiciendo sus dudas, Rand preguntó:

—¿Qué hacías por ahí tan tarde?

—Estaba... preocupado por las mujeres, eh, por la mujer que quedó herida en el accidente de la fábrica. Fui a su casa y cuando me marché para volver —apretó los puños—, encontré a Loretta en el suelo.

—La casa de Loretta no está en esta dirección —dijo Rand—. Tal vez fuiste a buscarla —sugirió.

—Esto... la oí gritar. Sí, eso fue, la oí.

Rand hizo girar la silla para no tener que ver al hombre tropezarse con esas mentiras, sin duda las primeras que decía en su vida. ¿Tendría razón Sylvan? ¿Era Jasper el que andaba al acecho de las mujeres para atacarlas? ¿Sabría que él podía caminar? Se dio una sacudida. Sylvan le había estropeado la felicidad que sentía en esos momentos, aun cuando le devolvió el respeto por sí mismo. Fuera lo que fuera que había estado haciendo Jasper, sin duda había una explicación. Lo conocía, y no dudaba de que finalmente se lo confiaría. Con la intención de tranquilizarlo, le dijo:

—Dejarme solo anoche fue una ocurrencia genial por tu parte. Verás, deseo casarme con Sylvan.

—Pero, señor...

—Sólo prométeme que vas a servir a la señorita Sylvan como me servirías a mí.

—Mi primera lealtad se la debo a usted —dijo Jasper, enérgico y resuelto.

—Pues sí, y mi esposa forma parte de mí.

—Todavía no es su esposa —dijo Jasper en un susurro.

Ese susurro le produjo un escalofrío que lo recorrió todo entero.

# Capítulo 10

*A*lguien la llamaba.

Sylvan despertó poco a poco, en respuesta a la llamada, con la expectación de una amante. Abrió los ojos y miró alrededor, buscando al hombre que había entrado en su dormitorio.

Buscando a Rand.

No estaba ahí. Debió ser otro sueño, aunque un sueño curiosamente sin imágenes. Esa noche ningún espectro sufriente le suplicaba que lo auxiliara. Suspirando de alivio, se sentó.

Bernadette roncaba a un ritmo parejo sobre una cama plegable colocada junto al hogar. Las velas de un candelabro se habían consumido y desprendían humo y olor a pabilo y cera quemados. Los cabos de vela del otro seguían encendidos, las llamas parpadeando por estar llegando al final de los pabilos. Se oían fuertes los tictacs del reloj, haciéndola pensar cuánto tiempo habría dormido; todo el día y la mitad de la noche, supuso. Ya debía ser noche cerrada, y estaba totalmente despierta.

Deseaba beber; deseaba compañía.

Miró hacia Bernadette y vio que seguía profundamente dormida.

Tendría que conformarse con agua.

Se bajó de la cama y se le encogieron los dedos de los pies al tocar el frío suelo de madera. Llegó al lavabo y del jarro de loza sirvió agua en un vaso. Era espeluznante esa inmensa casa vieja. Casi esperaba oír...

Plaf.

Paralizada de miedo miró hacia la puerta.

Plaf.

Cuidando de no hacer ruido, dejó el vaso en el lavabo y miró hacia Bernadette. No se había movido; seguía roncando, inconsciente de los ruidos.

Plaf.

Rand. Se llevó la mano al corazón. Debía andar sonámbulo. Otra vez. Tenía que detenerlo antes que alguien lo viera. Estaban oscilando al borde del desastre; si los criados descubrían que podía caminar, sin duda lo culparían de los ataques. Sacando un cabo de vela del candelabro lo puso en una palmatoria, caminó silenciosa hasta la puerta y la abrió.

Ahí no había nadie.

Miró a uno y otro lado del corredor y alcanzó a distinguir a alguien doblando la esquina del extremo más alejado. «Dios nos ampare», susurró y echó a andar para seguirlo. Al doblar la esquina volvió a verlo. Cuando estaba más cerca vio que a él le brillaba el tórax; llevaba una camisa plateada; entrecerró los ojos tratando de distinguir la tela y la hechura. «Rand, espérame», susurró. Él se detuvo y dirigió hacia ella las órbitas de los ojos, que parecían inquietantemente vacías.

Y cuando ya estaba cerca, desapareció sin hacer el menor ruido, dejándola sola. Miró el lugar donde había estado y luego corrió hacia la esquina. Ahí estaba, al final de un corredor muy estrecho. En esa zona, las velas que se dejaban encendidas por la noche eran de sebo, no de cera; había entrado en la parte más antigua de la casa; nunca había estado ahí, pero sabía que los cuartos de los criados estaban cerca. Sin duda, muchas de las puertas eran despensas, cuartos de almacenamiento. Y si no daba alcance a Rand antes que alguien lo viera...

Él se puso un dedo en los labios, como si supiera que ella estaba ahí, y no estuviera dormido. Llevaba un gorro raro y parecía que el pelo le llegara a los hombros, y la parte visible de los zapatos se veía larga y puntiaguda. ¿Adónde la llevaba? ¿Y por qué? Nerviosa, continuó caminando detrás de él, sorprendida por estar en un corredor en el que no había estado nunca y temerosa de no poder encontrar el camino de vuelta. Pero lo encontró. Siguiendo a Rand, lo más de cerca posible, pero nunca lo bastante cerca, no tardó en encontrarse al final del corredor donde estaba su dormitorio. El hombre de la brillante camisa plateada se detuvo cerca de la puerta abierta. «Rand, déjame que te lleve hasta tu cama», susurró. Él no se movió mientras ella avanzaba hacia él. Pero cuando alargó la mano para tocarlo, desapareció.

Se le erizó la piel, y cuando oyó el grito casi creyó que había salido de su garganta.

Pero no, había salido de su dormitorio, un grito fuerte, fuerte como para despertar a los muertos. Casi tropezándose echó a correr, segura de que Bernadette había visto lo mismo que ella. Sin embargo, aún no había dado tres pasos cuando alguien salió corriendo por la puerta de su dormitorio.

Un hombre, de pelo negro y una larga bata blanca. Se fue corriendo veloz por el corredor. Echó a correr detrás de él, pero cuando pasó junto a la puerta, Bernadette le gritó:

—¡No!

Se detuvo, vacilante, y Bernadette chilló:

—No, señorita, por favor.

—¿Estás herida?

Bernadette pareció no oírla.

—No vaya. Era el fantasma de Clairmont Court y ha tratado de matarme. No lo siga.

Sylvan hizo entrar a la temblorosa Bernadette, sosteniéndola hasta que la sentó en un sillón.

—¿Qué te ha hecho?

—Cuando grité me golpeó con un palo. —Bernadette jadeaba como si hubiera echado una carrera—. Yo levanté el brazo.

—¿Te ha hecho daño? —preguntó Sylvan, pasándole las manos por el antebrazo.

—¡Sí!

—¿Daño, daño?

Bernadette titubeó y luego musitó:

—No, creo que sólo tengo un moretón. Pero, señorita, la buscaba a usted. —Le brotaron lágrimas y le bajaron por las mejillas—. Golpeó la cama primero, y cuando se dio cuenta de que usted no estaba, se puso furioso. Sacó las sábanas y...

—No.

Corrió hasta la cama y entonces vio que el ataque había dejado sábanas blancas desparramadas como recuerdos fantasmagóricos. Rand no haría eso jamás, pero alguien lo había hecho, y sólo la había salvado la aparición que la llamó.

¿Cuántos fantasmas albergaba esa casa?

Volvió al lado de Bernadette.

—Los fantasmas no golpean a las personas. Las asustan o las persiguen o gritan o... —Hasta ahí llegó su imaginación—. Pero no cogen un palo para golpear a nadie.

—Entonces, ¿quién...? —Agrandó los ojos y preguntó, indignada—: ¿Quiere decir que una «persona» me golpeó para divertirse?

—Entrecerró los ojos—: ¿Quiere decir que una persona de esta propiedad quería hacerle daño a usted?

—Supongo que podrías...

—¿Después de todo lo que ha hecho por lord Rand y por la pobre Roz? —Se levantó en toda su estatura, dejando pequeña a Sylvan—. Vamos, eso es horrendo.

—¿Qué pasa?

Lady Emmie estaba en la puerta, con el pelo suelto, y su bata blanca arremolinada alrededor de los tobillos.

—¿He oído un grito? —preguntó la tía Adela, haciéndose espacio en la puerta.

Apretándole fuertemente el hombro a Bernadette, Sylvan le dijo en voz baja:

—No se lo digas. Prométeme que no les dirás nada...

—Pero, señorita...

—Diles que has visto al fantasma —dijo Sylvan, estremeciéndose—. Van a pensar que eres una tonta, pero yo quiero ver quién tiene cara de culpable mañana.

Bernadette se cruzó de brazos.

—Pero, señorita, quería hacerle daño y no puedo permitir...

La chica no cedería, así que Sylvan se apresuró a prometérselo:

—Le contaré a Rand lo que ha ocurrido esta noche.

Entonces comprendió por qué Betty le había puesto a Bernadette como doncella personal. Su expresión pasó a una de astuto interés, y cuando lady Emmie llegó hasta ellas, se deshizo en un ataque de histeria.

—Uy, excelencia, he visto al fantasma —gimoteó.

—¡Qué tontería! —tronó la tía Adela.

—No es una tontería —repuso lady Emmie—. Tenemos un fantasma.

Ya se había enzarzado en una pelea. Sylvan salió de la habitación, corrió por el corredor, bajó la escalera y se dirigió a la habitación de Rand. La puerta estaba cerrada, pero la abrió sin golpear y el corazón le cayó al suelo de horror. Rand no estaba en la cama.

—¿Sylvan?

Su sorprendida voz la hizo girarse. Estaba sentado ante una mesa pequeña, totalmente vestido.

Betty estaba sentada a su lado, y la miraba boquiabierta y con los ojos agrandados.

—¿Señorita Sylvan?

—¿Qué hacéis? —preguntó ella.

Pero sin esperar la respuesta se acercó a Rand y le palpó la camisa blanca, buscando la larga bata blanca, o una camisa plateada.

Llevaba la camisa blanca y un chaleco azul celeste, y le bailaron los ojos cuando le cogió las manos.

—¿Qué haces tú? —preguntó, observándola de arriba abajo meticulosamente—. ¿Corriendo por los corredores en camisón de dormir?

—Póngase esto —le dijo Betty, pasándole una bata de seda negra de Rand—. Incluso en verano hay corrientes de aire en esta enorme casa.

—Y tienes frío —añadió Rand.

Sylvan no le preguntó cómo lo sabía, simplemente metió las manos en las mangas.

—Ahora bien —dijo Rand, indicándole la silla que había desocupado Betty y mirando el reloj de la repisa del hogar—. ¿Qué haces aquí a las dos de la mañana?

Sylvan se sentó.

—¿Qué haces tú de pie a estas horas?

Rand hizo un gesto con la mano hacia los papeles desparramados sobre la mesa, el tintero abierto y la pluma cerca.

—Preparando nuestra boda.

—¿Nuestra boda?

—Ayer accediste a casarte conmigo. ¿Lo recuerdas?

Boda. Sylvan se apretó las sienes. ¿Lo recordaba? Su primer impulso fue negarlo, simular que no recordaba haber estado sentada en un peldaño de la escalera conversando con él, hablando de los diversos sospechosos de los ataques a mujeres y aceptando una boda por motivos ridículos.

—¿Cuándo tenemos que casarnos?

—Hoy —dijo él, modulando muy bien la palabra como si necesitara conectar el sonido con el movimiento de sus labios—. Aceptaste casarte conmigo.

—¿Por qué?

—Porque nos sorprendieron en una situación comprometida en un campo y, o bien te arrojan fuera como a una puta, o te casas con un inválido. Las opciones no son agradables.

—Eso no es mi verdadero motivo para acceder a casarme contigo.

—Lo sé. —Su sonrisa fue una seductora tentación—. Fue porque yo prometí hacerte feliz.

—No.

A él se le desvaneció la sonrisa, y dijo disgustado:

—Entonces supongo que fue porque Garth te prometió que nunca tendrías que volver a la casa de tu padre.

—No.

¿Por qué aceptó casarse con él? Había un motivo, un motivo muy convincente...

—Sylvan, este es un tema muy interesante que tengo la intención de explorar más a fondo contigo, pero lo que importa en este momento es ¿por qué estás aquí ahora?

Su tono era paciente, pero tenía la frente arrugada, y de pronto ella recordó su misión.

—¿Por qué estás en pie tan tarde? —preguntó otra vez.

Irritado, él miró a Betty y contestó:

—Betty necesitaba ayuda para organizar dos festines distintos en poco tiempo. Todos los vecinos nobles que viven a la distancia de un viaje en coche vendrán a nuestra boda y tenemos que organizarles festejos apropiados. Además, es la tradición que los Malkin ofrezcan una fiesta a los aldeanos y a los pobres como parte de la celebración de una boda. Y, lo primero de todo, tú necesitas un contrato de matrimonio y hay que redactar uno preliminar, y, en todo caso, yo no podía dormir.

—¿Por qué?

Inclinándose hacia ella, él la observó atentamente.

—¿Sylvan?

—¿Betty ha estado todo este tiempo contigo?

—Sí —dijo él, en tono abrupto.

Ella miró a Betty en busca de confirmación y esta dijo:

—Sí, señorita. He estado aquí desde que terminé de hablar con los proveedores acerca de la comida. Lo que ofrecemos será una vergüenza, eso sí, pero es lo mejor que he podido conseguir en tan poco tiempo. —Al ver que ella hacía un sonido de impaciencia, se apresuró a añadir—: Estoy aquí desde las nueve, me parece.

Enseñando los dientes, Rand preguntó.

—Ahora bien, ¿qué pasa?

—¿Dónde está Jasper?

—Lo envié a hacer unos recados —contestó Betty.

—¿A las dos de la mañana? —preguntó Sylvan, incrédula.

—Señorita —dijo Betty, con voz más enérgica—. Estamos faltos de tiempo. Está muy bien que su excelencia ordene que se celebre la boda por la mañana y sé que todo se atenderá, pero él es el duque y, peor aún, un hombre, y no tiene la menor idea de todo el trabajo que entraña eso.

Con la cabeza ya liberada de los blandos límites del sueño, Sylvan se ruborizó al comprender el trastorno que había provocado con su mala conducta. Pero al mismo tiempo no sabía el paradero de Jasper, ni de Garth ni de James. Sólo sabía el paradero de Rand y que la noticia ya no podía esperar más.

—Te ruego que me perdones, Betty.

Bajó la cabeza como una flor privada de agua y Betty corrió a ponerse a su lado.

—Yo le pido perdón a usted, señorita. No tenía ningún derecho a regañarla así. ¿En qué podría servirla?

—Bueno... —Pensó rápidamente y sugirió—. Tengo sed y hambre. ¿Podrías proporcionarme una comida liviana?

—Faltaría más —dijo Betty y echó a andar hacia la puerta. Entonces se detuvo y los miró—. No me hace ninguna gracia dejarlos solos a estas horas de la noche. Ya han demostrado que necesitan una carabina.

—Eso es cierto —concedió Rand—. Pero Sylvan jurará que esta vez no me va a atacar. ¿Verdad, Sylvan?

—Yo no te... —Se interrumpió. Sí que lo había atacado. Esa mañana fue su beso el que precipitó todo ese enrevesado y magnífico acto de amor. Aunque ojalá Rand no luciera con tanto orgullo su engreída diversión—. No lo tocaré. Y esa es una promesa que cumpliré.

Betty vaciló, desgarrada entre dos deberes, pero finalmente se inclinó en una reverencia y salió de la habitación.

—Volverá tan pronto como pueda —advirtió Rand, no engañado en absoluto por la simulación de ella—. Ahora dime por qué estás aquí.

Ella se inclinó hacia él, le tocó la rodilla y dijo en voz baja:

—El fantasma me hizo una visita.

—El fantasma...

—Me hizo una visita —repitió ella.

Eso no era la estricta verdad; dos fantasmas le habían hecho una visita, pero se sentía incapaz de hablar del fantasma de la camisa plateada, el que desapareció ante sus ojos.

Él le cogió las manos, la levantó y la miró de arriba abajo.

—¿No te ha hecho daño?

Ella descartó la pregunta como si no tuviera importancia.

—El fantasma me hizo una visita. Esa es la confirmación definitiva. ¡No eres tú el fantasma!

—Comprendo, pero esta mañana ya me enteré de que no era yo el culpable cuando tú me lo dijiste y demostraste tu fe en mí tan conmovedoramente.

¿Qué quería decir? ¿Tanta fe tenía en su opinión?

No. Volvió a sentarse evitando mirarlo a los ojos. No podía tenerla, porque si la tenía significaba que tenía toda esa fe «en ella».

Rand le examinó las manos y se las envolvió entre las de él.

—Ahora que eso ya está aclarado, dime, ¿te ha hecho algún daño?

¿Habría notado el temblor que la sacudía?

—¿Cuándo?

—Cuando te ha visitado esta noche.

Al parecer iba a seguir insistiendo con la pregunta.

—Ah, eso. —Desvió la cara—. No.

—¿No te ha atacado?

—¡No!

Ha atacado a Bernadette. Eso era una mentira de omisión, pero una fe tan grande como la de él sería una carga que no podría llevar. Muchísimos hombres le habían confiado su vida y ella les había fallado.

—¿Qué hizo?

—¡Trató de asustarme!

—¿Dónde estaba? —preguntó él, mirándola a los ojos y pronunciando muy bien.

—Lo vi en el corredor fuera de mi dormitorio.

Eso era cierto en todo caso; estaba en el corredor cuando ella salió corriendo de su dormitorio. Y Rand la asustaba con ese interrogatorio, como si tuviera el derecho a interrogarla, como si la poseyera en cuerpo y alma. Dobló las manos y le arañó las palmas con las uñas.

—Enviaré a los lacayos a seguirlo.

—Se marchó.

—Y apostaré a un vigilante en tu puerta.

Ella se soltó las manos, indignada.

—¿Con la orden de que me dispare si aparezco en un momento inapropiado?

—Será un vigilante para protegerte, no para tenerte prisionera —dijo él, con tanta sinceridad que ella se avergonzó, pero no le gustó que le cogiera las manos otra vez—. Estoy preocupado por ti, Sylvan. Seré más feliz cuando estemos casados.

Ella se estremeció y él le apretó más las manos.

—Te vas a casar conmigo por la mañana —dijo él, como una afirmación, no como una pregunta para tranquilizarse.

—Dije que me casaría —se apresuró a contestar ella, impaciente.

Pero no lo había dicho en serio. Deseaba quedarse ahí para cuidar de Rand; deseaba estar ahí para verlo caminar durante el día; deseaba dormir en sus brazos.

Pero no deseaba pagar el precio de quedarse y no el precio de la pasión.

—¿Por qué hay tantas reglas, por qué es tan fácil quebrantarlas y por qué tengo que ser yo a la que sorprenden quebrantándolas?

—Las reglas fueron hechas por hombres como yo que desean aferrarse a mujeres como tú. —Le abrió la mano cerrada y le besó la palma—. Además, alguien tiene que rescatar tu virtud.

—No tenía ningún problema en aferrarme a mi virtud hasta que te conocí —dijo ella, y añadió—: Oh, oh. —Eso era algo que no debía haber dicho; él ya era más engreído que diez hombres juntos, y acababa de reconocer que él, y sólo él, había sido capaz de provocarle una reacción. Ver su sonrisa la fastidió—. Vamos, deja de sonreír. Todos los miembros de la alta sociedad me creen una mujer disipada, y sabes que ellos tienen la única opinión que importa.

Él se rió, fuerte.

—No entiendes a los hombres, ¿verdad?

—Los entiendo más de lo que quisiera.

—Si yo, junto con todos los miembros de la alta sociedad, te creyera casta, me casara contigo y descubriera que tenías experiencia, me sentiría engañado y posiblemente nuestro matrimonio se iría al garete. Si yo, junto con todos los miembros de la alta sociedad, creyera que has tenido experiencia y me casara contigo sabiendo lo de esa experiencia, no tendría ningún motivo para quejarme y, en realidad, esperaría con ilusión una larga y gloriosa noche de bodas. Pero en tu caso, la alta sociedad te cree disipada y yo he descubierto que esa acusación es injusta. Para mí, la noche de bodas será —hizo una inspiración— comedida. Pero al mismo tiempo, me encanta saber que lo que experimentarás conmigo será único.

—Sí —musitó ella, intentando levantarse—. Bueno, si eso es todo...

Él seguía reteniéndole la mano, cuya palma ya estaba mojada de sudor, y no se la soltó.

—Tendremos un buen matrimonio, lo prometo —dijo muy serio—, pero voy a necesitar tu colaboración.

—¿Mi colaboración? —preguntó ella, sin poder evitar un tono receloso.

—¿Te das cuenta de que voy a necesitar colaboración para cumplir mis deberes conyugales?

—¿Te he dado algún motivo para creer que yo podría no colaborar? —preguntó ella, impaciente, y retiró bruscamente la mano cuando él se rió.

—No, no, pero entiendo que desflorar a una virgen entraña algo más que simple placer.

Ella se puso de pie de un salto y se dirigió a la puerta.

—No deseo hablar de eso.

—No puedo obligarte a quedarte a hablar.

Esas palabras la detuvieron en seco.

—Si quieres alejarte de mí, no puedo impedírtelo.

Ella se mordió el labio. Él tenía razón, y su conciencia le exigía jugar limpio, no le permitía aprovecharse de su parálisis. Él iba a ser su marido y simplemente estaba hablando con ella. Tal vez era similar a ella y lo preocupaban «todos» los aspectos de su vida en común después de la boda. La comunicación entre ellos limaría sus diferencias, por lo que no debía huir de la conversación simplemente porque era sobre... «eso». Se sentía capaz de sobrellevarlo. Se volvió con pasos enérgicos y se sentó.

—Como digas. ¿Qué deseas que haga?

—No deseo que «hagas» nada. Simplemente deseo que me prometas que te vas a fiar de mi experiencia en la realización de nuestros deberes conyugales.

¿Deberes? Encontraba raro que él empleara esa palabra. No se había imaginado que él los considerara «deberes».

—Sencillamente, temo no ser capaz de hacer las cosas que hacen los hombres normales para calmar tus miedos.

—¿Como qué?

—Mis padres solían retozar como dos corderitos en primavera. —Una afectuosa sonrisa le iluminó la cara—. Se perseguían, se hacían cosquillas y se reían, hasta que desaparecían en su dormitorio. Bueno, una vez —se rió fuerte—, el lord alcalde los sorprendió en nuestra casa de Londres totalmente desnudos.

—Me estás tomando el pelo.

Sus padres jamás se habían portado de esa manera, ni delante de ellos ni, estaba segura, cuando estaban solos. Para ellos el matrimonio era un asunto serio.

—Después, lógicamente, habrá ocasiones en que riñamos, y hasta puede que salgas pisando fuerte hecha una furia y duermas en otra parte todo el tiempo que quieras. Estoy a tu merced.

—Tendrás que fiarte de mi merced, entonces, ¿no?

—Me fío de tu merced, pero he tenido experiencia con tu genio, y tienes que reconocer que eres bastante irracional cuando estás enfadada.

Ella bajó la cabeza e hizo pliegues en la seda de la bata, los que se deshicieron al instante, deslizándosele por entre los dedos.

—No tengo por qué reconocer nada.

—Mis padres pasaron todas las noches de su matrimonio en la misma cama, y a veces se pasaban ahí la mitad del día.

La estaba engatusando, y cuanto más lo oía hablar de sus padres, más creía que le gustaría una unión como esa.

—Como tú digas.

Era un consentimiento de mala gana, pero él lo cogió al vuelo.

—¿Prometes, entonces, aceptar todas mis exigencias conyugales?

—Ss... sí.

—¿Y dormir en la misma cama todas las noches todo el tiempo que dure nuestro matrimonio?

—Mientras estemos en la misma ciudad.

Él se relajó, apoyando la espalda en el respaldo, con el brazo doblado a la espalda y la contempló:

—Creo que cuando estemos casados me gustará muchísimo que lleves mi bata puesta.

Sus ojos brillaban como brasas azules, y ella se movió nerviosa en el asiento; de repente se sentía cohibida dentro de la ceñida bata negra.

—¿Por qué? —preguntó.

—Cuando pienso en frotar esa seda por tu... —No terminó la frase.

Ella retiró las manos de las de él, y él se las soltó. Se levantó y él la miró. Retrocedió, segura de que él haría un movimiento para cogerla, pero él no se movió. Simplemente la miró, esperando. Esperando la noche del día siguiente.

# Capítulo *11*

*E*l grueso anillo de sello que Rand le puso en el dedo casi se lo trituró; lo sentía hundido en la piel, calentándosela; si le quedara un poquito más apretado le interrumpiría totalmente la circulación de la sangre por el dedo.

Con voz sonora y expresiva Rand repitió las palabras que la honraban como su esposa y al anillo como el símbolo de su unión, y le apretó la mano entre las dos palmas.

Su voz denotaba sinceridad, y ella pensó que era sincero. Debían ser pocos los hombres que se casaban con la intención de quebrantar el espíritu de su mujer y convertirla en un ser sin voluntad ni energía. Pero los había.

Levantó la cabeza y paseó la mirada por la terraza. El reverendo Donald había supuesto que la ceremonia se celebraría en el interior de la iglesia, pero Rand insistió en que fuera al aire libre. También insistió en ofrecer una fiesta a todos los asistentes, porque deseaba que todos los habitantes de la propiedad y los alrededores fueran testigos de su boda.

Le pareció que él había conseguido lo que deseaba. El párroco estaba de espaldas a la puerta con el devocionario en la mano. Ella y Rand estaban delante de él y la familia Malkin formaba un semicírculo alrededor. Gail y su institutriz estaban situadas a un lado.

Los vecinos, los nobles que tenían sus casas de campo en los alrededores, formaban un apretado grupo detrás de la familia, alargando los cuellos con innoble curiosidad para ver a la novia. Los criados de la casa, con Jasper y Betty delante, formaban un grupo más disperso ocupando el resto de la terraza, y abajo, junto a la escalinata y más allá, estaban los aldeanos de Malkinhampsted.

Demasiadas personas; la atadura era muy firme.

Alguien le puso en la mano un anillo igualmente grueso y pesado. Ella debía colocárselo a Rand en el dedo. Esa sería la última parte de la ceremonia, el momento en que Sylvan Miles dejaría de existir como persona y se convertiría en una extensión de Rand Malkin.

No deseaba hacer eso; su madre lo había hecho y, desde que ella tenía memoria, había sido un alma pálida, toda suspiros, cuya única finalidad en la vida era intentar aplacar a su marido.

Clover Donald también lo había hecho, y desde el momento de su llegada ahí no la había oído decir nada que no fuera una repetición de las opiniones de su marido.

Lady Emmie le dio un codazo en la espalda.

—Sylvan, tienes que colocar el anillo en el dedo de Rand.

Ella miró el anillo, muda, atontada.

—Si no se lo colocas, se lo colocará él.

Ella miró a Rand. Sí, seguro que se lo pondría. Por primera vez, desde que ella llegó a Clairmont Court, él estaba bien peinado, tenía la cara lavada, sus botas brillaban, su chaqueta estaba cepillada y abotonada, y el lazo de su corbata se veía impecable. Era la personificación del inglés noble, rico, en apariencia y en modales. Trataba de inspirarle tranquilidad, pero no la engañaba. La brillante luz del sol iluminaba su cara marcando sus rasgos y revelaba su resolución; nada le impediría hacer su voluntad ese día, y mucho menos el enclenque e incomprensible deseo de ella de continuar soltera.

—Pónmelo en el dedo, Sylvan. —Captó su mirada y la aprisionó—. Así esto habrá acabado y todo irá bien. Ya lo verás. Pónmelo en el dedo.

De mala gana ella cogió el pesado anillo y se lo puso en el dedo extendido. Entonces el reverendo Donald entonó unas palabras que no tenían ningún sentido; ella repitió otras que tenían demasiado sentido: se entregaba a Rand en la mayor apuesta de su vida. Se convertía en su esposa.

Por todo el grupo pasó un sonoro suspiro colectivo.

Ella se inclinó a darle a Rand el beso de paz; él esperó hasta que estuvo agachada y la hizo caer sentada sobre sus muslos. El suspiro de alivio se convirtió en risas y luego en vivas cuando él la echó hacia atrás y la besó. Fue un beso muy agradable, una especie de beso carne con patatas destinado a sustentarla para todo el resto del día.

Y probablemente lo conseguiría. Durante su estancia en Clairmont Court había sido enfermera, sostén y defensora de Rand. En cierto modo parecía que, al menos ese día, los papeles estaban invertidos. Eso no le gustaba, no le gustaba depender de nadie tan completamente, pero sí encontró fuerza en el contacto de sus labios, su firme abrazo y el apoyo de su hombro.

¿Por qué se había casado con él?

Ya lo recordaba. Porque vio el furor que lo impulsaba a hacer lo correcto, le costara lo que le costara; era el mismo furor que la impulsaba a ella en Bruselas.

Y lo peor de todo, porque lo amaba.

Rand le depositó suaves besos en el cuello y musitó:

—Eres la mujer más valiente que conozco.

—No seas tonto.

Desprendiéndose de sus brazos se levantó y se alisó cuidadosamente la magnífica falda adornada con encajes.

Los familiares se precipitaron. Garth fue el primero que la abrazó, el duque de Clairmont dando la aprobación oficial a la esposa de su hermano.

—He rogado por esto desde el comienzo —dijo—. Lo has devuelto a la vida.

Sylvan deseó decir que no era ella la que lo había devuelto a la vida sino saber que era inocente. Pero antes que pudiera hablar, lady Emmie apartó a su hijo de un codazo y la abrazó apretándola contra su amplio pecho.

—Querida mía, siempre deseé tener una hija.

Sylvan asintió, enmudecida por ese entusiasmo.

La tía Adela la abrazó con más moderación, pero expresó su acuerdo:

—Sí que la deseaba. Siempre le dije que es una estupidez desear una hija que al casarse abandona a la familia, pero la deseaba de todos modos.

—No abandonan la familia al casarse —dijo lady Emmie.

—La madre de Sylvan no está aquí —replicó la tía Adela.

—Ya hemos invitado a lord y lady Miles a venir a visitarnos. Serán bienvenidos en cualquier momento.

Sylvan emitió un suave gemido y Garth se apresuró a tranquilizarla:

—Os enviaremos a un largo viaje de luna de miel si tu padre desea alargar su estancia aquí.

Después de meterse el devocionario en el bolsillo de su levita negra, el reverendo Donald le cogió la mano a Sylvan y se la estrechó.

—No logro imaginarme a lady Sylvan no complacida por la visita de lord Miles.

—No le conoce... —dijo Garth, pero se interrumpió y apretó fuertemente los labios.

Sylvan comprendía bien al duque. Su padre se mostró de lo más solícito y servil cuando Garth llegó a su casa, y luego de lo más odioso cuando se dio cuenta de que sólo deseaba convencerla a ella para que se convirtiera en la enfermera de Rand. Su madre, claro, se había mostrado patéticamente deseosa de agradar y luego patéticamente agitada por el atroz comportamiento de su marido. Recordar ese follón sólo le aumentaba el miedo al matrimonio, así que desvió la cara de la atenta observación del párroco.

Aunque no lo bastante pronto, porque él le apretó la mano que no le había soltado.

—Mi padre también era un hombre difícil que no supo comprender que mi destino superior estaba en el clero, pero yo considero esas terribles experiencias de mi juventud como el horno en que se forjó y reforzó el acero de mi carácter. —Movió la mano libre hacia la gente, los árboles y el mar—. El sol nos brilla este día de ritos sagrados. Eleve el corazón y alégrese.

Sylvan lo miró, sorprendida y fascinada. Así era como llevaba a su rebaño por el buen camino el pastor. Ella sólo había visto su austeridad, pero su alegría al realizar su deber la sorprendió y también le agradó.

—Sí, gracias —dijo.

Él debió hacerle un gesto a su esposa, porque apareció Clover Donald a su lado, con una sonrisa trémula en los labios y los ojos enrojecidos por las lágrimas derramadas durante la ceremonia.

—¿Me permite que la felicite por su matrimonio, lady Sylvan?

—Por supuesto —dijo ella, sintiéndose tonta por tener que dar permiso y pensando si esa unión con un noble la separaba totalmente de aquellos de cuna inferior.

Siempre había estado haciendo de puente en ese abismo, con un pie colocado entre los aristócratas ricos y el otro entre la gente plebeya.

Tenía suerte, pensó, de haber entrado por matrimonio en una familia tan noble que no sentía el menor deseo de alardear por ahí con sus esnobismos.

Vio que a Clover le temblaban los sonrientes labios y se apresuró a decir:

—¿Nos acompañará en nuestra celebración?

—Nos sentiríamos honrados —contestó el reverendo Donald,

girando a su esposa hacia Rand para que lo felicitara con igual efusión.

Se formó una larga cola de vecinos para expresarle sus buenos deseos, y lady Emmie y la tía Adela se situaron a ambos lados de ella para hacer las presentaciones. Siempre que los invitados expresaban un interés vulgar, ya fuera de palabra o por la entonación, intervenía lady Emmie o la tía Adela, para dejar claro que ella ya era una Malkin y, por lo tanto, irreprochable. No era poca cosa, comprendió Sylvan, ser la madre viuda u otra parienta del duque de Clairmont. Esas mujeres imponían respeto sólo por su rango, y cuando eso no lograba acallar a los invitados más bulliciosos, su aire patricio aplastaba su presunción.

Uno a uno los vecinos fueron pasando de la terraza al interior de la casa, donde se les ofrecería una buena comida y la oportunidad de observar a los recién casados.

Al sentir un fuerte codazo en la cadera, Sylvan miró y vio a Gail abriéndose paso para llegar hasta Rand.

—Tío Rand, ¿seguiré siendo tu chica?

—Mi primera chica —dijo él, dándole un fuerte abrazo—. Y mi mejor chica se llama Gail.

Gail se rió y Betty le dijo:

—Señorita Gail, ahora le haces la reverencia a la señorita Sylvan.

—Lady Sylvan —enmendó Rand.

Betty sorbió por la nariz de alegría y los miró a los dos y luego de un anillo al otro.

—Por supuesto, lord Rand.

Gail obedeció, haciendo su reverencia, pero Sylvan notó recelo en sus ojos y sintió afinidad con ella. ¿Cómo no iba a estar recelosa la niña, con esa precipitada boda forzada por aquellas circunstancias extraordinarias? Circunstancias que sin duda provocaron cotilleos en las dependencias de los criados y finalmente llegaron a los oídos de la niña. Fuera quien fuera su padre, tenía que ser desconcertante para ella. Cogiéndole la mano, le dijo en voz baja:

—Siempre serás su mejor chica, pero no te lo dice por temor a herir mis sentimientos.

Sorprendida, Gail retiró la mano y Sylvan se ruborizó. Qué tontería ser tan incompetente a la hora de tratar a una niña.

Entonces Gail se puso de puntillas y le susurró tan fuerte que todos la oyeron:

—No se preocupe, el tío Rand ya me había dicho que se casaría con usted aunque fuera tan fea como un sapo causante de verrugas.

Todos aullaron de risa, sobresaltando tanto a Gail como a Sylvan.

—¡Garth! —tronó la tía Adela, al parecer olvidando del todo la discreción—. Ya es hora de que sigas el ejemplo de tu hermano y tomes esposa.

Garth se tensó y luego se rió con forzada jocosidad.

—No necesito casarme aún. Todavía consigo contener la tripa.

Se oyeron varias risas, pero ninguna expresaba franca diversión. Entonces Rand dijo:

—Sylvan y yo no tenemos ninguna objeción en dar el heredero del ducado Clairmont. ¿Verdad, Sylvan?

¿Qué debía decir? Le vinieron a la cabeza todos los tópicos acerca de novias que se ruborizaban mientras intentaba encontrar una respuesta que contuviera algo de dignidad.

James la rescató dándole un rápido beso en la mejilla y diciendo alegremente:

—Entremos para que los campesinos puedan zamparse su cerveza y comida sin tratar de exhibir modales que no poseen.

—Tienen modales —replicó Garth—, solamente que no son los mismos que los nuestros.

—Amén a eso —dijo James y, situándose en el borde de lo alto de la escalinata gritó—: Os arrojaremos la carne cruda y podéis pelearos por ella. —Ante los vivas que recibió por respuesta, se giró a mirar a sus familiares sonriendo satisfecho—. ¿Lo veis? Me quieren.

—Piensan que no eres otra cosa que un petimetre —dijo Garth, ásperamente.

James se puso una mano en la cadera, en gesto de exagerado asombro.

—Me gustaría saber quién les ha dicho eso.

—Nadie ha tenido que decírselo —contestó Garth—. Cuando un hombre vaga por ahí sin hacer nada, los campesinos, como los llamas, reconocen su valía.

—Señores —dijo Rand, en un tono que los hizo pegar un salto y mirarlo—. Hoy es mi día de bodas y tendréis la cortesía de acordar una tregua.

James se ruborizó y Garth se frotó los ojos, cansinamente, diciendo:

—Haré algo mejor. Iré a la fábrica. Estos días se ha presentado una cosa tras otra.

—¡No puedes, querido! —exclamó lady Emmie, corriendo hacia él y cogiéndole el brazo—. Es el almuerzo de bodas de Rand y Sylvan.

Garth le sonrió y le dio una palmadita en la mano.

—A Rand no le importará, y Sylvan aún no sabe lo que le ha caído encima. Además —añadió en voz baja, aunque Sylvan lo oyó—, sabes cómo soy respecto a las bodas.

Abajo los aldeanos iniciaron la procesión hacia la parte de atrás de la casa, donde los esperaban comida y barriles de cerveza. Sería un agradable descanso del continuo trabajo de verano, tanto en los campos como en la fábrica, y cuando terminaran volverían al trabajo descansados y animados.

—Rand, habla con tu hermano —gimió lady Emmie.

—Sí —dijo Rand—, tú entra a atender a nuestros invitados. —Hizo un gesto a la tía Adela—. Por favor, tía, llévala al interior.

—Garth debe quedarse —dijo la tía Adela, secamente.

Rand la hizo callar con un gesto y James se rió irónico.

—Rand está de vuelta, madre, ¿no lo ves? Haremos lo que se

nos ordena. —Ofreció un brazo a cada dama—. Sabes aplastar los cotilleos con una sola mirada de tus bellos ojos. —Las llevó hacia la casa y de pronto se detuvo—. ¿Quieres que me lleve también al grillete de tu pierna?

James pretendía ser divertido, pero Rand pensó si sabría lo cerca que había estado del desastre.

—Vete, James.

Y éste reanudó la marcha. Sylvan se sentó en la superficie plana de la baranda, con las manos juntas sobre la falda, y contempló el parque que iba quedando desierto rápidamente. El tumulto y alboroto anterior pronunció aún más el silencio creciente, y de pronto Garth exclamó:

—¡Por Júpiter! Madre tiene razón. Debo quedarme aquí para apoyaros a ti y a Sylvan. A veces trato de olvidar que soy el duque.

—No creo que eso sea cierto —dijo Rand—. Creo que simplemente sopesas tus principales deberes y actúas según eso, sean cuales sean las consecuencias. Ahora bien, ¿qué ocurre en la fábrica?

—Alguien... hace cosas.

—¿Cosas?

—Rompe cosas, esconde cosas. Dificulta en todo lo posible el funcionamiento correcto de la fábrica.

Rand frunció los labios y emitió un suave silbido.

—¿Qué has hecho al respecto?

—Aún no he hecho nada —contestó Garth—. Los primeros días ni siquiera me daba cuenta de lo que ocurría. —Colocó las manos sobre su mejor chaleco—. Soy un tonto estúpido.

—Estúpido no, confiado —dijo Rand.

—Voy a organizar una patrulla de hombres en la fábrica, hombres que vigilen para detectar cualquier actividad inusual. Pero, ¡maldita sea! —Miró a Sylvan con expresión culpable—. Perdona, Sylvan. ¡Por Júpiter! ¿Qué puedo decirles? ¿Cómo explicarles este repentino despliegue de maldad?

Rand observó a su hermano preocupado, notando lo demacrado

que estaba; advirtiendo su manera de apoyar la mano en el estómago como si le doliera.

—No son tontos, Garth —dijo—. Los alegrará saber que sus mujeres están más protegidas cuando están trabajando.

Garth se pasó la mano por el pelo muy bien peinado.

—Sí, supongo que tienes razón.

Rand deseó abrazarlo como hacía cuando eran niños, cuando el idealismo de Garth chocaba con la realidad y se sentía herido. Pero pensó que a Garth no le gustaría que lo hiciera. No en ese momento, cuando acababa de verlo a él casarse con la mujer de su elección. Después, cuando la herida hubiera sanado un poco...

—Ve a la fábrica —le dijo—. Yo presentaré tus disculpas, y cuando vuelvas hablaremos.


—Pasa algo —dijo Rand, mirando hacia la fábrica por la ventanilla del coche.

No lograba determinar qué, pero notaba algo distinto y no pudo dejar de recordar la ansiedad de Garth.

—La maquinaria no está funcionando —dijo Sylvan—. No hace ruido.

—¡Eso es! —dijo él, chasqueando los dedos.

Qué tonto, se dijo. Tan tonto que no observaba lo obvio.

El desgarbado edificio cuadrado y blanco estaba igual que siempre. Las tejas se tostaban al sol, la hierba cortada alrededor se mecía con la brisa. Charity, Beverley, Nanna y Shirley iban caminando hacia la fábrica sonriendo y charlanddo acerca de la fiesta de la boda, así que al parecer las celebraciones estaban llegando a su fin.

Conveniente también, porque cuando se detuvo el coche oyeron un grito que salió del interior de la fábrica. Era Garth, y parecía furioso.

Las mujeres gimieron y Rand les gritó desde el interior del coche:

—Yo entraré, señoras, y desviaré su ira.

—Dios le bendiga, señor —contestó Nanna.

—Felicitaciones a los dos —dijo Charity, y añadió en voz más baja—: ¿Qué hacen aquí los recién casados?

Rand no se tomó el tiempo de contestar. Esperó impaciente a que Jasper ayudara a Sylvan a bajar del coche y luego lo ayudó a soltar las correas que sujetaban firme la silla de ruedas. Las mujeres se acercaron a ayudar a bajarlo, y Sylvan le dio el empujón inicial para que él continuara llevando la silla hacia la fábrica. Él dejó que ella entrara primero, lógicamente, y vio que tan pronto como ella puso los pies en el umbral, miró alrededor, preocupada.

La quietud y el silencio le recordaron el esperanzado tiempo anterior a la instalación de la máquina de vapor y el comienzo del trabajo. Garth estaba extasiado, seguro de que la fábrica demostraría inmediatamente su valor a todos los escépticos. Pero desde el comienzo, el trabajo le había ocupado horas y horas de su tiempo, y consumido gran parte de su idealismo. Ojalá hubiera otra manera de mantener a las familias de la propiedad, pero al parecer no la había.

Llegó hasta ellos la voz de Garth desde el centro de la fábrica:

—¡Maldita máquina estúpida! ¡Esta maldita máquina no quiere funcionar!

Un fuerte sonido metálico acompañó su improperio. Rand miró a Sylvan como pidiendo disculpas.

—Le hemos encontrado.

La diversión le devolvió a ella algo de color a las mejillas, y dijo:

—Pues sí.

Varias mujeres estaban sentadas en círculo en el suelo y cuando ellos se acercaron se levantaron para dejarles paso y les hicieron reverencias musitando felicitaciones. La conmoción atrajo la atención de Garth.

—¡Rand! ¡Sylvan! ¿Qué hacéis aquí? —Los estaba mirando desde lo alto de una escalera apoyada en el borde superior de la máquina de vapor—. ¿Disfrutasteis de la compañía todo lo que pudisteis soportar?

—Sí, gracias, desde luego —contestó Rand, mirándolo indignado.

Garth intentaba comportarse con normalidad y darles conversación cuando era evidente que la máquina de vapor ocupaba toda su atención.

—Me cuesta creer que os hayáis marchado de vuestra fiesta porque encontrasteis triviales a los vecinos.

—Pues deberías creerlo —repuso Rand.

Garth curvó los labios en un gesto de disgusto.

—¿Alguien se puso grosero?

—Sí —rió Sylvan—, Rand.

Garth se tomó un momento para observar a su hermano.

—¿Grosero tú? Qué sorpresa.

—No fui el único —dijo Rand, mirando significativamente hacia Sylvan—. Pero tú eres el duque. Deberías haber tenido que sufrir también.

—Vaya grupo de mendigos ignorantes, ¿no?

Le brillaron los ojos castaños de pícara risa, pero estaba empapado de sudor por el calor de la caldera y el calentador.

—No todos —dijo Rand. Le cogió la mano a Sylvan y le dio una palmadita—. Solamente lady Saint Clare. Comenzó a interrogar a Sylvan acerca de sus antepasados.

Sylvan bajó la cabeza.

—Te enfadaste porque yo también le pregunté por los suyos.

—No, no me enfadé —repuso Rand. Miró a Garth—. Sylvan le preguntó a lady Saint Clare si sus padres estaban casados.

Garth soltó un ladrido de sorprendida risa.

—Me enfureció —dijo Sylvan a Rand—. Te miraba como si fueras un ser de clase inferior y siempre que hablabas aparentaba sorpresa.

Rand ocultó su pena tras una alegre sonrisa.

—El mono del organillero actuando en el momento oportuno.

—Créeme que lo siento —dijo Garth. La máquina hizo un ruido y él la golpeó con una llave inglesa—. Pensé que nuestros vecinos serían lo bastante elegantes para tratarte con respeto, como al hijo y hermano de duques y como debe ser tratado un héroe de guerra.

Parecía sentirse tan culpable que Sylvan se apresuró a decir:

—La mayoría fueron encantadores.

—La mayoría fueron educados —enmendó Rand—. Unos pocos fueron encantadores. Podría consolarme diciendo que son unos cretinos, pero a algunos de ellos yo antes los llamaba amigos. Así pues, ¿quién es el cretino?

—De ninguna manera esperes que yo los defienda —dijo Garth. Se giró hacia la máquina y dio unos golpecitos sobre un manómetro—. No tengo ningún motivo para quererlos.

A Rand no le gustaba la apariencia de su hermano. Seguía con la ropa formal, pero tenía torcida la corbata y unas rayas negras estropeaban el blanco níveo de su camisa. Colocando una mano en la escalera para afirmarla, preguntó:

—¿Qué le pasa a esta maldita máquina?

—¿Así la he llamado? —preguntó Garth, poniendo cara de inocente—. No quiere arrancar. No para de hacer ruidos como si fuera a ponerse en marcha, pero no arranca.

Rand miró a Sylvan y percibió su ansiedad como si la hubiera expresado en voz alta. Algo la roía.

—¿Qué te pasa? —le preguntó.

Ella negó con la cabeza.

—No lo sé. Simplemente no me gusta este lugar. —Intentó sonreír—. He visto las fábricas de mi padre, y no me gustan, ni siquiera cuando están silenciosas.

—No debería haberte traído —dijo él.

—¿Me habrías dejado en la fiesta?

Él se rió de su exagerado tono para expresar hasta qué punto eso la habría herido.

—No. Supongo que incluso una fábrica es mejor que un salón lleno de aristócratas fisgones.

El mecánico jefe, Stanwood, asomó la cabeza por el otro lado.

—Acabo de limpiar la caja de residuos, excelencia. ¿Quiere que vuelva a intentarlo?

—Inténtalo —dijo Garth, bajando de la escalera—. Estos retrasos son fastidiosos.

—Tal vez Jasper podría ayudar —aventuró Rand—. Tiene maña con los coches. Quizás es capaz de reparar cualquier cosa que se mueve.

Jasper no salió de las sombras.

—Los coches no son máquinas de vapor —dijo—. Estos aparatos son inventos del diablo.

—No creerás esos disparates supersticiosos, ¿verdad? —rió Garth.

—Este lugar me produce repelús.

La expresión de Sylvan indicaba que le gustaría manifestar su acuerdo.

—Pero apuesto a que puedes reparar esto —dijo Rand—. ¿Por qué no lo intentas?

Exhalando un suspiro tan fuerte como para mover los pistones, Jasper se acercó y cogió la llave inglesa que le pasó Garth.

La enorme máquina se estremeció y Stanwood gritó:

—Atizad ese fuego. Ya la tenemos.

Garth abrió la puerta del calentador de la caldera y salió una ráfaga de aire caliente. Cogiendo una pala añadió carbón al brillante fuego hasta que una de las mujeres le dio un codazo para que se hiciera a un lado y cogió la pala.

—Está subiendo la presión —gritó Stanwood, y Garth corrió a mirar el manómetro.

—Miren eso —graznó Jasper. Rodeó la máquina en el momento en que el pistón principal comenzaba a mover el volante—. Esa biela se está moviendo.

—Ya la tenemos —dijo Garth, quitándose una gota de sudor de la punta de la nariz—. Podemos comenzar otra vez. Vamos —le ofreció el brazo a Sylvan—. Vamos a mi despacho a beber una copa para celebrarlo.

Comenzó a aumentar el ruido y el suelo a vibrar. Las mujeres elevaron las voces para hacerse oír por encima del rítmico rugido de la máquina, caminando hacia sus puestos. Los hilos comenzaron a torcerse y luego a girar en los husos, y Sylvan se encogió ante la maquinaria que recobraba su rugido y cadencia acostumbrados.

Rand le apretó con más fuerza la mano y le dijo a Garth:

—Irá conmigo.

Garth curvó los labios tratando de reprimir una sonrisa, pero no dijo nada y echó a caminar delante.

Siguiéndolo de cerca, Rand preguntó:

—¿Crees que estos problemas son obra del revoltoso?

A Garth se le formaron arruguitas alrededor de la boca y los ojos.

—No se atrevería con la máquina. El peligro es demasiado grande. Si la presión no es la correcta, si se atasca una válvula, podría volar todo esto.

A Sylvan se le escapó un sonido de angustia y Garth debió oírlo, porque se apresuró a añadir:

—Claro que eso no ocurrirá.

Abrió la puerta de su despacho, la sostuvo hasta que entraron y él entró detrás. Invitó a Sylvan a sentarse en un sillón y fue a sacar una botella de vino de un armario. Moviendo la polvorienta botella, dijo:

—Esta es la última de contrabando. Ahora que Napoleón está bien seguro en su isla, es legal importar vino francés, pero creo que la ilegalidad le da a este un sabor especial. —Sirvió tres copas, las distribuyó y levantó la suya en un brindis—. Que encontréis el tipo de felicidad que he encontrado yo.

—Dios lo quiera —dijo Rand y chocó su copa con la de Sylvan.

—Bebe, Sylvan —la instó Garth—. Esto te devolverá las rosas a las mejillas. —Esperó a que ella bebiera y entonces preguntó—: ¿Qué os ha traído aquí en realidad?

—Se me ocurrió que podría interesarte —dijo Rand, dejando su copa en el escritorio—. Anoche Sylvan tuvo una experiencia fantasmal.

Garth miró de Rand a Sylvan.

—¿Fantasmal? —Pasó la comprensión por su cara y miró fijamente a Sylvan—. ¿Te hizo daño?

Ella negó con la cabeza.

La expresión de Garth era de furia y vergüenza.

—Te pido perdón. No te habría presionado para venir aquí si me hubiera imaginado que estarías en peligro. Supongo que dado que nuestro fantasma desaprueba todo lo que hago, también te desaprueba a ti. —Sonrió feroz—. Pero creo que pronto comprenderá el error de sus métodos.

Rand se inclinó hacia él.

—¿Qué quieres decir?

Garth medio se sentó sobre el escritorio.

—He hablado con él. Vendrá aquí. Vamos a tener una conversación y tendremos que llegar a un entendimiento.

—¿Sabes quién es? —preguntó Rand, incrédulo.

—Soy un poco tonto —dijo Garth—, pero sí, sé quién es. Los indicios siempre han estado ahí, pero yo no quería creer que pudiera ser alguien de mi gente.

—¿Quién es? —preguntó Sylvan.

—Creo que no debo decirlo mientras no hayamos...

—¿Le ha enviado a llamar? —preguntó Sylvan, llevándose la mano al cuello—. ¿Ahora?

—Vendrá directamente aquí, me imagino, y...

—¿No entiende lo peligroso que es? —preguntó Sylvan, no gritando, pero casi.

—¿Sylvan? —dijo Rand al instante—. ¿Hay algo que quieras decirme?

—¿Peligroso? —repitió Garth, como si tratara de combatir su incredulidad—. Está equivocado, sin duda, pero...

—¿Equivocado? ¿Llama equivocado a un hombre que acecha a las mujeres en la oscuridad para atacarlas?

—No ha...

—¿Matado a nadie? —terminó ella. Levantándose golpeó el escritorio con las palmas y se inclinó hacia Garth—. ¿Eso es lo que hace falta?

—Sylvan, lo voy a castigar como se merece, pero...

—¿Cómo puede ser tan ciego? Ha aprovechado la recuperación de Rand para intentar volverlo loco. Entró en mi habitación y...

—¿Recuperación? —dijo Garth, cogiendo esa palabra al vuelo y excluyendo todo lo demás—. Rand está mejor, sí, pero, ¿recuperación no es una palabra muy fuerte?

Sylvan miró a Rand con expresión culpable, y él movió la cabeza. Llevada por su agitación ella había dicho más de lo que debía, pero él no podía enfadarse. Eran íntimos con Garth, estaban más unidos que la mayoría de los hermanos, y desde que ella lo convenció de su inocencia deseaba compartir su placer.

Garth se puso de pie y rodeó el escritorio.

—¿Rand? ¿Recuperación?

Rand detectó alegría en la voz de Garth y se regocijó.

—Resulta que he estado caminando dormido —dijo. Para moderar la alegría de su hermano, añadió—: Pero sólo cuando estoy dormido.

—¿Caminas sonámbulo? —Se inclinó a abrazarlo fuertemente, levantándolo de la silla, y volvió a sentarlo—. ¿Desde cuándo lo sabes?

—Meses. Creí que yo era...

—¿El fantasma? —terminó Garth, siguiendo su pensamiento

con seguro instinto—. ¿Y ese cabrón te hizo creer eso? —Miró a Sylvan, vio sus manos apretadas en puños en la falda y su expresión de miedo—. Crees que soy tonto, ¿verdad?

—Creo que es un hombre —enmendó ella—, que siempre se cree tan poderoso y fuerte que piensa que no sufrirá daño alguno, que siempre podrá proteger a todos de cualquier daño. Pero este canalla no lucha como un hombre, acecha en la oscuridad y ataca cuando la persona está débil, y si no lo toma en serio...

—Sí —dijo Garth bajando la cabeza—. Tienes razón. Enviaré a unos hombres a traerlo aquí y lo recibiremos juntos. —Miró a Rand y de su semblante desapareció algo de la seriedad—. Pero caminas por la noche y algún día muy pronto... Daría cualquier cosa por verte caminar otra vez. —Alzó la cabeza, atento, y levantó una mano para pedir silencio—. ¿Qué es eso?

Fuera, en la fábrica, había cambiado el ruido de la maquinaria. Se oía escalonado, como si la máquina funcionara y parara, funcionara y parara. En el instante en que Garth se incorporó para salir, se abrió la puerta con tanta fuerza que golpeó la pared. Entró el mecánico con los ojos agrandados y exclamó:

—Hace un ruido de traqueteo, excelencia, como si quisiera moverse hacia alguna parte, y el pistón se detiene.

—¿Has probado la válvula de salida del vapor?

—No sale nada.

Garth hizo a un lado a Stanwood y salió corriendo. Rand cogió el brazo del mecánico antes que saliera detrás.

—¿Qué significa eso?

—Significa problemas —dijo Stanwood, y se soltó el brazo y salió corriendo.

—Dios santo —musitó Sylvan, y se abalanzó hacia Rand que ya llevaba la silla hacia la puerta—. ¡No vayas! ¿No sientes eso?

Sí que lo sentía. El suelo temblaba. En la fábrica las mujeres gritaban y temió...

¡Bum! La explosión los sacudió, fuerte, caliente. Hizo sonar los goznes de la puerta, la lanzó a ella hacia la pared e hizo volar los papeles en un remolino.

Volcó la silla de Rand arrojándolo al suelo.

—¡Garth! —Haciendo a un lado la silla se levantó de un salto y corrió hacia la puerta—. Garth.

# Capítulo 12

$S$ylvan alargó las manos para coger a Rand y no lo encontró. Lo vio salir corriendo hacia la fábrica y ella corrió tras él.

Tambaleante, retrocedió. Fuera del despacho todo era un infierno. Un infierno nuevo, hecho de maderos torcidos y nubes de vapor. La pared del otro extremo había volado. Entraba la luz del sol con una vistosidad no apropiada. Del techo caían tejas y más tejas de pizarra, como si una mano descuidada estuviera jugando a las cartas. Los bancos de husos estaban volcados. El viento hacía girar el polvo y ella sintió su sabor: el polvo de la derrota.

En un instante la fábrica había pasado de ser el sueño del fabricante a la pesadilla del trabajador.

Tosiendo entrecerró los ojos, tratando de ver a través de la suciedad flotante. Rand intentaba abrirse paso por entre los destrozos y sólo entonces ella cayó en la cuenta, de verdad, de que ¡iba caminando! Sin pensar en sí mismo, caminaba. Era un milagro, el milagro que habían deseado. Saltaba por encima de máquinas volcadas, avanzando por en medio del desastre, llamando a su hermano desesperado.

Se desprendió otra viga y cayó al suelo con un estruendo. Pegó un salto. Buen Dios, un milagro, pero ¿a qué precio?

Otras voces se fueron uniendo a la de Rand, primero suaves y luego más fuertes. Las mujeres gemían, lloraban, se llamaban entre sí. Los gritos se unieron en uno solo que llegó a una nota alta y continuó.

Parecía un campo de batalla. Peor que un campo de batalla.

Se acobardó. La necesitaban. Tenía que hacer algo para auxiliarlas.

No podía. No podía auxiliarlas. Eso ya lo sabía. Ya lo había comprobado.

Por debajo del grito continuado provocado por el dolor de alguien oyó un llanto suave, constante, que pedía su atención.

Alguien se puso de pie con dificultad al otro lado de la sala; era Nanna, que con la ropa sucia y arrugada empezó a mover la cabeza de un lado a otro, como un péndulo, contemplando la destrucción con ojos horrorizados; se agachó a coger un largo trozo de madera y lo tiró hacia un lado; luego otro y otro. De pronto se cayó, y quedó con una rodilla en el suelo; entonces subió las manos por un madero torcido y así logró levantarse.

Necesitaba ayuda.

Sylvan dio su primer paso fuera del despacho. Todos necesitaban ayuda.

—Lady Sylvan —llamó una vocecita débil—. Creo que tengo rotas las costillas, pero si me ayuda me levantaré a echar una mano.

Beverly. Beverly la de cara avinagrada, estaba intentando cortar tiras de su falda para vendarse las costillas y poder ayudar a las otras. Beverly la de cara avinagrada. Beverly la valiente, que sabía lo que era necesario hacer y lo hacía sin vacilar. Sin gimotear.

Gimoteando, Sylvan se metió en el caos y llegó a su lado.

—Déjame.

Con los dientes rompió su enagua de lino y cortó tiras; al fin y al cabo eso era algo que sabía hacer, lo había hecho con bastante frecuencia. Ayudando a Beverly a sentarse, le vendó el pecho con las tiras y las ató bien.

—¿Así estás mejor? —preguntó.

—Mucho mejor —contestó la mujer, aunque sus mejillas blancas como el papel delataban que mentía—. Gracias, lady Sylvan.

—La he encontrado —exclamó Nanna—. He encontrado a la que gritaba. Shirley está atrapada. Lady Sylvan...

—No puedo. Ay, Dios mío, por favor, no puedo.

—¿Podría encontrar a alguien que la saque? —terminó Nanna.

Conmocionada, Sylvan miró a Nanna y luego a Beverly, y de pronto comprendió que ellas no esperaban que las vendara, curara ni auxiliara, ahora que era una mujer de la nobleza, y eso le iba bien a ella.

—No puedo —susurró.

Aunque fue un susurro, Beverly la oyó, porque le dio una palmadita en la mano, como si fuera ella la que estaba necesitada de auxilio.

—Lady Sylvan, si me ayuda a ponerme de pie...

Del techo cayó otra lluvia de tejas, piedras y maderos de la armadura del tejado, y entonces, con un crujido y un fuerte estruendo, cayó al suelo una viga grande de roble. Sylvan retrocedió y se agachó para hurtarle el cuerpo, casi deseando que algo la golpeara y le quitara de una vez por todas el sufrimiento. El dolor tenía que ser mejor que esa constante incertidumbre, su debilitante cobardía.

Pero nuevamente se asentó el polvo, ella estaba ilesa y levantó la cabeza.

Nanna había desaparecido. El grito había cesado. Todo era silencio, un silencio mortal.

—No —susurró—. No, por favor.

Incorporándose, tambaleante, miró forzando la vista, como si Nanna fuera a levantarse de entre los escombros. Echó a andar, sintiendo los pies pesados, avanzando muy lentamente, con los pies tan pesados que parecía que iban a romper más maderos. El cielo brillaba encima del lugar donde había estado Nanna. Colgaban vigas y maderos oblicuos, pesados trozos de pizarra golpeaban el suelo al deslizarse y caer del techo. No se veía ni un asomo de aquella mujer.

Hizo una respiración, luego otra y otra, más y más rápido, hasta que le zumbó la cabeza y comprendió que no era aire lo que necesitaba. Sólo necesitaba valor.

Dejando de lado el trabajo de respirar, comenzó a mover con sumo cuidado trozos de madera y yeso. Una astilla se le enterró en la palma; se la quitó, impaciente. Al quitar otro poco de escombros vio un delantal y más abajo la forma de una pierna, atrapada entre las vigas y maderos, cruzados de cualquier manera como en el juego de niños de sacar palitos sin mover los demás. Si retiraba un madero que no correspondía, le caería todo sobre la cabeza.

Movió uno con sumo cuidado. No ocurrió nada. Movió otro, y otro. Entonces aparecieron partes de dos cuerpos y luego la cara de Nanna. Le pareció que estaba inconsciente, pero abrió los ojos al quedarle al descubierto la cara. Tenía los labios apretados en una delgada línea, para no gritar de dolor, y cuando le dejó al descubierto la pierna, comprendió por qué.

La pesada viga le había caído sobre el tobillo, aplastándoselo contra el suelo. No había manera de mover la viga ni de moverla a ella. Si alguien tenía el derecho a gritar era Nanna, pero se mantenía firmemente en silencio.

Sylvan la miró a los ojos, sabiendo lo que había que hacer y enferma por saberlo.

Nanna le había minado los cimientos de su valor. ¿Dónde estaba su valor?

—Yo puedo ayudar —dijo una de las mujeres a su lado—. Sólo estoy un poco escaldada.

Escaldada, desde luego. El vapor que se expandió con la explosión le había dejado ampollas en todo el cuello y una mejilla. Más valor.

—Shirley está aquí abajo —le dijo—. Veamos si logramos encontrarla.

Sacaron escombros con sumo cuidado. Llegaron otras a ayudar, Pert, Tilda, Ernestine. Todas estaban heridas o lesionadas, pero informaron sobre las demás: Ada tenía un brazo roto; Charity estaba consciente pero mareada; Jeremia había perdido unos cuantos dientes y tenía los ojos tan hinchados que no los podía abrir; Beverly estaba intentando llevarlas fuera.

Hablar les desviaba la mente de la creciente preocupación, y no se oía ni el menor sonido de debajo de los escombros. Entonces...

—La he encontrado, lady Sylvan —dijo Ernestine; hurgó otro poco y se sentó en los talones—. Está aquí.

Sylvan no necesitó mirar más allá de la expresión de Ernestine para saber la suerte que había corrido Shirley, pero, por lo que fuera, había tomado el mando en ese pequeño grupo asediado, así que se inclinó solemnemente a quitar el último madero que le cubría el pecho, un pecho al que un montón de lesiones y heridas había dejado inmóvil, por la ausencia de respiración y latidos del corazón.

Había visto ya la muerte. Entonces, ¿por qué siempre le desgarraba el corazón? ¿Por qué siempre una muerte le ponía otro peso de culpabilidad en el alma?

Un sollozo estremeció a Ernestine. Pert la rodeó con el brazo.

—Shirley era su hermana —explicó.

—Claro.

Sylvan miró hacia el cielo. Shirley estaba viva después de la explosión. El peligro seguía cerniéndose sobre sus cabezas, y no sabían en qué momento se derrumbaría otra parte de la fábrica.

—Buscad material para construir un techo protector encima de Nanna.

—¿Deberíamos enviar a alguien a la aldea y a Clairmont Court a informar? —preguntó Tilda.

—Lo saben —dijo Sylvan—. Me imagino que la explosión se ha oído a millas de distancia.

—Y se ha sentido también —añadió Tilda.

—Sí.

—¿Qué vamos a hacer con Nanna?

Sylvan miró la dolorosa expresión de la mujer.

—Yo me ocuparé de ella.

Pero no se movió, sin dejar de mirar el pie aplastado por la viga que impedía sacarla de ahí. Por la cabeza le pasaron visiones de sierras cortando carne y hueso, separando miembros del cuerpo, hasta que la voz de un hombre la hizo levantar la cabeza.

—Buen Dios.

El párroco estaba a menos de dos yardas contemplando la escena horrorizado y luego con comprensión. Rápidamente caminó hasta Nanna y se arrodilló a su lado. Le pasó suavemente la mano por la cara y después le cogió la mano.

—Dios te ha elegido para una misión especial, Nanna —dijo, con voz profunda, fortalecedora, frotándole lentamente la muñeca, como para hacerle pasar a través de la piel la importancia de esas palabras—. Sigues viva, y Dios ha colocado aquí a lady Sylvan para que te salve. ¿Me oyes?

Nanna le sostuvo la mirada y asintió.

—Me crees.

Ella volvió a asentir.

—Estupendo. —Le indicó a Tilda que ocupara su lugar junto a Nanna, se incorporó y cogió el brazo de Sylvan—. Lady Sylvan, ya ha hecho mucho bien en este lugar. Es hora de hacer más.

—Tengo miedo —susurró ella, avergonzada.

—Yo estoy aquí para ayudarla. Todos estamos aquí para ayudarla. ¿Lo ve?

Apuntó y sólo entonces ella vio a los demás. Lady Emmie y la tía Adela estaban delante del coche que las había traído, contemplando la escena con un espanto que igualaba al de ella. Por la abertura de la pared medio derrumbada vio a James corriendo colina abajo en dirección a ellos, su elegancia toda desarreglada. Miró a los ojos al reverendo Donald; tenía lágrimas en las comisuras y la compasión brillaba desde el fondo de su alma. Tal como le ocurrió a

Nanna, su infinita compasión la fortaleció. De alguna manera, sin palabras, le transmitía su fe en ella. Enderezó la espalda.

—Ah, lo haré. Sólo tengo miedo.

—Tiene todo el derecho a sentir miedo, pero Dios le guiará la mano. —Le dio una palmadita en la suya—. Ahora dígame qué necesita y nos arreglaremos para encontrarlo.

Ella consiguió decirle una lista de las cosas que necesitaba.

—Será como usted diga —dijo él.

Le soltó el brazo y reunió a las mujeres alrededor de él. Entonces Sylvan vio otra demostración de su poder. ¿Sólo fue esa mañana cuando celebró su boda con tanta majestad? Entonces era un apropiado representante de la Iglesia; en ese momento era más el capaz servidor de Dios. Podía no caerle bien y no gustarle su inflexible actitud, pero tenía la habilidad, el don, de llevar a las personas aterradas en la dirección correcta.

Aprovechando la fuerza que le había transmitido el reverendo, se arrodilló junto a la cabeza de Nanna y le prometió:

—Yo me ocuparé de ti.

—Sí, lady Sylvan —dijo Nanna, aunque en realidad pareció no oírla; seguía con la mirada fija en el reverendo Donald. Hizo una saludable inspiración para añadir—: En el fondo es un hombre bueno.

—¡Lady Sylvan!

El grito la hizo pegar un salto y se giró a mirar a Jasper. Estaba al otro lado de la pared derrumbada, agitando los brazos.

—¡Lady Sylvan, tiene que venir!

—Rand —susurró.

Curiosamente se había olvidado de Rand, pero claro, sabía que él era capaz de cuidar de sí mismo.

¿O no?

Mirando nerviosa localizó a lady Emmie y a la tía Adela en el interior del recinto. James las tenía cogidas del brazo, manteniéndolas quietas y hablando rápidamente. Aunque no las oía, por sus gestos quedaba claro que estaban discutiendo con él. Aprovechó el momento para escapar del encierro. No quería hablar con ellos todavía. Antes debía descubrir el alcance y la envergadura de la tragedia.

—Mire —le dijo Jasper, apuntando, antes que ella pasara por encima de lo que quedaba de pared—. Mire.

Rand estaba sentado ahí fuera entre los escombros de esa pared, sosteniendo el cuerpo de su hermano, con la cabeza apoyada en su pecho, como para comprobar si le latía el corazón.

Era inútil. Desde la distancia en que se encontraba, ella vio que era inútil. Garth tenía las extremidades torcidas y lacias, y la cabeza le colgaba hacia atrás por encima de la rodilla de Rand, que lo sostenía. Estaba muerto.

Se dio media vuelta.

Jasper le cogió el brazo.

—¿Adónde va?

—Voy a entrar a buscar a lady Emmie. Aquí no puedo hacer nada.

—Lord Rand es su marido —ladró Jasper—. Ayúdelo.

Ella vaciló. Su primer impulso había sido dejar solo a Rand con su aflicción, pero ¿tenía razón Jasper? ¿Le correspondía a ella, como esposa, consolar a Rand?

Pisando con cuidado se le acercó y le puso una mano en el hombro.

Él giró la cabeza para mirarla.

—¿Qué?

Su ceño muy fruncido le recordó a Gail cuando quería entender algo que escapaba a su comprensión.

—¿En qué te puedo servir? —Al instante se maldijo; qué pregunta más estúpida, por el amor de Dios, como una dependienta de sombrerería a un cliente. Pero no sabía qué decir; ¿qué se dice ante la muerte?—. Perdona.

—¿Qué?

Vaya, por Dios, eso era peor de lo que había imaginado.

Con infinita delicadeza Rand depositó a Garth en el suelo y le acomodó el cuerpo como si estuviera reposando; le arregló la ropa chamuscada, dándole una apariencia de normalidad. Frunció el ceño mirándole la cara; nada podía devolverle a su estado anterior.

—¿Crees que sufrió?

¿Sufrió? ¿Al ser arrojado contra una pared y romperse todos los huesos?

—Ya estaba muerto cuando lo encontré. Al principio me he enfurecido porque no llegué a decirle lo que quería decirle. —Le brillaron vidriosos los ojos por la fiebre del trauma—. Entonces pensé cuánto habría sufrido y pensé si tú creías que pudo morir instantáneamente.

—Claro que murió instantáneamente. He visto muchas muertes y lo sé.

¿Lo sé? Deseó reírse de su estupidez. Acababa de decir una falsedad, pero sin duda era una falsedad buena. Rand parecía creerle y eso lo consolaba un poco. Tal vez su mentira le amortiguaría el golpe hasta que estuviera preparado para enfrentar la verdad. Tal vez, tocó la fría mano de Garth, tal vez la verdad no tenía importancia.

—Siempre soy el de la suerte —dijo Rand—. Siempre soy el que se queda atrás mientras los demás alcanzan la gloria.

Ella no había podido conocer a Garth del todo, pero le caía bien, lo quería y respetaba.

—Soy el único que quedó vivo de mi regimiento, ¿lo sabías?

Garth había sido un buen duque; demasiado arrogante para su bien, claro, pero asumía la responsabilidad de su gente y de sus tierras de una manera ya casi olvidada en la Inglaterra moderna.

—Llevaba horas luchando sin descanso —continuó Rand—. Nos habían ordenado atacar a los franceses y los franceses iban ganando. —Se rió secamente—. Habríamos hecho cualquier cosa por Wellington.

La narración de Rand y el cuerpo muerto de Garth ante ella la arrastraron de vuelta al pasado. Recordó cuando sostenía el quitasol sobre la cabeza mientras observaba la batalla desde la distancia. La distancia era un amortiguador entre ella y el sufrimiento.

—Pero mi caballo cayó muerto por una bala y tuve que buscarme otro; había caballos sin jinete por todo el campo, aumentando más aun el caos. Acababa de montar uno cuando llegó un niño corriendo con agua. Cogí la taza. Me quedé un momento refrescándome y cuando intenté dar alcance a mi regimiento no pude. Los rodearon los franceses, se los tragaron y no volví a ver a ninguno vivo.

Pero ese amortiguador no sobrevivió a su primera hora con los heridos.

—Ahora ha vuelto a ocurrir. Yo estoy vivo y mi hermano muerto, y sólo porque tardé un momento en salir.

Ella le miró la cara marcada por la culpabilidad y comprendió que seguía sin encontrar palabras para consolarlo. Dijo, débilmente:

—Esto no ha ocurrido por culpa tuya.

—Fácil decirlo.

—Y no puedes culparte por beber agua.

—Me atormenta pensar que si hubiera ido un minuto antes...

—Estarías muerto también.

Sylvan pegó un salto al comprender que eso no era correcto. ¿Por qué estaba ahí ofreciendo consuelo cuando no había consuelo posible, en lugar de estar dentro auxiliando a los vivos? Era una cobarde, que aprovechaba la aflicción de Rand como pretexto para eludir su deber.

¿Y qué hacía Rand suponiendo que tenía el poder de la vida y la muerte? El cadáver de su hermano estaba en el suelo y él estaba lamentando su propia existencia.

—Si hubiera salido para ir a ver la máquina de vapor...

—Estarías muerto también.

La voz le salió más fuerte y más belicosa, y penetró la niebla que lo envolvía.

—¿Sylvan? —Alargó la mano para coger la de ella.

Ella se la apartó de una palmada.

—Estás vivo.

Él se cubrió la cara y gimió:

—Te repugno.

—Sí... eres...

Su brusquedad, su indignación, lo hizo levantar la cabeza.

—¿Qué?

—Eres un marica.

Él la miró tan horrorizado que se habría reído, pero al parecer había olvidado cómo reírse.

—Estás vivo y tienes miedo. Bebiste agua, tuviste suerte y estás lloriqueando por eso.

—Te pido perdón.

—Eso esperaba. —Esas palabras le bombearon fuerza por las venas y se arrodilló sobre los escombros y movió un dedo ante su cara—. Estás vivo porque para ti no era el momento de morir. Porque hay trabajo por hacer y Dios ha decidido que eres tú el que debe hacerlo. Me gustaría saber cuántas veces tendrá que darte una bofetada para que prestes atención.

Él hizo un gesto hacia el desastre de la fábrica.

—¿A esto lo llamas una bofetada?

—A esto lo llamo el trabajo que hay que hacer. Tu hermano desearía que se atendiera y cuidara a su gente, así que será mejor que te levantes a hacerlo. —Incorporándose, le dirigió una mirada despectiva—. Después podrás hacer el duelo.

—¿Y tú? —preguntó él, deteniéndola con esa pregunta—. ¿Qué vas a hacer tú después?

Ella quedó con un pie levantado, paralizada por la mofa, y deseó poder contestar que jamás haría el duelo. Pero eso sería una mentira. Por mucho que se esforzara, por mucho que lo trabajara en la cabeza, no podría enfrentar su destino con valor ni su pasado con resignación.

Lo oyó gemir y deseó hacerse eco de su pena, y entonces él dijo:

—Buen Dios, es mi madre.

Con la tía Adela y James pegados a sus talones, lady Emmie se había detenido a un lado de la fábrica a contemplar la escena, su bondadosa cara arrugada por el reconocimiento y la conmoción. Se le dobló el cuerpo, aplastado por el peso de ese nuevo horror.

—Sujétala, James —ordenó la tía Adela.

James la cogió y entonces la tía Adela los envolvió en un abrazo a los dos. Pero lady Emmie los apartó con sorprendente vigor y echó a correr. Rand se levantó de un salto a recibirla; la cogió en sus brazos y la mantuvo abrazada un momento hasta que ella volvió a liberarse y corrió a arrodillarse junto a Garth. Pasó las manos por todo su cuerpo hasta que dejó una apoyada en su pecho, sobre el corazón. Alargó la otra mano hacia Rand y él se la cogió.

—Mi nene —dijo, mirando a Garth. Entonces miró a Rand—. ¿Él te devolvió el uso de las piernas?

Pasado un instante, Rand asintió.

—Sí, supongo que sí.

La tía Adela pasó junto a Sylvan, corriendo a auxiliar a lady Emmie, y James se arrodilló donde estaba. Eran una familia haciendo duelo por uno de los suyos, pensó Sylvan, y no la necesitaban a ella.

Echó a andar hacia el interior del recinto, haciendo planes para amputar el pie de Nanna y sin hacer caso de la vocecita que gimoteaba en su interior.

# Capítulo *13*

*E*l doctor Moreland levantó con una mano la pierna sin pie de Nanna, y con la otra tocó suavemente el reborde cosido donde Sylvan había recubierto el hueso y los músculos con una parte de piel para formar una venda natural, y le sonrió.

—Apuesto a que está agradecida de que lady Sylvan estuviera a mano cuando ocurrió la explosión.

Nanna dirigió una mirada de gratitud a Sylvan, que esperaba nerviosa el veredicto de él.

—Sí, señor, agradecida. Si hubiera quedado en manos del estúpido viejo doctor de caballos al que acostumbramos a llamar para las urgencias, estaría muriéndome de dolor y sufrimiento. No es que haya nada malo en el señor Roberts, pero no soy un caballo.

—No lo es, por supuesto. Bueno, yo no podría haber hecho una amputación mejor. —Dejó con sumo cuidado la pierna apoyada en una almohada donde reposaba, de una cama del hospital improvisado en los corredores de Clairmont Court—. Ojalá todos los cirujanos jóvenes aprendieran tan bien como usted, excelencia.

Sylvan lo miró sin entender. La llamaba «excelencia», y era lo correcto, pero no estaba acostumbrada a que la llamaran así.

Garth estaba de cuerpo presente en el salón principal; ahora el duque era su hermano, el marido de ella. Esta era una sucesión ininterrumpida durante cuatrocientos años, ¿por qué entonces la había cogido por sorpresa? ¿Por qué nunca se le ocurrió pensar que en el caso de que muriera Garth, Rand se convertiría en duque?

Y ella sería duquesa. «Era» duquesa. La hija de un industrial era la duquesa de Clairmont. En cierto modo, eso se le antojaba la peor y más horrible ironía.

—No podrían haber tenido una enfermera mejor para esta crisis —dijo el doctor Moreland a las mujeres de la fábrica que formaban un círculo alrededor.

Ellas manifestaron su acuerdo en murmullos, cambiando de lugar las muletas o arreglándose los cabestrillos.

—Nunca habría esperado tanta amabilidad y atención de una duquesa —dijo Dorothy, y entonces miró incómoda a lady Emmie—. Quiero decir...

—Sé lo que quieres decir —dijo lady Emmie, intentando son-reírle. Sentada en una banqueta y vestida toda de negro, de luto riguroso, repentinamente tenía el aspecto de una anciana frágil—. Sylvan tiene una experiencia que ni espero poder igualar.

Ataviada con ropa similar, la tía Adela estaba de pie detrás de lady Emmie, y dijo:

—Creo que todos estaríamos de acuerdo en que nuestra duquesa viuda y nuestra nueva duquesa han aportado distinción al título Clairmont, sobre todo en lo referente a mi sobrino.

La sonrisa de lady Emmie se hizo auténtica al mirar al único hijo que le quedaba.

—No me lo puedo creer, aun viéndolo con mis ojos. Camina. ¡Camina!

Rand hizo un gesto de asentimiento a su madre y a la tía Adela y después miró a las mujeres de Malkinhampsted. Todas lo miraron con tierna aprobación, y Charity levantó su cabeza vendada de la almohada.

—Ha sido un año terrible, espantoso, desde que usted volvió de la guerra todo lisiado. Que esté caminando es señal de que los malos tiempos van a cambiar.

—Esto nos ha devuelto el corazón a todas, excelencia —dijo Nanna, apoyada en un codo—, cuando esta explosión podría habernos destrozado.

Avanzando con el cuidado de una persona que hace muy poco ha vuelto a aprender a caminar, Rand llegó hasta Sylvan y le rodeó los hombros con un brazo.

—Si no fuera por Sylvan, yo no habría vivido el tiempo suficiente para que ocurriera este milagro. Es a Sylvan a la que debemos agradecer todos.

Todas las miradas se desviaron hacia ella, y ella deseó repelerlas. Nada que hubiera hecho ella había curado a Rand, y la gratitud le pesaba como una carga. Ojalá pudiera decirlo, pero cuando lo miraba, lo veía sobre sus dos pies y observaba sus ocasionales tambaleos, deseaba llorar de alegría. Una cosa, una sola cosa, había ido bien en esos desdichados días pasados, y era tan correcto que se olvidaba de la pena y sólo recordaba el placer.

No lo sabía, pero le brillaban los ojos al mirar a Rand, y los de él brillaban con igual placer al observarla. De pronto él frunció el ceño y dijo:

—Pero está cansada. Ha trabajado sin parar los dos últimos días. Yo no he podido conseguir que se tomara un descanso en un sillón.

—Sí —dijo el doctor Moreland, observándola con sus penetrantes ojos—. En el campo de batalla y después en el hospital era implacable en su entrega a atender a los hombres. Parecía creer que sería capaz de mantener a raya a la muerte. —Le dio una palmadita en la cabeza como si fuera un cachorrito—. Supongo que por eso las damas de buena familia no podrían atender a los heridos con regularidad. Esos horrores dañan sus delicadas sensibilidades.

Resentida por ese trato condescendiente, pero temiendo que él pudiera divulgar sus secretos, Sylvan se movió inquieta bajo el brazo de Rand.

—¿Quiere decir que no fui eficaz en el hospital?

—Noo, quiero decir que casi se volvió loca trabajando tanto en atender a los muchachos.

La miró significativamente y ella se encogió ante esa mirada.

Satisfecho por haber dejado claro su punto de vista, él volvió a darle una palmadita en la cabeza.

—¿De qué sirve una enfermera agotada? Su amante marido me envió a llamar y vine inmediatamente. Puede irse a acostar y dejarme a mí la tarea de enfermero.

—Adela y yo vamos a ayudar también, querida —dijo lady Emmie—. Lo hemos hablado, y vamos a supervisar la atención a nuestras pacientes para que puedas dormir. A excepción de esta tarde, claro, en que vamos...

Se le quebró la voz y la tía Adela tomó el relevo:

—No has dormido desde el día de tu boda, jovencita, y dudo mucho de que hayas dormido la noche anterior a la boda. —La miró fijamente, contradiciendo con su actitud imperiosa la rojez de sus ojos—. No podemos permitir que la nueva duquesa se debilite.

Rand aumentó la presión del brazo sobre sus hombros.

—No permitiré que eso ocurra.

Sylvan lo miró sintiéndose impotente. Sin que ella lo supiera, él había llamado al doctor Moreland. Eso demostraba que dudaba de su capacidad, pero no podía dejar de comprenderlo. Él estuvo a su lado cuando le amputó el pie a Nanna; oyó el sonido de la sierra y los gritos de Nanna; vio a las otras mujeres encogerse de miedo y desviar la mirada; y le sostuvo la cabeza cuando ella vomitó después.

Los hombres estudiaban en universidades francesas para ser médicos y por entonces incluso a los cirujanos se los consideraba pasablemente respetables. Ella había ejercido la medicina sin ningún conocimiento aparte de la experiencia de la práctica, y sabía que a pesar de las amables palabras del doctor Moreland era culpable de crasa incompetencia. Peor aún, ocultaba el paralizante miedo de que al tratar de sanar hubiera cometido algún asesinato.

Nadie sugería que Rand trabajaba y se esforzaba en exceso aun cuando tenía oscuras ojeras.

Como si le hubiera leído el pensamiento, el doctor Moreland preguntó a Rand:

—Excelencia, ¿me permite la osadía de preguntarle cómo están esas piernas?

Al parecer Rand había aceptado su elevación a duque con mucha más elegancia que ella. No pegó un salto con expresión culpable ni miró hacia atrás, sino que simplemente contestó:

—Los músculos se me agarrotan cuando estoy de pie mucho rato o camino demasiado, pero cada día me resulta más fácil.

Tironeándose la barba, el doctor asintió.

—Es este tipo de milagros lo que hace valioso mi trabajo. —Movió un dedo ante la cara de ella—. Recuerde eso, jovencita. Puede que haya tenido que amputar un pie, pero curó a su marido, y ambas cosas han sido beneficiosas para los pacientes.

—Yo no lo curé —dijo ella.

—Él piensa que sí, excelencia.

«Excelencia» otra vez. ¡Qué broma! ¿Qué otra duquesa de Inglaterra había tenido que amputarle un pie a una mujer? ¿Que otra duquesa había restituido a su lugar huesos dislocados, aplicado emplastos a pieles quemadas o escaldadas y mezclado hierbas para combatir las infecciones? ¿Qué otra duquesa...? Apretó los puños y nuevamente intentó comprender que... era duquesa.

—Se va a desmayar —dijo lady Emmie.

Rand la levantó en brazos y se preparó para resistir, como si creyera que se iba a caer o a tropezar. Ni se cayó ni tropezó, y su expresión fue de sorpresa y placer.

—Eres pequeñita —le dijo a ella—. Más pequeña de lo que había creído.

Echó a caminar hacia la escalera, pero ella negó con la cabeza.

—No puedo acostarme todavía.

Él no aminoró la marcha.

—No puedo mientras no haya presentado mis respetos a Garth. Mientras no... Lo vais a enterrar esta tarde, ¿verdad?

Rand titubeó.

—Sí.

—Yo debería estar presente.

Él la miró y ella vio que lo había abandonado la ecuanimidad; tenía lágrimas en los ojos.

—Hemos hablado de esto —dijo, intentando mantener pareja la respiración—, e incluso la tía Adela dice que debes descansar en lugar de asistir al funeral. Nadie murmurará sobre tu ausencia si la tía Adela dice que es permisible. —Le dio un beso en la frente y se la frotó con el mentón, como un gato que busca consuelo en su contacto—. Garth lo entendería.

Sí, Garth lo entendería, ella estaba segura. De todos los Malkin, comprendía la mente de Garth mejor que la de cualquiera de los demás. Él se preocupaba por su familia, su patrimonio y su gente, y la bendeciría por sus débiles intentos de atender a las mujeres.

—Deseo verlo —insistió.

Rand la llevó al salón principal y la dejó de pie en el suelo. El olor a alcanfor impregnaba el aire. El ataúd estaba en el centro de la enorme sala, atrayendo la atención con sus magníficos ornamentos labrados y el brillo de la madera oscura. Estaba adornado de flores silvestres, algunas dispuestas en bellos arreglos y otras entretejidas formando pequeñas coronas.

La tapa estaba cerrada.

Rand miró el ataúd con los ojos secos y contenida furia.

—Tenemos que enterrarlo esta tarde, no podemos esperar más tiempo, y el cuerpo... el cuerpo estaba tan destrozado...

—Querría sentarme —interrumpió ella, para desviarle la atención de su pena.

Había sillas dispuestas alrededor del ataúd, para los dolientes que desearan presentarle sus respetos. Rand eligió la más cercana a la puerta.

Sylvan no deseaba afrontar la realidad. Como le ocurría con todas las muertes que había visto, no existía la resignación en ella. Cuando pensaba en Garth, pensaba en el hombre que trabajaba por el bien de su gente. La idea de que una de esas personas lo hubiera matado era algo que escapaba a su comprensión. Deseó gritar «¡No!» y exigir que Garth se levantara y volviera a ocupar el lugar que le correspondía.

Cuando se acercó a tocar el ataúd casi tropezó con el cuerpo de una mujer postrada en el suelo, toda vestida de negro, con el luto de viuda. ¿Los Malkin habían contratado a una doliente profesional para que ocupara el lugar de la esposa de Garth? No, pues los sollozos que estremecían a la mujer eran de verdad. Se arrodilló a su lado y le tocó el hombro. La mujer giró la cara para mirarla: era Betty.

Sylvan se quedó paralizada por la conmoción.

Betty se incorporó hasta quedar de rodillas, le cogió la mano y se la besó.

—Gracias por venir a presentar sus respetos —dijo, con la voz ronca por el llanto. Hizo una temblorosa inspiración—. Me consuela saber que usted está aquí.

Palabras de viuda, comprendió Sylvan, de la mujer que se consideraba la viuda de Garth. No era de extrañar que Garth Malkin, duque de Clairmont, no se hubiera casado: amaba a su ama de llaves.

Betty se rió, llorosa.

—Parece muy desconcertada, señorita.

—Creo que no estoy desconcertada. Creo que por primera vez veo las cosas claras.

—Es posible. —Poniéndose seria, Betty puso una temblorosa mano en el ataúd, y se le quebró varias veces la voz al decir—: Él habría arrojado... al viento... los cánones sociales, eso quería su excelencia, pero yo me negué a casarme con él. —Apretó con tanta fuerza el borde del ataúd que se le pusieron blancos los nudillos—. Uno de los dos tenía que hacer lo que era correcto.

Una lástima, pensó Sylvan, qué lástima.

—¿Era correcto vivir con él pero no ser su esposa?

—Vamos, no empiece, señorita. —Se apartó el velo negro de la cara. Su sonrosada piel estaba brillante y llena de manchas rojas, sus ojos apagados, los párpados hinchados y entornados—. A él no lo entusiasmaba la sociedad ni le daba importancia, pero si se hubiera casado conmigo habría estado tan fuera de lugar como un pez intentando volar. La alta sociedad me habría aislado y él habría tenido que defenderme. —Hizo una inspiración temblorosa—. Habría sido horroroso. Usted lo sabe, señorita. Me habrían hecho lo mismo que intentaron hacerle esos supuestos caballeros y damas el día de su boda, pero usted sabe actuar como una dama y los dejó con un palmo de narices, y yo no sé hacer eso.

Era cierto, pensó Sylvan. Betty comprendía su situación y sus limitaciones.

—¡Pero es una terrible lástima! —exclamó, rebelándose contra la injusticia.

—Pasé muchos buenos años felices con él. Ha sido mi amor desde que era una muchacha, y estoy contenta por el tiempo que tuvimos. —Acarició el ataúd—. Bueno, ahora está muerto. Las apariencias ya no importan y puedo hacer duelo públicamente. Si hay habladurías entre los miembros de la alta sociedad, a él ya no le harán daño. Tampoco a Gail; ella está muy segura de sí misma, ya es una dama.

—Gail.

O sea, que Gail era hija de Garth. No era hija de James, ni de Rand, claro. Se giró a mirarlo y descubrió que él la estaba mirando fijamente. Había deseado creer que Gail era hija de Rand porque era su manera de pinchar el creciente globo de su atracción por él, mientras a él lo divertía verla debatirse buscando la verdad. Justo entonces entró en el salón el objeto de sus pensamientos, una niña pequeña, delgada, terriblemente abatida porque acababa de perder a su padre. Rand la cogió en sus brazos para consolarla.

Gail, ahora, era hija suya.


A pesar del cansancio que la agobiaba, Sylvan no podía dormir. Demasiadas preocupaciones le robaban la paz. Durante toda la luminosa tarde doblaron las campanas de la iglesia y ella fue contando cada triste campanada. Cuando pararon continuó de espaldas, y se puso a contemplar el fuego que había encendido Bernadette y a pensar en Gail. La niña había vivido feliz, libre y despreocupada, hija del amor aunque no del matrimonio, y su sensación de seguridad había explotado con la fábrica. Seguía teniendo a Betty, seguía teniendo a Rand, seguía teniendo a lady Emmie y a la tía Adela, pero nunca más volvería a disfrutar de la arrogante y alegre despreocupación de la infancia.

¿Podría ella ayudar a Gail? Le parecía que sí, porque aun siendo hija legítima, nunca había tenido ni el amor ni la aprobación de su padre. El terremoto que acababa de destruir el mundo de Gail la había sacudido a ella toda su vida; tal vez podría guiarla para sortear los obstáculos que la amenazaban.

Oyó crujir un tablón del corredor al otro lado de la puerta y la estremeció un escalofrío surgido de lo más profundo de su interior.

Si el fantasma sólo caminaba por ahí cuando iba a haber problemas, esta vez lo había hecho por buenos motivos. El peligro había estado al acecho en los corredores y en toda la propiedad. El peligro seguía acechando, por lo que ella sabía, porque aún no se había encontrado al culpable de la explosión de la fábrica. En realidad no sabía qué había descubierto Rand esos últimos días; no mucho, suponía, porque había dedicado muchísimo tiempo a atenderla a ella. Pero si había descubierto algo, ¿se le habría ocurrido confiárselo a ella? Ella no formaba realmente parte de la familia y, además, era mujer. Muchas veces los hombres creen que a las mujeres hay que protegerlas de las realidades de la vida, lo que es otra manera de decir que son tan estúpidas que no saben resistir los rigores de la vida.

Nuevamente oyó un ruido al otro lado de la puerta. Una especie de tintineo o campanilleo, como de cascabel. Miró hacia la brillante luz del sol que calentaba un largo rectángulo del suelo, pensando: «Qué tontería tener miedo de que ande un fantasma por la tarde».

También era estúpido tenerle miedo a un fantasma que le había hecho un favor. Si no la hubiera incitado a salir del dormitorio la noche anterior a la boda, un fantasma falso la habría golpeado y tal vez dejado mal herida. ¿La persona que en ese momento acechaba fuera de su dormitorio?

Cuidando de no hacer ruido se bajó de la cama, caminó hasta la puerta, la abrió un pelín y miró.

En la pared de enfrente había una mesa que antes no estaba, cubierta por un mantel que casi llegaba al suelo por los lados, y debajo estaba sentado Jasper. Tenía un llavero en la mano e iba deslizando las llaves una a una, examinándolas; de tanto en tanto, una llave chocaba con otra y él pegaba un salto. De pronto, las llaves hicieron el sonido de tintineo que ella había oído y él apartó un borde del mantel y miró hacia el corredor con expresión culpable.

Cerró silenciosamente la puerta y se apoyó en ella. ¿Qué hacía Jasper ahí? Nunca había visto a nadie comportarse de una manera tan rara como el cochero y criado personal de Rand; esperaba que no se hubiera vuelto loco. En realidad, tragó saliva. Confiaba que el sentimiento de culpa no lo hubiera vuelto loco. Una vez sugirió que él podría ser el fantasma falso, aun cuando no lo creía. Jasper se veía muy normal, aunque, pensándolo bien, había tenido la oportunidad de atacar a esas mujeres y a ella también. Estaba ayudando al mecánico cuando explotó la máquina de vapor, y aunque Stanwood murió, él resultó ileso, sin siquiera un arañazo. ¿Estaría ahí, ante su puerta, acechando, esperando el momento oportuno para asesinarla? ¿O formaba parte de un grupo que planeaba... qué? Seguía sin entender qué esperaba conseguir ese loco con sus crueles ataques a las mujeres y la destrucción de la fábrica.

Al oír voces en el corredor pegó el oído a la puerta. Alcanzó a escuchar el retumbo de voces de hombres y entonces el pomo giró y la puerta comenzó a abrirse. Se apoyó en ella con todas sus fuerzas para impedir que se abriera, oyó un gruñido al otro lado, pero no disminuyó la presión. Se le deslizaron los pies por el suelo hasta que la puerta se abrió y Rand asomó la cabeza para mirar.

—¡Sylvan! ¿Qué haces?

Entonces cobraron sentido las voces que oyó en el corredor, como también la insólita conducta de Jasper. ¿Rand le habría pedido que montara guardia ahí para protegerla? Al ver la perplejidad de su esposo, esa le pareció la conclusión lógica. Sonriendo con falsa animación, se alejó de la puerta:

—Caminando sonámbula.

Rand entró; tenía rojos los bordes de los párpados y todavía llevaba la ropa formal que exigía un funeral: calzas negras hasta la rodilla, medias blancas y zapatos negros; pero se había quitado la chaqueta y el chaleco negros, y la corbata le colgaba suelta; se había resquebrajado el almidón de su camisa blanca. Su apariencia informal quedó explicada cuando le ordenó a alguien, a Jasper, al parecer, que tirara dentro de la estancia un montón de maletas y bolsos.

—Deberías estar en la cama —le dijo a ella—. Es evidente que estás agotada. —Se le alisó algo el ceño de preocupación al verle el camisón, aun cuando era bastante recatado, pues la cubría desde el cuello a las puntas de los pies—. No, Jasper —dijo, levantando una mano hacia el hombre que seguía en el corredor—. Yo sacaré mis cosas.

Mientras él cerraba la puerta, ella subió de un salto a la cama y se metió debajo de las mantas.

—¿Qué haces aquí? —le preguntó alegremente.

—Mudarme.

El montón de maletas y bolsos adquieron un nuevo sentido, y los miró preocupada, remetiéndose bien la sábana bajo las axilas.

—¿Ya?

Él pareció desconcertado.

—¿Ya?

—Bueno, simplemente es muy pronto después de...

Él la sorprendió sonriéndole con los labios algo temblorosos.

—¿Después del funeral de Garth? Te aseguro, Sylvan, que Garth tenía una naturaleza terrenal. En realidad, no dudaría de que mi astuto hermano tuviera pensado un matrimonio la primera vez que se entrevistó contigo. —La voz le sonó ronca por lágrimas contenidas; no estaba tan sereno como aparentaba—. Permíteme asegurarte que si estuviera aquí, él mismo me habría traído las maletas, por penosas que fueran las circunstancias. —Titubeó un momento y añadió, delicadamente—: Primero fui a buscarte a los aposentos del duque.

A ella se le enroscaron los dedos de los pies; flexionó las piernas, acercando las rodillas al pecho y se remetió la orilla del camisón bajo las puntas de los pies.

—Me gusta más esta habitación.

—Es muy agradable —dijo él amablemente, sin señalar que no se podía comparar con la magnificencia de los aposentos del duque—. De todos modos, si lo que quieres es eludirme, permíteme que te alivie. —Abrió un bolso de viaje hecho de tela parecida a un tapiz y comenzó a sacar frascos y a ponerlos sobre la mesa con aparente brío—. No tienes por qué pensar que debes cumplir tus deberes conyugales ahora. Prefiero que mi flamante esposa no se quede dormida durante la iniciación.

—No es eso —protestó ella, aunque consciente de que esa era la verdad—. Tendré que mudarme ahí algún día, pero no hoy.

Él la miró interrogante.

Confundida, ella intentó explicarlo.

—No quiero mudarme ahí cuando me parece que la cama todavía conserva el calor del cuerpo de Garth y entre las sábanas todavía está el olor del amor de Betty.

Rand la miró un momento, le brotaron lágrimas y reanudó su tarea con la febril intensidad de una persona dinámica.

—No se me había ocurrido eso. Tienes razón, por supuesto. —Se limpió de lágrimas la mejilla en el hombro—. En el funeral, Betty se ha portado con toda la dignidad de la dama más refinada, y James... pobre James. —Suspiró—. Me parece que su sentimiento de culpa le impide encontrar consuelo.

—¿Culpa?

—Por todas las peleas a las que se entregaban él y Garth.

Ella no contestó, pero pensó si tal vez James...

Antes que se diera cuenta él llegó hasta la cama y le levantó el mentón. El arranque de indignación le había secado los ojos.

—Sé lo que estás pensando —dijo—, y quiero que dejes de pensarlo. James no saboteó la fábrica. Es nuestro primo, por el amor de Dios.

—Pero la culpa...

—Si quieres usar la culpa como calibre, el culpable está delante de ti. Yo soy más culpable que nadie. No ayudé a Garth en la fábrica, y si hubiera mirado más allá de mis problemas, tal vez habría descubierto si la causa de ellos y la causa de los de Garth era la misma. Creo que tiene que serlo, así que no juzgues, ni a mí ni a mi gente.

Ese era un mordaz rechazo, y uno que se merecía, pensó Sylvan; ella no formaba parte de su gente. Suspirando volvió a apoyar la cabeza en la almohada y cerró los ojos.

Él observó el cansancio que le tironeaba hacia abajo las comisuras de su dulce boca y los surcos en las mejillas, donde antes había hoyuelos. Él le había hecho eso; él, los enigmas de Clairmont Court y sus explosivas reacciones. Intentaba aliviarla de la carga de la responsabilidad; deseaba que dejara de preocuparse, pero ahí estaba, despierta e inquieta, observándolo mientras él lidiaba con su pena y, sin duda, lidiando con la de ella.

—¿Has podido dormir algo?

—No.

—¿Por qué?

Ella se subió las mantas hasta el mentón.

—Tengo frío y... bueno, parece que no logro desconectar la mente. Cada vez que cierro los ojos, veo a las mujeres sufriendo y simplemente no puedo —abrió los ojos— dormir.

Él sabía de un remedio para el insomnio y un bálsamo para la aflicción de los dos. Era un testimonio al espíritu, una consumación de su matrimonio y, en cierto sentido, un brindis por Garth y por el placer que tuvo en su vida. Lo estremeció la necesidad de levantar las mantas y meterse entre las piernas de ella. Su delicada apariencia lo refrenó y pensó si no sería el peor tipo de canalla por ocurrírsele consolarla de esa manera. Entonces, impulsado por una fuerza irresistible, alargó la mano y le apartó suavemente el pelo de la frente y de las orejas. Ella giró la cabeza hacia su mano. Él la pasó por la nuca, le friccionó un punto de tensión y ella gimió.

—¿Deseas dormir?

Ella asintió.

—Yo puedo ayudarte.

Retiró la mano, fue hasta la mesa y buscó entre los frascos hasta que encontró el que necesitaba. Fue a ponerlo cerca del fuego del hogar para que se calentara. Después añadió leña, la suficiente para que el fuego durara horas. Entonces cogió el frasco ya tibio, volvió a la cama y la encontró mirándolo recelosa. No era ninguna tonta su Sylvan, y tenía razón al desconfiar, si tomaba en cuenta su virginidad y las intenciones de él.

—¿Crees en mí? —le preguntó.

Ella titubeó.

—Cuando supiste que podía caminar dormido y atacaron a las mujeres esas noches, tú creíste tanto en mí que me obligaste a que yo hiciera lo mismo. ¿Ha cambiado eso?

—Noo, no. Creo en ti.

Lo miró a los ojos y él vio en ellos la aflicción de un animalito cogido en una trampa de cazador furtivo. Necesitaba que él la rescatara y sanara sus heridas, y él la necesitaba a ella con la misma intensidad. Echando atrás las mantas, se sentó junto a sus pies y ella se incorporó. La empujó por los hombros hasta dejarla tendida otra vez.

—Tienes que relajarte.

—Estoy relajada.

Él sonrió de oreja a oreja, deseando poder quitarle el camisón que la cubría tan bien, atormentándolo igual de bien. Se puso un poco de aceite en la palma. El olor de la bergamota lo incitó, y movió el frasco en dirección a ella.

—Este huele bien, pero tengo aceite de rosas ahí. ¿Preferirías ese?

—No, este está bien.

—Ni siquiera lo has olido.

—Estoy segura de que está bien.

Él se frotó las manos y le cogió un pie. Ella lo retiró por reflejo.

—No estás relajada.

—Probaré otra vez.

Abrió los brazos, rígidos, cerró las manos en puños y las bajó colocándolas a los costados.

Estaba tan tensa como el hilo de algodón que hacían girar las mujeres en los husos movidos por el vapor con las mismas posibilidades de romperse.

Iba a ser más difícil de lo que había supuesto.

—Esto te gustó aquella vez —le dijo en tono tranquilizador—, ¿te acuerdas?

Comenzó el masaje en los dedos del pie, con firmeza, y ella comenzó a relajarse, lentamente, poco a poco. Extendió la fricción al arco de la planta y luego hasta el extremo del talón.

Cada vez que cambiaba de posición, ella se tensaba, y finalmente dijo:

—Creo que no puedo soportar esto.

Él le tocó los callos de cada dedo y luego la piel callosa que le cubría el talón.

—Cualquier mujer que se ha ganado callos como estos puede soportar cualquier cosa.

Reanudó el masaje volviendo a los dedos, flexionándoselos suavemente y trabajándole los diminutos huesos; continuó por la piel más áspera de la planta. Le trabajó de igual manera el otro pie, y entonces ella se relajó totalmente.

Ya está; estaba hecha la parte más importante. La había tocado, friccionado y acostumbrado a sus manos sobre ella. Podía continuar hacia arriba. Vertió otro poco de aceite, frotó las manos y se las puso sobre los tobillos. Esta vez ella no se sentó bruscamente ni lo miró tan angustiada, y mientras le friccionaba esas articulaciones comenzó a respirar más profundo. Como si tal cosa, subió las manos por sus pantorrillas, subiéndole también el recatado camisón. Ella lo observaba con los párpados entornados, y él no supo discernir si eso se debía a desconfianza o a cansancio, así que la cambió de posición, poniéndola boca abajo.

Ella intentó sentarse sobre los talones, pero él le empujó suavemente la espalda y la dejó nuevamente tendida.

—Relájate —le dijo—. Cree.

Ella hizo una honda inspiración cuando él comenzó a subirle el camisón y otra más profunda cuando se lo subió hasta los hombros.

—Quítatelo —musitó, pasándoselo por la cabeza.

Ella se dejó desnudar, aunque temblando.

—Qué hermosa eres.

La adoró, desde los hoyuelos de la base de la columna hasta el pelo enroscado en el cuello.

La deseaba.

¡Condenación! Deseó haberse quitado la ropa antes de comenzar el masaje, pero ¿cómo se desviste tranquilamente un hombre mientras lo observa una mujer aterrada? Ahora que ya no estaba aterrada tenía que quitarse la ropa sin romper el hechizo.

Se abrió la bragueta de las calzas, dejó caer los zapatos al suelo y se quitó todas las prendas que lo cubrían de la cintura para abajo.

La camisa podía esperar.

Se encaramó en la cama, le vertió un delgado chorrito de aceite a lo largo de la columna y se situó sobre ella con una rodilla a cada lado, cuidando de no tocarla con su cuerpo.

No todavía.

Deslizando las manos por toda su espalda repartió el fragante aceite por su piel y comenzó el masaje friccionándole la nuca, aflojándole los nudos de tensión. De ahí pasó a sus hombros y omóplatos y luego le amasó todos los músculos y tendones de la espalda y los brazos. Ya le había pasado la ansiedad que la tenía tensa cuando comenzó.

—¿Qué te parece? —le preguntó.

—Los problemas están cayendo fuera por las yemas de mis dedos —contestó ella, con la voz entrecortada.

Él se rió en voz baja; ella lo expresaba de una manera divertida, pero sabía que era cierto; sus problemas estaban saliendo por las yemas de sus dedos, y entraba la relajación a reemplazarlos.

Estaba tan inmersa en la calma que cuando él la giró hasta dejarla de espaldas no hizo nada para cubrirse; expuesta a su mirada a la luz del día, se quedó tendida tal como él la había colocado, con los brazos separados de los costados y las piernas ligeramente abiertas. Era toda belleza, y había algo más en ella, algo que él casi no había esperado conseguir: confianza.

Contemplándola, se estremeció de pasión reprimida. Su mujer estaba de espaldas ante él, despojada de todas sus plumas, como un ave en un festín; de todas a excepción de las más atractivas, que se mecían en sedoso esplendor. Le ardieron los ojos y una fiebre posesiva le formó un nudo en el estómago, pero la dependencia implícita en su posición supina lo refrenó de poseerla cuando ella se adormiló.

Se quitó la camisa y se la pasó por el pecho para secarse el sudor que le había brotado, no por el trabajo de darle el masaje, sino por mirarla, desearla y refrenarse. Dejando a un lado la camisa comenzó el tortuoso ascenso por su cuerpo. Le amasó las pantorrillas, de ahí pasó a sus hermosos y sensibles muslos; luego le friccionó la firme pared del abdomen, y de ahí subió a la caja torácica. Con sus dos expertas manos le friccionó de arriba abajo cada brazo, estirándoselos; de ahí pasó a las hendiduras de alrededor de las clavículas, luego los lados del cuello y se lo hizo rotar. Con las yemas de los dedos le manipuló los músculos de la cara hasta que se le aflojó la tensa mandíbula y desaparecieron las arruguitas de preocupación.

Sylvan sólo tenía conciencia de su cuerpo, no del cuerpo masculino que la tenía sujeta bajo él. Su alma había salido de su cuerpo y planeaba flotando libre por encima de la escena de la cama. Sin verdadera preocupación, pensó cómo volvería a entrar él. No sentía el menor deseo de volver a ese recipiente terrenal, ni lograba distinguir un hilo que conectara esa alma con ese cuerpo que reposaba relajado en un trance.

Entonces sintió un ligero roce en un pezón y se le encendió el calor en la boca del estómago. Un aceite tibio le lubricaba los pechos, extendido por las resbaladizas palmas de Rand. Sólo rozándole los pezones con sus pulgares callosos, la obligó a hacer una inspiración profunda y llenar de aire los pulmones. Resucitada por el aire vivificante, experimentó un hormigueo de percepción en sus nervios atrofiados. Lentamente fue aumentando la excitación mientras él le friccionaba una y otra vez los sensibles pechos, después hacia arriba hasta el cuello, luego bajaba por el abdomen hasta el interior de los muslos, haciendo a un lado sus defensas derribadas, poniendo fin al aislamiento de su inocencia.

En una gloriosa revelación, encontró el hilo que ataba su alma a su cuerpo. Eran sus sentidos, su piel viva, consciente de todas las vibraciones, las ventanillas de la nariz agitadas por los olores a sudor masculino y a bergamota, sus oídos sintonizados a los sonidos de la respiración de él y a la arruga de la almohada bajo la cabeza.

—Sylvan.

Rand la llamaba. Abrió los ojos y miró su severa cara por encima de la de ella; miró su cuerpo milagrosamente desnudo, todo músculos y largos tendones; miró sus manos tostadas acariciándole la piel blanca, dándole los últimos toques a su expectación ya iniciada. Con las rodillas entre las suyas, estaba sentado sobre los talones, contemplándola.

—Qué hermosa eres.

Sabía que no era hermosa, pero si él lo decía, ¿por qué no creerle?

Cuando él volvió a mirarla a los ojos, los de él eran ardientes rajitas azules. No se había dado cuenta de cómo la pasión lo excitaba tan completamente ni de lo fuerte que tenía que ser su voluntad para refrenarse, pero sabía lo que ocurriría cuando él dejara de refrenarse. Y lo haría.

Intentó cubrirse la entrepierna con las manos, pero él le susurró palabras tranquilizadoras, disipándole el apuro, y después puso la boca ahí. Nada la había preparado para esa dulce conmoción. Era como flores con caramelo, un galanteo con la lengua mojada, lento y fascinante. Centrándole toda la atención en una diminuta prominencia, su lengua le arrancó grititos ahogados del pecho, y se arqueó para apretarse más a su boca, y luego bajó el cuerpo, retorciéndose. No sabía lo que deseaba, así que se limitó a rogar «Por favor». Él sí lo sabía.

Lo sabía. Deslizándose hacia arriba, le frotó todo el cuerpo con el de él; estando los dos lubricados por el aceite, cada movimiento era un fragante placer. Rápidamente le aumentó la excitación. Oyó salir de su boca diferentes ruidos, como una gatita cuando tiene hambre, y no podía parar. Él la besó en la boca. Se le crisparon las manos y las levantó para acariciarle el cuello; él se estiró como desperezándose. Le acarició suavemente los hombros; él suspiró. Le acarició el pecho y entonces, osadamente, bajó la mano por su esternón hasta llegar al abdomen.

¿Lo hacía bien? Seguro que sí, porque él dijo cosas que deberían escandalizarla. Entonces él embistió con el miembro poniéndoselo en la mano, y eso sí la escandalizó.

Intentó soltárselo, pero a él le gustaba. Tal vez no sabía mucho, pero eso sí lo sabía. Estaba resbaladizo y la mano de ella también.

—Esto es perfecto —dijo Rand—. Pónmelo donde lo desees.

Todo era muy nuevo, pero no podía simular que no entendió lo que quiso decir. Tratando de ser osada, se lo puso en la entrepierna y le miró la cara. Él le estaba sonriendo.

—Será fácil —le prometió.

Embistió suavemente y le penetró un poquito; los músculos de ella intentaron cerrarse. Entonces él descorchó el frasco de aceite y se puso un poco en las manos. Ella pensó que lo iba a usar para facilitarse la entrada, pero él se incorporó hacia atrás y le acarició los pechos.

Era curioso que él la tratara con tanto cuidado como si fuera preciosa. Curioso que su caricia le produjera un estremecimiento a lo largo del espinazo y un calor en lo más profundo de su interior. Él movió las caderas con un ritmo todavía desconocido, y la penetró al tiempo que deslizaba las palmas por su abdomen alisándole la piel, produciéndole tantas sensaciones que no sabía en cual concentrarse.

—Háblame —le rogó él—. Dime si te gusta esto.

Otra distracción; él deseaba hablar.

—Me gusta.

—¿El qué?

Resolló al sentir la presión dentro de la cavidad, la presión que hacía él, la presión que hacía su propio cuerpo.

—¿Te gusta esto? —Deslizó las manos en círculo por sus caderas—. ¿O esto? —Le cogió los pezones entre los pulgares y los índices y se los apretó.

Al mismo tiempo embistió. Ella pegó un salto en la cama, chillando, sin saber dónde le dolía más y sin saber si eso era una trampa o un regalo.

—¡Duele!

Él estaba temblando todo entero y le brillaba la frente cubierta por una capa de sudor.

—¿Deseas que pare?

Ella lo miró boquiabierta y lo pensó. Se sentía como si le hubieran dado un pellizco por dentro, y sus pezones sabían que los habían pellizcado, pero el dolor iba remitiendo. No tan rápido como le gustaría, pero iba remitiendo.

Y él estaba sufriendo. Tenía retenido el aliento desde el instante en que le hizo la pregunta, que evidentemente lamentaba. Moviéndose con sumo cuidado, volvió a apoyar la cabeza en la almohada.

—No.

A él se le hinchó el pecho al inspirar aire.

—Estupendo. Me alegra que estemos de acuerdo en algo tan importante.

# Capítulo 14

*H*abía pasado las horas preocupándose por un acto que terminó demasiado pronto. Al menos, creía que fue pronto. Para ella había durado lo bastante para eliminarle el dolor de la desfloración, y después se quedó dormida con una mano apoyada sobre el corazón de él y la cabeza en su hombro. Había dedicado un rato a friccionarle la espalda, deseando que hubiera sido cierto que tenía toda la experiencia de que se hablaba entre los miembros de la alta sociedad, porque una sola vez no era suficiente, y tal vez nunca lo sería con Sylvan.

Así pues, en lugar de hacerle el amor otra vez, se puso sus arrugadas ropas y esperó a que despertara para que pudieran hablar acerca de hacer el amor. Le diría lo bien que lo había hecho para ser una total principiante. En todas sus fantasías, y estas habían sido unas cuantas, nunca se había atrevido a esperar que ella respondiera con tanto entusiasmo.

Después que él la elogiara, ella le diría que había estado magnífico... era de esperar.

Pues claro que había estado magnífico. ¿Acaso ella no tuvo esas deliciosas contracciones, emitió gemidos e, intentó mirarse los hombros, lo arañó?

Miró hacia la cama donde ella dormía profundamente y sonrió de oreja a oreja. Sí que era agradable la vida de matrimonio.

Un tímido golpe en la puerta lo sacó de sus pensamientos y oyó voces en el corredor. Fue a abrirla. Jasper estaba apoyado en la pared mirando fijamente a Betty, que tenía cogida del brazo a la doncella de Sylvan.

—Chss. Está durmiendo —les dijo. Entonces, al captar una expresión rebelde en la cara de Bernadette, le dijo—: Gracias, pero no creo que su excelencia necesite los servicios de su doncella en estos momentos.

—No es por eso que hemos venido —dijo Betty—. Hemos venido a decirle algo que debería habérsele dicho la noche anterior a la boda. —Le dio una sacudida a Bernadette—. Díselo a su excelencia.

Bernadette bajó la cabeza.

—La señorita Sylvan, o sea, su excelencia, me prometió que se lo diría a él esa noche antes de la boda. Incluso fue a su habitación. ¿Por qué crees que no se lo dijo?

—Porque vi a su excelencia después que ella se marchó de su habitación y no habían hablado de nada espantoso. Todo lo contrario, si me lo preguntas. —Al ver abrir la boca a Bernadette, añadió—: Además, si su excelencia lo hubiera sabido la habría tenido entre algodones y atada con una cinta estos tres días.

Rand ya estaba tenso.

—Sé lo del fantasma. Me dijo que estaba en el corredor fuera de su dormitorio.

—¿Y? —preguntó Bernadette, como si esperara más.

Pero ¿qué más? Cayó en la cuenta de que esa noche estaba distraído y no le hizo todas las preguntas que debía. Ahora sus criados actuaban como si a Sylvan le hubiera ocurrido algo terrible, y él no lo sabía. Se inclinó hacia ellas.

—Dímelo, Bernadette.

—Le prometí a su excelencia que no se lo diría ni a lady Emmie ni a lady Adela. —Se mordió el labio—. Betty, siempre me has dicho que no debo traicionar la confianza de mi señora, por ningún motivo.

—Se lo diré yo —terció Jasper.

Los tres lo miraron sorprendidos.

Jasper estaba malhumorado por el pesar.

—Seguí a su excelencia, si no no lo habría visto.

Rand salió del todo al corredor y cerró la puerta.

—¿Visto a quién? ¿Seguiste a su excelencia adónde?

—Fue la noche anterior a su boda y yo estaba vigilando la puerta de la señorita Sylvan.

—Creí que estabas con...

—¡No! —interrumpió Jasper levantando una mano—. No estaba. Estaba montando guardia ante la puerta de la señorita Sylvan.

Rand observó que Bernadette tenía una curiosidad tremenda por saber con quién podría haber estado Jasper, pero este ni siquiera se fijó.

—¿Por qué estabas vigilando la puerta de la señorita Sylvan? —preguntó.

—Temía por ella.

Rand vio que Jasper ponía sumo cuidado en no mirarlo a los ojos, y recordó sus dudas respecto a él; dudas sin fundamento, se dijo, pero dudas de todos modos.

Jasper continuó, pausadamente:

—Después de esa noche de los ataques a Loretta y a la señorita Sylvan, simplemente me pareció que había motivo para alarmarse. A alguien no le cae bien su excelencia.

—Eso lo sé —dijo Rand.

Y sí que lo sabía, pero las expresiones solemnes de esos criados le decían que saberlo no bastaba.

—Yo estaba vigilando fuera de la puerta de la señorita Sylvan —continuó Jasper— y, lo reconozco, me quedé dormido; había descansado poco. Pero se lo juro, de repente la señorita Sylvan abrió la puerta y echó a andar por el corredor, llamándolo a usted, excelencia, y hablándole como si usted estuviera delante de ella. Bueno, iba sonámbula, claro, pero la seguí de todos modos.

—Yo no la oí salir —se disculpó Bernadette, mirando a la ceñuda Betty.

—Me hizo sudar siguiéndola —continuó Jasper—. Viraba por uno y otro corredor, sin dejar de hablarle a usted, lord Rand, es decir, lord Clairmont, es decir, excelencia.

—Lord Rand va muy bien —dijo él, casi saltando de impaciencia.

—Sí, milord. —Estaba absolutamente liado con las cortesías pero le bastó una mirada al mal gesto de él para continuar—: La señorita Sylvan intentaba convencerlo de que volviera a su habitación.

—¿Por qué no la detuviste? —le preguntó Betty.

Jasper desvió la cara, mirando hacia todos lados menos a Rand.

—He tenido experiencias con sonámbulos, y sé que no hay que despertarlos, mientras no estén en peligro.

Rand asintió, pensando: «O sea, que Jasper sabía lo de mis caminatas dormido». No había dicho nada, pero ¿lo habría seguido igual como siguió a Sylvan? ¿Habría buscado la muerte de Garth por un retorcido deseo de elevarlo a él? ¿Ocultaba una vena cruel ese hombre que había sido su fiel criado?

—En todo caso, la señorita Sylvan me llevó de vuelta al corredor de su dormitorio y de repente se oyó un grito y un hombre de pelo negro envuelto en una sábana salió corriendo del dormitorio. Lo seguí, lo más rápido que pude, lo seguí hasta la parte antigua del castillo y ahí lo perdí de vista.

—¿Cómo? —preguntó Rand, seguro por un instante de que la historia de Jasper era una falsedad para encubrir su implicación.

—Hay muchas habitaciones ahí, como sabe, y el fantasma fue mejor para esconderse que yo para encontrarlo. —Extendió las manos, pesaroso—. Lo siento, excelencia.

—Yo también.

Lamentaba oír esa historia porque temía que Jasper estuviera implicado. Desviando la mirada, preguntó:

—Pero ¿qué daño hizo?

—Llevaba un palo y golpeó la cama de ella —contestó Bernadette.

—¿La buscaba a ella, entonces?

—Se lo dije a la señorita. Ella dijo que se lo diría a usted.

Era evidente que Bernadette no quería echarse ninguna culpa sobre los hombros, y él no se sentía inclinado a culparla. Era Sylvan la que debería haberle dicho que estaba en peligro.

—Excelencia —dijo Betty en voz baja—. El fantasma...

—No era un fantasma —bufó Bernadette—. Era un hombre, dijo la señorita Sylvan, y tenía razón.

—Claro que era un hombre —admitió Betty—, tal como fue un hombre el que hizo explotar la máquina de vapor y mató a mi Garth. —Le brillaban los ojos por las lágrimas, pero eso no influyó en su resolución—. Pero no es un verdadero hombre, es un cobarde que hace sus maldades en la oscuridad, que ataca a personas indefensas, y lo vamos a coger.

Rand la rodeó con un brazo y la abrazó.

—Betty, eres un estímulo.

—Pero no quiero que la señorita Sylvan se vea atrapada en medio. Parece que, por lo que sea, este cobarde la odia tanto como odiaba a mi... tanto como odiaba al difunto duque. Ella tiene que vivir y, excelencia, este hombre, vestido de fantasma, venía dispuesto a hacer daño, porque golpeó a Bernadette.

—¿La golpeó?

—Enséñale el brazo, Bernie.

Bernadette se subió la manga y ahí estaban los moretones; franjas ya de colores amarillento y verdoso, mudos testimonios de una violencia inexplicable.

—Creo que la señorita Sylvan está en peligro —dijo Betty.

Rand deseó gritar de frustración, arrojarse sobre esas tres personas y ordenarles que retrocedieran en el tiempo y hicieran lo que se debería haber hecho.

—Pero ¿por qué? —preguntó—. ¿Por qué ese lunático anda a la caza de Sylvan?

—No le fue detrás hasta después que usted decidió que se casarían —dijo Betty—. Creo que todo está relacionado con... con la muerte de mi Garth. —Tuvo que guardar silencio para serenarse y los demás esperaron respetuosamente—. Creo que este asesino desea destruir a toda la familia Malkin.

—Bueno, no tendrá a Sylvan.

Debió notársele que estaba hirviendo de furia, porque Jasper dijo débilmente:

—Yo he estado vigilando.

Ah, vaya consuelo.

—Eso no basta. —Sin poder estarse quieto, comenzó a pasearse por el corredor. Por primera vez desde hacía horas, sintió dolor en las piernas y en la espalda. Los criados lo observaban, esperando, como soldados, sus órdenes—. Betty tiene razón. Hay que proteger a Sylvan. Tiene que estar segura, y no sé cómo conseguir eso aquí. —Si acaso, le aumentó la furia—. Voy a tener que enviarla lejos.

—Se engaña si cree que ella se irá, excelencia —dijo Betty, y sonrió despectiva por su imaginaria supremacía sobre su flamante esposa—. La señorita Sylvan no es una persona que huya con el rabo entre las piernas. Si lo fuera, le habría explicado la historia del falso fantasma antes de la boda. Aun cuando me parece que eso habría retrasado esa boda, y ella no estaba nada deseosa de casarse con usted.

¿Betty tenía que refregarle eso en la cara? Intentó encontrar una manera de sacar de ahí a Sylvan sin pelearse con ella.

—Se lo explicaré. Es una mujer juiciosa. Entenderá mis motivos.

Jasper emitió una áspera risita.

—Si es juiciosa, es la primera mujer que lo es.

Bernadette le golpeó el brazo.

—¡Oye! No hay ninguna necesidad de ser grosero tratándose de su excelencia.

Jasper sorbió por la nariz.

—O sea, ¿que crees que su excelencia se marchará para obedecer a su marido?

Rand vio la mirada que intercambiaron Betty y Bernadette, y se apoderó de él la desazón. No podía descartar la gravedad del peligro debido a la obstinación de Sylvan. Tenía que marcharse, si no, él tendría que ocupar su tiempo en protegerla en lugar de buscar al asesino de su hermano.

—Bernadette —dijo firmemente—, prepara el equipaje de lady Sylvan.

—Buena decisión —dijo Jasper, elogioso.

A Rand se le curvaron los labios ante la ironía de que su criado personal aprobara su decisión. Además, ¿qué significaba el elogio de Jasper si lo contraponía a las sospechas que tenía de él? Pero se limitó a decir:

—Va a ir a Londres a pasar un tiempo en la casa de su padre.

—¿Cuánto tiempo, excelencia? —preguntó Betty.

—Todo el que haga falta. Cuando hayamos atrapado a nuestro hombre, le permitiré volver.


—Excelencia, ya es hora de que se levante y se prepare para irse.

Sylvan despertó poco a poco, abrió los ojos y se encontró mirando la cara de Betty. ¿Ir? ¿Adónde tenía que ir? Bruscamente se sentó, con la espalda recta.

—¡Las pacientes!

Betty le puso una mano en el hombro.

—No, excelencia, todas las pacientes están mejorando. Su doctor está aquí cuidando de ellas, y está haciendo un buen trabajo.

—Ah, ahora lo recuerdo.

Se puso la mano en el corazón acelerado y volvió a apoyar la cabeza en la almohada. Sí, el doctor Moreland había venido a petición de Rand, y eso la alegraba esa mañana. Podía descansar, quedarse un rato más en la cama y luego levantarse a ayudar al doctor en lo que necesitara. Pero ¿por qué estaba ahí Betty?

—No deberías reanudar tus trabajos tan pronto después de... después de la muerte de...

—Sé lo que quiere decir, excelencia —contestó Betty—, pero no soporto estar sentada pensando. —Miró hacia el espacio, se dio una sacudida y se dirigió al lavabo a coger el jarro de loza—. Tengo que trabajar.

—Seguro que podrías dejarlo todo, aparte de las cosas más importantes —protestó Sylvan.

—No hay nada más importante que la salud de la nueva duquesa. Son las diez de la mañana y el coche la estará esperando dentro de una hora. —Llenando de agua la jofaina, se la pasó a Bernadette junto con un paño y una toalla—. Aquí está el agua. Será mejor que se lave la cara y se quite esas telarañas de los ojos. Ha dormido más de doce horas.

Sylvan se sujetó la sábana sobre los pechos mientras Bernadette le pasaba una camisola limpia; después se metió debajo de las mantas y se la puso. Bajando las mantas, preguntó:

—¿Vamos a salir?

—Usted —convino Betty.

Se le curvaron los labios intentando imaginar los planes de Rand. ¿Irían a dar un paseo por los campos? ¿Irían a visitar Londres? ¿Irían, no se atrevía a pensarlo, al extranjero, donde podrían pasar el tiempo disfrutando de la mutua compañía, visitando ruinas antiguas, recitando poemas a la luz de la luna llena?

Entonces miró hacia Betty y vio que esta se estaba retorciendo las manos debajo del delantal y tenía rojos los bordes de los párpados, y comprendió lo inapropiados que eran esos sueños suyos. El hermano de Rand acababa de morir, un asesino andaba suelto, y todos estaban en peligro.

Pero ella y Rand estaban casados y podrían curar el cáncer que amenazaba con matarlos a todos. Lo sabía. Juntos eran invencibles.

—¿Dónde está Rand?

Betty y Bernadette se miraron, y Bernadette masculló algo le pareció que era «Escondido».

Betty tosió y dijo:

—Su excelencia descubrió que tenía asuntos que atender en otra parte.

Esa frase le captó la atención: «Asuntos que atender en otra parte». Su padre decía eso con frecuencia, en especial cuando ella lo había disgustado.

Pero Rand no podía saber el significado que tenía esa frase para ella, y, en todo caso, ella no lo había disgustado. ¿O sí?

Poniendo buen cuidado en parecer despreocupada, cogió el paño mojado que le ofrecía Bernadette, y se lavó la cara.

—¿Adónde vamos a ir tan temprano?

Betty juntó las manos y sonrió plácidamente:

—Su excelencia pensó que a usted le gustaría ir a visitar a sus padres para informarlos personalmente de su matrimonio.

Sylvan se levantó de un salto, tan rápido que la jofaina salió volando y Bernadette recibió un inesperado bautismo.

—¿Qué?

—Visitar a sus padres y... —Desapareció la placidez de Betty—. ¿Señorita Sylvan? ¿Se siente mal?

—¡¿Sola?! —gritó Sylvan, de pie sobre la cama.

—Esa era su...

—¿Dónde está Rand?

—Esto... eh...

Sylvan había visto culpabilidad en la cara de las criadas, y la reconoció en la cara de Betty. Caminando furiosa por la cama, hundiendo los pies a cada paso, preguntó pronunciando muy bien y lentamente:

—¿Dónde... está... su excelencia? ¿Dónde... está... mi marido?

Betty se rindió sin protestar.

—Está en la fábrica, inspeccionando la destrucción causada por la explosión.

Sylvan saltó al suelo y cayó con tanta fuerza que le dolieron los tobillos.

—Vestidme. Iré allí.


Tres paredes habían quedado en gran parte intactas, observó Rand. Algunas máquinas habían resistido la explosión; otras habían resistido el desmoronamiento del techo. Si la explosión no hubiera destrozado la pared que aguantaba las vigas principales, los daños habrían sido considerablemente menores.

Pero ¿qué se podía salvar de esos destrozos? De pie, en el centro de la planta, miró hacia el cielo. Garth habría sabido la respuesta. Él, no. No sabía de industria manufacturera lo suficiente para tomar las decisiones correctas; no sabía qué causó la explosión, y no sabía cómo podía curar los males de la propiedad.

Su hermano había muerto y con él todos sus sueños y planes. Él era el duque ahora; era el responsable de la gente de la propiedad, de la fortuna de la familia y de, lo más precario, la seguridad de su esposa.

Sorteando los montones de escombros, salió a la luz del sol y emitió un gemido.

El coche venía bajando la colina a toda velocidad, y sabía qué significaba eso. Betty y Bernadette habían aceptado intentar que Sylvan se marchara sin verlo a él. Al parecer no creían que fuera capaz de imponer su voluntad a su flamante esposa, sin ofenderla. Era evidente que habían fracasado y ella había intimidado a Jasper, obligándolo a traerla ahí.

Deseó haber hecho lo que había pensado al principio: hablar con ella y explicarle el motivo; seguro que lo habría entendido.

Volvió a gemir cuando se abrió la puerta del coche y ella bajó, con el quitasol delante, como si fuera una espada.

Casi se le paró el corazón cuando ella echó a andar hacia él, el pelo castaño de punta agitado por el viento, sus grandes ojos entrecerrados como si quisieran rebanarlo en trocitos. En su piel blanca destacaban manchas rojas en los pómulos y la punta de la nariz, y el color le subía por el cuello desde el escote del vestido.

Todo indicaba que iba a ser una riña violenta, no un enfrentamiento decoroso entre marido y mujer. Volvió a mirarla: entre un hombre y su esposa furiosa.

Tenía que tomar el mando inmediatamente porque si no, no tendría dominio ni sobre ella, porque era evidente que estaba dispuesta a destruirlo, ni sobre sí mismo, porque veía su pasión y deseaba tenerla cerca. Cuando ella estuvo lo bastante cerca para poderlo oír, aunque no lo suficiente para golpearlo con el quitasol, le dijo:

—Sylvan, ¿has venido a ver la destrucción?

—Sí.

Continuó caminando hacia él, con la mirada fija en la parte vulnerable de su cuerpo.

Él se apartó y se giró.

—No había estado en la fábrica desde el día de la explosión, y tenía la esperanza de que mi imaginación hubiera creado más caos del que hay en realidad. —Hizo un gesto hacia el edificio—. Evidentemente, no es así.

Sylvan miró hacia las ruinas, se detuvo y continuó mirando con consternada fascinación.

—Es horroroso, ¿verdad?

Guardando la distancia, él la rodeó por un lado y se situó detrás.

—Me gustaría saber a qué extremos está dispuesto a llegar el asesino para destruir a la familia Malkin.

Ella volvió la atención hacia él.

—No sabes el motivo de esto.

—No. Quizás está intentando exterminar a nuestra familia; podría ser que nuestra prosperidad sea lo que desea destruir. En cualquier caso, que Dios ampare a cualquiera que se interponga en su camino.

—Eso es una tontería —dijo ella rotundamente—. ¿Qué motivos podría tener alguien para tanta maldad?

—Bueno, está James. Es un joven frustrado, furioso, que está en contra de la fábrica y ahora es el próximo en la línea de sucesión del ducado. Está la tía Adela, mujer ambiciosa que podría hacer cualquier cosa para favorecer el ascenso de su hijo.

Ella se enrojeció aún más al darse cuenta de que él le arrojaba a la cara la lista de sospechosos de ella.

—Está el párroco Donald —continuó él—, que está muy consagrado a transmitir la palabra del Señor, pero no su significado, creo. Y está Jasper, que...

—Vamos, calla.

Aprovechando la oportunidad, él se le acercó lo bastante para tocarla, y al no ver ninguna reacción agresiva, le cogió los hombros y la giró hacia él.

—Sylvan, no sé por qué alguien nos va detrás. Tal vez en alguna ocasión uno de nosotros se creó un enemigo personal; tal vez alguien envidia nuestra riqueza o nuestra influencia. Tal vez, tal vez, no lo sé. Pero sin duda comprendes que estarías más segura...

—¿Más segura? —Lo miró con los ojos entrecerrados.

—Más segura en la casa de tu padre.

Ella le apartó las manos de sus hombros de dos manotazos.

—¡No me importa mi seguridad! —Caminando hacia la fábrica, dio una patada a uno de los bloques cuadrados que habían formado la pared; tropezó y casi se cayó, por el dolor. Entonces, aparentando que eso no había ocurrido, continuó—: Soy una mujer independiente. He cuidado de mí años y años. Que tú intentes protegerme es un insulto.

—Un insulto.

Alguien se sintió insultado por eso mismo, y creyó recordar que había sido él.

—¿Cómo se te ha podido ocurrir enviarme lejos? —Comenzó a pasearse delante de las ruinas, que formaban un telón de fondo para su belleza—. No tienes ningún motivo para pensar que alguien podría hacerme daño.

—No. —Ya empezaba a hervir de furia, a fuego suave y parejo, pero la contuvo y sondeó—: ¿Hay algún motivo para creer que alguien podría hacerte daño?

Ella volvió a tropezar, pero no porque hubiera golpeado algo con el pie sino por la culpabilidad.

—No, no —dijo—, no hay ningún motivo.

Eso lo dijo sin mirarlo, y a él se le desbordó la furia contenida. Le mentía. Había pensado hablarle del hombre fantasma que intentó golpearla, pero no se había imaginado que ella trataría de engañarlo. Y si le mentía en ese momento, ¿qué podría hacer en el caso de que se produjera un ataque en el futuro? ¿Podría incluso estar ocultando la verdad de otros ataques?

—Condenación —estalló—. No puedo fiarme de ti.

Ella se giró, con un revuelo de faldas.

—¿Qué quieres decir?

Tenía la audacia de mirarlo indignada, pero eso lo alegró. Sabía por qué lo hacía: deseaba quedarse. Pero su engaño le hacía más fácil el cumplimiento de su deber.

—La sangre se revela —dijo—. Sólo una hija de comerciante armaría una escena por esto.

Ella se quedó inmóvil.

—¿Escena por qué? —preguntó, con una vocecita débil.

—¿No es obvio?

Ella retrocedió. Él no había dicho nada; sólo le hizo esa simple pregunta, en el tono más malhumorado posible, y ella le dio su interpretación.

El quitasol cayó al suelo.

—¿Me vas a enviar lejos porque te avergüenzas de mí?

Ella podía negarlo rotundamente, pensó él, podía desafiar los preceptos de la sociedad para ocultarlo, pero la preocupaba ser hija de un industrial. Y a él lo preocupaba que a ella la mataran.

—Dime una cosa —dijo—. ¿Crees que mi tía Adela habría aprobado mi matrimonio con una mujer de tan mala reputación si hubiera sabido que yo me iba a recuperar?

Todo el color le abandonó la cara a ella, dejándola pálida de angustia.

Él dio un paso hacia ella, pero se detuvo al recordar su misión. Sabía muy bien representar el papel de duque altanero, así que insistió:

—¿Crees que la tía Adela habría aprobado mi matrimonio con la hija de un industrial si hubiera sabido que yo estaba destinado a ser el duque de Clairmont?

Era una pregunta estúpida. Ninguna otra persona en el mundo tenía una opinión tan elevada del prestigio del duque de Clairmont; sin duda la tía Adela había calculado el efecto en la categoría de la familia de la entrada de Sylvan en ella y había juzgado insignificante ese efecto.

—¿La tía Adela no me desea en la familia? —preguntó ella, con las manos juntas apretadas a la cintura—. ¿Lady Emmie y James me desprecian?

—¿Qué te parece a ti?

Soplaba el viento y cantaba una alondra, pero por encima de esos sonidos él oía la rasposa respiración de ella.

—Nunca ha habido una anulación de un matrimonio en la familia —dijo en voz baja.

—¡No! —gritó ella, como si la hubieran apuñalado—. Eres un... canalla. Eres... —Cerró las manos en sendos puños y se estremeció como un cañón a punto de disparar—. Si me despreciabas tanto, ¿por qué tuviste que hacerme feliz? ¿Por qué me diste aliento, me hiciste creer que me admirabas, y actuaste como si yo te gustara? Podrías haberme enviado lejos antes de convertirme en lo que el mundo piensa de mí, una estúpida, una disipada, una incompetente, una... mujer estúpida. —Se agachó a recoger un terrón de tierra, se lo arrojó y el terrón se deshizo al golpear su pecho—. No tenías que haberte hecho el simpático para mí. No tenías que...

Horrizado, él vio que le corrían lágrimas por las mejillas. Ella se las limpió, desafiante, dejándose huellas de barro, se agachó a arrancar matas de hierba con raíz y tierra, y se las fue arrojando, una a una, golpeándole la cara, el pelo, el abdomen. Él no hizo nada para defenderse. ¿Cómo podría hacerlo? Si ese desahogo la hacía sentirse mejor, que así fuera. Ella sollozaba fuerte mientras arrojaba las matas de hierba, sonidos feos que sin duda le desgarraban la garganta y las entrañas.

A él se las desgarraban.

Justo cuando ya no pudo soportarlo y estaba a punto de acercársele para cogerla en sus brazos y asegurarle que ella significaba el mundo para él, ella paró y lo miró.

Ya no era el regalo de un hombre elfo, sino una mujer humana herida sin remedio.

—Sylvan —le dijo, tendiéndole las manos abiertas.

—Procede a pedir la anulación, entonces. Lo de anoche no significó nada para ti. No significó nada para mí tampoco. Simplemente nunca, nunca, jamás, vuelvas a acercarte a mí.

Escupió a sus pies y corrió hasta el coche, y Jasper lo puso en marcha, llevándosela de su vida.

# Capítulo 15

*R*and miró sorprendido a su anfitrión, sir Ogden Miles, el padre de Sylvan. La situación era peor de lo que había sugerido James.

—¿Sylvan no quiso hablar de nuestro matrimonio?

Sir Miles apretó los hombros al respaldo alto y liso de su sillón y pasó las palmas por los brazos de madera sin tapizar.

—Peor aún. Cuando se lo pregunté, lo negó todo.

Rand sintió oprimido el corazón.

—¿Negó nuestro matrimonio? ¿Y usted le creyó?

—En absoluto. —El hombre no se parecía en nada a Sylvan; alto y delgado, de ojos castaño claro y una tupida mata de pelo blanco, tenía un porte digno que contradecía su astucia—. Pero mi hija siempre ha sido desafiante y no he logrado imponerle mi voluntad paterna desde que tenía nueve años.

—¿No le dijo nada de los incidentes que ocurrieron en Clairmont Court hace dos meses?

—Se negó.

—¿Por qué? —preguntó Rand a quemarropa.

—Yo iba a hacerle la misma pregunta a usted —contestó sir Miles.

Lo había recibido en su suntuosa casa con todas las manifestaciones de refinamiento, haciéndolo pasar a una sala de estar decorada a la última moda, y no tardaron en aparecer unos criados con una bandeja con el té y un generoso plato de pasteles, sin duda para reanimar al cansado viajero. Le había expresado sus condolencias por la muerte de su hermano, pero no tocó el tema más delicado y simplemente esperó a que él se hubiera quitado las migas del regazo para pedirle una explicación sobre el matrimonio y lo ocurrido después.

Sir Miles sabía lo de la boda porque la familia Malkin se la notificó, pero no sabía nada más. Al parecer, el recelo de Sylvan le prohibía hablar del asunto del matrimonio, aunque por qué ese hombre le inspiraba tanta prudencia a su hija era algo que no lograba entender.

Se frotó los ojos, cansinamente.

—No la entiendo en absoluto.

—Eso está en consonancia con la confusión que he experimentado yo desde el día que nació.

—De verdad es toda una mujer —rió, esperando compartir un momento de comunión con su suegro.

Pero sir Miles se puso rígido, nada divertido.

—¿Puede su padre preguntar que causó esta separación?

Rand se echó hacia atrás, apoyándose en el respaldo de su sillón y se miró las puntas de sus brillantes botas negras.

—Yo la envié aquí.

—¿Por qué?

—Le aseguro que fue por su seguridad. —Vio que sir Miles expresaba sus dudas con un solo movimiento de una ceja, y pensó si siempre sería tan escéptico o sólo lo era con Sylvan y todo lo referente a ella—. ¿Dónde está?

—Creo que ha ido a pasar unos días con una de sus amigas. —Observó el efecto de estas palabras en él y añadió, innecesariamente—: Una amiga. Lady Katherine Renfrew la invitó a su casa de campo a pasar una semana de frivolidad.

—¿Lady Katherine la Alocada?

—Ah, la conoce.

Sí que la conocía, y desaprobaba absolutamente que Sylvan se relacionara con una mujer como esa. Eso también calzaba con la advertencia que le envió James. Después de la muerte de Garth, James se había marchado a Londres, no para espiar a Sylvan, sino para hacer lo que deseaba: hablar de política, ir al Parlamento y ejercitarse en ser el hombre importante que ansiaba ser. Había hecho todo eso, pero también había oído rumores acerca de Sylvan y se los comunicó. Aunque él no creyó esos rumores, aprovechó la oportunidad para venir a Londres y reunirse con su esposa.

Al parecer sir Miles tenía más discernimiento sel que él querría atribuirle.

—Hablé con Sylvan cuando se marchó, expresándole mi disgusto por sus rarezas. Desde que volvió de Clairmont Court ha vivido en un estado de actividad frenética. —Estiró los dedos y se los miró atentamente—. Antes no entendía por qué.

—¿Quiere decir que ahora entiende por qué?

Sir Miles bajó la cabeza.

—No, en absoluto. Mi hija y yo nunca hemos llegado a un acuerdo en nada a excepción de una sola cosa.

—¿Cuál?

—Yo hago dinero, y ella lo gasta. —Tiró del cordón que colgaba junto a su codo—. Creo que podría convenirnos interrogar a mi esposa. Es posible que Sylvan se haya confiado a ella, aunque me cuesta creer que lady Miles fuera tan imprudente como para ocultarme la verdad. —Al lacayo que apareció le ordenó que llamara a lady Miles y volvió su atención a Rand—. Permítame que le felicite por la recuperación de su desafortunada parálisis. ¿Hay alguna... posibilidad de que le vuelva?

La delicada pausa hizo comprender a Rand que sir Miles podría exigir de su yerno algo más que un título y una fortuna. Él se sentía mal, un fracaso, por haberse permitido la debilidad de la parálisis, pero entrecerró los ojos y miró de arriba abajo la delgada figura del industrial, y dijo fríamente:

—No lo creo.

Sir Miles asintió y lo miró de la misma manera. Rand comprendió que a ese hombre no le era desconocida la intimidación ni la manera de infligirla. Seguro que había estado sentado ante muchos señores refinados y escuchado cómo le pedían dinero prestado, e incluso alargado el plazo del pago de un préstamo ya dado.

Sir Miles se había hecho rico debido a que sabía reconocer las oportunidades, y barón debido a su discreción en la usura.

Tal vez veía la causa de la rebelión de Sylvan contra su padre, pero ¿por qué se rebelaba en contra de él? Sin duda habría llegado a comprender sus motivos para enviarla lejos tan bruscamente. Cualquier mujer tan valiente e inteligente como Sylvan lo entendería una vez que se le hubiera pasado la angustia inicial.

Se abrió la puerta detrás de él y sir Miles dijo:

—Entra, lady Miles, a conocer a Randolf Malkin, el duque de Clairmont.

Rand se puso de pie. Girándose a mirarla, le hizo una venia y descubrió que el mismo hombre elfo que había armado a Sylvan había armado también a su madre. Lady Miles era, tal vez, el modelo original como también, tal vez, la más hermosa de las dos, pero era probable que el sol no hubiera tocado su piel blanca en treinta años, y sus hermosos ojos verdes parecían asustados. Le produjo inquietud pensar que vería a la versión de Sylvan a esa edad encogerse de miedo ante él como si estuviera ante una bestia.

—Rand Malkin, para servirla —dijo, esbozando su sonrisa encantadora garantizada.

Pero no le dio resultado; toda la atención de lady Miles estaba concentrada en su marido.

—Parece ser que Sylvan no nos ha dicho la verdad sobre su matrimonio —dijo sir Miles—. Parece que ha conquistado un buen título antiguo.

Lady Miles frunció el ceño, como pidiendo disculpas por no entender.

—¿Conquistado un título antiguo? ¿Qué quieres decir?

Rand le cogió la mano y la llevó hasta el sofá.

—Quiere decir que soy su flamante yerno.

Lady Miles lo miró perpleja.

—Pero eso es imposible. Para ser mi yerno tendría que haberse..

—Casado con nuestra hija —entonó sir Miles.

Lady Miles se sentó, susurrando:

—Oh, no.

¿Qué le habría dicho Sylvan a su madre?, pensó Rand.

—Me gustaría saber por qué lo negó —dijo sir Miles.

Retorciendo la orilla del chal que le cubría los hombros, lady Miles dijo:

—No logro ni empezar a imaginármelo.

—¿O solamente se negó a decirme la verdad a mí?

Lady Miles ladeó la cabeza y miró a su marido un largo rato y luego un temblor la sacudió desde los dedos de los pies hasta su muy bien arreglado moño.

—A mí no me lo dijo.

—¿No?

—No me lo dijo. —Volvió a estremecérsele el moño y se le soltaron algunas guedejas—. No me lo dijo. Yo no lo sabía.

Rand no lo pudo soportar e interrumpió para tranquilizarla a ella y distraerlo a él:

—Creo que sin riesgo a equivocarnos podemos creer que usted no lo sabía. Pero he traído el contrato de matrimonio para que lo examine, sir Miles. Lo redactamos con mucha prisa, pero espero que sea favorable a sus ojos.

Sacando el contrato de su maletín de viaje, se lo pasó a sir Miles. Este estuvo un momento mirando las páginas y luego las cogió con sus largos dedos ahusados.

—¿Lo redactaron con mucha prisa, dice? —preguntó, perforándolo con los ojos—. ¿Por qué esa prisa, si se puede saber?

Rand habría gemido. Lógicamente, sir Miles querría saber los motivos de ese matrimonio apresurado. A los ojos de la familia Malkin, la pasión de ellos en la pradera era vergonzosa, pero no fea ni lasciva. Pero a los ojos de sir Miles...

Mirándolo a los ojos, dijo:

—Cuando por fin convencí a Sylvan de que se casara conmigo, no podía permitir que una formalidad sin importancia retrasara nuestras nupcias.

Sir Miles dejó el contrato en la mesilla lateral, diciendo:

—No necesito mirar estas cláusulas. No me cabe duda de que son bastante adecuadas, tomando en cuenta el estado de la mercancía que compró. Sólo puedo agradecer que haya estado dispuesto a pagar el precio.

Rand se levantó de un salto con los puños apretados.

—Es usted un despreciable...

Un suave sonido de angustia a su lado lo interrumpió. Lady Miles se estaba retorciendo las manos, y sus ojos reflejaban angustiada desesperación.

Tenía opciones, pensó Rand. Si obedecía a su impulso de enterrar el puño en la delgada cara de sir Miles hasta borrarle la expresión imperturbable, se sentiría gratificado, pero lady Miles sufriría. Esa era una opción que Sylvan tenía que haber enfrentado muchas veces en su vida, y la había marcado.

¿Y sir Miles? Continuaba sentado muy tranquilo, observándolo como si fuera una mariposa atrapada bajo un cristal. Lo había pinchado, empujándolo a actuar, y lo estaba observando, interesado en los resultados.

Aflojó las manos y bajó lentamente los brazos.

—Me extrañaba que una joven soltera hubiera llegado a Bruselas como huésped de Hibbert. Ahora por fin comienzo a entenderlo.

La mirada de sir Miles se tornó glacial, y su cuerpo bien podría haber estado tallado en hielo.

—Como he dicho, Sylvan no ha reaccionado correctamente a mi orientación durante años.

—Usted manejaba el dinero y tenía la responsabilidad moral de su reputación.

—Cuando dejé de aflojar dinero, ella se fue con su amigo Hibbert, y en cuanto a mi responsabilidad, bueno, le di la mejor educación, las mejores ropas, los me... —Pareció caer en la cuenta de que se estaba disculpando y ladró—: Es usted un cachorro impertinente.

—Ah, creo que ya soy bastante mayor para que me llame cachorro —se mofó Rand, pero por dentro ardía de rabia.

En el clan Malkin, cuando una de las mujeres se descarriaba, todos los familiares gritaban y maldecían, pero todos seguían queriéndolo, seguía importándoles, y el hombre culpable asumía sus responsabilidades.

Sir Miles no quería a Sylvan, no le importaba nada; para él ella no era otra cosa que una figurita de porcelana que había comprado para tenerla en un estante, y a medida que se formaban finas grietas en su exterior perfecto, iba bajando su valor.

No era de extrañar que Sylvan viviera escapando del estante.

Le pareció que, por lady Miles, debería quedarse a limar las asperezas en su relación con sus suegros, pero dudaba de su capacidad para dominar su genio, así que le hizo una venia a la lady, sonriéndole, tratando de parecer un marido modélico para su rebelde hija.

—Entonces iré a la casa de campo de lady Katherine Renfrew a buscar a mi esposa. Muchísimas gracias por su ayuda.

Se encontró en lo alto de la escalinata de entrada de la mansión, con su sombrero y guantes en la mano, temblando de frustración, la misma frustración que lo había acompañado día tras día desde que enviara lejos a Sylvan.

Dos meses. No, más de dos meses, y en ese tiempo no había ocurrido absolutamente nada en la propiedad Clairmont. Ah, sí que había habido unos cuantos nacimientos, unas cuantas bodas e incluso una muerte, pero nada fuera de lo normal.

Tanto en Malkinhampsted como en Clairmont Court todos habían esperado en suspenso la próxima visita del falso fantasma, pero no se había materializado nada adverso. El fantasma había desaparecido.

Él lo había esperado, deseando que apareciera. Intentaba imaginarse todas las motivaciones que pudiera tener el hombre para golpear a las mujeres, atacar a Sylvan y producir la explosión de la fábrica. Se negaba a creer en la culpabilidad de los sospechosos sugeridos por Sylvan, pero al mismo tiempo guardaba silencio y no consultaba ni a James ni a Jasper. Se encargaba de que las mujeres estuvieran vigiladas en todo momento y con frecuencia salía por la noche a ejercitar las piernas para normalizar su funcionamiento. Bien que podía estar en pie por las noches, razonaba; en todo caso, no podía dormir sin Sylvan en su cama.

Sin embargo, todas sus precauciones para estar preparado fueron inútiles. El fantasma había desaparecido.

Claro que las mujeres de la aldea no salían solas por la noche. Habiendo desaparecido la fábrica, se quedaban en casa, preparando las comidas, cuidando de sus hijos, y preocupándose por los cultivos en que trabajaban sus maridos.

No habían sido dos meses agradables para él ni para su gente.

Finalmente, la inactividad lo convenció de venir a Londres para llevar de vuelta a casa a su esposa. Sabía que Sylvan se resistiría. Tenía guardada sin lavar la camisa a la que ella le arrojó la tierra; le recordaba que no debía esperar mucho de ella en lo que a conducta civilizada se refiere. Sin embargo, todo su ser ardía cuando recordaba la noche que pasaron juntos, y sabía que los sentimientos entre ellos eran cualquier cosa menos civilizados. Esa noche pensaba consagrarse a ella y a su matrimonio.

El coche se detuvo ante él y el lacayo le abrió la portezuela.

—¿Excelencia? ¿Qué dirección le doy al cochero?

—Iremos a casa primero. La casa de ciudad. —Subió al atiborrado coche—. Después iremos a visitar a lady Katherine Renfrew en su casa de campo en las afueras de Londres.

El lacayo lo miró desconcertado.

—Pero, excelencia, ¿a lady Katherine Renfrew?

—Exactamente. Puede que lady Katherine sea vulgar, pero al menos sé que recibirá bien la visita del duque de Clairmont, y no pondrá objeciones cuando rapte a una de sus huéspedes. —Agitó la mano, imperioso—. En marcha.


—Eres la mujer más vulgar del país —dijo Sylvan.

Estaba furiosa mirando lo ridícula que estaba lady Katherine Renfrew con el pelo arreglado en rizos pequeños, el maquillaje de payaso y un vestido tan escotado que le asomaban los pezones cada vez que se inclinaba, y durante su baile encontraba muchas ocasiones para inclinarse. Serviría ella el vino si creyera que eso le daba más oportunidades de exhibir sus atributos.

—Puede que sea la mujer más vulgar del país —replicó lady Katherine en un arranque de furia—, pero al menos no voy por ahí toda remilgada como una monja de clausura que nunca ha tenido a un hombre.

Sylvan abrió la boca, la cerró y se ruborizó.

Había tenido a un hombre, que la encontró tan defectuosa que la envió lejos al día siguiente.

—Bien que puedes ruborizarte —continuó lady Katherine, sonriéndole a uno de sus huéspedes por encima del hombro de Sylvan, y agitando la mano—. Con tu mala reputación, cariño, deberías agradecer que te vayan detrás hombres como lord Hawthorne y sir Sagan.

—No me van detrás. Sólo son unos jóvenes amables.

—Por no decir lord Holyfeld —añadió lady Katherine como si no hubiera oído su protesta.

Sylvan se estremeció.

—Es una babosa.

—Es conde.

—Pues quédatelo tú.

—No me desea a mí, cariño. Te desea a ti, y creo que debo insistir en que seas amable con él. —Se pasó las largas uñas por el borde del escote—. Después de todo eres mi huésped.

Diciendo eso lady Katherine se alejó y Sylvan cerró la cortina del esconce en que se había escondido, mascullando:

—No por mucho tiempo.

Cuando lady Katherine la invitó a pasar unos días de fiesta en su casa, aceptó sin ningún interés. No le importaba adónde iba ni qué hacía. Durante dos meses había estado empeñada en demostrar que su reputación era la que afirmaban los chismes. Bailaba valses cuando no debía, se reía fuerte, ofendía a las señoras mayores y coqueteaba con los hombres. ¿Por qué no? Al fin y al cabo, le había demostrado que no era una puta al único hombre que le importaba y él de todos modos la trató como si lo fuera.

Pero Rand no era el único hombre que le importaba, se dijo; Rand no significaba nada para ella. Pero no le gustaba que los hombres le dirigieran miradas lascivas ni le gustaba que su anfitriona la instara a darle aliento a lord Holyfeld. Fue muy desagradable la escena cuando descubrió que él no era capaz de tener las manos quietas sin manosearla.

Iría a llamar a sus criados y se marcharía de esa casa. No deseaba volver a la casa de su padre; uno de sus motivos para aceptar la invitación de lady Katherine fue que esta encajaba en todo lo que sir Miles desaprobaba. Si volvía ahí a medianoche, su tácito «te lo dije» resonaría en los fríos corredores. De todos modos, encontraba menos arriesgado enfrentar a los bandoleros que abundaban en el camino a Londres que continuar en esa casa en la que nobles de segunda clase bailaban, bebían y entraban y salían sigilosos de dormitorios que no eran los de ellos.

Habiendo tomado esa firme decisión, abrió la cortina y salió al salón de baile. Paseó una despectiva mirada por la concurrencia; aparentemente los asistentes no diferían de la flor y nata de la alta sociedad cuando la temporada de Londres estaba en su apogeo, a no ser que mirara más detenidamente. Entonces veía la tonta afectación de los hombres, sus chaquetas de colores chillones y los cuellos de las camisas demasiado altos. Y, también, los tobillos de las damas cuando movían los pies en una majestuosa contradanza. Y en ese momento vio a Rand, en la puerta del salón, conversando con lady Katherine.

Rand, ese granuja difamador.

Volvió a meterse en el esconce, se apretó contra la pared y se llevó la mano al cuello. ¿Qué hacía él ahí? ¿Había decidido rebajarse a visitar a lady Katherine con la esperanza de encontrar una amiguita?

Pensativa, pensó en la posibilidad de arrancarle el corazón.

No en vano era hija de su padre. Sería capaz de encontrar una manera de hacerle daño.

¿Había venido en busca de ella?

Sintió correr la sangre por sus venas con la fuerza de una tempestad en el mar.

Era estúpido pensar que Rand la hubiera seguido hasta ahí. Había sido muy capaz de no ir a buscarla cuando estaba en la casa de su padre. Y era estúpido también esconderse de él. Irguió la cabeza, aun cuando nadie la estaba viendo. Si había venido a buscarla, sólo podía deberse a un motivo, uno solo: engatusarla para obtener la anulación que deseaba.

Anulación. Cerró los ojos para contener el sufrimiento. Anulación. Él quería simular que esa noche no ocurrió jamás; deseaba simular que no le había quitado la virginidad ni dado un placer tan intenso que todavía soñaba con él. Cuando le dijo esa palabra el día en que la envió a la casa de su padre, deseó matarlo, arrancarle los ojos y todo el pelo de la cabeza. Le escupió a los pies. Le escupió a él, y ojalá hubiera hecho algo peor.

No, en realidad no deseaba volver a ver a Rand. Era mejor que sus abogados se ocuparan de los detalles legales. Cautelosa, abrió la cortina para escapar, y se encontró cara a cara con lady Katherine.

—Aquí está, excelencia —ronroneó lady Katherine, como una leona a punto de destrozar a su presa—. Le dije que sabría encontrarla.

—Y lo ha hecho.

Rand avanzó y lady Katherine se hizo a un lado, con un movimiento tan rápido, tan rápido, en realidad, que Sylvan pensó si Rand no la habría apartado de un empujón.

¿Las esposas repudiadas tienen que ser corteses con sus indignos maridos? Al ver el interés con que observaba lady Katherine, supuso que sí. Sería mejor ser educada con Rand, para escapar rápido de esa situación, que dar pie a habladurías que no deseaba en absoluto.

—¿Qué haces aquí? —preguntó. Ah, eso era educado.

—He venido a buscarte.

Le sonrió como si creyera que ella se iba a arrojar en sus brazos. Si supiera el esfuerzo que estaba haciendo para resistir sus impulsos, los asesinos y los lujuriosos.

Lady Katherine se había instalado detrás de una inmensa planta en maceta y desde ahí los observaba con no disimulado interés; Sylvan comprendió que de ella dependía no dar pie a rumores de enemistad.

—¿Qué pasa, Rand? ¿Es que no has logrado encontrar a otra mujer que te escupa?

Eso no evitaría los rumores, pero las palabras le saltaron de la boca como ranas de una hoja de nenúfar.

Él no pareció ofendido.

—A ninguna que me interese —dijo.

Se veía bien. Un poco más delgado tal vez, y sus ojos parecían vigilantes, pero eso ella lo entendía. Había estado intentando coger al asesino de su hermano, así que, claro, tenía que estar siempre vigilante.

Su voz sonaba agradable también, como la voz que siempre oía en sus nuevos sueños, los sueños que habían reemplazado a las pesadillas y le venían con frecuencia para aliviarle la frustración; los sueños que siempre acababan en... bueno, mejor no pensar en eso en ese momento. Rand podría captarle la expresión y comprender que...

Rand le pasó un brazo por la cintura y la atrajo hacia sí.

—Había resuelto cortejarte de manera decente, pero cuando me miras así, lo único que logro recordar es esa noche, la cama y el masaje que llevó a...

Lo interrumpió un sonido ahogado, y Sylvan llegó a creer que se le había escapado a ella, pero no, era de lady Katherine, que seguía ahí asomada escuchando y, en ese momento, parecía sorprendida y fascinada por ese conocimiento imprevisto.

—¿Por qué no se larga de ahí? —le dijo Rand, en tono mordaz.

Lady Katherine se alejó, debatiéndose entre la exaltación por haber oído un jugoso chisme y la desesperación por tener que alejarse.

—Ahora bien —dijo él, rodeándola con los dos brazos, apretándola al calor de su cuerpo—. Estábamos hablando de nuestro deseo mutuo.

—No. —Se desprendió de sus brazos y acto seguido le enterró el puño en el vientre; mientras él se doblaba cogiéndoselo con las manos, ladró—: Estábamos hablando de lo repelente que eres para mí.

Él la miró sorprendido y con una admiración que la desconcertó. Le llevó un momento recuperar el aliento, pero no la agudeza.

—Si te soy repelente, vámonos de aquí y demuéstramelo.

Era un gusano viscoso, pero su infundada seguridad la hizo reír.

—Ah, no. Muy ingenioso, excelencia, pero no me vas a atrapar así. Me quedo aquí.

Él la miró frotándose el mentón.

—Tienes algo distinto. Llevas el pelo más largo. Me gusta así, pero también me gustaban esas tenues guedejas que juguetean con tu nuca.

Ella se puso la mano en el cuello.

—Me hace desear besártelo. —Le reordenó las guedejas que le enmarcaban la cara y ella le apartó la mano—. Yo habría pensado que este lugar te repugnaría.

—Pues no. Lady Katherine Renfrew es muy amiga mía y me caen bien todas las personas que invita a su casa. —Vio que él parecía dudar de su sinceridad, y más aún cuando ella sonrió con una animación de loca fanática—. En especial me caen bien los caballeros —añadió.

A él se le desvaneció la sonrisa y ella tuvo que refrenarse de gritar un viva.

—¿Qué caballeros?

—Están aquí lord Hawthorne y sir Sagan.

—¿Hawthorne y Sagan? —dijo Rand, aliviado—. Son hombres buenos. Luché con ellos en el Continente. No los he visto desde que hicimos huir a Nappy con el rabo entre las piernas.

—Han sido muy atentos conmigo.

—Lo que indica que son inteligentes.

Ella volvió a intentarlo:

—Me están cortejando, así que no tienes por qué preocuparte. Puedes obtener tu anulación y yo no quedaré en mala situación.

—Ah —dijo él, moviéndose incómodo; hizo un gesto hacia el asiento que quedaba bastante oculto en el esconce—. Tal vez deberíamos hablar.

—¿Hablar? —Agitó las pestañas en gesto de exagerado respeto—. ¿Sobre qué, excelencia?

—Sobre mis motivos para sugerir una anulación.

—A mí me pareció más una exigencia —dijo ella, acalorada; hizo una inspiración—: No tiene importancia.

—Tal vez para ti no, pero para mí sí. —Suavemente la llevó hasta el asiento y ella se sentó, pero rechazándolo con su postura—. Tienes la belleza de tu madre.

—¿Has estado en casa?

La mirada de él se agudizó.

—¿En la casa de tu padre? Por supuesto.

—¿Has estado fisgoneando a mis espaldas?

—Fui a buscarte. Deseaba explicarte por qué no deseaba una anulación. ¿Adónde iba a ir si no?

—Los viste.

A su padre, podrido de codicia y manipulaciones, y a su madre, siempre intentando ser conciliadora. Había ocultado esmeradamente las cicatrices de su crianza, pero si Rand había estado con ellos, sabía demasiado acerca de ella.

Se aterró. Rand había retirado su petición de anulación porque vio el punto muerto en que estaba su familia y se compadeció de ella. De todas las cosas que deseaba de él, la lástima era la última.

—De verdad no debes preocuparte por mí. —La compasión que vio en sus ojos la enfermó—. Un conde me está cortejando.

Rand adelantó el mentón en un ángulo peligroso.

—¿Quién es?

—Lord Holyfeld.

En los ojos de él relampagueó la furia.

—¿Holyfeld? —rugió—. Creo que no, «excelencia». ¿Por qué no le explicas a tu marido...?

—¿Perdón? —Lord Hawthorne asomó la cabeza en el esconce, agitando una tarjeta de baile—. Señorita Sylvan, creo que este es mi baile.

—Por supuesto —dijo Sylvan, y eludiendo la mano de Rand, cogió del brazo a Hawthorne—. Vamos.

Rand se levantó y los siguió, pero un brazo fuerte como el acero le cerró el paso, y sir Sagan se le situó delante.

—¿Estás molestando a nuestra Sylvan, excelencia? Porque tu reciente elevación de rango no tiene importancia. Si no le caes bien a la señorita Sylvan e insistes en molestarla, nos veremos obligados a retorcerte el cuello.

Rand hizo ademán de hacer a un lado a Sagan de un manotazo y sólo entonces cayó en la cuenta de que el brazo con el que le cerraba el paso era su único brazo. Su otra manga colgaba vacía, pulcramente doblada y prendida por el puño.

Sagan buscaba pelea; por el motivo que fuera, sus sentimientos por Sylvan eran fuertes. Miró hacia ella, que estaba haciendo las figuras de la cuadrilla, y trató de comprender qué ocurría. ¿Por qué ella no se arrojaba en sus brazos, le perdonaba sus duras palabras y se iba con él a buscar la cama más cercana? ¿No había comprendido nada en los meses que llevaban separados?

Miró a Sagan como si este tuviera la culpa. Él le sostuvo la mirada, desafiante.

Sylvan debería estar ahí, apaciguando esa ridícula situación, en lugar de estar haciendo cabriolas con Hawthorne. Actuaba igual como actuó cuando él la acusó de ser una seguidora del campamento del ejército.

Se pasó la mano por el mentón.

—Mmm. Actúa como si yo hubiera dicho algo imperdonable.

Sagan cerró el puño.

—¿Lo dijiste?

—Bueno, no lo dije en serio.

Sagan lo cogió por la corbata.

—¡Ella sabe que no lo dije en serio! —exclamó Rand—. Incluso sabe por qué lo dije.

—Las mujeres son criaturas tan raras —dijo Sagan, burlón, imitando su tono—. Las insultas y aunque en sus cabezas saben que sólo has sido un imbécil irracional, engreído, animal, malcriado, de todos modos necesitan creer en sus corazones que tienen tu estima.

—¡Sylvan tiene mi estima!

—Parecería que no lo cree en su corazón, viejo. —Sacudiéndolo un poco, le ordenó—: No te entrometas mientras ella no haya expresado lo que siente.

Lo soltó y retrocedió, dejando a Rand pensativo y agitado. ¿Sylvan seguía herida por la pelea que tuvieron el día que se marchó? Él había supuesto que cuanto más tiempo estuviera lejos de Clairmont Court más comprendería la sabiduría de lo que hizo él. En lugar de eso, parecía creer que él era un imbécil irracional, engreído, animal, malcriado, como lo había llamado Sagan.

Observó nuevamente a Sagan, al tiempo que se arreglaba la corbata. Ese era el acompañante de Sylvan, su defensor a la antigua. Con la llaneza de un soldado, dijo:

—No sabía lo de tu brazo, Sagan. ¿Waterloo?

Sagan lo observó también, y cuando se convenció de que él no pensaba hacer nada, contestó:

—Un trozo de bala de cañón. —Se encogió de hombros, restando importancia a lo que sin duda fue una experiencia terrible.

—Mala suerte —dijo Rand.

A Sagan no le gustaría más conmiseración, así que volvió a mirar hacia la pista de baile.

—Podría haber sido peor —dijo él.

Cauteloso se hizo a un lado, dejando de bloquearle el camino. Puesto que Rand no se movió, miró también buscando con la vista el objeto de su interés.

—Hawthorne ya no es tan buen bailarín —comentó Rand.

—No puede doblar la pierna.

Rand comenzó a ver una pauta.

—¿Waterloo?

—Afortunado disparo de un francotirador.

—¿Conociste a Sylvan en Waterloo?

No era una suposición sino más bien una certeza.

—«Señorita» Sylvan —corrigió Sagan amablemente—. Y sí, la conocimos ahí. Ella me encontró en el campo de batalla, ahuyentó a unos saqueadores franceses que estaban a punto de matarme, y llevó al doctor a verme. Me sostuvo cuando me amputaron el brazo también. —Sonrió de oreja a oreja—. Eso casi lo hizo indoloro.

Rand reprimió un estremecimiento al recordar la valentía de Sylvan durante otra amputación. No fue indolora. Jamás podría ser indolora, y Sagan ocultaba un mundo de sufrimiento tras su alegre sonrisa.

—¿Sylvan atendió a Hawthorne también?

—La fiebre casi lo mató. Y podría haberlo matado, pero la señorita Sylvan no paraba de lavarlo con agua fría. Se quedó con él toda la noche, según dice. Recuerda su hermosa cara inclinada sobre la suya, diciéndole que no podía morirse. Dice que es un ángel.

—Lo fue para mí también.

Sagan lo miró atentamente de la cabeza a los pies y, claro, no le encontró nada defectuoso.

—¿Herido en Waterloo? —preguntó, incrédulo.

—No podía caminar. Sylvan consiguió que me pusiera de pie y caminara.

Nuevamente la mano de Sagan le agarró la corbata.

—«Señorita» Sylvan.

—Su excelencia —replicó Rand.

Desconcertado, Sagan aflojó la mano.

—¿Perdón?

—Antes que Sylvan consiguiera ponerme de pie, me casé con ella. —Sonrió al ver su asombro—. Es mi duquesa, viejo, así que, ¿crees que podrías soltarme?

—Mis disculpas —dijo Sagan, dándole unas palmaditas en la arrugada corbata—. No lo puedo creer. Ella jamás ha dado a entender...

—Está enfadada conmigo, y con razón. Pero he venido a buscarla para llevarla a casa, si ella me acepta.

Sagan ya se estaba recuperando de su asombro.

—La hemos estado protegiendo. No le da la más mínima importancia a su reputación. Se junta con malas compañías. —Movió la mano en gesto de barrido, abarcando el salón—. Bueno, ya lo ves. —Lo miró acusador—: ¿Dónde has estado?

—Hubo una explosión en Clairmont Court. ¿Has sabido de eso?

—Tu hermano murió en un feo accidente, creo. Lo siento muchísimo.

Rand asintió.

—Gracias. Ha sido duro para mi madre. Duro para todos. La peor parte es... —Detestaba explicar sus asuntos, pero necesitaba la ayuda de Sagan, y este tenía fama de ser discreto—. ¿Sabes guardar un secreto?

—Desde luego.

—La muerte de mi hermano no fue un accidente. Teníamos a un loco suelto en la propiedad. —El vals estaba llegando a su fin, así que terminó rápido—: Pretendía matar a Sylvan también, el muy cabrón.

—El cabrón —repitió Sagan, en tono de extrañeza—. ¿Lo habéis cogido?

—Desapareció. No ha habido más problemas. Necesito a mi esposa en casa.

—Será mejor que te la lleves, entonces —dijo Sagan, con un rictus adusto en los labios—. Holyfeld le ha echado el ojo. Está necesitado de fondos, y cree que los obtendrá si se casa.

Cuando Rand echó a caminar hacia ella, vio que Sylvan estaba conversando con Hawthorne, cogida de su manga.

—Entonces tendremos que dejar claro que ya está casada, ¿verdad?

—Hawthorne va a necesitar una explicación —masculló Sagan, caminando a su lado.

Cuanto más se acercaba a Sylvan, más fuerte oía el zumbido de los cotilleos. Lady Katherine había hecho bien su trabajo, y él esperaba que Sagan les pusiera fin. Había venido preparado para mimar a Sylvan, engatusarla, darle explicaciones con la mayor humildad posible, pero no venía preparado para el juego de ella de «tengo otro pretendiente». Sabría arreglárselas con Hawthorne y Sagan, sobre todo sabiendo ya por qué la seguían como perros fieles. En realidad, tenía con ellos una deuda de gratitud, porque daba la impresión de que

Sylvan había andado metida en juegos peligrosos. Pero pensar que el guapo y hedonista Holyfeld le anduviera detrás oliscándola le produjo un escalofrío que reforzó su resolución.

Sylvan se iría con él esa noche.

Cuando llegaron junto a ella y Hawthorne, este se puso delante para protegerla.

—Qué impropio de ti, Sylvan, esconderte detrás de un hombre —dijo Rand.

Sin moverse de donde estaba, Sylvan se limitó a decir:

—Tal vez soy más inteligente de lo que era.

—Pero no más valiente —replicó Rand.

—Oye, Clairmont, vamos a ver... —dijo Hawthorne, pero Sagan lo interrumpió:

—Clairmont es su marido.

No lo dijo en voz alta, pero la frase pareció resonar por todo el salón. La orquesta, que había comenzado una melodía, paró bruscamente con una nota disonante; las mujeres dejaron de reírse, los hombres dejaron de mascullar. Los jugadores se asomaron a la puerta de la sala de juego, con la cartas en las manos.

—¡¿Qué?! —gritó el conde de Holyfeld, y los bailarines, que estaban inmóviles en la pista, se apartaron para dejarle paso—. ¿Qué?

Rand sintió un estremecimiento de satisfacción al enfrentar al imperioso Holyfeld.

—La ex señorita Sylvan Miles es ahora la duquesa de Clairmont.

Esta declaración hizo salir a Sylvan de detrás de Hawthorne a enfrentar a Rand.

—No por mucho tiempo —dijo.

—¿Qué quiere decir con «no por mucho tiempo»? —preguntó Holyfeld, como si tuviera el derecho de saberlo.

—Su excelencia ha tenido la gentileza de concederme la anulación.

Sylvan comenzó hablando fuerte, pero la voz se le debilitó en la última palabra, y Rand tuvo la impresión de que las paredes se inclinaban hacia dentro para oírla.

—¿Anulación? —La mirada de Holyfeld pasó a Rand, y sonrió malicioso—. No esperarías conseguir la mercancía intacta, ¿verdad?

Al instante Sagan, Hawthorne y Rand se abalanzaron sobre él. Rand le asestó el primer puñetazo, que contectó con su mandíbula y le hizo girar violentamente la cabeza. Sagan le dio en el vientre y Hawthorne remató con un puñetazo en el ojo.

Holyfeld siguió girando tambaleante para caer desplomado cuando Rand le cogió la mano a Sylvan, se la abrió y entrelazó los dedos con los de ella; y levantándosela la mano, proclamó.

—Lady Sylvan se casó conmigo siendo virgen.

—Rand... —gimió Sylvan.

Pero la multitud se apartó sin hacer ni un sonido y él pasó con ella por el medio, llevándola hacia la puerta.

—Buenas noches —gritó Hawthorne.

—Buena suerte —añadió Sagan, y su tono decía que creía que Rand la necesitaría.

## Capítulo 16

*E*l coche de Clairmont ostentaba un par de magníficos castaños iguales, un lacayo armado para desalentar a cualquier bandolero, un cochero experto, un blasón en la portezuela y un duque que la arrojó dentro, luego la arrinconó en el estrecho asiento y parecía tener la intención de no darle ni un mínimo de libertad.

Enfurecida por su presunción, intentó liberar las manos y los pies del encierro de la capa.

—No voy a ir contigo.

Él dio un golpe en el techo del coche y los caballos se pusieron en marcha.

—¿No?

La había envuelto en la capa con el solo fin de frustrarla. De eso no le cupo duda cuando vio que un lado de la capa pasaba por encima del otro y el borde quedaba aplastado por el cuerpo de él. Tironeando consiguió soltar ese lado de la capa y liberarse, pero entonces el coche ya iba a demasiada velocidad. La luz de las antorchas entraba por las ventanillas, formando cuadrados que se fueron alargando y adelgazando hasta que desaparecieron del todo. Estaba atrapada en la oscuridad con un marido granuja.

Atrapada, pero no derrotada. Serenándose, lo empujó con todo su peso.

—Siéntate en tu lado —le dijo, en tono desagradable.

Él se apartó ligeramente.

—No hay mucho espacio.

—Pues, siéntate enfrente.

—Si me sentara ahí no podría tenerte cogida la mano.

—Estupendo.

—Pero es que le tengo miedo a la oscuridad —dijo él, buscándole la mano.

—¿No lo tenemos todos? —masculló ella, poniendo la mano fuera de su alcance.

Entonces pegó un salto y chilló, porque él le cogió la rodilla.

—Me equivoqué —musitó él en tono lastimero, y cuando ella intentó apartarle la mano de un manotazo, aprovechó para cogerle la mano—. Ahora estoy satisfecho.

Ella se tensó en el asiento, esperando la próxima jugada, pero no ocurrió nada. Relajándose, él se acomodó a su lado. Le tenía cogida la mano, observó ella, sin el más mínimo temblor. Él no dijo nada más, así que pasado un momento ella contempló sus opciones. Sus manos entrelazadas reposaban sobre el asiento, entre sus cuerpos, formando una perfecta división. Podía retirarla, pero sin duda él encontraría otra parte de su cuerpo para tenerla agarrada; ella podría extirparle el hígado con una cuchara, pero no tenía cuchara; o podía seguir tal como estaba, simulando que no le importaba, haciendo rechinar los dientes hasta molérselos y dejarse sólo los raigones.

El silencio se le antojaba espeso de intensidad; parecía formar parte de la oscuridad del interior y de fuera, hermanados con la noche de su alma. Dentro de ella combatían la rabia y la pena, y juntas la despojaron del orgullo dejando solamente la angustia. Nada podía hacerla olvidar cómo la hirió él ese día fuera de la fábrica. Insultó su procedencia, le dejó claro que su familia no la aprobaba y le dio a entender que un breve revolcón en la cama era toda la unión que podía soportar.

Y ahí estaba sentada plácidamente. Menos mal que sus dientes eran fuertes y sanos, porque tenía fuertes las mandíbulas y el trayecto a Londres llevaría más de una hora, si se dirigían a Londres, claro. Detestaba ser la primera en romper el silencio, pero tenía que preguntar:

—¿Adónde vamos?

—A nuestra casa de ciudad.

—¿«Nuestra» casa?

—La casa de ciudad del duque y la duquesa de Clairmont. —Le apretó los dedos—. Tú y yo. Yo soy el duque y tú eres la duquesa.

—Temporalmente —masculló ella—. ¿Está en Londres?

—Sí, en Londres.

—Entonces déjame en la puerta de la casa de mi padre.

Él se rió y no dijo nada, como si su petición fuera tan poco importante que no necesitara respuesta.

—No puedes llevarme a tu casa. Esta hija de industrial podría ensuciarte el aire.

Él le soltó la mano, por lo que ella se sintió tristemente gratificada, y entonces le pasó un brazo por los hombros y la atrajo hacia sí.

—No eres solamente una hija de industrial. Eres la salvadora de Waterloo y mi esposa.

Su voz sonó dulce en su oído; su aliento le movió el vello de la nuca. Aunque su cuerpo la calentaba, quisiera o no, ella rechazaba todo, todo de él, todo ese falso consuelo y su seductora comprensión. Enterrándole el codo en las costillas, dijo:

—Soy la hija de un industrial que consiguió que el regente le diera una baronía mediante un repugnante chantaje.

—¿Sí? —dijo él, en tono más divertido que escandalizado, y con la otra mano le movió el codo hacia la espalda de él, dejándoselo atrapado—. Enterró las garras en Prinny, ¿eh? Qué escena. Me hubiera gustado presenciarla.

—No sólo soy la hija de un industrial —dijo ella, pronunciando lento y preciso—, sino también la de uno sin ética.

—No te considero responsable de los métodos de tu padre para hacer dinero y obtener respetabilidad.

—No es eso lo que dijiste hace dos meses. Entonces dijiste que te avergonzabas de mí.

—No, tú dijiste eso.

—¡No juegues conmigo! Dijiste...

—Tú dijiste «¿Me vas a enviar lejos porque te avergüenzas de mí?», y como yo no contesté, supusiste que la respuesta era sí.

En silencio ella repasó mentalmente la pelea. Él tenía razón, el muy maldito. Ella había sacado una conclusión infundada.

—No me había dado cuenta de lo frágil que es tu ego, cariño —continuó él—. Tendremos que trabajar eso.

¿Se estaba burlando ¿Se estaba riendo de ella? Deseó poder verle mejor la cara, para captar su expresión y tal vez sujetarle con clavos las orejas a la pared.

—Sé que dijiste que tu tía Adela no habría aprobado nuestro matrimonio si hubiera sabido que te recuperarías y que heredarías el título.

—Nadie en el mundo entiende la línea de sucesión tan bien como la tía Adela. Sabía muy bien que yo era el primero en esa línea, el heredero de Garth, y sin duda calculó las posibilidades de que tú fueras la duquesa. Te aseguro que si hubiera objetado a eso te lo habría dicho muy claro.

Era la voz de la razón hablando en la oscuridad, aplacando el torbellino que la agitaba; sin embargo, esa misma voz había iniciado el torbellino, y no entendía qué deseaba de ella en esos momentos. Había pasado dos meses diciéndose que no le importaba, que no lo deseaba, y ahora, en menos de una hora, la había tentado a lavarse la furia en una riada de lágrimas.

Pero el único lugar para llorar era el chaleco de él, y Sylvan Miles no le iba a lloriquear encima a un hombre que no la deseaba.

Algo le tocó suavemente el borde de la oreja, siguiendo su contorno.

—Así pues, ¿he contestado a todas tus objeciones?

Ella le apartó la mano como si fuera una molesta mosca.

—¿Por qué importa eso?

—Por este motivo.

Acercó los labios y le encontró los suyos en la oscuridad, infalible. Aunque ella se mantuvo inmóvil sin responder a su persuasiva boca, él continuó devorándosela como si fuera un dulce mazapán. Bajo su calma externa hirvió de indignación, pero intentó controlar el genio; si no, todas las palabras que ansiaba decir, todos los insultos que ansiaba gritar, le saldrían de la boca en un enredo incoherente. Y no quería que él supiera lo mucho que el veneno de su rechazo le había corroído el espíritu.

Pero él continuó besándola. En el coche no había espacio para algo más que besos y abrazos, pero él le soltó la presilla de la capa y le besó los hombros desnudos. Apartó la cara y ella pensó que tal vez por fin había comprendido que ella no estaba interesada. No deseaba que la acariciara. Se le calentó la piel y se le quedó atrapado el aire en la garganta no porque le gustara que le estuviera lamiendo el borde del escote sino porque estaba furiosa.

Entonces oyó un frufrú de tela. Forzando la vista intentó ver qué estaba haciendo; la luz de las estrellas lo iluminaba muy tenuemente y vio que se estaba moviendo, pero ¿qué...?

Él le cogió las manos y se las puso alrededor del cuello y entonces ella descubrió que se había quitado la corbata y la camisa.

—¿Qué vas a hacer?

—Creí que eso era evidente —repuso él, y ella detectó risa en su voz.

—Para mí no. —Lo empujó, pero él ya había demostrado que era un bruto insensible, sólo interesado en su propio placer; no se movió ni un ápice—. Aquí no. Ahora no.

Él afirmó las manos en el respaldo, encerrándole la cabeza entre los brazos, y preguntó:

—¿Cuándo y dónde?

—¡Jamás!

Intentó escapar deslizando hacia abajo la cabeza, pero las siguientes palabras de él la detuvieron:

—Nunca me imaginé que fueras perjura.

—¿Perjura?

—Me hiciste la promesa.

—¿Te refieres a las promesas de nuestra boda? —preguntó ella, desconcertada y furiosa.

—Por ejemplo —convino él—, pero no, esta fue una promesa personal que me hiciste.

—Una promesa —repitió ella, buscando en su memoria—. ¿Qué promesa?

—La noche anterior a la boda, ¿te acuerdas?

Un vago recuerdo la desasosegó.

—Estábamos hablando de mi incapacidad y tú prometiste consentir a todas mis exigencias conyugales.

Ella lo recordó, claro que lo recordó. Pero...

—¡Ya no estás inválido!

—No recuerdo que eso fuera una cláusula añadida a tu promesa.

Con cada palabra la acercó más hasta echarle el aliento en la cara.

—Pero te lo prometí en contra de lo que me decía mi juicio.

—Las circunstancias han cambiado, ¿verdad?

Pero su promesa no, casi lo oyó añadir.

Él esperó por si ella decía algo más, pero estaba muda.

—Sylvan, tú eres lo único que deseo. —La besó, largo, largo—. No he dormido, no he comido. —Pasó las palmas por su piel en un lento y seductor deslizamiento y las arrugadas mangas de la capa cayeron a los lados sin dificultad—. Permíteme demostrarte lo mucho que te necesito.

—Esto es injusto —dijo ella, intentando un tono severo, aunque le fue difícil porque él había ahuecado las manos en sus pechos y le estaba rozando los pezones con los pulgares.

—Es más que justo. Es magnífico.

Ella no deseaba un juego de palabras ingeniosas, deseaba que la dejara en paz. Necesitaba que la dejara en paz, no fuera a ceder y decirle cuánto lo había echado de menos.

—No voy a copular con un hombre que desea la anulación del matrimonio.

Él se apoyó en el respaldo del asiento, dejándole espacio para respirar, y decepcionándola en cierto modo.

—No va a haber ninguna anulación. Jamás va a haber una anulación. Y la próxima vez que te envíe lejos, por tu propia seguridad...

—Ah —dijo ella, tironeándose el borde del escote—, así que ahora viene una disculpa que no me había imaginado.

Ese sarcasmo tendría que haberlo puesto a la defensiva, pero no, más bien lo indignó, y, por lo que fuera, ella se sintió a la defensiva.

—¿Quieres explicarme lo del fantasma? —preguntó él tranquilamente.

Por la cabeza de ella pasaron saltando diversos pensamientos y recuerdos de sus experiencias con el fantasma, e iluminando el incidente al que él se refería.

—¿El fantasma?

—Concretamente, ¿quieres decirme lo de una visita que recibiste la noche anterior a nuestra boda?

—¿Cuándo te enteraste? —preguntó ella, y se maldijo por el tono de culpabilidad que le salió.

—No mucho después que te hice el tratamiento para el insomnio la tarde del funeral de Garth.

Ella hizo un mal gesto.

Cogiéndola por la cintura, él la acercó hasta dejarle la cara a la altura de la de él y el pecho apoyado en el suyo.

—¿Tal vez podrías explicarme cómo fue que se te olvidó contármelo?

—Tenía la intención de decírtelo —dijo ella, débilmente.

Lo miró a la cara, aunque sólo le veía el tenue contorno, pero segura de que si bajaba los ojos, sería como una disculpa, y tal vez incluso una señal de debilidad.

—Me mentiste el día que te envié aquí. Yo iba a hablar contigo de ese ataque y tú me dijiste que eras una mujer independiente, que mi intento de protegerte era un insulto.

¿Lo había herido con ese rechazo a su protección?

—No lo dije con la intención de herirte.

—Dijiste que no había ningún motivo para pensar que alguien quisiera hacerte daño.

—No quería que te preocuparas.

Sintió cómo le subía y le bajaba el pecho a él, y el movimiento de su diafragma como un fuelle sobrecargado de trabajo. En cierto modo eso le dijo lo que él pensaba de sus disculpas, pero cuando él volvió a hablar, su voz sonó amable:

—Así pues, los dos tenemos motivos para estar furiosos, y los dos hemos dicho palabras que debemos perdonar. Pero hay cosas más importantes de las que hablar —le desató el lazo del vestido a la espalda—, como tu promesa de acceder a todas mis exigencias conyugales.

A ella no se le ocurrió ninguna réplica ingeniosa, aunque necesitaba angustiosamente una para detener el asalto de él.

—Ni me escribiste ni me enviaste un mensaje —soltó—. Me dejaste en la casa de mi padre.

Él le bajó suavemente el vestido por la espalda, detuvo la mano en la curva de su trasero y flexionó los dedos como un gato.

—Te pido disculpas por eso, pero, con toda justicia he de decir que nunca me lo dijiste todo acerca de tu padre.

—No sé cómo se me pudo olvidar eso. Además, deseaba terriblemente impresionarte. —Sarcástica, hizo una imitación de confesión—: Lord Rand, mi padre es frío y manipulador, y ha intimidado tanto a mi madre que ya no le queda ni una chispa de espíritu. Ese es el motivo de que yo... —Se interrumpió, sin aliento por la punzada de pena—. Bueno, no tiene importancia.

Él no dijo ni una palabra. Simplemente la besó en la boca y frotó la mejilla en la de ella. Su silenciosa comprensión la humilló. Aprovechando que él había aflojado los brazos, retrocedió de un salto y se sentó enfrente. Tironeándose la ropa para arreglársela se golpeó los codos en los costados del coche, al tiempo que intentaba hablar con coherencia:

—Puede que no hayas dicho que yo soy de cuna demasiado humilde para ti, ni que deseabas la anulación del matrimonio —su voz adquirió fuerza—, pero sí diste a entender que esa era la verdad, y me dejaste creerlo durante dos meses.

—No fue esa mi intención.

—No me importa cuál fue tu intención.

—Eres irracional.

—Tú eres detestable.

—Sylvan —dijo él. No levantó la voz, pero a ella se lo pareció, clarísimamente—. Tuve que hacerlo.

A ella le dolía cada respiración, y tenía oprimido el pecho por una sensación que podría ser necesidad de llorar.

—Para que estuvieras segura —añadió él.

Ella exhaló un tembloroso suspiro.

Él alargó las manos, a tientas en la oscuridad, y volvió a cogerla en sus brazos.

—Sólo soy un inepto. Perdóname, por favor.

Una disculpa. De Rand. Deseaba que lo perdonara, y parecía sincero. Tal vez era sincero. No podía imaginarse que esas tres palabras, perdóname por favor, salieran de sus labios a menos que estuviera totalmente convencido de que había cometido un error.

Pero ¿y si cometía un error ella? Y ¿si lo perdonaba y él volvía a pisotearle el corazón? Con todos sus camelos, seguía siendo un noble y ella seguía siendo hija de un industrial, y las hijas de industriales y comerciantes habían sido blancos justificados durante siglos. Lo puso a prueba:

—¿Para qué? ¿Para que te sientas mejor?

—Para eso es el perdón. Para hacernos sentir mejor a los dos.

Si lo perdonaba y él volvía a destrozarla, no se recuperaría jamás. Sería la última carga que soportaría; renunciaría, volvería arrastrándose a la casa de su padre y moriría.

Esa lúgubre visión la estremeció, y él la abrazó con más fuerza.

—Sylvan, por favor, no te separes de mí así. Te haré feliz, te lo prometo. Perdóname, por favor, te lo ruego.

Fue su voz entrecortada la que la decidió. Lo perdonaría. Lo perdonaría en ese momento y se protegería después. Había quienes dirían que eso no era perdón, pero él no sabría nunca lo que se perdía; nunca echaría en falta esa parte de ella que se guardaría para ella.

Él debió sentir la relajación de su cuerpo, porque musitó en tono adorador:

—Sylvan.

La besó tiernamente, buscando pasión con sus labios y lengua, y encontró una lágrima aislada. Eso la avergonzó y, para distraerlo, le cogió la boca con la suya. Qué agradable tener ese contacto humano. Tal vez si besaba a cualquiera en ese momento lo disfrutaría. Tal vez esa oleada de placer no tenía nada que ver con Rand y todo que ver con su soledad. Tal vez...

Él movió los labios sobre los de ella, le apoyó la cabeza en la curva del codo, la empujó hacia atrás y continuó besándola.

Probablemente era a Rand al que deseaba, y sólo a él. Se deleitó en la sensación de la suave piel de sus brazos presionándole la espalda y el abdomen, de la cercanía de sus cuerpos. Esos besos no exigían nada más. Estaba el deseo, pero no exigente. Aumentaría, claro, pero en ese momento se sentía satisfecha. Buena cosa, también, porque el camino estaba lleno de baches, el coche saltaba, estaba oscuro como boca de lobo, llegarían pronto a Londres, y el interior era demasiado pequeño para más actividades.

—Te deseo —dijo él.

Lo dijo con firmeza, produciéndole una cierta inquietud.

—Rand, ¿no estarás pensando...?

Él la levantó, le cogió un pezón en la boca y la abandonó el conocimiento.

Se tensó y gimió, y él musitó:

—¿Tú también me deseas?

—Sí. O, mejor dicho, no puedo.

—Pues sí que puedes.

Se le deslizó el vestido hasta los pies, y cayó en la cuenta de que él la había levantado, atontándola con besos al tiempo que terminaba de soltarle la ropa y quitársela. La fuerza de su tórax, su destreza para maniobrar, era superior a la de otros hombres. La manipulaba hábilmente, y eso la irritó y fascinó al mismo tiempo.

—Que yo te desee o no, no significa nada.

—Tal vez para ti no significa nada. —Le acarició el muslo y la pantorrilla, y luego le liberó los pies del enredo de enaguas y del vestido—. Pero significa todo para mí.

Sólo entonces a ella se le ocurrió pensar que estaba desvestida, aparte de los calzones y las medias de seda hasta las rodillas. Iba viajando a Londres medio desnuda, y todo porque se relajó y bajó la guardia con el hombre con el que se había casado. Buscó algo para cubrirse y las manos de él se lo impidieron. Sin pararse a pensar, él la había medio desnudado y la tenía abrazada.

—¿Qué vas a hacer? —exclamó finalmente—. No podemos...

—Chss, los lacayos podrían oírte.

Ella cerró la boca y entonces cayó en la cuenta de lo ridículo que era luchar con su propio marido dentro de un coche. Él actuaba como un niño, tan impaciente que no podía esperar, e igual de listo para salirse con la suya. Nuevamente recitó la letanía de motivos para no copular ahí. Estaban en el camino, el interior del coche era demasiado pequeño...

—Aquí —dijo él, levantándola y colocándola en su regazo—. Siéntate aquí.

Le habían desaparecido los pantalones. Se le escapó un chillido de sorpresa y se apresuró a cerrar la boca.

—Rand, no te puedes imaginar que vamos a... a...

—¿Hacerlo? —rió él, cálidamente—. No me he imaginado ninguna otra cosa. Cariño —añadió en voz más baja, en un ronco gemido—, pon aquí la pierna. Como si estuvieras montada en un caballo, a horcajadas, no en una silla de mujer.

—La silla de mujer es la única que conozco.

—Es hora de que aprendas algo nuevo.

Le acomodó las rodillas apretadas a sus caderas. Ella ya se había sentido acalorada, pero cuando él apretó la pelvis contra la suya, el calor entre ellos se triplicó. Sintió su miembro, excitado, largo, moviéndose casi involuntariamente, embistiendo, intentando encontrar su abertura, mientras él la exploraba con las manos, haciendo un reconocimiento de todos sus contornos.

Ya la incitaban todos los motivos que le habían parecido impedimentos. La velocidad a la que iba el coche traqueteando en la noche, la oscuridad que los rodeaba, la cercanía de los criados, todo se le antojaba pícaro y seductor. Eso no se parecía a nada que hubiera hecho antes, y se combinaban el deseo de Rand tanto tiempo reprimido con una gloriosa sensación de osadía.

¿Debía ceder? ¿Debía darle lo que deseaba? Si se lo daba, él sabría de cierto que ella era incapaz de resistírsele; «ella» sabría de cierto que no era capaz de resistírsele. Podría concebir un hijo; él podría tener todo lo que deseaba de ella y rechazarla una vez más.

Pero, aahh, sus hábiles manos sabían persuadirla.

—Levántate —musitó él—. Sylvan, levántate, déjame acariciarte aquí.

Ella le enterró los dedos en los hombros y ahogó un gemido. Él era hábil, muy, muy hábil; eso ella ya lo sabía, pero al parecer la familiaridad no engendra desprecio, sólo engendra más deseo, más necesidad.

En la oscuridad pudo ocultar el amor que irradiaba de ella cuando él la despojó de todas sus defensas. Sí, era mejor ahí, en la oscuridad, que en la casa de ciudad a la luz de las velas. Mejor ahí, sabiendo que después él la dejaría en la casa de su padre sin ver el dolor de su decepción.

—¿Estás preparada? —La acomodó, se acomodó él, y entonces ella sintió el primer impacto, cuando comenzó a penetrarla—. Sylvan, por favor, dime qué te gusta.

—Esto. —Se apretó a él, y él la penetró—. Y esto. —Subió el cuerpo y volvió a bajarlo.

Él le cogió las nalgas para ayudarla en sus movimientos. Ella probó algo nuevo, moviéndose con un meneo de las caderas, y el gemido de placer de él se unió al de ella.

Él se arqueó, embistiendo más fuerte, penetrándola hasta más al fondo, tocándole algo en el centro de su ser. Los zarandeos del coche intensificaban las penetraciones, y deseó gritar. Para no hacerlo se mordió los labios y continuó subiendo y bajando, una y otra vez. Si el interior del coche era demasiado pequeño, ya no lo notaba. Tampoco notaba la oscuridad ni los saltos, ni nada aparte de Rand dentro de ella y el placer cantando en sus venas. Deseó que eso continuara eternamente; deseó que parara al instante. Era demasiado y no suficiente, era glorioso y aterrador. Todas las emociones que había sentido en su vida se agitaban en su interior, acercándose a una explosión.

—Sylvan, dame más —canturreó él—. Dámelo todo. —Se arqueaba y tensaba, tan frenético y excitado como ella—. Quiero oírte, cariño mío. —Aumentó la fuerza de sus movimientos—. Sylvan, déjame sentirte.

Parecía creer que estaba luchando una batalla, que ella estaba disfrutando tanto con su poder del momento que no quería rendirse y soltarlo. Y tal vez era cierto.

Pero a él se le acabó la paciencia. Abrió las piernas y metió la mano por entre ellos. Sin dejar de embestir, le tocó el lugar donde estaban unidos, luego por arriba y por abajo, y a ella se le hizo trizas el autodominio.

Detuvo el movimiento, al borde del delirio, y entonces la agitaron potentes contracciones; cada contracción enterraba más el miembro y cada movimiento en el interior le producía otra contracción. Se le escaparon sonidos, pero todavía era capaz de oírlos, y él la alentaba adrede.

—Un poco más, cariño. Muévete otra vez. Otra vez. Eres maravillosa, me estás drenando. Eres —su sensualidad la derrotó, al tensarse para finalizar la eyaculación— todo lo que podría haber deseado en mi vida.

La recorrieron breves estremecimientos; él seguía acariciándola, adorándola con una especie de desesperación. Se quedaron inmóviles, reposando, dos almas que habían viajado mucho para llegar a su destino, y a ella la habían abandonado todos los pensamientos, aparte del cielo del aroma de él, la fuerza de su abrazo. Entonces vio pasar una luz por la ventanilla y se tensó.

—Londres —gimió él—. ¿Ya?

Ella se incorporó tan rápido que él tuvo que sujetarla para que no cayera de espaldas.

—Alguien podría vernos.

—¿No sentiría envidia?

Ella detectó risa en su voz y le habría dado un cachete.

—Es muy probable que tus criados nos descubran. ¿No te preocupa eso?

—Si mis criados no saben lo que hemos estado haciendo aquí es que deben estar sordos. Ahora quédate quieta para que yo pueda encontrar tu vestido.

—¿Sordos? —Recordando los grititos que se le escaparon se cubrió los ojos. Después bajó las manos y le miró la cara, de tanto en tanto iluminada por las luces de fuera—. ¿Mi vestido? ¿De qué va a servirme mi vestido? Estará arrugado y...

—Creo que yo tenía los pies puestos encima. —Cogió el arrugado bulto, buscó el cuello y las mangas y la ayudó a ponérselo; después, con sumo cuidado, la sentó en el asiento de enfrente—. Espera a que me vista y después te envolveré en tu capa; esta cubrirá lo peor del estropicio y podremos entrar en la casa sin que te expongas a las miradas de mirones curiosos. —Volvió la risa a su tono—: No podemos permitir que los cotillas comenten sobre cómo llegaron a su casa de Londres los nuevos duque y duquesa de Clairmont.

—Los criados hablarán.

—Ah, es probable.

Las luces de Londres ya entraban con más frecuencia por las ventanillas; a la luz de las casas de gente rica profusamente iluminadas, ella vio que él tenía los pantalones abotonados y se había puesto la camisa; pero habían desaparecido el cuello y la corbata, y los corchetes de su camisa adornaban el suelo, no su pecho. Eran un par indecente, y de ninguna manera iba a permitir que la llevara a su casa como si fuera la casa de ella también.

—Podrías dejarme en...

Le cayó la capa sobre la cabeza ahogándole la voz. Entonces él la liberó, le puso la capa bien y cerró la presilla del cuello, diciendo:

—Eres la duquesa de Clairmont. Las habladurías no deben afectarte. El ducado de Clairmont ha sido de la familia Malkin desde que se creó, y nadie, ni siquiera el grosero Prinny, puede atribuirse un linaje más elevado. En realidad, vas a descubrir que hemos iniciado una moda. No me cabe duda de que mañana por la noche la mitad de los miembros de la alta sociedad londinense hagan el coito dentro de sus coches. —La envolvió en la capa, dejándosela tan ceñida que nuevamente le quedaron atrapados los brazos—. O lo intentarán.

—¿Hay alguien que esté por encima de mí en todo el reino? —ladró ella, molesta por su actitud.

—Espero estar yo —rió él—, tan pronto como entremos en la casa.

Ella se ruborizó desde las medias hasta las raíces del pelo.

—No lo dices en serio.

Él le acarició la mejilla, justo en el instante en que el coche se detuvo con una sacudida.

—Espera y verás.

El lacayo dio unos golpecitos en un lado del coche.

—¿Puedo abrir la puerta, excelencia?

Rand miró a Sylvan, sonriendo travieso.

—Sí.

Entró el aire, Rand bajó de un salto y luego se inclinó dentro del coche y la cogió en los brazos.

Ella no se atrevió a moverse, no fuera a dejar a la vista su arrugado vestido y semidesnudez, pero lo miró hostil:

—No lo haré.

—Pero, cariño —dijo él, subiendo la escalinata hasta la puerta que estaba abierta; se detuvo un instante en el umbral y entró—. Recuerda tu promesa.

# Capítulo 17

*R*and se inclinó sobre Sylvan, que se estaba desperezando en la cama, y poniendo una mano a cada lado de su cabeza dijo:

—Cuatro veces más.

—¿Qué? —exclamó ella, apartándole tenues guedejas de los ojos con el aliento.

—Anoche en el coche estuve pensando cuántas veces tendría que darte placer para derribar tu reserva y volver a oír tus grititos de dicha. —Vio sus ojos agrandados por la consternación y le susurró al oído—: Cuatro veces más.

—Esto... eh... —Intentó hablar con coherencia mientras él esperaba muy serio—. ¿Grité muy fuerte?

—Noo, me gustaron esos suaves gemidos. —Le pasó el dedo por los labios entreabiertos—. Sólo me gustaría saber cuántas otras barreras tengo que derribar para que creas que te amo tal como eres.

La rápida inspiración de ella, de culpa, le confirmó que su suposición era acertada. Cuando comenzó esa noche ya sabía que en ella había profundidades y lugares oscuros que le ocultaba, que no quería que viera, pero se había imaginado que haciéndole el amor la despojaría de sus ropas e inhibiciones y se le revelaría su mente.

¿No era así como debía funcionar? ¿No debían las mujeres ser dúctiles en las manos de un amante hábil? O bien él no era un amante hábil, y la expresión saciada de ella le decía que lo era, o tenía miedo de confiar en él.

No lograba imaginarse por qué. Ella ya sabía por qué él la envió lejos con tanta crueldad. Claro que la frialdad de su padre debió enseñarle a ser cautelosa en sus tratos con otros, pero él no deseaba ser considerado en el grupo de los otros. Deseaba ser el hombre al que ella se entregaba totalmente, de todo corazón.

Sonrió, pero con una cierta tensión en los labios.

—Unas cuantas barreras más, me parece. ¿Por qué no las derribas ahora? Nos ahorraría problemas —la desafió—, porque yo ganaré al final.

—No sé qué quieres decir. No tengo erigida ninguna barrera. —Dichas esas palabras de descargo, desvió la mirada de la de él para mirar el dormitorio—. Buen Dios, qué desastre.

Debía estar desesperada por distraerlo si estaba dispuesta a hablar de las locuras que habían hecho esa noche. Él habría esperado una timidez de doncella, pero ella se había puesto el disfraz de ama de casa. Apartándose de ella, se incorporó, se arregló las mangas de la camisa y se metió los faldones en los pantalones, diciéndose que podía permitirse esperar a que cayeran las barreras. Golpearlas para echarlas abajo no daba resultado, esa noche lo había demostrado.

—Abajo está peor —dijo.

—Ah. Sí, supongo... —Se le desenfocaron los ojos al recordar, y entonces se subió las mantas para cubrirse los hombros desnudos, como si eso fuera a borrar la pasión del pizarrón de su memoria—. No deberías haber volcado el candelabro de la mesa del comedor. Cayó al suelo, llevándose con él el tapete de encajes con todo lo que había sobre él.

—No lo vi. —En ese momento ni siquiera había visto la mesa—. Tú me habías hechizado.

—No me eches la culpa.

—Tú no parabas de tentarme.

—Intentaba ponerme algo de ropa.

—Eso es lo que quiero decir. Tentándome. —Mientras ella farfullaba, añadió—: Hoy emprenderemos el viaje a Clairmont Court.

Ella dejó de farfullar y palideció.

—No deseo volver a Clairmont Court.

Sorprendido, él la observó atentamente.

—¿Por qué no?

—¿Puedo tomar una taza de té?

Asintiendo, él fue hasta la puerta, llamó a la criada de arriba y le dio la orden.

Al parecer, la distancia le daba a ella valentía, porque se sentó y se arregló la sábana con favorecedor pudor.

—Tú te puedes marchar a Clairmont Court. Eso está bien, ahora que sé que no vas a anular nuestro matrimonio. En realidad, te agradezco que hayas venido a Londres a tranquilizarme. Pero yo tengo que hacer algunas compras y hay personas a las que debo visitar.

Hablaba nerviosa y él pensó qué significaría eso. ¿Clairmont Court la intimidaba? ¿O su familia la intimidaba?

—¿Tienes miedo?

Ella apretó la sábana y levantó las rodillas acercándolas a su pecho.

—¿Miedo?

—¿De que ese villano que mató a mi hermano y entró en tu dormitorio consiga hacerte daño?

—No seas ridículo. Yo no... ¡Sí! Le tengo miedo al fantasma.

No dijo lo que iba a decir, estaba seguro. O sea, que no le tenía miedo al hombre que se hacía pasar por el fantasma, pero tenía miedo de algo.

—Sylvan, ¿qué te pasa?

—No quiero ser víctima de ese loco. De verdad creo que es mejor que me quede en Londres.

—¿El resto de nuestra vida?

Ella cogió una esquina de la sábana y se la pasó por la frente. ¿Para quitarse el sudor? ¿Para aliviar un dolor de cabeza? ¿Para ocultarle la cara?

—Eso no es posible, ¿verdad? No, claro que no. Pero unos cuantos meses más, o al menos hasta que acabe la próxima temporada.

—La próxima temporada comienza oficialmente en mayo y no acaba hasta el próximo verano. Yo tenía la esperanza de pasar la Navidad con mi familia.

—Tú podrías. Yo no pondría objeciones.

—Estamos casados, y ahora que tenemos resueltos nuestros problemas —¡qué chiste!— vamos a continuar juntos. —Aparentó que cedía—. Me quedaré en Londres contigo. Podemos alojarnos en la casa de tu padre. Así podremos conocernos mejor tu padre y yo.

—Eso sería...

—Y no me cabe duda de que tú deseas ayudar a tu madre.

Al instante ella abandonó toda simulación, y dijo con tristeza y resolución:

—No hay nada que pueda hacer por mi madre. No va a cambiar. Eso tuve que aceptarlo hace años. Pero tienes razón. —Lo miró a los ojos—. No se saca nada con evitar Clairmont Court.

—Entonces nos marcharemos enseguida.

—Sí.

Echó atrás las mantas, ofreciéndole un breve atisbo de lo que lo había cautivado esa noche.

Le dio tiempo para ponerse una bata con la protección que le ofrecía, y cerrársela bien con el cinturón. Sólo entonces se le acercó.

—No veo la hora de ver a tu familia —dijo ella.

Lo dijo con tanta naturalidad que él casi le creyó, pero cuando la giró entre sus brazos vio cómo se protegía, y se sintió como si estuviera desprendiendo lascas de una enorme roca de resistencia que le cerraba el camino hacia ella. Muy bien, se retiraría en ese momento y daría la batalla después, en su propio terreno y según sus condiciones.

—Será un viaje interesante —dijo.


Regreso al terruño, pensó Sylvan.

—¡Para! —gritó—. Para aquí el coche.

Como si hubiera estado esperando esa orden, Jasper tiró de las riendas, deteniendo al caballo, y se giró en el pescante.

—Déjame salir —dijo ella a Rand, que bajó de un salto y le ofreció la mano.

Regreso al terruño.

No había esperado sentirse así otra vez cuando pusiera los pies en la tierra Clairmont, pero se sentía. Rand había ordenado que Jasper los fuera a recoger en el calesín, y tal como hiciera la primera vez, este la observó atentamente con ojo crítico y la encontró defectuosa. Y tal como le ocurrió la primera vez, se le quedó atascado el aire en la garganta cuando llegaron a la cima de la primera colina y vio el no domado panorama ante ella.

Como siempre, soplaba viento del mar. La inminencia del otoño sólo había refrescado el aire, así que hizo varias saludables respiraciones profundas. No había deseado volver, no había deseado estar en el lugar donde Rand le señaló tan francamente sus deficiencias. Y tenía miedo de encontrarse con las mujeres de la fábrica. Tenía miedo de preguntarles cómo estaban de sus heridas y lesiones y oír lo mal que lo había hecho cuando intentó curarlas. Temía que, estando en la propiedad de Rand, él descubriera la huella de sangre que la seguía desde Waterloo y eso le renovara la repugnancia por ella. Pero en ese momento nada de eso importaba, porque había vuelto al hogar.

No tenía derecho a sentirse así, se dijo, pero cuando Rand le rodeó la cintura con los brazos, apoyó la espalda en su pecho.

El mar seguía extendiéndose como un infinito de azul calinoso coronado por unas elevadas nubes grises. Las colinas seguían subiendo y bajando. Pero el follaje había pasado de verde apagado a vivos bermejo y dorado. La hierba se veía alta en los lugares donde no pacían las ovejas y comenzaba a amarillear por arriba. Lejos en la distancia se veían cuadros de trigo y cebada maduros, bañados por el sol al principio y más allá a la sombra de las nubes hinchadas y aumentando de volumen.

—Parece que nos va a caer un aguacero —observó Jasper—. Será mejor que suba al coche, lady Sylvan, si no quiere acabar empapada antes que lleguemos a la casa.

Rand la ayudó a subir poniéndole tiernamente la mano en la cadera, aunque parecía distraído.

—¿Han cosechado el trigo ya?

—Lo han cosechado en las lomas más soleadas, y unos pocos lo han comenzado a cosechar en los campos normales, pero la mayoría de los aparceros dicen que hay que darle una semana. Esperar a que las espigas estén más gordas, tal como decía mi pa. —Hizo un gesto con la cabeza hacia el nubarrón que se acercaba a la costa, como una inmensa mole—. Los granjeros son todos unos condenados idiotas.

—Es una apuesta —dijo Rand—. Siempre es una apuesta.

—Sí, y mi pa no entendía por qué yo prefería servirlo a usted a hacerme cargo de su tierra. —Puso en marcha al caballo—. Decía que yo no era libre si no era un terrateniente, pero yo digo que soy un hombre mucho más libre que los que dependen del tiempo.

Una repentina ráfaga de viento frío hizo volar el sombrero de Sylvan, pero antes que pudiera gritarle a Jasper que parara para bajar a recogerlo, este soltó una maldición y Rand le ordenó:

—Conduce más rápido.

—¿Qué pasa? —preguntó Sylvan.

El viento había parado con la misma rapidez con que llegó, y el aire de la tarde estaba quieto.

—Granizo —explicó Jasper—. Hay granizo en esa nube.

Ella volvió a mirar al monstruo gris, que ya iba llenando el horizonte.

—¿Cómo lo sabes?

Maleducado como siempre, Jasper no le contestó: toda su atención estaba puesta en llevar al caballo al trote por el serpentino camino.

—El frío de esa ráfaga de viento venía del hielo —explicó Rand—. Pasado el verano siempre tenemos aquí la posibilidad de que se desate una tormenta inesperada. En realidad no ocurre con mucha frecuencia. —Salió un relámpago de la nube, y él esperó, contando, hasta que retumbó el trueno—. Está a sesenta millas, Jasper.

—No es tan lejos, lord Rand. Avanza rápido.

—Las tormentas caen rápido y se marchan rápido —explicó Rand a Sylvan—, pero a veces, si caen en la temporada que no conviene, pueden destruir los cultivos de trigo. —Tenía apretados los labios en gesto de preocupación, mirando avanzar la nube—. El dinero de esos cultivos es el que va a la gente de Malkinhampsted.

Con horrorizada fascinación Sylvan observó brillar otro relámpago y caer otro rayo, y luego otro y otro en rápida sucesión.

—¿Esto los va a arruinar?

—Podría llegar a situarse encima de nosotros y descargar el aguacero —dijo él.

Sus palabras hablaban de esperanza, pero su tono afligido revelaba la verdadera historia.

Los truenos sonaban más fuerte y los relámpagos ya eran continuos. Comenzó a soplar el viento, con ráfagas que traían un frío que congelaba. Rand se quitó el grueso abrigo de lana, envolvió a Sylvan en él, apretándola a su cuerpo, al tiempo que ella se acurrucaba haciéndose un ovillo. La sintió encogerse cuando destelló un relámpago particularmente brillante, seguido por un trueno, le apoyó la cabeza en su pecho y trató de tranquilizarla.

—Tal vez alcancemos a llegar a Malkinhampsted antes que se desate la tormenta.

Jasper se inclinó diciendo algo y el coche se sacudió con el salto del caballo al emprender el galope.

Sylvan miró hacia el cielo. No iban a alcanzar a llegar a la aldea; nada podía igualar la velocidad de esa nube. Entonces pasó por encima de ellos una negrura similar a la noche más oscura y luego les cayó encima una helada lluvia, rugiendo.

Ella se encogió de miedo y Rand le puso el abrigo sobre la cabeza, justo antes que comenzara a caer el granizo. El coche se detuvo con una sacudida; ella asomó la cabeza para mirar y vio que Jasper había desaparecido; entonces le cayó en la frente un pedrusco de hielo y puso el abrigo sobre la cabeza de Rand también.

—¿Dónde está Jasper? —gritó, para hacerse oír por encima del chillido del viento y el martilleo del granizo.

—Sujetando al caballo para que no se encabrite.

No veía a Rand, pero su voz sonó consoladoramente cerca, y sintió sus labios rozándole la mejilla.

—¿No se hará daño?

—Tiene la cabeza dura.

Si ella no estuviera ahí, Rand estaría fuera con Jasper, comprendió. Sólo estaba acurrucado bajo el abrigo para cuidar de su tonta esposa. Se había mostrado muy solícito durante todo el viaje desde Londres, y la fastidiaba pensar que había visto lo que ella deseaba ocultar. Pero el conocimiento de los hombres que había adquirido observando a su padre le decía que si ponía buena cara, finalmente Rand se apaciguaría y olvidaría su pasado.

Podía actuar como una dama tan recatada que él olvidaría que era hija de un industrial y que había sido enfermera. A los hombres no les importa el sufrimiento de otra persona; sólo desean que todo resulte como desean.

El relámpago fue tan luminoso que lo vio debajo del abrigo y con los ojos cerrados, y el trueno apagó su grito de consternación. En ese momento no quería que Rand estuviera fuera con su criado y su caballo. Era egoísmo, pero no quería que lo golpeara el granizo. Enterró los dedos en la pechera de su camisa. Tenía miedo de revelarse a él, pero al mismo tiempo él le daba más consuelo que el que había recibido de ningún otro ser humano.

—Esto me recuerda Waterloo —dijo él.

Ella se tensó por el recuerdo.

—Los truenos, el ruido, la angustia, la molestia. ¿A ti no te angustia?

La negativa le salió tan automática como un movimiento de la rodilla.

—No estuve en la batalla.

—Pero estabas en Bruselas. Oíste el bombardeo. Tal vez miraste la batalla de lejos.

Se sentía ahogada debajo del abrigo.

—Y después estuviste en el campo de batalla. ¿Te angustió ver los cadáveres, oír los gemidos de los moribundos?

Sentía demasiado calor, no podía respirar.

—A veces pienso si no será que sufres con tus recuerdos más de lo que sufren los soldados con...

Desesperada por respirar, sacó la cabeza al aire fresco y levantó la cara hacia el cielo. Le cayó granizo mezclado con lluvia, pero no le importó.

—Lo peor ya ha pasado —dijo Rand.

Acto seguido bajó el abrigo y miró alrededor como si no viera nada raro en el comportamiento de ella.

¿La había pinchado para que hablara?, pensó. Seguro que no. En realidad él no sospechaba nada. Sólo era un hombre, y nada intuitivo. Él se inclinó hacia fuera del coche y gritó:

—¿Crees que ahora podemos continuar, Jasper? —Entonces la miró a los ojos—. Estoy preocupado por los aldeanos.

No, no era nada intuitivo.

Cuando llegaron a la aldea se encontraron con un río corriendo por la calle principal. Las mujeres estaban bajo los aleros, de brazos cruzados contemplando el desastre. No le hablaron a Rand y al parecer ni se fijaron en ella; simplemente estaban ahí en silencio. Jasper detuvo el calesín en la plaza, pero puesto que ninguna se movió, continuó.

Dejaron atrás los campos de trigo aplastado, a hombres que estaban agachados o acuclillados, como si estar de pie les consumiera demasiada energía.

En la subida a Clairmont Court, el calesín se quedó atascado en un hoyo lleno de barro; Rand y Jasper bajaron a empujarlo y ella cogió las riendas para guiar al caballo. Cuando las ruedas salieron del pantano y ella detuvo el coche para que subieran los hombres, volvió a quedarse atascado.

Cuando llegaron a la casa, incluso el vestido oscuro de viaje de ella llevaba manchas de barro. Rand se había hecho un esguince en un dedo, y Jasper maldijo soltando una sarta de buenas palabrotas anglosajonas.

Su regreso al hogar se había transformado en un momento de aflicción, pensó Sylvan.

—Al menos no salen sillas volando —musitó.

—No, pero mire, excelencia —dijo Jasper, apuntando—. El granizo ha roto los vidrios de la mitad de las ventanas que dan al oeste.

Rand le rodeó los hombros con un brazo como si juntos pudieran reducir al mínimo la desolación, y miró la fachada de la casa.

—No la mitad. No más de unas diez o doce. En todo caso, el vidriero ha estado echando en falta el trabajo que le doy.

Moviendo la cabeza por esa frivolidad, Jasper dijo:

—Iré a ocuparme del caballo, excelencia, y después, si no me necesita, iré a secarme y cambiarme de ropa.

Sus voces atrajeron la atención de alguien que asomó su pequeña cabeza de pelo corto por una ventana sin vidrio.

—¡Tío Rand! —gritó Gail, agitando los brazos—. Ha llegado el tío Rand y ha traído a la tía Sylvan.

Una parte helada de Sylvan se calentó con la calurosa bienvenida de Gail. Una parte más grande se calentó más cuando Gail entró la cabeza y asomó la de lady Emmie.

—¡Sylvan! Sylvan. Te ha traído por fin.

También entró esa cabeza y Sylvan oyó la voz de la tía Adela diciendo en tono calmado:

—Ya era hora de que volviera a ocuparse de sus deberes.

Rand le sonrió de oreja a oreja, y la desolación retrocedió otro poco más. Mientras iban subiendo la escalinata hacia la terraza, apareció Betty en la puerta, una mujer rellenita, vestida de negro, que abrió los brazos y la atrajo como un faro en la costa un día de tormenta. Ella no esperaba encontrar seguridad en Clairmont Court, pero caminó hacia Betty y apoyó la cabeza en su amplio pecho.

Un regreso al hogar.

Levantando la cabeza, le miró la cara.

—¿Cómo te va?

A Betty le brotaron lágrimas.

—Todo lo bien que se puede esperar, con una hija que llora por su padre y una cama vacía para mí.

—Nunca estás lejos de mi corazón —dijo Sylvan.

—Lo sé —dijo Betty. Pestañeando para contener las lágrimas la apartó—. Pero usted necesita su té y yo aquí parloteando. Entre. Su excelencia ya estará frenética.

¿Frenética? ¿Qué significaba eso? Nuevamente sintió un pelín de recelo, pero Betty la instó a entrar.

—Yo debería llevarla —dijo Rand detrás—. Es mi esposa.

—Ha tardado bastante en reconocerlo —repuso Betty, mordaz.

—¡Hombres! —dijo lady Emmie, en el umbral de la puerta del despacho, y entonces corrió a abrazar a Sylvan—. Rand sería tan horrendo como el resto de los hombres si no fuera mi hijo. Le enseñé todos los buenos modales que conoce. Su padre sí que sabía ser arrogante y primitivo, Dios lo sabe.

Recordando esa noche en la casa de ciudad, Sylvan pensó que «arrogante y primitivo» describía muy bien a Rand.

Rand debió sospechar lo que estaba pensando, porque dijo:

—Madre, la he traído a casa.

—Pero no tan pronto como ordenó lady Emmie —dijo la tía Adela, que estaba esperando en el interior, con las manos juntas delante de la cintura y sus labios curvados en una correcta y moderada sonrisa de bienvenida.

Lady Emmie le rodeó la cintura a Sylvan con el brazo y la hizo entrar en la sala. El violento viento había cesado, el frío había desaparecido y por la ventana sin vidrio entraba una refrescante brisa.

—No me atrevería a decirle cómo debe llevar su matrimonio.

La tía Adela se movió hacia un lado.

—Le dijiste que había cometido un error al enviarla a Londres.

—Bueno, ¡alguien tenía que decírselo! —protestó lady Emmie.

—Rand no sólo es el duque de Clairmont —dijo la tía Adela en su tono más aborrecible—, sino que también es práctico y disciplinado. Hay que darle el beneficio de la duda cuando no es sabio en sus actos.

—No tengo ninguna necesidad de que me digas cómo es mi hijo, Adela.

—¡Señora Donald! —exclamó Rand apresurándose a entrar para interrumpir la inminente pelea—. Cuánto me alegra verla.

La tímida Clover Donald estaba sentada en el sofá junto al hogar esforzándose en pasar desapercibida y consiguiéndolo muy bien. La atención de Rand la hizo encogerse más aún, y miró hacia todos lados como buscando una salida para escapar; al ver que no había ninguna, susurró:

—Es un placer verle, excelencia.

—¿Cómo está el reverendo Donald? Creo que nunca la había visto sin él.

Clover bajó la cabeza y encorvó los hombros. Sylvan cerró los ojos. Mirar a Clover Donald era como mirar a su madre; un desperdicio de humanidad, una pena de inseguridad, y todo debido a un marido que la intimidaba.

Pensó en Rand y se dijo que él nunca intentaría intimidarla de ninguna manera; ella le gustaba tal como era y nunca trataría de hacerla cambiar. Él lo decía y ella le creía.

—No he venido sola —dijo Clover, con su voz de ratona en miniatura—. No sería tan atrevida. El párroco, mi marido, dice que no es conveniente que una mujer haga notar su presencia y yo trato de no hacer eso nunca.

—Lo consigue admirablemente —le dijo Rand.

—El reverendo Donald me va a preguntar cómo me he portado el tiempo que he estado aquí sola, así que será mejor que usted se lo diga. —Se plisó la falda con los dedos temblorosos—. Si no es mucho atrevimiento pedir eso.

Gail puso los ojos en blanco, y Betty le cogió el brazo y le dio una sacudida.

—No es ningún atrevimiento —dijo Rand—. ¿Adónde ha ido?

Al parecer Clover ya había terminado de hablar, porque pareció no oír la pregunta, así que Rand se la repitió a su madre.

—Fue a visitar a los granjeros y a echarle una mirada a los daños. ¿Viste nuestras ventanas?

—¿Cómo podría no verlas? —Fue hasta una de ellas, metió la cabeza por entre los vidrios rotos y contempló la desolación—. Este no ha sido un año propicio para Clairmont Court.

—El fantasma anduvo caminando por aquí por algún motivo, supongo —observó Betty.

Rand miró a Sylvan irónico y ella se apresuró a desviar la mirada; ahora él la trataba como si tuviera delicada la mente; si se enteraba que ella había visto al verdadero fantasma, la haría llevar al manicomio.

Gail no pudo continuar conteniéndose:

—Sylvan, Sylvan, míreme. —Se ahuecó el pelo—. ¿Le gusta? Está igual que el suyo.

Sylvan observó que el pelo moreno de la niña estaba cortado en un estilo igual al de ella, y se sintió ridículamente complacida.

—¿Qué le hicisteis a su pelo? —preguntó Rand.

—Adela se lo cortó —explicó lady Emmie, ofreciéndole una copa de jerez a Sylvan—. Gail quería tener el pelo como el de Sylvan, y después que la pillamos tratando de blanquearse con lejía unos mechones, decidimos que sería mejor ceder.

—Usted lo decidió, excelencia —dijo Betty, ayudando a Sylvan a quitarse la chaqueta de viaje—. Yo no vi ningún motivo para recompensar a la niña por ese desafío.

—Sólo quiero consentirla un poco ahora, Betty —dijo lady Emmie, pasando suavemente una mano temblorosa por la cabeza de Gail—. Ella es lo único que me queda de Garth.

—No va a conseguir que acepte malcriar a la niña tironeándome las cuerdas del corazón —dijo Betty, severamente.

No había reproche en su tono, y Sylvan comprendió lo difícil que tenía que ser la posición de Betty. Nadie mejor que ella, su madre, sabía la angustia que experimentaba Gail por la muerte de su padre, y tal vez nadie deseaba mimarla más que ella, pero era una mujer práctica, tenía una visión realista del futuro, y su vida como hija ilegítima de un duque le exigiría a Gail fuerza de voluntad y fortaleza de espíritu.

Gail observó a Rand y se le alargó la cara.

—Al tío Rand no le gusta.

—Sí que le gusta —dijo Sylvan, dándole un codazo a Rand en las costillas—. Lo que pasa es que los hombres necesitan unos cuantos días para acostumbrarse a cualquier cosa nueva.

—Yo no necesito unos cuantos días —dijo Rand, volviendo la atención a la conversación—. Es bonito.

—Ten cuidado —advirtió Sylvan a Gail—. Ahora puede besarte la nuca como besa la mía.

—No como beso la tuya —le susurró Rand al oído.

Ella volvió a enterrarle el codo en las costillas y él hizo un gesto de dolor.

—Nuestros viajeros tienen hambre, me imagino —dijo Betty—,

y lord Rand parece triste. Vamos, señorita Gail —abrió la puerta para que pasara su hija—, ayúdame a preparar el té.

—No, no quiero. El tío Rand acaba de llegar a casa con la tía Sylvan, y aún no he oído nada sobre Londres. —Algo en la postura y expresión de su madre debió advertirla, porque cambió el tono de desafío a súplica—: Déjame quedarme, por favor.

—Por favor, Betty —terció lady Emmie—, ¿no puede...?

Se interrumpió ante una mirada de Betty.

—Ahora —dijo Betty a Gail.

Arrastrando los pies, Gail miró hacia Rand y Sylvan con los ojos llenos de lágrimas, pero ninguno de los dos era tan tonto como para desafiar a Betty. Cuando salieron y se cerró la puerta, lady Emmie exhaló un largo suspiro.

—Esto es muy difícil. Ojalá Betty hubiera aceptado casarse con Garth. Incluso un matrimonio secreto habría hecho más fáciles las cosas.

—De todos modos, Gail tendría que obedecer a su madre —dijo Rand.

—La niña corretea libremente la mitad del tiempo —dijo la tía Adela—. Su institutriz no sabe adónde va, y yo digo que es indecoroso que una niña tenga tanta libertad, y mucho más si es la hija de un duque.

—La mayor parte del tiempo parece estar bien —dijo lady Emmie—, y de vez en cuando la veo mirando al vacío o llorando. Creo que es entonces cuando desaparece. —Se sentó en un sillón—. Cuando echa de menos a su padre.

—Ahora estamos aquí Sylvan y yo —dijo Rand—. La ayudaremos. Sylvan lo sabe todo sobre la aflicción y la pérdida.

Sylvan lo miró sorprendida, pero él no lo notó porque estaba cogiendo una copa de coñac que le ofrecía lady Adela. ¿Qué sabía él?

Empujándolo hacia un sillón, la tía Adela le preguntó:

—¿No te vas a sentar, excelencia?

—No, tía, por favor. —Se friccionó el trasero—. No puedo volver a sentarme. He estado tres días sentado.

—¿Viste a James en Londres? —preguntó ella, con mal disimulada expectación.

Él bebió un trago de coñac con expresión culpable.

—Tenía pensado verlo, pero no me tomé el tiempo.

—¿No te tomaste el tiempo para ver a tu primo después de su ausencia de más de seis semanas?

Rand sonrió de oreja a oreja.

—Me imagino que aún no ha dejado de celebrar su escapada de Clairmont Court.

La tía Adela se tensó:

—No estaba tan malhumorado.

—Malhumorado no, tía, pero sí frustrado. Al fin y al cabo, no deseaba ir a Londres para entregarse al libertinaje. —Volvió a la ventana, suspirando—. Garth no debería haberlo retenido aquí.

—A mí me alegra que lo retuviera —dijo la tía Adela en voz baja—. Pero yo soy una vieja egoísta que desea tener cerca a su hijo.

—Está mejor en Londres —repuso Rand—. Es más feliz. Pronto tendremos noticias de él, no me cabe duda.

Un bullicio en el vestíbulo los interrumpió. Se abrió la puerta y entró el reverendo Donald; se había quitado el abrigo y estaba descalzo, sólo con las medias. Se inclinó ante Rand y Sylvan.

—Excelencias, cuánto me alegra verles de vuelta. Tal vez ustedes son la cura que necesitamos para este aciago día.

—Ojalá pudiéramos efectuar un cambio —dijo Rand, estrechándole la mano—. Pero eso supera mis limitados poderes.

—Tal vez Sylvan nos traiga suerte otra vez —dijo lady Emmie, sonriendo—. Después de todo, cuando llegó curó al cojo.

—¡Qué desafortunada elección de palabras, lady Emmie! —exclamó el cura horrorizado—. El Señor Dios curó a su excelencia.

—Por supuesto —terció la tía Adela, para apaciguar su conmoción—. Lo que quiere decir lady Emmie es que Sylvan fue el instrumento del remedio de Dios.

—Interesante teoría, lady Adela —dijo el reverendo, y miró a Sylvan con una estirada sonrisa.

—No es teoría —dijo Rand—. Si no hubiera sido por la fe de Sylvan en mí, yo habría sido comida de peces.

—Exageras —dijo la tía Adela.

Rand fue a situarse al lado de Sylvan, le cogió la mano y se la llevó a los labios en rebuscado homenaje.

—No exagero en absoluto.

—Los recién casados son dados a exhibiciones de afecto en público, ¿no? —dijo el reverendo, desviando la mirada—. Encantador. Lady Emmie, espero que me perdone la falta de ceremonia, pero mis zapatos están cubiertos de barro. No quería dejar huellas en la alfombra, no podía marcharme sin saludar al duque y a la duquesa, y tenía que recoger a mi esposa.

—Qué tontería, reverendo, no hace falta ninguna disculpa —contestó lady Emmie—. Vamos, siéntese y caliéntese los pies junto al hogar. Nos traerán el té dentro de un momento, y puede informarnos acerca de la propiedad. ¿Todos los cultivos han quedado arrasados?

El reverendo Donald se sentó en el sofá al lado de su esposa.

—No he sido muy atrevida —dijo Clover con voz trémula.

Parecía sentirse tan culpable que Sylvan habría gemido, pero el párroco le dio una palmadita en la mano.

—Estupendo, estupendo. —Estirando las piernas hacia el fuego, dijo—: La guadaña de Dios ha segado la mies dejando una ancha huella en el corazón de Malkinhampsted y de su gente. Detesto ver a tantos hombres y mujeres desalentados.

La tía Adela se sirvió una copa de jerez, diciendo:

—Supongo que ahora emigrarán a la ciudad. Echo de menos los buenos tiempos, cuando se morían de hambre sin pensar que tenían que marcharse.

—Eso es una tontería, Adela, y lo sabes —dijo lady Emmie.

La tía Adela se bebió su jerez de un solo trago.

—Lo sé.

Un profundo silencio recibió ese momento de importancia histórica: la tía Adela expresando su acuerdo con lady Emmie. Esta última daba la impresión de haberse tragado una canica. Rand y Sylvan se miraron con una sonrisa de complicidad.

—Siempre hemos tenido pobres con nosotros —dijo el cura—. Simplemente deben resignarse a su suerte.

—¿Por qué han de resignarse a su suerte cuando con un poco de ambición pueden mejorar su posición en el mundo? —preguntó Rand.

El cura escuchó la blasfemia con expresión de pena.

—Excelencia, sé que hay quienes tienen esa opinión, pero no es atractiva, ni es la opinión tradicional de la Iglesia.

—El mundo está cambiando, reverendo —dijo Rand.

—La verdad de Dios es eterna, excelencia.

A Sylvan la fastidiaba muchísimo que los curas tergiversaran la palabra de Dios para adaptarla a sus creencias y luego aprovecharan su respetado puesto para investirse de autoridad.

—Si sólo dependiéramos de la tradición —dijo, acalorada—, mi padre no habría podido elevarse desde su humilde origen hasta la posición de un hombre adinerado.

Rand asintió.

—Entonces tú no habrías formado parte de la alta sociedad, ido a Waterloo ni adquirido experiencia como enfermera, no habrías venido a Clairmont Court ni te habrías casado conmigo.

Su engreída sonrisa la erizó.

—Hay algo que decir a favor de la teoría del párroco.

Su sarcasmo no hizo desaparecer la sonrisa de Rand, y lady Emmie dijo:

—Buen Dios, tú y Rand habláis igual que mi querido marido y yo.

# Capítulo 18

Cariño, sabes que no me gusta ser una madre entrometida.

Rand dio la espalda a la soleada ventana de su ex dormitorio en la planta baja y miró distraído a lady Emmie. Estaba en el umbral de la puerta, mirándolo con esa expresión angustiada que tenía con mucha frecuencia desde que él y Sylvan volvieron hacía menos de un mes. Detestaba verla preocupada, pero ¿qué podía hacer él para aliviarla? Él también estaba preocupado.

—¿Cariño?

Él pegó un salto.

—Nunca te entrometes.

Ella avanzó unos cuantos pasos, vacilante.

—Pero soy tu madre y no puedo dejar de preocuparme. ¿Hay problemas entre tú y Sylvan?

Él pestañeó sorprendido y, apoyándose en el alféizar, le hizo un gesto al único sillón que quedaba en la habitación desocupada.

—¿Por qué crees eso?

Jugueteando nerviosa con su pañoleta, lady Emmie se sentó en el borde del sillón.

—Sylvan está muy apagada.

Eso no era algo que él no supiera, pero fingió ignorancia, tal como intentaba simular que todo iba bien entre él y Sylvan.

—¿Qué quieres decir?

—Se pasa gran parte de su tiempo conmigo y con Adela, haciendo una buena imitación de una dama que no tiene ningún interés aparte de su labor de aguja. Las únicas veces que no está sentada con nosotras son cuando habla con Betty acerca de las comidas o se escabulle para estar con Gail.

—Apagada —dijo él, pasándose las manos por los ojos—. Esa es la palabra que la describe, ¿verdad?

—Parece cansada.

—Tiene pesadillas.

Pesadillas que ella negaba haber tenido cuando él se lo preguntaba.

—Si de vez en cuando no la oyera reírse con Gail, pensaría que le hemos matado esa personalidad alocada y cariñosa que tenía al principio, cuando llegó.

Él apretó los dientes y miró hacia la pared desnuda de enfrente. No «hemos» matado la personalidad alocada y cariñosa de Sylvan, pero a veces pensaba que tal vez «él» sí.

—Las mujeres de la fábrica han venido a verla. Pert, Loretta y Charity han estado aquí. Incluso Nanna ha venido en una carreta tirada por un poni para demostrar con qué eficiencia se maneja con sus muletas. Sylvan se ha negado a verlas.

—¿Se ha negado?

—Bueno, tal vez no negado, pero no ha estado disponible para recibirlas. Y ahora ellas están dolidas. Desean darle las gracias por curarlas, y ella no quiere tener nada que ver con su gratitud. No entiende, o no quiere entender, que es una falta de respeto desdeñar así su agradecimiento.

Rand no supo qué decir, y paseó la mirada por la habitación desnuda. Habían quitado la cama. No había quedado ninguna señal de cuando la ocupaba él. Sus pertenencias las habían llevado a la habitación del señor en la planta de arriba, como también las pertenencias de Sylvan. No habían traído de vuelta ninguno de los muebles que antes hacían de esa habitación un despacho, sin embargo, él había tomado la costumbre de pasar muchísimo tiempo solo en su ex dormitorio.

—¿Por qué no le explicas eso a ella? Seguro que te hará caso.

—Pensé que tú podrías hablarle de ello. Porque, cariño, me cuesta decirlo —se tocó el pelo de la nuca y luego se la friccionó, como si la tuviera tensa—, te veo tan callado y, eh..., pensativo.

—Supongo que no pones reparos a que piense.

—Bueno —sonrió con ironía—, me sorprendo echando de menos el tiempo en que arrojabas cosas por las ventanas.

Sobresaltado, él la observó atentamente. Ella abrió los brazos y él corrió a echarse en ellos; arrodillándose ante ella, apoyó la cabeza en su hombro.

—Mamá, no se fía de mí.

Notó que a ella se le tensaban los músculos.

—¿Y te extraña? ¿Después que la enviaste lejos?

Él se apartó y le miró la cara. Sabía que ella no aprobó eso, pero había dicho muy poco aparte de instarlo a traer a Sylvan de vuelta. Al parecer había estado esperando esa oportunidad, porque de sus ojos castaños saltaban chispas de irritación. Intentó explicárselo, justificarse:

—Ella no quería marcharse sola. Intenté convencerla, explicarle que tenía que marcharse porque aquí estaba en peligro, pero ella no quería.

—No, claro que no quería. Tú también estabas en peligro. ¿Qué tipo de mujer se iría, dejando solo ante el peligro al hombre al que ama?

—Una inteligente.

—Una cobarde.

—Lo hice por su bien.

Ella le puso las manos en los hombros y lo empujó. Él cayó sentado, golpeándose, y miró atónito a su madre, normalmente tan amable.

—¿Por su bien? —dijo ella, elevando la voz—. ¿Eso es lo que crees que es una esposa? ¿Una cosa que hay que proteger, quiera ella o no?

—No pensé que tú...

—No pensaste. Exactamente, como todos los demás hombres del mundo. —Movió un dedo bajo su nariz—. ¿No se te ha ocurrido pensar por qué Sylvan y Gail pasan tanto tiempo juntas?

Él apartó la cara de ese imperioso dedo, pero descubrió que no tenía el valor para ponerse de pie y elevarse en toda su estatura, dominando a su madre.

—Parece que han descubierto que tienen muchas cosas en común.

—Por supuesto. Gail no podría haber perdido a su padre en peor momento.

—¿Por qué este momento es peor que cualquier otro? —preguntó él, desconcertado.

Lady Emmie exhaló un suspiro de exasperación.

—Había olvidado lo obtusos que pueden ser los hombres. Porque Gail se está haciendo mayor; está en la precaria fase de transición de niña a mujer. ¿No lo has notado?

Él pensó en la niña lastimosamente delgada y desgarbada que había pegado un rápido estirón ese año.

—Sólo tiene ocho años.

—Tiene diez.

A él le salió una protesta automática y sincera:

—Todavía no puede hacerse mujer.

—Con o sin tu permiso, está madurando.

—No lo está.

Pero eso lo masculló en voz baja y ella no le hizo caso.

—La maduración es un proceso delicado en las niñas. Necesitan desarrollar seguridad en sí mismas, pero el más mínimo revés puede ser fatal. Tal vez por eso ella y Sylvan han descubierto una afinidad.

—Porque... ah. —Vio que su madre lo observaba atentamente

mientras asimilaba eso—. ¿Quieres decir que en un momento crítico del desarrollo de Sylvan yo la aplasté con crueldad?

—Tal vez no eres tan imbécil como creía.

—Pero Sylvan no es una adolescente que ha perdido a su padre
en un terrible accidente.

—No, para Sylvan es peor. ¿Te acuerdas de cuando recibí una
carta de sir Miles?

Él negó con la cabeza.

—Fue durante tu periodo de arrojar sillas. —Eligiendo con cuidado las palabras, explicó—: Parece ser un caballero frío con poco
orgullo paterno por su hija o por sus consecuciones.

—Creo que puedes decir eso sin riesgo a equivocarte. —Entonces lo golpeó la comprensión, produciéndole un frío glacial en
las entrañas, y dijo las palabras a medida que las pensaba—: ¿No
tiene seguridad en sí misma porque nunca tuvo el apoyo de su
padre?

—Creo que puedes decir eso sin riesgo a equivocarte —contestó
ella, repitiendo sus palabras en tono de mofa—. Su madre tampoco
la quiere, ¿verdad?

—No lo bastante para protegerla. —Seguía dándole vueltas a ese
nuevo concepto—. Pero no puedes decir que a Sylvan le falta seguridad en sí misma. Fíjate en lo que hizo antes de venir aquí. Mandó
al cuerno la respetabilidad, actuaba como una mujer disipada, bailaba, reía y era —hizo una inspiración al recordar— totalmente irresistible.

—¿Podría haber conseguido la aprobación de su padre?

Él pasó por alto la pregunta y continuó con resuelta vehemencia:

—Entonces, cuando necesitaron enfermeras y la mayoría de las
inglesas se negaron a atender a los heridos, a no ser que fueran sus
hijos o hermanos, ella se lanzó osadamente a hacer el trabajo. —Se
interrumpió al ver que ella negaba lentamente con la cabeza—. Tú
crees que le dimos seguridad en sí misma con nuestra aprobación,
¿verdad?

—Sí, le dimos seguridad en sí misma, pero fuiste principalmente tú, con tu admiración, tu confianza en sus capacidades, tu gusto por sus excentricidades.

El frío se le extendió desde el interior hasta las yemas de los dedos; se cruzó de brazos y metió las manos bajo las axilas, tratando de calentárselas.

—Y después yo se la quité de la manera más cruel posible.

—Yo creo que ninguna persona que a ella le importe le ha aplaudido jamás sus virtudes y ni siquiera ha tomado nota de ellas.

—¿Crees que yo le importo?

—No lo sé. —No le ofreció ni siquiera una sonrisa para aliviarle el pinchazo de su acusación—. Sólo sé que está tratando de transformarse en la dama perfecta, y sospecho que lo hace porque cree que ese es tu deseo.

—Se está convirtiendo en su madre, pero yo nunca he deseado que sea distinta de como es.

Su débil protesta la hizo inclinarse hacia él con más agresividad de la que le había visto nunca a su dulce madre.

—Le diste a entender que no valía lo bastante para ti.

—No fue esa mi intención.

—¿Le dijiste eso?

—Hice algo mejor.

—Quieres decir que le hiciste el amor —bufó ella.

—¡Fabuloso!

—Las mujeres necesitamos las palabras —dijo ella, gesticulando con las manos para dar énfasis—. ¿Cómo puede saber lo que piensas si no se lo dices?

—Pensé que ella... —Se encogió de hombros y repitió el gesto—. Pensé que ella lo sabría por mi manera de...

—Hijo —interrumpió ella; enderezó la espalda y se cruzó de brazos—. Ninguna mujer que tenga un ápice de inteligencia cree que un hombre la ama porque le gusta darle revolcones.

—¡Madre!

—Hay todo tipo de matrimonios. Hay matrimonios basados solamente en la pasión, matrimonios hechos por dinero, y matrimonios en que cada cónyuge es más feliz separado. Esos son los matrimonios más comunes. —Se tocó el anillo que todavía llevaba—. Y luego están unas pocas uniones felices en que marido y mujer hablan, ríen y aman como una sola persona y nada, ni siquiera la muerte, pone fin a eso.

—Como tú y padre.

—Él sigue aquí conmigo —dijo ella, tocándose el corazón—. Tienes que decidir qué deseas de Sylvan. ¿Qué deseas que haya entre los dos? —Se levantó y le dio una palmadita en la cabeza como si fuera un perro—. Piénsalo.

¿Qué deseaba de Sylvan? Sencillamente todo, y había comprobado que eso no lo obtenía sólo con su habilidad sexual. Tal vez su madre sabía algo que él no. Tal vez entendía que las dudas de Sylvan para confiar en él nacían de algo más que de un estallido increíblemente estúpido de él; tal vez le había dicho la manera de recuperar la confianza de su mujer.

No se dio cuenta de que su madre lo estaba observando cuando pasó corriendo por el corredor y subió la escalera; no sintió a la tía Adela cuando salió de una de las salas y no alcanzó a ver la sonrisa de complicidad que intercambiaron.

La puerta del dormitorio del duque estaba cerrada, y aminoró el paso al acercarse. Tan seguro que había estado de que lo hacía bien, y no lo había hecho bien. ¿Cómo podía reparar el daño cuando ya dudaba de todos sus gestos? Colocó la mano en el pomo, hizo una saludable inspiración, abrió y entró.

Sylvan estaba sentada mirando por una de las ventanas recién reparadas, o, mejor dicho, habría estado mirando fuera si las cortinas no hubieran estado cerradas, impidiendo la entrada del sol de la mañana.

Hiciera lo que hiciera, comprendió, no podía empeorar las cosas.

—Hola, Sylvan.

En la penumbra la vio girar la cabeza. Fue hasta la ventana y abrió las cortinas. La luz inundó la habitación y ella levantó la mano para protegerse los ojos.

—Voy a salir a caminar —dijo entonces él, fingiendo alegría—. Acompáñame.

—Hoy no, gracias.

Bajó la mano, pero no lo miró.

—¿Estás enferma?

—Eso es. No me siento bien.

—¿Estás con la regla?

Entonces sí lo miró, azorada.

—¡No!

—Mmm.

Le cogió el mentón y le giró la cara hacia la luz; ella lo miró desafiante un momento y luego bajó los ojos y él pensó si no le negaría la verdad. Pero, estuviera o no con la regla, esa melancolía no podía ser sana.

—Sal conmigo —le dijo, en tono de ruego mimoso—. Prácticamente no has estado fuera de la casa desde que llegamos.

—Esa tormenta con que nos encontramos en las afueras de Malkinhampsted me asustó.

Parecía casi infantil, dando una disculpa sin esperar que la creyeran, y eso le aumentó la fe en su madre y su teoría.

—¿Tú asustada? ¿Asustada la mujer que me hizo frente cuando yo estaba con un ataque de furia y no hizo caso de un fantasma con un palo?

—Tú y el fantasma sólo erais hombres, pero si se desata otra tormenta estaré a su merced. No es lo mismo.

Rand le miró la silueta, pensando si se daría cuenta de lo mucho que revelaba de su expresión la luz del sol. Tenía miedo, sí, pero no de una tormenta. La mujer que encontraba tanto placer en recorrer la propiedad estaba ahora encogida de miedo dentro de la casa, y eso no le gustaba, no le gustaba nada.

—Ni siquiera ha llovido después de esa tormenta, y cuando llegue el frío lamentarás haber pasado estos días dentro de la casa. Ven conmigo. Hoy voy a ir a tu lugar favorito, y tal vez podamos sumergirnos en los recuerdos ahí.

A ella se le entreabrieron los labios y giró la cabeza para mirarlo, con un deseo tan claro que le desgarró el corazón. Ni con todo el engreimiento del mundo podía imaginarse que era la perspectiva de hacer el amor con él lo que la entusiasmaba tanto; era la idea de ir a Beechwood Hollow.

—De acuerdo, entonces —dijo, como si ella hubiera hablado—. Le pediré a Betty que nos prepare una cesta.

—De verdad... no quiero...

—Ponte ropa para caminar —dijo él, dirigiéndose a la puerta—, y dentro de media hora nos encontramos en el vestíbulo.

—Creo que no...

—Espérame ahí, si no, vendré a buscarte.

Cerró la puerta, acallando sus protestas y se dirigió a la cocina, ceñudo. En cierto modo, con su crueldad le había destrozado algo más que su frágil confianza en él, y de él dependía sanarla, o enseñarle la manera de sanarse. Sabría hacerlo, ¿no? ¿Acaso ella no le había enseñado ya la manera?

Mientras bajaba por la escalera se abrió la puerta principal, con un estrépito, y entró soplando una enérgica brisa.

—Paso al hijo pródigo —dijo una voz risueña.

Rand saltó del quinto peldaño y aterrizó en el duro suelo gritando:

—¡James!

James pasó por la puerta de un salto y patinó por la pulida madera gritando:

—¡Rand!

Los dos se rieron, Rand desentendiéndose del irritante dolor de las articulaciones de las caderas.

—No pareces un viajero cansado.

—Pero lo estoy —repuso James, tocándose la frente con el dorso de la mano, en gesto muy teatral—. He hecho todo el camino desde Londres en cinco días.

—Yo lo hice en tres.

—Ah, pero apuesto a que no tuviste que parar para pasar un rato con una condesa viuda solitaria que estaba necesitada de atención personal —dijo James, con un guiño travieso en los ojos.

—No, tenía a Sylvan conmigo.

La expresión de alivio de James no fue un gesto teatral.

—La convenciste de venirse contigo a casa, entonces.

—¿Cómo podría haberse resistido a mí?

—Cómo, desde luego. —James miró hacia fuera por la puerta y gritó—: ¡Eh! No tiréis al suelo esos baúles del techo del coche. —Salió pisando fuerte y volvió a gritar a los hombres contratados. Entonces vio a Jasper en el patio del establo—. ¡Eh, Jasper! Ven, por favor, a supervisar a estos cabezas huecas. —Volvió a entrar—. Condenados idiotas. No tienen cuidado con nada.

—Tal vez temen que sus propinas sean insuficientes —dijo Rand, irónico.

—¿Insinúas que estoy sin blanca?

—Nunca has estado de otra manera. ¿Qué te ha traído a casa?

James chasqueó los dedos hacia el mayordomo Peterson que estaba cerca y este lo ayudó a quitarse el abrigo y el sombrero de copa.

—Vulgar curiosidad. Me extrañó que no fueras a visitarme cuando estuviste en Londres. ¿Te he disgustado de alguna manera?

—Noo, en absoluto —repuso Rand amablemente—. Simplemente consideré mejor que Sylvan volviera a Clairmont Court.

—¿Por qué? ¿Es que tienes prisa en quedarte viudo? —Sonrió satisfecho al ver a Jasper y a tres de los mozos del establo subiendo la escalinata; cada uno llevando un baúl—. Gracias, Jasper —dijo, cuando entraron en la casa—. Jasper, ¿te encargas tú de los baúles, por favor?

—¿Y los cocheros? —preguntó Jasper.

—¿Qué pasa con ellos? —dijo James, fingiendo ignorancia.

—Vamos, por el amor de Dios —exclamó Rand. Hurgó en su bolsillo y le pasó unas monedas a Jasper—. Dales sus propinas y que se marchen.

—Eres un buen chico —dijo James, amablemente.

—Y tú has vuelto porque se te ha acabado el dinero que te di.

—Qué mente más desconfiada tienes, Rand.

—Y eso no es una respuesta. —Poniéndole una mano en la espalda lo empujó hacia el despacho—. Tu madre se alegrará de verte, por cierto.

—Una cara que sólo una madre podría amar —contestó James, mofándose de sí mismo.

—Entra a beber una copa y me cuentas tus peripecias.

—Un momento. —Apuntó a Peterson—. ¡Tú! Ocúpate por favor de que lleven esos bolsos a mi habitación. Y dile a Betty que estoy de vuelta y que debe preparar un buen asado para la cena, y pudín de ciruelas y crema de vainilla para postres.

—Qué encantador eres con las personas de rango inferior al tuyo, ¿eh? —se mofó Rand.

—He sido cortés —protestó James—. He sido cortés, ¿verdad? —preguntó al mayordomo.

Peterson se inclinó.

—Desde luego, lord James, desde luego.

James movió la mano en un amplio gesto.

—Ahí tienes. He sido educado.

—Si ni siquiera sabes cómo se llama.

—¿Y por qué debería saberlo?

—Lleva veinte años aquí.

James se sirvió un whisky y lo apuró de un trago.

—Bueno, eso quiere decir que hace bien su trabajo. —Se rió al oír el gemido de Rand—. Eres un tío raro, primo. Oí el rumor de que una tormenta hizo daño aquí.

Rand arqueó las cejas, sorprendido.

—¿Dónde oíste hablar de eso?

—En Londres, si uno tiene los oídos abiertos se entera de muchas cosas. Pero esto ha sido algo más que un rumor. He visto los campos arrasados por la lluvia torrencial. Ha dejado en la ruina a la gente pobre, ¿verdad?

—Bastante.

—¿Vas a reanudar el trabajo en la fábrica para ayudarlos?

Rand lo miró atónito.

—¡Lo sabía, lo sabía! —exclamó James en un estallido de frustración—. Lo veo en tu cara. La culpa se refleja en tu cara.

Rand se sorprendió poniéndose a la defensiva.

—Las mujeres me lo han pedido, y lo he estado pensando.

—Pensándolo. —Arrojó el vaso de cristal al hogar y este se rompió—. Maldita sea, Rand, ¿te has vuelto idiota? ¿Quieres que comience todo el asunto otra vez?

—¿Qué quieres decir? —preguntó Rand, sinceramente perplejo.

—Quiero decir que anda suelto un criminal loco al que no le gusta mucho esa fábrica.

—A ti no te gusta mucho esa fábrica.

—Yo no ando atacando a personas por eso.

—Atacando a personas...

—Era por la fábrica —dijo James—, siempre fue por la fábrica. —Se le acercó y lo cogió por las solapas—. ¿No lo ves? Las mujeres que trabajaban en la fábrica, la propia fábrica, la señorita Sylvan.

Rand se liberó de un tirón y retrocedió.

—Sylvan no tenía nada que ver con la fábrica.

—Curó a una de las trabajadoras de la fábrica cuando quedó herida. Si ese loco demente quería que se cerrara la fábrica, la señorita Sylvan pasó a ser peor villana que las demás.

—En realidad, el único peor era Garth —dijo Rand, frotándose el mentón, sorprendido por el sentido común de James—. Interesante teoría, James. Da lógica a lo que no tiene lógica.

James lo miró fijamente, con el pecho agitado.

—Entonces no lo vas a hacer.

—Entonces poner en marcha la fábrica hará salir de su escondrijo a ese cabrón que asesinó a mi hermano, ¿verdad? —repuso Rand en voz baja.

Soltando una maldición, James se dejó caer en una silla. La silla se fue hacia atrás, quedando sobre las dos patas traseras; Rand la afirmó antes que James cayera al suelo.

—¿Qué importancia tendría para ti? Estarás en Londres. No se te llenará la ropa de hollín.

James lo miró fijamente.

—No voy a volver a Londres.

—No temas, James —dijo Rand, escéptico como siempre—. Contarás con una asignación.

—No volveré por nada del mundo.

Sorprendido, Rand lo observó atentamente. Su primo daba la impresión de estar sufriendo de la fiebre.

—¿Te has metido en algún problema?

—Sí, hay un problema, de acuerdo. —Se pasó la mano por el pelo ya desordenado por el viaje y su desaliñada apariencia le recordó a su hermano, aunque sólo un instante—. Tú no entiendes los problemas. Tampoco los entendía Garth. Vais alegremente por la vida, sin pensar nunca en las consecuencias para aquellos de nosotros para los que las consecuencias tienen significado.

—¿Qué?

James se levantó y se irguió.

—No te preocupes. Simplemente no te sorprendas si me ves siguiéndote.

# Capítulo 19

Con la cesta de la merienda en la mano, Rand volvió al vestíbulo y se encontró con Sylvan que iba con paso triunfal en dirección al despacho. Hasta ahí llegaba la voz de la tía Adela saludando a su hijo y las exclamaciones de su madre acerca de su sobrino.

—No —le dijo, cogiéndole el brazo y girándola.

—Pero, James...

—Puede esperar para verte. Hay una cosa de la que quiero hablar que te concierne.

Ella dejó de tironear y lo miró desconfiada.

—Eso no. —La empujó hacia la puerta, bromeando—: Aunque seas una disipada por pensarlo.

Mirándolo indignada, ella cogió el chal, los guantes y la papalina de manos del impasible mayordomo.

—Gracias, Peterson —dijo.

Recordando la conversación con James, Rand se rió, poniéndole el chal blanco de encaje sobre los hombros; Peterson debió recordarlo también, porque asintió y sonrió al abrir la puerta y sostenerla para que ella saliera.

Salieron a la terraza y ella se estremeció, encandilada por la fuerte luz.

Rand experimentó la sensación de algo ya visto. ¿No habían representado esa misma escena una vez? ¿No era él el que temía salir al aire libre y ella la que lo obligó a salir a la luz del sol, donde comenzaría su curación? La miró para ver si ella también lo recordaba, pero ella ya se estaba atando bajo el mentón la papalina de copa blanda y ala ancha flexible que le ocultaba la cara.

Recordando la agresividad con que ella hizo caso omiso de su renuncia a salir y lo derrotó, resolvió probar con tácticas similares. Esperó hasta que estuvieron lo bastante alejados de los criados para que no le oyeran y dijo:

—Necesito tu opinión sobre una cosa.

—¿Mi opinión? ¿Por qué?

Comenzaron a bajar la escalinata y él le cogió el brazo.

—Porque respeto tu opinión.

—¿Sí?

Su voz sonó distante y distraída, así que mientras avanzaban por el mismo sendero que habían tomado aquella primera vez buscó la manera de demostrárselo.

—Parece que eso es un rasgo común en Clairmont Court, ¿no lo has notado? Las mujeres de la aldea también te respetan.

—Yo... —Trató de liberarse el brazo retorciéndolo, y él se lo soltó porque habría sido un bruto si no lo hubiera hecho; entonces continuó—: Las mujeres de la fábrica han venido a verme, pero yo...

—Tal vez vinieron en mal momento y no pudiste recibirlas —la disculpó él, y sacó el tema—: Claro que te consideran una aliada, y en estos momentos necesitan tener aliados.

Ella se puso roja.

—No sé por qué ni para qué me considerarían una aliada —le espetó.

—Porque desean convencerme de que vuelva a abrir la fábrica.

—La fábrica. —Se detuvo en seco—. ¿Cómo podrías hacer eso?

—Si financio la reconstrucción de la fábrica, los hombres tendrán trabajo bien remunerado. Harían el trabajo de construcción y con eso tendrían para pasar el invierno. —Volvió a cogerle el brazo, le dio un suave tirón y ella reanudó la marcha—. La fábrica ya estaría terminada el próximo verano y las mujeres tendrían trabajo.

—Pero ¿por qué lo harías? —Se tironeó el ala de la papalina, como si la irritara su virtud de ocultarle la cara—. ¿Dedicar un año de tu vida y una buena parte de la fortuna familiar a construir y poner en funcionamiento una fábrica cuando tu hermano murió violentamente en la anterior?

—¿Sabes por qué? —Llegaron al acantilado con la vista del mar y él tomó el sendero hacia la fábrica—. Desde la tormenta, los aldeanos me han pedido, rogado, en realidad, que la reconstruya. No desean marcharse de Malkinhampsted, que ha sido el hogar de generaciones de sus familias.

Ella se aflojó las cintas de la papalina y se la echó atrás, dejándola colgada del cuello.

—Sí, y el señor Donald puede decir lo que quiera sobre la resignación a la voluntad de Dios, pero nadie de la aldea ni de las granjas de los alrededores desea que sus hijos se mueran de hambre.

—Sabes eso sin haber hablado con ellos, ¿verdad?

Ella curvó hacia abajo las comisuras de los labios ante ese intencionado comentario, y dijo, con malhumorado desdén:

—No hace falta ser un genio para saberlo.

—Tienes un don para compenetrarte con los demás.

—No lo tengo.

—Yo creo que sí.

—No. A ti no te entiendo en absoluto.

—Mmm. —Simuló que estaba pensando mientras subían la ladera de la colina cercana a la fábrica—. Supongo que eso podría ser un problema entre nosotros. Después de todo estamos casados y todo lo unidos que pueden estar dos personas. Nos une un estrecho vínculo.

—Pss.

—Hacemos el amor de todas las maneras imaginables, pero sigo sin saber lo que piensas.

Manteniendo una mano bajo el brazo de ella, le pasó la otra por la cintura y la giró hacia él.

Ella adelantó el mentón.

—¿Por qué te importa eso?

—Porque eres mi esposa. Me casé contigo porque...

—Porque el cura y tu hermano nos pillaron abrazados de una manera indecente.

—¡No! Nos pillaron abrazados porque tú me atraías, en cuerpo y alma.

Ella se desprendió de su brazo y se alejó caminando rápido.

—¡Qué bonito!

—No estaba obligado a casarme contigo —dijo él, hablándole a su espalda.

—Sí, lo estabas. —Se subió la papalina y se reató las cintas con un gesto violento—. Tú lo dijiste.

Sí que lo había dicho, pero no en serio.

—Soy, era, el hermano de un duque. No tenía obligación de hacer nada que no quisiera.

Sylvan se echó a reír, al parecer verdaderamente divertida.

—Vamos, Rand. —Se detuvo a enmarcarle la cara con las manos enguantadas—. ¿De veras crees eso? ¿No sabes que la única manera como podrías haberme dejado plantada ante el altar es si fueras otro hombre y con otra familia? Sólo un palurdo dejaría a una mujer en ese dilema, y tú no eres un palurdo.

—Me vas a convertir en un engreído con cumplidos como ese.

Ella no hizo caso de su resentimiento.

—¿Te imaginas lo que habría dicho tu madre si te hubieras negado a casarte conmigo? ¿O tu hermano? ¿O incluso la tía Adela?

—Bueno, sí, se habrían molestado. —Eso era quedarse muy corto, y seguro que ella lo sabía—. Pero podría haberme negado.

—Otro hombre podría haberse negado. Tal vez James podría

haberse negado. Pero no tú, Rand. —Le dio unas palmaditas en las mejillas—. No tú. Ahora bien —echó a caminar—, ¿por qué me explicas esto de la fábrica?

No estaba resultando como él había esperado.

—Necesito consultar a alguien acerca de la fábrica. Por desgracia, la persona a quien deseo consultar se protege y excluye a todo el mundo, ¡a todo el mundo!, de sus pensamientos.

—¡Eso no lo sabes! —exclamó ella.

Pero no se giró a mirarlo hasta que llegó a la cima de la colina de la fábrica. Ahí se detuvo hasta que él llegó a su lado.

Contemplándose fijamente los zapatos, se aferró a su cascarón protector, y él no supo si había conseguido algo con sus tanteos y sondeos. Sintiéndose incómodo esperó a que ella dijera algo, cualquier cosa que enderezara las cosas, y cuando ya no soportó el silencio, le desató las cintas de la papalina y se la sacó. Sólo quería mirarle la cara, para ver qué mensaje había en ella. Le revolvió el pelo con una mano, rematando el desorden iniciado por el viento. Se veía tan igual a la animosa Sylvan que había sido cuando la conoció, que deseó poder besarla.

Y podía, claro. Ella respondería enseguida y tal vez lo tumbaría en el suelo y lo haría olvidar todos sus planes para descubrir el motivo de su infelicidad. Acababa de caer en la cuenta, en ese momento, que le había estado haciendo el amor creyendo que ella tendría que revelarse en el acto sexual, pero ella le había hecho el amor aprovechando eso para ocultarse.

Tal vez su madre tenía razón. Tal vez Sylvan necesitaba algo más que dos cuerpos en una cama; tal vez necesitaba palabras, verdaderas palabras, palabras que la convencieran de que la amaba.

Ojalá supiera cuáles eran esas palabras.

La miró y vió brillar lágrimas en sus ojos, pero no las dejaba salir. Con el mentón firme, ella hizo un gesto con la cabeza hacia la hondonada.

—La fábrica quedó hecha una lamentable ruina, ¿verdad?

El mismo sol que brillaba amable sobre la tierra y el mar, destacaba la destrucción de abajo. Antes había sido una cicatriz en la tierra, ahora era una herida sangrante.

Ella comenzó a bajar la ladera dejándolo ahí con la papalina en la mano.

—¿De verdad podrías repararla? —gritó.

Como siempre, el viento soplaba desde el mar, así que soltó la papalina dejándola volar. El viento la llevó flotando tierra adentro, un largo trecho, hasta que fue descendiendo y cayó en medio de la elevada hierba, quedando oculta.

Sonriendo satisfecho, la siguió de prisa para darle alcance.

—Creo que sí. La mayor parte de las piedras de la pared quedaron enteras, y por aquí hay muchísima pizarra para el techo. —Llegaron a la fábrica y exhaló un suspiro; cuando lo pensaba, reconstruirla le parecía una buena idea, pero enfrentado a la realidad de la destrucción, pensaba que estaba loco—. Pero James está en contra, por supuesto. La tía Adela nunca la ha aprobado, y si la reconstruimos, creo que a mi madre le volverá la aflicción y se preocupará de una manera indecible.

—A mí tampoco me gustaba la fábrica —dijo Sylvan—. Detestaba el ruido, el olor y el peligro constante.

Se quitó los guantes y fue a pasar una mano por la pared más cercana que todavía seguía en pie. Se desprendieron trocitos de cal descascarillada.

A él le dolían las articulaciones de las piernas por la larga caminata, así que se sentó en una de las piedras cuadradas que cayeron por la explosión. Estiró las piernas y se friccionó las caderas.

—Entonces, ¿crees que es una tontería reconstruirla?

Ella se frotó los dedos como para disipar la sensación de sequedad, y se estremeció.

—Tenemos que reconstruirla.

Él la miró sorprendido.

—Pero si la detestas...

—Detestaría que este perfecto rincón de Inglaterra perdiera a su gente porque no la puede mantener. Tenemos que reconstruirla.

—¿Y si vuelve a aparecer el fantasma a atacar a las mujeres y sabotear la fábrica?

Ella se mordió el labio inferior, ceñuda.

—El fantasma podría haber sido un enemigo de Garth, y todo lo que hacía tenía por fin acabar con él.

—Es posible. Pero James dice que era la fábrica la que causaba los problemas.

—¿James sabe que estás pensando en reanudar el trabajo en la fábrica?

—Lo supuso. Y lo afligió muchísimo también.

—Me lo imagino. —Lo observó mientras él se friccionaba suavemente las piernas, pero no le ofreció ayuda—. Sin embargo, no podemos permitir que el miedo a un fantasma decida por nosotros. Sabemos que es un hombre, y tú ya no eres una víctima fácil de sus engaños.

Nuevamente lo invadió la preocupación por la seguridad de ella.

—Sólo ataca por la noche —dijo—, y yo estaré contigo, pero tomaremos precauciones extras.

Ella se miró las manos, entrelazando y soltándose los dedos.

—¿Quieres que me vaya?

—¿Que te vayas?

—A la casa de mi padre. ¿Para eso me has traído aquí? ¿Para decirme otra vez que soy...?

—¿Que eres...?

Lo miró a los ojos y a él se le rompió el corazón al ver su pena.

—Una incompetente.

—Soy yo el incompetente cuando estoy sin ti. —Movió la cabeza—. Nunca más volveré a enviarte lejos. Fui un tonto al hacerlo esa vez. —Ante el silencio de ella, preguntó—: ¿Me crees?

—Deseo creerlo.

Y lo deseaba, vio él.

—¿Te acuerdas que me prometiste acceder a todos mis deseos conyugales?

—¿Cómo podría olvidarme? —preguntó ella, con un relampagueo de su brío de antes—. Me lo recuerdas en toda oportunidad.

Él trató de sacarle una sonrisa.

—Permíteme que te dé una orden una vez más, como tu duque y tu marido. Cree que eres mi bienamada y sabe que nunca volverás a separarte de mí. ¿Puedes hacer eso?

—Lo intentaré.

Su sonrisa no fue una verdadera sonrisa, sino más bien una muestra de esperanza, pero su respuesta se la compensó.

Se hizo un profundo silencio y se fue alargando, hasta que ella se dio cuenta y se ruborizó:

—Será mejor que tomemos precauciones con todas las mujeres. Hay que decirle a las trabajadoras de la fábrica que no salgan fuera después que oscurezca, y poner vigilancia para lady Emmie y la tía Adela.

A él lo fastidió volver a la realidad, pero tenía que manifestar su acuerdo.

—Y vigilancia a Betty también.

—Y a Gail.

—Supongo que el fantasma no le haría daño a una niña.

La idea era tan ajena a su experiencia que no podía imaginárselo.

—No —dijo ella, pero estaba preocupada—. Supongo que no. Si lográramos llevar a la justicia al asesino de tu hermano, eso sería un beneficio añadido al bien que producirá la fábrica.

Él había considerado todas las posibilidades, y haría todo lo que fuera necesario para proteger a sus seres queridos. Y su mujer era todo lo que creía de ella y más, y le llevara el tiempo que le llevara volver a ganarse su confianza, sería un tiempo bien empleado.

—Entonces lo haremos —dijo. Le tendió la mano—. Ayúdame a levantarme.

Ella le cogió la mano y tiró, pero él tiró más fuerte y la hizo caer en su regazo.

Ella se debatió aunque con poco brío cuando la giró y la posicionó, pero se quedó quieta cuando él le bañó la cara de besos suaves y tiernos. Entonces él la meció y ella apoyó la cabeza en su hombro, declarando:

—Pondremos una enfermería.

—¿Q-qué? —tartamudeó él, arrancado así del placer que encontraba en ella.

—Pondremos una enfermería, con vendas, hierbas, tablillas para las fracturas y una sierra para cortar hueso. —Se atragantó un poco al recordar—. Todas las cosas que necesitamos ese día de la explosión.

Él la abrazó con más fuerza.

—Todo lo que desees, excelencia.

No lo dijo con sarcasmo, pero ella pensó que sí, para ser tan obediente, y trató de liberarse de sus brazos. Entonces la soltó, y ella, caminando por el lado de la fábrica, continuó pensando en él, en sus motivaciones y metas. ¿Qué habría producido ese cambio en él? Antes estaba convencidísimo de que tenía razón al protegerla, al tratarla como a una florecilla y descartando los conocimientos que podían hacerla una compañera útil. Y ella había estado dispuesta a comportarse como creía que él deseaba, como una dama cuya cabeza no sabe hacer otra cosa aparte de tirar del cordón para llamar a los criados y distinguir los colores de sus hilos para bordar.

Y ahora quería conversar con ella, diciéndole que valoraba su opinión y actuando como si eso fuera cierto. En algún momento de la confusión en que se había convertido su vida había perdido de vista la verdad. Esta la acosaba en sus pesadillas y la asaltaba en los momentos más inoportunos, y seguía asaltándola una y otra vez, tanto que ya no sabía qué ni quién era.

Estaba sumida en sus pensamientos cuando vio a un hombre incorporándose entre los escombros, y pegó un salto y chilló.

—Perdón. No era mi intención asustarla... ¿Excelencia?

Ruborizándose por su tontería, ella saludó con una inclinación de cabeza al sonriente joven de hombros anchos. No, claro que no había esperado ver el fantasma de Garth, ni ningún otro fantasma, en todo caso, pero sobre ese lugar se cernía un paño mortuorio.

El hombre soltó los maderos que llevaba en los brazos y se tocó la sien, con un destello de curiosidad en los ojos.

—Excelencia, soy Jeffrey el carpintero. Espero que no le importe, pero he venido a recoger todo lo que pueda de la fábrica. El invierno será crudo y puedo usar estos trozos de madera para hacer reparaciones.

—Esto... bueno... —Miró hacia Rand, pero este estaba de pie haciendo unos estiramientos, como si de repente le hubiera venido un calambre—. Recoja lo que pueda. Seguro que a mi marido no le importará.

Jeffrey recogió uno a uno los maderos que había dejado caer.

—Tenía la esperanza de verla. Las mujeres de la aldea hablan muchísimo de usted, y Nanna es mi prima, ¿sabe?

Ella se ruborizó, al imaginarse que detectaba censura en su tono, pero él continuó alegremente:

—Claro que soy primo de todo el mundo. La mayoría de las personas de la aldea y de las granjas estamos emparentados.

Eso le captó la atención a ella. Observándolo atentamente para ver su reacción, dijo:

—Le dolería que se trasladaran a otra parte.

La sonrisa de él se ensanchó.

—Sí. Me gustaría que...

—¿Que...?

—Ah, no me gusta fastidiar, pero me gustaría que su excelencia pudiera ver despejado el camino para reconstruir la fábrica. Entonces habría trabajo para todos. Todos seríamos ricos. —Reapareció su sonrisa obsequiosa y nuevamente hizo una venia y se tocó la sien, al ver acercarse a Rand—. Excelencia, estaba hablando de usted y de cómo se beneficiaría de reconstruir la fábrica.

Rand le cogió la mano a Sylvan.

—Lo estamos pensando.

Jeffrey soltó una exclamación de alegría, hizo una venia y luego otra—. Me alegra oír eso, excelencia. Significa muchísimo para todos nosotros. —Se le volvieron a caer los maderos y continuó mientras los recogía—: Me gustaría decirlo en la aldea, ¿lo digo?

Rand miró a Sylvan con las cejas arqueadas y ella entendió la pregunta. Si le daban permiso a Jeffrey para anunciar sus planes, la noticia correría como un reguero de pólvora y nuevamente se desencadenaría toda la serie de incidentes. Eso la asustaba y la fascinaba al mismo tiempo. Le hizo un gesto de asentimiento a Rand, y este se lo hizo a Jeffrey.

—Sí. Dilo.

Las preguntas y balbuceos de alegría de Jeffrey retuvieron a Rand, pero ella se soltó la mano y entró en la fábrica. No tenía intención de ir a ningún lugar en concreto, sino simplemente caminar para ver en qué condiciones estaba.

Llegó hasta el despacho de Garth, abrió la puerta y miró dentro. No habían sacado nada de ese cuarto; la puerta seguía firmemente cerrada y todo su contenido se veía intacto. En la parte que rodeaba el despacho quedaban el techo y las paredes, y las máquinas que quedaron las habían puesto bajo techo para protegerlas de la intemperie. En realidad, solamente la pared del otro extremo había sido totalmente derribada, y las paredes de los lados se erguían en toda su altura. En la parte en que se desplomó el techo colgaban hasta el suelo enormes vigas de roble. Entonces la alegró ser hija de un industrial porque sabría calcular la cantidad de cosas del edificio que habría que restaurar.

Creía que sólo deseaba hacer un cálculo, pero al avanzar se encontró en el lugar donde quedó atrapada Nanna. Ahí estaba la mancha de sangre, apenas desvaída por la lluvia y el sol. Sintió una extraña sensación al estar en el lugar donde había infligido tanto dolor. Tuvo ayuda en esa horrenda tarea. Su principal ayudante fue Rand, con la cara pálida; el reverendo Donald dedicó toda su atención a Nanna, inclinado sobre ella, protegiéndola de mirar. Vagamente recordaba que le pasaron un paño mojado por la frente y otro seco por la cara para secarle las lágrimas, y después, cuando ya hubo acabado la amputación, alguien le sostuvo la cabeza. Evidentemente, la mujeres de la fábrica se quedaron a acompañar y apoyar a su amiga, y le habían ofrecido apoyo a ella, considerándola la única esperanza para su amiga. Pero... de mala gana miró hacia la mancha oscura a un lado de la enorme viga que tantos hombres se esforzaron en mover.

Ahí había muerto Shirley. Si ella no hubiera vacilado tanto rato cuando ocurrió la explosión... Si hubiera ido a buscar a Shirley en lugar de vendarle las costillas a Beverly...

Los «si» se fueron amontonando, y comprendió que si hubiera visto a Shirley no habría querido moverla por temor a hacerle lesiones internas. En realidad, podría haber estado arrodillada al lado de Shirley cuando ocurrió el segundo desplome y habría muerto con ella o en su lugar. Por difícil que le pareciera la vida en esos momentos, no podría desear la muerte.

Con una resignación casi dolorosa, salió a buscar el lugar donde cayó Garth, ya muerto.

No le costó encontrarlo; alguien había estado ahí y lo había dejado señalado con piedras. No con las piedras grandes y talladas con que construyeron la fábrica, sino con piedras pequeñas, redondeadas por la erosión del agua de un riachuelo o del mar; estaban apiladas formando una pirámide bien hecha.

—¿Quién habrá hecho esto? —preguntó Rand.

La había seguido y ella no se había dado cuenta.

Él se arrodilló y tocó el pequeño monumento conmemorativo.

—Ojalá se me hubiera ocurrido a mí hacerlo, pero yo habría puesto una figura labrada, algo solemne y majestuoso y muy diferente a Garth. Es mejor esto. —La miró con una temblorosa sonrisa—. ¿No te parece?

—Tal vez deberíamos hacer algo similar en el interior —sugirió ella.

—¿Dónde murió Shirley? —Asintió—. Sí, si vamos a reanudar el trabajo de la fábrica, sería bueno honrar a nuestros muertos.

—Yo no había estado aquí desde el accidente.

—Yo sí. —Se sentó a un lado del pequeño monumento de piedras, con la mano apoyada en él, como si pudiera absorber la esencia de su hermano—. He hecho varias peregrinaciones y traído a mi madre y a mi tía. Parece que tengo necesidad de venir a mirar, para convencerme de su realidad. Él ya no está, pero sigo esperando verlo...

Se le cortó la voz y ella lo miró. Le bajaban lágrimas por las mejillas, abriéndose paso a tientas.

—A veces creo que lo oigo —continuó él; las lágrimas ya le caían más rápido, salpicándole las mejillas desde sus oscuras pestañas—. Cuando la tía Adela comienza a pontificar, casi lo oigo... —Se limpió las lágrimas con la manga, como un niño—. Creo que ella también lo oye, porque medio se gira... —Se atragantó con una risa ahogada—. Parece sentirse muy culpable cuando dice cosas que sabe que lo enfurecerían y él no está ahí para contestar.

Involuntariamente ella alargó la mano para tocarle la cabeza; entonces se dio cuenta y detuvo el movimiento. ¿Qué ocurriría si intentaba consolarlo? ¿No revelaría su propia desesperación?

—Lo echo de menos. Los últimos meses de su vida los pasé sentado en una silla de ruedas, haciéndolo sufrir. En cambio, si hubiera hablado con él, confiado en él, lo hubiera tratado como a mi hermano mayor, podríamos haber encontrado al cabrón que hizo esto. —Fuertes sollozos interrumpían sus palabras, quitándoles coherencia pero confiriéndole elocuencia—. Maldita sea, Garth no tenía que morir.

Su pena y sentimiento de culpa le hicieron brotar lágrimas a ella.

Si las lágrimas eran por él o por Garth, no lo sabía, pero no deseaba mostrar compasión. No quería llorar. Si comenzaba, lloraría por todos los hombres muertos o heridos en el campo de batalla, por las mujeres que murieron o quedaron mal heridas en la fábrica, por Rand y su sufrimiento y por el recuerdo de Garth. Si comenzaba su llanto, no podría parar.

Antes de desviar la mirada vio los brazos de Rand extendidos hacia ella, suplicantes.

Sin decir palabra, echó a correr, huyendo, y continuó corriendo por las colinas para escapar de su aflicción, pero encontrándola a cada paso, en cada loma y en cada hondonada.

# Capítulo 20

$Y$a estoy bien, Rand. Sólo me vino el antojo de correr por las colinas. —Hizo una honda inspiración—. He estado tanto tiempo dentro de la casa que sentí el impulso de pasear por la hierba mientras todavía está verde... No, eso no queda bien.

Se apretó el abdomen y miró hacia la imponente fachada de Clairmont Court. Él estaba dentro, seguro. Esperaría una explicación de por qué había huido esa mañana. Querría saber dónde había estado todas esas horas, y no se le ocurría qué decir.

Continuó en el parque, a la sombra de un espino, ensayando las frases explicativas; tenía que encontrar las adecuadas. Había faltado a la comida y al té; pronto comenzaría a oscurecer. Ah, pero no deseaba ver a Rand; no deseaba ver a nadie de la familia Malkin, ni a los criados, ni a Jasper, ni al reverendo Donald. Todos se portaban muy amables y solícitos con ella, preguntándole qué deseaba, dándole todo lo que necesitaba. Era una desagradecida por sentirse tan deprimida.

Betty salió a la terraza y se hizo visera para no deslumbrarse con la luz del sol del atardecer. Sylvan deseó esconderse, pero eso sería estúpido, así que cuando Betty agitó la mano, ella le correspondió el gesto y se dirigió a la escalinata.

Se encontraron a la mitad del sendero, y Betty ni se fijó en la agradable sonrisa que ella había ensayado con tanto esmero.

—Excelencia, ¿ha visto a Gail mientras paseaba?

Sintiéndose tonta, Sylvan comprendió que no era el centro del mundo, al menos del mundo de aquella mujer.

—No. ¿Ha salido?

—Otra vez —dijo Betty, en tono exasperado, pero se veía preocupada—. Sale cada vez con más frecuencia y está ausente cada vez más tiempo. Le he dicho que es necesario que me diga adónde va, pero ella dice que no le pasará nada, que estará muy bien. No me preocuparía, ¿sabe?, si saliera a jugar con otros niños, pero lo que busca es la soledad, y si se resbalara, se cayera o... —Metió la mano en el enorme bolsillo del delantal y sacó un puñado de piedras lisas, redondeadas—. ¿Cree que actúo como una tonta, excelencia?

Sylvan le pasó el brazo por el hombro.

—No, no. ¿Cuánto rato hace que salió?

—Envolvió algo para comer en un trapo y se marchó a última hora de la mañana. —Arrojó las piedras, dispersándolas alrededor del pie de un árbol—. Tenía la esperanza de que se hubiera encontrado con usted y lord Rand, pero su excelencia volvió hace una hora y dijo que no, que no la había visto, y ahora...

Sintiéndose como si le hubiera fallado a Betty, Sylvan intentó tranquilizarla.

—Gail estará bien, no me cabe duda, pero iré a buscarla.

—Ah, no es necesario, su excelencia salió a buscarla. —Sacó más piedras del bolsillo y las arrojó, una a una, con la mayor fuerza que pudo—. Yo no se lo pedí, pues me di cuenta que caminaba con las piernas muy rígidas, pero cuando se enteró de que usted tampoco había vuelto, insistió en ir.

—¿Sí?

—No ha ido sólo por eso, supongo —continuó Betty, moviendo la cabeza disgustada—. Él y el señor James tuvieron otro asalto, igual que el de esta mañana.

Una vieja sospecha de Sylvan cobró forma otra vez ante el tono lúgubre de Betty.

—¿Un asalto? ¿Se han peleado?

—El señor James no quiere que su excelencia... —No terminó la frase—. Tal vez no debería hablar, puesto que aún no se ha decidido nada.

—El señor James no quiere que Rand reconstruya la fábrica para reanudar el trabajo.

—Ah, lo sabe —dijo Betty, asintiendo complacida—. Tenía la esperanza de que lo hablara con usted, pero con los hombres nunca se sabe.

—¿Dónde está ahora el señor James?

—Subió a su habitación, a aplacar su malhumor, supongo. Está tan infantil como siempre. —Le tocó la punta de la nariz penosamente roja—. Será mejor que entre, para ponerle vinagre en esta quemadura. ¿Dónde está su sombrero?

—Lo he perdido. No sé dónde.

No estando Rand, la casa le parecía un buen refugio, donde podría comer, descansar y reunir fuerzas para el inminente enfrentamiento. Pero también estaba preocupada por Gail, pues había pasado tiempo con ella y sabía lo mucho que echaba de menos a su padre.

—Creo que debo ir a buscar a Gail.

—Le daré un abrazo como para matarla cuando vuelva, y luego una paliza que la dejará casi agonizante. —Intentó reírse por esa contradicción—. Pero nunca ha estado tanto tiempo fuera, ni siquiera cuando sale a caminar con usted.

Emitiendo una exclamación de fastidio, sacó el forro del bolsillo y a sus pies cayeron más piedras. Sylvan las miró, y le vino una repentina ocurrencia.

—¿Dónde encontraste estas piedras?

—En el dormitorio de Gail; entré para ver si estaba escondida ahí o si encontraba alguna pista que me indicara su paradero, y las vi ahí, junto a otras piedras más grandes, todas amontonadas en un rincón. Qué podría hacer una niña con un montón de piedras no lo sabré jamás, pero..., señorita Sylvan, ¿qué le pasa?

Sylvan cayó en la cuenta de que se había tensado mirando las piedras, lisas y redondeadas por la erosión del agua.

—Sé dónde está.

—¿Dónde?

—En la fábrica. —Por su cabeza pasó la imagen de la pequeña pirámide de piedras, seguida por otras más tenebrosas, de vigas rotas, de maderos colgando, de clavos salientes y de maquinarias afiladas—. Iré a buscarla.

Al parecer las mismas imágenes pasaron por la cabeza de Betty, porque dijo:

—Yo también iré.

Echaron a correr, siguiendo el sendero, pero Betty conocía los atajos mejor que Sylvan.

—Por aquí —dijo—. Este camino es más corto.

Tomaron por un sendero entre los árboles, bajaron por la abrupta pendiente de un barranco; Sylvan se resbaló en la tierra blanda y cayó sobre una roca, lastimándose las palmas. Cuando se levantó, Betty dijo:

—Esto es una estupidez. Deberíamos haber cogido el coche.

—En el tiempo que tardaría Jasper en enganchar los caballos ya habremos llegado. —Se sopló las doloridas palmas—. Estoy bien. Podemos continuar.

—Jasper no está en la casa —dijo Betty—. Salió a llorar por Loretta otra vez, el pobre. Ahora cuesta arriba.

Comenzaron a subir.

—¿Jasper está enamorado?

—Para el bien que le va a hacer —dijo Betty, resollando—. Loretta está casada y lo más probable es que siga así; su marido no tiene nada malo, aparte de que es mezquino como un jabalí y dos veces tan estúpido. Haría falta un golpe muy fuerte para matarlo. —Llegaron a lo alto del barranco, y Betty se detuvo, jadeando—. ¿Ve dónde estamos ahora?

—Sí. —El atajo de Betty había reducido a la mitad la distancia a la fábrica—. ¡De prisa! —gritó y echó a correr, consciente, sólo a medias, de lo que le costaba a Betty seguirla.

—¡Pare, excelencia! —gritó esta al fin.

Sylvan se giró y la vio agachada, con las manos apoyadas en las rodillas, tratando de recuperar el aliento, y comprendió su agotamiento.

—Betty, yo iré sin ti. Tengo que darme prisa.

—¡Excelencia! —gritó Betty, deteniéndola en seco—. ¿Por qué tiene tanta prisa? ¿Qué teme?

—La fábrica es un lugar peligroso. Gail podría estar herida, sangrando... —Vio que Betty continuaba mirándola, así que dejó de lado las imágenes de los peligros inanimados de la fábrica y decidió sacar a la luz su verdadero miedo—. El rumor de que Rand va a reconstruir la fábrica para reanudar el trabajo ya va corriendo por toda la aldea, por todo el distrito, y eso podría hacer muy infeliz a alguien.

Betty comprendió al instante.

—Corra, excelencia, ¡corra! Yo iré a la aldea o volveré a la casa. —Al ver que estaba a medio camino entre las dos, pensó qué sería lo mejor—. Iré a la aldea.

—Envía ayuda —dijo Sylvan, y echó a correr otra vez.

Llegaría demasiado tarde.

Cuando era niña se imaginaba que era una heroína intrépida que hacía lo que era necesario sin encogerse. Pero ahí, a cada paso, sentía las ampollas que le estaban dejando los zapatos al rozarle los talones, sentía los retumbos del corazón y la dificultad para respirar que le quemaba los pulmones.

Demasiado tarde.

Tal vez Gail ni siquiera estuviera en la fábrica. Tal vez no había ido ahí. Y lo más probable es que el hombre que simulaba ser el fantasma se hubiera marchado de la región o ya no le importara la fábrica o ni soñara con hacerle daño a una niña.

Pero Gail era hija de Garth, así que no se atrevió a aminorar el paso, no fuera que llegara demasiado tarde.

Demasiado tarde, demasiado tarde. Subió la abrupta pendiente hasta la cima de la colina del lado este de la fábrica y se quedó ahí quieta un segundo, sintiéndose culpable. Le sirvió para recuperar el aliento y mirar atentamente el edificio. Estaba ante el lado más largo, con el despacho de Garth a la derecha y la pared derribada a la izquierda. No se veía ninguna actividad rara, pero la luz del sol poniente le daba en los ojos.

No le convenía que se pusiera el sol en ese momento en que estaba sola y una bestia feroz esperaba que oscureciera para merodear.

Bajó corriendo la ladera, resbalándose en el musgo de las rocas.

—¿Gail? —gritó—. ¡Gail!

Junto al montón de piedras se levantó una figura pequeña y la miró. El corazón le dio un vuelco de gratitud.

—¡Gail!

Agitó una mano como una loca y, al parecer en respuesta a su alegría, Gail echó a caminar hacia ella. Se encontraron delante de la fábrica en la suave pendiente cubierta de hierba. Sylvan la cogió en los brazos y la abrazó fuertemente.

—Alabado sea Dios, estás bien —resolló, sin aliento—. Estás bien, ¿verdad?

—¿Por qué no habría de estarlo? —preguntó Gail, belicosa.

—Nos asustaste. —Bajó la cabeza y la apoyó en el delgado hombro de la niña—. Tu madre está enferma de preocupación.

—Estaba aquí cuando llegó un hombre —explicó Gail. Le dio una palmadita en la cabeza, como si fuera una adulta, pero la explicación fue infantil—: No me gusta estar aquí cuando hay otra persona, así que me escondí y esperé hasta que se marchó.

A Sylvan le volvió la ansiedad en una oleada.

—¿Quién era?

—No lo sé. —La apartó de un empujón, pinchándola con su despectivo rechazo—. Estuvo hurgando aquí y allá. Muchas personas vienen a hurgar en la fábrica. ¿Por qué no pueden dejarla en paz?

Sylvan enderezó la espalda, se secó el sudor de la frente y miró alrededor. Estaban algo expuestas ahí, y el silbido del viento apagaría un grito de mujer.

—¿Nos vamos a Clairmont Court?

—Todavía no —contestó Gail echando a andar de vuelta a la fábrica—. Tengo cosas que hacer.

—¿Poner las piedras en el monumento a tu padre? —preguntó Sylvan, caminando a su lado.

Gail se giró a mirarla.

—¿Cómo...?

—Tu madre encontró las piedras en tu dormitorio.

—¿En mi dormitorio? Sabe que no la quiero en mi dormitorio.

—Había pasado tanto tiempo que pensó que podrías estar escondida ahí.

—Ah. —Arregló la expresión de la cara y luego explicó de mala gana—: Me he quedado dormida mientras estaba escondida. Mi madre, ¿ha sacado mis piedras?

—Pues, sí, pero deberías agradecerlo. Yo las reconocí, por las que vi en el monumento que hiciste, y así supe dónde estabas.

Caminó hasta la pequeña pirámide y Gail fue a ponerse a su lado. Entonces la niña dio un puntapié a las piedras, como si estuviera avergonzada.

—No es gran cosa —dijo.

—Rand lo vio conmigo esta mañana. Los dos estuvimos de acuerdo en que a tu padre le habría gustado.

—¿Cree que le habría gustado? —preguntó Gail, y le tembló la voz tal como le temblaron los labios.

—A los adultos nos hace sentir tontos por no haber pensado en ello. —Volvió a abrazarla y esta vez Gail se lo permitió—. Pero ¿sabes?, está oscureciendo y tendríamos que volver a la casa antes que alguien...

—¿Todos me andan buscando? —preguntó Gail, fastidiada—. Porque estoy harta de que todos actúen como si yo fuera un bebé. Usted y mi madre, y ahora el tío James, y supongo...

—¿El tío James?

Giró la cabeza y divisó a James caminando hacia ellas resueltamente. De repente su pelo moreno y su inmensa altura le recordó a Rand, a Garth, a Radolf y... al fantasma. Le volvió la alarma, aumentada con la aparición de ese posible peligro. Pensando que era prudente y ridícula, le cogió el brazo a Gail.

—¿Dónde está tu escondite?

—¿Qué?

La sorpresa de la niña la habría divertido si no fuera por la aproximación de James.

—Ve ahí y escóndete. ¡Rápido!

—Pero el tío James...

—Ahora mismo.

Algo de su miedo debió pasar a Gail, porque entró corriendo y la dejó sola para enfrentar el inminente peligro.

—Condenada chica —dijo James tan pronto como estuvo lo bastante cerca—. ¿Adónde ha ido? Si le pongo las manos encima.

Comenzó a entrar en la fábrica, pero Sylvan le cogió del brazo.

—¿Para qué?

—La voy a encerrar con llave. Y a ti también, excelencia, la más nueva duquesa de Clairmont. ¿Es que no tienes un mínimo de sensatez?

Cogiéndole una muñeca la llevó a rastras en dirección al interior de la fábrica; plantar los talones no le sirvió de nada; él era un hombre macizo y no aceptaba que lo contradijeran. Se veía cansado y exasperado, y al negarse ella a alzar el pie para ponerlo en el piso y entrar, la cogió por la cintura, la levantó y la llevó en vilo.

—Tan pronto como oí a los criados hablando de la fábrica, hablé con Rand. Juro que Rand no sabe en qué pozo negro se ha metido, y no me cree cuando se lo digo. ¿Vas a caminar?

Ella se afirmó en una pesada máquina y se mantuvo ahí aferrada; él la miró furioso.

Ella también lo miró furiosa y a él se le suavizó la mirada.

—Te ves tan agotada y desgreñada como me siento yo. Los duques de Clairmont tocan la música y los campesinos bailamos. —Paseó la mirada por el interior derribado y ya en sombras—. ¿Dónde está esa mocosa?

—Escondida en el despacho de Garth —dijo ella, astutamente—. ¿Vamos a buscarla?

Él se giró hacia la parte intacta.

—¿Qué hace ahí?

Sylvan echó a andar en esa dirección y, puesto que él la siguió de buena gana, se soltó la mano. Por la parte sin techo y el espacio de la pared derribada entraba la luz del sol arrojando largas sombras hasta donde llegaba, pero cuanto más se adentraban más oscuro estaba.

—Está jugando. Ya sabes cómo son los niños.

—No —dijo él, dividiendo la atención entre ella y el suelo por donde pisaba—. He hecho todo lo posible para evitarlos.

Ella lo observaba con más atención a medida que se acercaban al despacho. Si Gail estaba ahí, lo que era probable, su presencia sería un desastre.

—Supongo que no te conviene tomarle demasiado cariño a Gail —dijo.

Él frunció el ceño, como si encontrara enigmáticas esas palabras.

—Ah, sí que le tengo cariño. Un hombre no tiene otra opción en una familia como la nuestra. Pero no la entiendo. Esto quedó hecho un desastre, ¿no? No había estado aquí desde que murió Garth.

—¿No? —dijo ella, aparentando asombro.

—No, eh... no. En todo caso, me siento tan culpable que ya no me soporto. —Se rió, con una risa seca, como si estuviera sufriendo—. ¿Para qué iba a venir aquí a atormentarme más? —Le cogió el brazo porque ella tropezó—. Con cuidado. No me hace ninguna falta sentirme culpable de algo más.

Mirándolo de reojo en la penumbra, ella vio los huecos oscuros de sus ojos, el contorno de sus mejillas, su altura. Como Rand, se parecía al fantasma, al que vio la primera noche y al verdadero fantasma que la llevó por esos corredores, y a lo poco que vio del que salió corriendo de su habitación. Eran demasiados fantasmas, y demasiado el parecido. Además, él había reconocido que se sentía culpable. James, el simpático y encantador James, era el fantasma, y le estaba sonriendo como si ella fuera tan estúpida que no se diera cuenta.

—¿Te sientes mal? —preguntó él—. Das la impresión de haber visto un fantasma.

Eso era una burla; se estremeció de furia. No se burlaría cuando hubiera acabado con él. Sin dejar de mirarlo, abrió la puerta del despacho. Supuso que si Gail estaba ahí saldría, y que si estaba escondida lo bastante cerca para oír, lo entendería y continuaría escondida. Entonces, dijo:

—Gail, si estás en el despacho de tu padre, sal inmediatamente.

—¿Estás segura de que está ahí? —preguntó James, mirando la abertura de la puerta.

Arriesgándose, Sylvan, asomó la cabeza y miró. No vio a Gail y el corazón le dio un vuelco de alivio.

—Gail, vamos —dijo, como si le estuviera hablando a la niña—. Déjate de juegos.

—¿Está ahí? —preguntó James, sorprendido—. ¿Por qué no sale?

—No lo sé —dijo ella, procurado aparentar disgusto—. Tal vez tú podrías hablar con ella.

—¿Yo? —exclamó él, tocándose el pecho—. ¿Qué podría decirle que la convenciera?

Entonces Sylvan actuó con el estilo de la mejor actriz del Drury Lane.

—La niña echa de menos a su padre, y si bien yo no puedo darle órdenes, creo que tal vez tú podrías persuadirla de salir. —Lo empujó hacia el interior del despacho—. Está escondida debajo del escritorio. Entra y háblale como si fuera un bebé, sin buscarla. Por ti saldrá, lo sé.

—¿Dónde vas a estar tú mientras yo hago el ridículo? —preguntó él, exasperado.

—Aquí, primo, esperándote.

Él le creyó. El muy tonto le creyó porque era un hombre y, porque las mujeres son seres estúpidos que se caen de un risco cuando se imaginan que han oído gemidos misteriosos, gemidos que sólo eran los sonidos de un animal apareándose.

No se había dado cuenta de lo resentida que estaba con él por su aire de superioridad aquella noche en que la rescató, y en ese momento deseaba que el canalla fuera él, para poder absolverse de la acusación de estupidez.

James entró en el cuarto y comenzó a hablar, y ella se aferró a una de las máquinas metálicas; haciendo una inspiración profunda, tiró del aparato y este se movió algo más de un palmo; volvió a tirar y oyó a James decir: «¿Qué diablos...?»

Aterrada, empujó con todas sus fuerzas. La máquina bloqueó la puerta justo cuando esta se abrió hacia ella y James chilló al golpearse contra la puerta.

—¿Sylvan?

Ella dio la vuelta hasta el otro lado de la máquina, miró y vio tres dedos de James cogidos en el borde de la puerta.

—¡No! —gritó, y volvió a empujar, y la máquina rodó como si fuera avanzando sobre ruedas.

A él le quedaron los dedos atrapados entre el borde de la puerta y el marco. Aulló de dolor. Horrorizada, intentó hacer retroceder la máquina, pero una voz masculina dijo:

—¡No!

Chillando, ella se giró a mirar. El reverendo Donald estaba a su lado apoyado en la máquina metálica; él la había ayudado a empujarla. Poniéndose la mano sobre el corazón, no fuera a saltarle fuera, dijo:

—¡Lo tengo!

—Lo sé.

Su severa cara flotó ante sus ojos, y le pareció que nunca en su vida se había alegrado tanto de ver a otro ser humano.

—James es el culpable —dijo.

El párroco asintió, tristemente.

—Sí.

—Sylvan, no, por favor, escúchame —gritó James, golpeando la puerta con la mano libre—. Sylvan, por favor. —Entonces lo oyó mascullar—. Mis dedos.

Ella no quería sentir compasión, pero jamás podría no sentirla. Gesticuló, desesperada.

—Tenemos que...

—No.

—Se está haciendo daño.

Empujó la máquina, intentando alejarla de la puerta.

—¡No! —gritó el cura, cogiéndola por los hombros y apartándola.

Al golpearse contra el mecanismo que hacía girar la máquina de hilar, se enredó en una de las patas y cayó al suelo con las piernas despatarradas como una putilla del puerto. Antes que lograra recuperar el aliento lo vio inclinado sobre ella y su muy activa imaginación lo hizo parecer temible, siniestro.

—¿Reverendo? —graznó.

—¡Déjela en paz! —gritó James, golpeando la puerta con el cuerpo—. ¿No lo entiende? Si le hace daño tendrá que matarme a mí también.

Las palabras de James comenzaron a cobrar sentido; se arrastró hacia atrás.

—¿Reverendo?

Buscaba seguridad en un mundo repentinamente vuelto del revés, y entonces el cura cogió un caño metálico, un trozo de tubería.

—Me alegra que lo haya encerrado ahí. Sería mucho más difícil si tuviera que encargarme de los dos.

Encargarse. ¿Qué quería decir? No podía querer decir...

Al intentar ponerse de pie se le enredó la falda en los tacones de los zapatos, y él le hizo la zancadilla con el pie, haciéndola caer otra vez.

—No le servirá de nada levantarse, porque volverá a caer.

Le dolió el tobillo con el golpe de la bota de él; se lo cogió, se hizo un ovillo y rodó hacia atrás.

—Dios mío.

—Siempre los llevo de vuelta a Dios —dijo el cura, sonriéndole con esa amable comprensión que continuamente desplegaba en momentos como ese—. Siempre rezan cuando acabo con ellos.

James seguía gritando:

—¡Huye, Sylvan, corre!

Sylvan casi no lo oía; toda su energía estaba concentrada en el reverendo Donald.

—No debería haber socorrido a aquellas que iban contra la voluntad de Dios —la regañó en tono compasivo, pero tenía cogido el caño con tanta fuerza que sus nudillos y uñas se veían blancos.

A tientas ella buscó algo que le sirviera de arma, pero en esa parte habían retirado todos los instrumentos y trastos de las máquinas.

—¡No las curé! —gritó.

—¿Cómo pudo imaginarse que el martillo del Señor no la iba a encontrar para abatirla?

—¿Us-usted es el mar-martillo del Señor? —preguntó ella, todavía incrédula.

—¿Quién mejor?

Sus ojos también se veían hundidos y oscuros en la penumbra, pero su pelo rubio brillaba.

—Usted no puede ser el fantasma. El fantasma tenía el pelo negro. Se parecía a Rand, a Garth —miró hacia el despacho, donde James seguía gritando— y a James.

—Oh, mujer, qué tonta eres. Sólo ves lo que esperas ver. El betún negro va muy bien para cambiar el color del pelo.

—Usted no está emparentado con ellos. —A través de las barras metálicas torcidas y las vigas de roble colgantes miró nostálgica hacia el todavía soleado exterior; el sol se estaba despidiendo de la tierra con largos rayos—. No se parece a ellos.

—¿No?

Se rió con un humor tan dulce que ella volvió a mirar el caño que tenía en la mano; no podía haberse equivocado de una manera tan horrible, no podía.

—Pero el primer duque —continuó él, en tono suave y reprobador—, esparció liberalmente su simiente por todo el distrito, y entre otras muchas mujeres estaba una tataratatara abuela mía, que se dejó seducir fácilmente. Hay quienes me han dicho que tengo los rasgos de la familia, y paso bastante bien por el duque en la oscuridad. —Le plantó el enorme pie con la bota sobre la falda cuando ella intentó arrastrarse para alejarse, y ella volvió a mirarle las manos; tenía firmemente cogido el caño con ellas, como si fuera un bate, y le sonrió con amable reproche—. Las demás mujeres creyeron que yo era el fantasma del primer duque de Clairmont, pero usted sabe que no, así que creo que con usted tendré que dar el ejemplo definitivo.

# Capítulo 21

*E*n la aldea nadie había visto a Gail y nadie había visto a Sylvan, y Rand se sentía cansado y contrariado. No era de extrañar que los monjes de la antigüedad hicieran voto de castidad y no se casaran; seguro que eso les ahorraba años de sufrimiento.

Haciendo un gesto de dolor, echó a andar cojeando hacia la casa parroquial.

Aunque claro, seguro que los monjes sufrían de otras maneras.

La pulcra casa estaba rodeada por un patio cercado por unas rejas. El patio seguía fragante con el olor de las hierbas y de las flores del final de la estación. Al parecer Clover Donald era jardinera. Golpeó la puerta y esperó, irritado, que la abrieran. El párroco, con su eterno fisgoneo, bien podría saber el paradero de su sobrina y su esposa, aunque también le soltaría un sermón acerca de cómo controlar a su familia.

El reverendo Donald tenía firmes opiniones acerca de qué papel les corresponde desempeñar a los hombres, las mujeres y los niños; aun no se había instalado en el siglo diecinueve. Y dudaba que alguna vez lo hiciera, y eso hacía desagradable estar en su compañía. Por eso había agotado todos los recursos antes de buscar su ayuda.

Impaciente, volvió a golpear.

—¿Quién es? —preguntó la voz temblorosa de Clover.

Sorprendido, Rand retrocedió un paso. La gente del campo

jamás preguntaba la identidad de sus visitantes, pero claro, se trataba de Clover Donald, una mujer que no sólo temía el juicio de su marido, sino también el de todo el mundo.

—Soy Rand Malkin —contestó.

No ocurrió nada; Clover no abrió la puerta.

Exhaló un suspiro.

—Soy el duque de Clairmont —dijo, lentamente y con voz clara—. ¿Puedo entrar?

La puerta se abrió un pelín y apareció un ojo de Clover. Después de observarlo, abrió cautelosamente la puerta.

—Bienvenido, excelencia.

Al parecer su título le permitía entrar donde su nombre no. Y así debía ser, lógicamente. El párroco de Malkinhampsted ocupaba un puesto asignado y pagado por el duque de Clairmont desde casi una eternidad, y Clover Donald tenía que entender muy bien que le debía a él su sustento.

Entonces le echó otra mirada a la tímida mujer, que retrocedió como si él le fuera a dar una paliza, y antes de cruzar el umbral le explicó:

—Necesito consultar un asunto importante con el reverendo. ¿Podría decírselo?

—No está aquí en este momento, pero creo que no tardará mucho en llegar. ¿Querría pasar a esperarlo? —lo invitó, sin mirarlo.

Era evidente que no deseaba que entrara, pero él estaba cansado y necesitado.

—Sí, gracias.

La habitación en la que entró era la cocina, luminosa por el sol del atardecer y agradable por el olor del pan tostándose en el fuego.

—Por aquí, excelencia.

Le señaló la puerta de una habitación más pequeña y más oscura, probablemente un salón para impresionar a los feligreses. Por impulso, se negó.

—Me sentaré aquí y si no le importa, podría prepararme una taza de té.

Ella lo miró boquiabierta cuando se sentó en una silla junto a la mesa, y luego susurró:

—No me importa.

Claro, ¿qué otra cosa podía decir?

Ella puso a hervir agua en una tetera y él se quedó mirándola con una incomodidad tan evidente que pensó cómo se las arreglaría para pasar ese tiempo ahí con ella.

—¿No quiere sentarse aquí conmigo? —le preguntó, porque tal vez ella le tenía tanto respeto que no se atrevía a sentarse, aunque fuera su propia cocina.

—¡No! —exclamó ella, negando enérgicamente con la cabeza—. Al párroco, mi marido, no le gustaría.

—Ah. —Después de exhalar un silencioso suspiro, sugirió—. ¿Tal vez si no se lo decimos?

Ella hizo una brusca inspiración, agrandando tanto los ojos que él le vio todo el blanco alrededor de los iris.

Levantó una mano.

—Olvide que lo sugerí.

Ella tragó saliva.

—Tengo que decírselo todo. Dice que las mujeres siempre llevan a los hombres a la tentación.

Si ella no hubiera sido tan patética, él se habría reído de la sola idea de sentirse tentado por esa mujer tan enclenque y apática.

—Creo que soy lo bastante fuerte para resistir —la tranquilizó.

Al parecer ella no lo oyó.

—Dice que cuando una mujer se porta de manera indecente, el hombre cree que es una ramera, y ella tiene la culpa de lo que sea que le ocurra.

Un duque no podía destituir a su párroco por ser un imbécil pomposo; si pudiera, habría muy pocos párrocos en toda Inglaterra. Pero al ver los ojos llenos de lágrimas de Clover, sintió la tentación de hacerlo.

—No puedo decir que esté de acuerdo con eso —dijo.

—¿No? —Miró alrededor, como si se sintiera culpable—. A veces pienso que es muy severo conmigo, pero sólo cuando soy culpable de algo, seguro. El pecado de rebelión me va a mandar al infierno, dice el párroco, mi marido.

¿Rebelión? Buscó una respuesta que no fuera vilipendiosa para su marido.

—Sus pecaditos no podrían llevar su alma al infierno. Llegará al cielo antes que cualquiera de nosotros.

—¿De verdad lo cree? —Con los labios entreabiertos pareció pensarlo, y pasado un momento dijo—: El párroco dice que cuando una mujer no está en su casa ocupándose del hogar, como ordena la Sagrada Escritura, se expone a todo tipo de disciplinas y castigos.

Observándola, Rand se sintió inclinado a decir: «Señora, su marido no es digno de juzgar a la mitad de la raza humana». Pensando en Sylvan y en lo que tuvo que sufrir por haberse salido del papel tradicional de las mujeres, deseó azotar a ese ignorante santurrón que se hacía llamar clérigo. Controlando su furia, dijo:

—Creo que algunas cosas es mejor que las juzgue Dios.

—Creo —dijo ella y titubeó, como si lo que iba a decir fuera muy radical— que tiene razón.

Podía tener razón, pensó él, pero eso no la salvaría a ella si repetía esa conversación a su marido.

—¿A qué hora dijo que creía que llegaría?

—Ah, hace mucho rato, pero a veces no llega a la hora que debe. —Pegó un salto, como si hubiera visto la sombra de su marido sobre ella—. No es mi intención faltarle al respeto. Él atiende a muchas personas, y a veces tiene que pasar fuera toda la noche para... mmm, atender a tantas personas.

—Comprendo.

Se hizo el silencio otra vez, un silencio duro, denso como el plomo, y el buscó algún tema, algo para conversar, cualquier cosa que no tuviera que ver con el pecado, las mujeres impuras ni el castigo. Friccionándose las doloridas pantorrillas, dijo:

—Me sorprende que aun cuando han pasado tres meses desde que pude ponerme de pie, siga teniendo calambres en los músculos. Los de la cadera me hacen difícil caminar.

—Cuando una mujer embarazada sufre de calambres en las piernas, las hacemos beber leche —dijo Clover, segura de sí misma por primera vez esa tarde, tal vez por primera vez en su vida—. ¿Bebe leche?

—Detesto la leche.

El agua de la tetera estaba punto de hervir y él la había estado mirando con ansia, pero Clover retiró la tetera del fuego. Asombrado la vio sacar una taza del armario, ir hasta el cántaro que tenía en el rincón y quitarle el paño que lo cubría.

—Sé qué servirle —dijo alegremente—. Anne acaba de traer la leche, fresca recién ordeñada, todavía caliente y con la nata apenas formada. Claro que no habrá mucha nata para mi marido si la remuevo ahora, pero...

—No destruya su nata del día por mí —dijo en voz baja.

Pero ella metió la taza en el cántaro, la sacó a rebosar de leche blanca y espumosa y se la colocó delante en la mesa.

—Es un honor hacer esto por el señor.

Él sintió náuseas. De verdad detestaba la leche, sobre todo esa leche tan espesa que se le cuajaba en la garganta y le costaba tragarla. Pero ¿qué podía hacer? ¿Borrar esa esperanzada sonrisa de la cara de Clover Donald? Ya le habían borrado demasiadas sonrisas en su vida. Haciendo un esfuerzo para sonreír, cogió la taza, la levantó hacia ella a modo de brindis y la bebió.

Era todo lo asquerosa que recordaba; estaba reprimiendo un estremecimiento cuando ella dijo:

—Me sorprende Betty. ¿Por qué no le sirve leche caliente con miel y una infusión de hierbas con el desayuno y antes que se vaya a acostar?

—En realidad no le he dicho a nadie lo de estos calambres. Creo que lo que pasa es que hoy he caminado distancias muy largas.

—¿Por qué? —preguntó ella, y lo miró asustada—. ¿Si me permite el atrevimiento?

—Me he pasado gran parte de la tarde buscando a mi sobrina, a la que se le ha metido en la cabeza explorar la propiedad sin el permiso de su madre, y a mi esposa, que... bueno, ando buscando a mi esposa también.

—Ah.

Estaba ceñuda, como si no supiera qué pensar de él, y en el silencio que siguió le pareció que casi oía pasar los pensamientos por su cabeza rechinando. Para romper el silencio, dijo:

—No debería estar tan preocupado, ni tan cansado tampoco, pero esta mañana fui a pie con Sylvan a la fábrica.

Clover levantó la vista y lo miró a la cara.

—¿Por qué?

Él le sonrió, tranquilizador.

—Me sorprende que no haya oído los rumores. Toda la gente de la aldea lo sabe. Vamos a reconstruir la fábrica para reanudar el trabajo en ella.

Clover retrocedió tambaleante como si la hubiera golpeado un rayo.

—¿Clover? —Se levantó, pensando que estaba enferma, y sí que parecía sentirse mal—. ¿Clover?

Ella movió la boca sin decir nada, y entonces la callada y lastimosa mujer gritó:

—¡No debe hacerlo!

—¿Qué quiere de...?

—No debe. Él lo matará. Los matará a todos. ¿No sabe que no puede oponer resistencia a su poder?

Desconcertado y horrorizado, le preguntó:

—¿Al poder de Dios?

—No, tonto. Al del párroco. Cielo misericordioso, ¿qué ha hecho?

El fantasma nunca aparecía durante el día, pero ahí estaba, pisándole la falda, y la asustaba más de lo que la asustaba en la oscuridad de la noche. Sin embargo, en un recoveco de la cabeza todavía le costaba creer que el cura que había hecho tanto bien también hubiera infligido tanto dolor y sufrimiento; que estuviera ahí esperando para matarla con un destello de expectación en los ojos.

—No debe hacer esto, reverendo —musitó—. La Biblia dice...

—Cómo se atreve a decirme lo que dice la Biblia —tronó él, irguiéndose en toda su estatura—. No ha estado en la universidad ni ha memorizado las Escrituras cada noche, con la amenaza del bastón de mi padre sobre su cabeza.

Furibundo, levantó el caño, y justo en ese momento cayó algo grande en el suelo detrás de él. Eso le distrajo la atención y se giró a mirar.

Sylvan sacó de un tirón la falda de debajo de su pie. Él trastabilló. Ella se levantó de un salto y echó a correr.

Recogiéndose la falda hasta bien arriba, saltó por encima de trozos de maquinaria, tablones y montones de tejas. Con el corazón retumbante, alargó el cuello hacia delante como un caballo que intenta ganar la carrera más importante de su vida. Tenía que salir al aire libre; tenía que librarse de la sombra de la fábrica. Sintió el sol en la cabeza cuando se acercaba a su meta y a medida que corría el sol la iba bañando más y más.

Era Mercurio, era Triunfo, era la encarnación viva de una diosa. De un salto pasó del piso de la fábrica a la tierra y lanzó un grito de victoria.

¡Lo había conseguido! Lo había conseguido, e incluso en una carrera por la creciente oscuridad tenía posibilidades de éxito, porque sabía que Betty vendría con los aldeanos.

Arriesgándose, miró hacia atrás; no la seguía.

No venía persiguiéndola, no estaba en ningún lugar cercano a ella. La fábrica estaba tan silenciosa y oscura como si no hubiera nadie dentro, aunque ella sabía que sí. Estaban James, el reverendo Donald y... Gail.

Gail, que hizo caer algo para darle la oportunidad de huir. ¿El párroco andaría buscando la causa de ese ruido?

¿Encontraría a Gail? ¿A la valiente Gail, la niña a la que él llamaba hija del pecado?

Tenía que volver. Al pensarlo se le pusieron pegajosas las manos, pero en sus tiempos había enfrentado cosas peores que un predicador asesino; había hecho frente a los heridos de Waterloo y los había visto morir.

La furia se llevó su miedo con la fuerza de un viento del mar. Había visto morir a hombres en el campo de batalla luchando por su país, y ese cura que se hacía llamar martillo de Dios había matado a Garth y a Shirley, dejado lisiada a Nanna y ahora intentaba hacerles daño a ella y a Gail, por un deseo fanático de detener la marcha del tiempo. Había visto muchas muertes y ese cura traía más, como una peste.

Cuando llegó al monumento que Gail había erigido en memoria de su padre, se agachó a coger dos piedras y las sopesó. No quería tener las dos manos ocupadas, pero deseaba llevar todas las piedras y arrojárselas como una lluvia al reverendo Donald. Se lo merecía.

El problema era saber dónde estaba y qué intentaba.

Se quitó el chal, lo extendió en el suelo, puso las piedras en el centro y amarró los extremos. Lo cogió, con las piedras colgando como un arma, y avanzó, agachada y sigilosa.

Entonces enderezó la espalda y adelantó el mentón. ¿De qué le servía el sigilo cuando o bien el hombre estaba en la oscuridad observándola o bien se había desentendido de ella para buscar a Gail?

—Reverendo Donald —gritó, tratando de que la voz le saliera tan firme como la de Wellington—. He vuelto. Quiero que suelte ese caño.

Esperó a oír una risa, y no oyó nada, ni siquiera un grito de James.

Eso era peor que la risa.

Con los ojos bien abiertos subió al piso de la fábrica que había abandonado tan alegremente sólo unos minutos antes, pero la luz del sol le había estropeado la visión. Una enorme viga, de las principales, estaba caída oblicua desde la base de la armadura del tejado que no se había desplomado hasta el borde de los cimientos; la aprovechó para guiarse. Avanzó a tientas con una mano sobre el liso roble. Se golpeó la punta del pie en un montón de pesados trozos de pizarra; se estaba metiendo en una trampa, pero ya sabía qué sacrificaba y por qué: distraería al cura para que dejara de buscar a Gail.

—Reverendo Donald —llamó—. No puedo creer que un clérigo justifique el asesinato del duque de Clairmont. —El viento silbaba por entre los maderos caídos. Continuó caminando hasta que quedó totalmente rodeada de oscuridad, y deseó ver nuevamente al verdadero fantasma; necesitaba su intervención en ese momento—. Usted hizo explotar la fábrica, ¿verdad?

—¡No para matar a su excelencia!

Aunque lo esperaba, pegó un salto. Inmediatamente se giró a mirar al párroco, que se había situado detrás de ella, cerrándole la ruta para escapar. Se golpeó el codo en la viga.

—¡Ay!

Se cogió el dolorido codo y las piedras que colgaban dentro del chal golpearon la viga, haciendo muchísimo ruido y asustándola de muerte.

El cuerpo de él estaba en la sombra, pero la luz que entraba por la abertura del techo formaba un nimbo alrededor de su cabeza rubia.

—¿Qué tiene en la mano hija mía? —preguntó él mirando reprobador el bulto formado por el chal de encaje y las piedras.

Ella deseó ocultar su improvisada arma, como un niño sorprendido con una rana en la iglesia. Pero alzó el mentón.

—Es para defenderme.

—¿De qué le va a servir? No podrá usarla, es demasiado compasiva.

Su certeza la dejó pasmada. ¿Podría?, pensó. ¿Sería capaz de infligir dolor?

—La usaría en defensa de una niña.

Él levantó la cabeza, miró alrededor, detrás de él y de la viga de roble.

—Así que es Gail la que continúa en la fábrica.

—¡No!

Él volvió a mirarla.

—Bien podría reconocerlo. ¿Qué otra cosa podría haberla hecho volver cuando había escapado?

Él veía con claridad a través de la niebla de su locura, pensó ella, y comprendió con qué desesperación deseaba salvar a Gail. La niña había perdido muchísimo a manos de ese hombre; no se merecía perder la vida también.

—Tal vez volví a hacer frente a un asesino.

—¡No fue asesinato, le digo! —Estaban justo bajo el borde mellado del techo y él miró hacia el cielo del anochecer como si buscara la ayuda divina para controlar su genio—. Fue la justicia de Dios.

—He oído muchísimas tonterías en mi vida —dijo ella, impulsada por otra oleada de furia y exasperación—, pero decir que saboteó la máquina de vapor para cumplir los deseos de la justicia divina es la peor.

Él pareció aumentar de estatura, y con la voz ronca y reprobadora de un cura, dijo:

—Usted no tiene entendimiento. No le debo ninguna explicación, y Dios sólo le debe la muerte.

No era furia lo que reflejaba su cara sino resolución y a ella se le heló la sangre al comprender con qué firmeza él creía que ese era un deber que lo justificaba. Apretó el chal con tanta fuerza que le dolieron los dedos, tratando de conservar el aplomo.

—Creo que debe decirme, entonces, por qué se cree inocente, porque si muero, volaré al lado de Dios y Él me preguntará por qué he llegado ahí tan prematuramente.

—Usted sólo es una mujer, y de reputación dudosa, además. No tendrá la menor oportunidad de hablar con el Señor.

—Tal vez entonces podría explicárselo al duque de Clairmont —dijo la voz ronca y sonora de Rand—, que es el señor al que le debe lealtad en la Tierra.

A Sylvan se le doblaron las piernas, debilitadas por el alivio.

Rand estaba ahí. Como traído por la esperanza y la oración, había venido. Le brotaron lágrimas de alegría, pero ¿qué utilidad tenían? Podía ser una mujer y objeto de desprecio del cura, pero no era una enclenque. Dándole un impulso al chal, golpeó el caño por debajo, haciéndolo caer de su mano. El caño salió volando y él se abalanzó a cogerla, pero entonces retrocedió de un salto y él sólo cogió aire.

—Tenía razón, reverendo —se mofó—. No pude usar mi arma para golpearlo.

Él volvió a abalanzarse, pero Rand lo cogió, lo giró bruscamente y le asestó un fuerte derechazo bajo el mentón. El cura cayó sobre un montón de tejas de pizarra, dispersándolas con gran estrépito. James comenzó otra andanada de gritos, al tiempo que Rand se acercaba al despatarrado cura.

—Dime por qué no eres un asesino.

El cura se sentó, tocándose con un dedo la mandíbula, que comenzaba a hinchársele.

—Pensé que todos estarían en la boda cuando explotara ese artilugio del diablo —dijo con voz áspera—. Que su hermano y las mujeres estuvieran aquí fue obra de Dios, no mía.

Rand lo cogió por la corbata y lo levantó.

—¡Maldito! —Le asestó otro puñetazo—. Lo mataste y eres tan egocéntrico que ni siquiera te arrepientes.

Continuó golpéandolo una y otra vez, deleitándose en los crujidos de tendones y huesos bajo sus puños.

Una mano le cogió el brazo. Alguien dijo su nombre:

—Rand, para. Rand, para. Le estás haciendo daño.

Él hizo una fuerte inspiración, llevando aire a los pulmones vacíos.

—Lo sé, quiero hacerle daño.

Una mano le acarició la cara mientras él miraba al maldito asesino en el suelo.

—Lo sé, pero no puedo soportarlo.

Entonces él miró, vio la cara de Sylvan, su angustiada y afectuosa mirada, y comenzó a desvanecerle la sed de sangre.

—¿Rand?

Eso era una súplica; cerró los ojos.

—De acuerdo, no lo mataré.

—Gracias. —Le besó los nudillos, hinchados y con la piel desgarrada—. Gracias.

Un golpe en la cadera lo hizo ver las estrellas, y lanzando un grito cayó desplomado. El cura se levantó, tambaleante, y le dio otra patada con la punta de la dura y brillante bota. Rand alejó el cuerpo rodando para evitar más dolor.

—¿Se atreve a impugnar la ira de Dios?

—¡Usted no es Dios! —exclamó Sylvan, abalanzándose hacia él con los puños cerrados.

Él le dio una bofetada y la lanzó volando hacia atrás.

—¡Eres un asesino! —gritó Rand—. ¡Un loco!

Desentendiéndose de él, Donald caminó hacia Sylvan, con el rencor de un hombre que ha oído la verdad y la aborrece. Rand intentó levantarse, pero se le rebelaron las articulaciones cansadas y doloridas y volvió a desplomarse.

El párroco se detuvo junto a la caída Sylvan. Desesperado, Rand miró alrededor buscando un arma; vio el caño que cayera de la mano de Donald, se arrastró hacia él y dobló la mano sobre el frío y liso metal.

Justo en ese instante, del cielo oscurecido cayó algo sobre la espalda del cura. Este chilló, y la niña aferrada a sus hombros también chilló.

Gail. Era Gail. Rand continuó con el caño en la mano, pero ya no podía arrojárselo.

El reverendo se agachó y se arqueó como una mula encabritada, pero Gail pasó las manos por su cabeza y le arañó la cara. Sylvan corrió hasta ellos gritándoles y cogió a Gail por la cintura. El cura le cogió el tobillo a la niña, y esta le dio una patada con el otro pie.

Rand consiguió levantarse. Lo inundó una oleada de alivio; podía mantenerse en pie. También lo sacudió la consternación; en ese estado no podía vengar a su hermano, y era angustioso su deseo de vengarlo. Alguien tenía que hacerlo.

Centró la atención en el reverendo Donald, y casi no se fijó en que el sol parecía estar saliendo otra vez. Entonces cayó en la cuenta de que eran llamas las que iban entrando en la fábrica.

Habían llegado las mujeres; sus hombres venían detrás.

Venían los hombres y las mujeres de la aldea, de las granjas y de Clairmont Court, todos portando antorchas hechas de cañas de esparto. Las traían en alto y avanzaban sin prisa, sus miradas acusadoras fijas en su párroco.

Este se quedó inmóvil, mirándolos como si lo asombrara su presencia.

—Reverendo —dijo Betty, severa—, suelte a mi hija.

Él soltó a Gail, pero sólo para erguirse y decir con voz desdeñosa y autoritaria:

—¡Atrás!

Betty corrió hacia ellos y Sylvan puso a la niña delante y le dio un suave empujón. Gail corrió hacia su madre y Betty la cogió en sus brazos como si fuera un bebé, girándola en volandas y alejándola del cura loco. Sylvan pasó un brazo por la cintura de Rand, aunque no sabía si para sostenerlo o afirmarse en él.

—No podéis detener el avance de la justicia de Dios —dijo el reverendo Donald en tono solemne.

Nanna salió de la muchedumbre con una muleta bajo la axila y la pierna del pie amputado sin apoyar en el suelo.

—No es la justicia de Dios lo que ha impuesto —dijo—, sino la suya.

Haciendo un solemne gesto con la mano, el reverendo Donald contestó:

—¿Cómo te atreves a decir que conoces la voluntad de Dios, tú, una mujer ignorante que jamás has salido fuera de los límites de tu aldea?

—¿Cómo se atreve «usted» a decir que conoce la voluntad de Dios? —replicó Nanna—. No es algo que pueda conocer un simple hombre.

Él avanzó hacia ella diciendo:

—Yo la conozco, y todos moriréis si os resistís.

—Todos moriremos finalmente —dijo Beverly—, pero ayudarnos a llegar al cielo se llama asesinato.

—Sí —dijo la vocecita de Clover Donald desde atrás, y las mujeres se apartaron para abrirle paso—. Bradley, sí lo es.

Las llamas de las antorchas se reflejaban en los ojos de su marido.

—Podría haber sabido que me traicionarías, Judas.

—Vamos, Bradley —lloriqueó Clover, limpiándose los ojos con un pañuelo adornado con encaje—. ¿No lo entiendes? Se ha acabado.

—¡No se ha acabado! —rugió él.

—¿Qué va a hacer? —preguntó Loretta, con un leve ceceo por el diente que le faltaba debido al ataque de él—. ¿Matarnos a todos?

—Es la única manera de llevar a esta parroquia de vuelta al redil —dijo él, pero se le entrecortó la voz.

—¿Matarnos a todos? —repitió Nanna, despectiva—. Ni siquiera usted puede justificar eso.

De pronto cesaron los gritos y los golpes que James había seguido dando, y se oyó un chirrido metálico al mover alguien la máquina que bloqueaba la puerta. Entonces entraron en la parte iluminada James, Jeffrey y otro de los hombres de la aldea.

Eran otras tres caras acusadoras, otras tres personas a las que el reverendo Donald había perjudicado. James se había rodeado los dedos dañados con la mano; Jeffrey fue a situarse atrás, en la parte oscura, y el otro aldeano fue a situarse detrás de Nanna y ella se apoyó en él.

Todos guardaron silencio; sólo se oían las agitadas respiraciones del reverendo. Había caído la noche y la brisa movía las llamas de las antorchas. Sí que se parecía al fantasma, observó Rand; se parecía a Garth, al primer duque y a él, supuso. También parecía sentirse mal, consciente de lo que había hecho y de lo desesperada que era la situación en que se encontraba.

Entonces el cura levantó una mano y todos saltaron hacia atrás; él detuvo el movimiento, los miró y luego se frotó la oreja.

—¿Qué piensa hacer?

Su tono fue casi sumiso, pero Rand no se lo creyó.

—¿Qué debo hacer con un hombre que ha traicionado a la familia que lo acogió y lo elevó de posición?

—Yo no debía mi lealtad a ustedes sino al Señor.

—Me observabas a escondidas.

—Era Dios el que lo hacía levantarse por la noche.

—Y fuiste tú el que me hizo creer que estaba loco.

—Fue obra de Dios lo que hice —insistió el cura, ya en tono suplicante.

—No —dijo Sylvan, apartándose del protector brazo de Rand.

—Sí, lo fue. Sí. ¡Sí!

Enfurecido, dio un fuerte puñetazo en la viga oblicua semicaída. Del techo cayó una lluvia de maderos, clavos y pesadas tejas de pizarra.

El suelo se estremeció con el golpe de cada teja al caer y romperse. Las mujeres retrocedieron. Clover lloraba con fuertes sollozos. El reverendo abrió los brazos y exclamó:

—No os preocupéis, hijos míos. El Señor habla por mi boca y yo digo que estáis a salvo. ¡A salvo!

—A salvo incluso de ti —dijo Rand—. Es largo y cansado el trayecto al manicomio, Donald, y será mejor que nos pongamos en camino.

Todavía en la postura de brazos abiertos, abarcadores, el párroco pareció desconcertado, como si estuviera horrorizado.

—¿Al manicomio?

—¿Al manicomio? —repitió Clover.

—Irá al manicomio por estar loco, o a la horca por asesinar al duque —dijo Rand, implacable—. Tal vez en el manicomio sepan qué hacer con sus delirios.

—¿Manicomio? —repitió el reverendo Donald—. No puede enviar al manicomio al martillo de Dios. No iré. —Bajó la cabeza y juntó las manos bajo el mentón, en actitud de oración—. ¡Soy inocente!

Y del techo cayó una teja de pizarra, golpeándole la nuca.

# Capítulo 22

$U$nas manos cogieron suavemente a Sylvan por los brazos, la pusieron de pie y la alejaron del cadáver del párroco.

Los hombres de la aldea habían salido al aire libre y formaban pequeños grupos. Las mujeres se habían quedado en el interior y en ese momento estaban agrupadas alrededor de ella, rodeándola de vida, apartándola de lo irreversible de su último fracaso.

—No puede salvarlos a todos, excelencia, y mucho menos de una herida en la cabeza como esa —dijo Betty, tan enérgica y sensata como siempre.

Habían fijado aquí y allá las antorchas y su parpadeante luz ahuyentaba a la noche. Pero ella sabía que la oscuridad seguía esperando para saltarle encima. Entonces volverían los fantasmas del clérigo y de todos los demás que habían muerto, y en ese momento no sabía si tenía la fuerza para desprenderse de esas manos que se le aferraban.

—Hizo todo lo que pudo —dijo Loretta.

Tenía arrugada la cara en los lugares donde la golpeó el palo del reverendo Donald meses atrás, pero seguía muy erguida y segura de sí misma.

Se le acercó la menuda Pert a darle una palmadita en la temblorosa mano.

—Ni siquiera Clover Donald se quedó junto a él tanto tiempo como usted.

Rebecca le tocó el brazo y susurró:

—Es mejor así.

—No puede decir que no se ha hecho justicia —dijo Roz, rotundamente.

Sylvan asintió, todavía aturdida por el horror de la pérdida de otra vida.

—Sé que así ha sido.

—Casi como si hubiera vuelto Garth a solucionarnos la situación —dijo Rand.

Beverly empujó suavemente a Sylvan para apartarla de ese lugar que estaba justo debajo del borde del todavía precario techo, diciendo:

—O su excelencia, el primer duque de Clairmont.

Sylvan se tocó la dolorida frente, recordando aquella vez que el verdadero fantasma la alejó del peligro y después desapareció ante sus ojos.

—Yo también pensé eso.

—Le cayó como un martillo en el cráneo —dijo Loretta.

Gail, que había trepado por una de las vigas semicaídas y estaba sentada encima de ellas, dijo:

—Repetía una y otra vez que él era el martillo de Dios.

—Gail, baja de ahí —le ordenó su madre.

Gail bajó y adelantó el labio inferior.

—Supongo que él mismo se golpeó.

—Gail —la regañó Sylvan.

—Se lo merecía —insistió Gail—. Hirió a esas mujeres, trató de golpearla a usted y ma... mató a mi... mi... —Se echó a llorar con fuertes sollozos—. ¡Mató a mi padre!

Avergonzada por el llanto, intentó esconder la cara, pero Betty y las demás mujeres la rodearon, acariciándola, dándole palmaditas y animándola a llorar.

Solamente Nanna se quedó donde estaba, sentada en uno de los bloques de piedra, con la pierna del pie amputado estirada. Observando a Gail le dijo a Sylvan:

—Eso es lo mejor para la niña. Es necesario que llore y saque fuera su aflicción, si no, le roerá las entrañas hasta que pierda su vitalidad y los fantasmas le acosen los sueños.

Sorprendida al oír describir con tanta exactitud sus síntomas, Sylvan se sentó en el suelo al lado de Nanna.

—¿Por qué crees eso? —le preguntó.

Miró hacia Rand. Él había observado sus denodados esfuerzos por resucitar a Bradley Donald sin decir una palabra, y ella no quería que oyera su conversación con Nanna. Pero él estaba con la espalda apoyada en un poste, de brazos cruzados, contemplando la noche, como si no pudiera soportar la combinación de pena y compasión que emanaba de las mujeres.

Más allá estaba el hombre que colaboró para sacar a James de su prisión, y, fuera del edificio, su primo estaba paseándose y conversando con Jasper.

Claro, eran hombres. Ese palpable desahogo de emociones tenía que asustarlos.

A ella la asustaba; podría ser contagioso.

—Yo creo que es superstición —dijo a Nanna en voz baja—creer que llorar y recibir compasión sirve para aliviar el dolor de una pérdida.

Nanna la miró como si viera más de lo que ella deseaba que viera.

—¿Superstición? Cuando usted me amputó el pie, mi cuerpo tenía que sanar. Estaba hinchada, rezumaba sangre y líquido, y a veces me dolía tanto que habría llorado.

Sylvan hizo un gesto de pena.

—No —dijo Nanna, rechazando esa compasión tácita—. Fue mejorando, y el dolor prácticamente ha desaparecido. Así pues, mi cuerpo sanó, pero mi mente sigue sin comprenderlo. Ese pie había estado ahí toda mi vida, y me está costando convencerme de que ya no está. A veces creo que el pie está ahí, y trato de caminar con él; a veces me pica y trato de rascarme. Lo mismo le ocurre a Gail. Su pa ha estado ahí toda su vida, y ella sigue oyendo su voz, sigue sintiendo su presencia, y cree que si se gira lo va a ver.

—Pobre niña —musitó Sylvan.

—Afortunada niña —rectificó Nanna—. Entre la gente de campo es bien sabido que cuando muere una persona, su alma queda atrapada en la Tierra por el incesante duelo. Sin duda su excelencia desea volver a consolar a la niña, y con cada lágrima que derrame aquí, ella libera a su padre para que esté en paz en su tumba. Ahora descansará, y ella también.

Se quedaron en silencio, observando el llanto de Gail y los consuelos de Betty.

—¿Y tú? —preguntó Sylvan, finalmente—. ¿Has llorado tu pérdida?

Nanna exhaló un suspiro.

—Todavía no, excelencia, pero ya vendrá, a la buena hora de Dios, y entonces sanaré totalmente.

—Cuánto lo lamento —dijo Sylvan con gesto abatido.

—¿Qué?

—Haber hecho esa amputación. Un médico lo habría hecho mejor, pero había que hacerlo inmediatamente y...

—¿Por qué tiene que lamentarlo? —dijo Nanna—. Me salvó la vida. —Le tocó muy suavemente la cabeza, una sola vez—. Supongo que no quiere oírlo, y por eso me ha evitado, pero tengo que decírselo una vez. Cuando estaba caída debajo de esa viga pensé que me iba a morir, de seguro. Sabía que nadie podría mover esa viga sin aplastarme más aún, y pensé que continuaría ahí hasta morir de dolor. —Levantó la pierna con el muñón y se la miró; pasado un momento continuó, con la voz temblorosa—: Tengo hijos, ¿sabe? y mientras estaba ahí pensé que me gustaría verlos crecer, hacerse fuertes, tal vez tener en mi falda a sus hijos. Tengo un marido también —apuntó hacia el hombre que había ayudado a liberar a James—, mi Mel. Es arisco y terco como una mula, pero es mi marido y deseo envejecer con él. Nunca olvidaré lo que sentí cuando usted me dijo que me liberaría de esa viga. Me cortó el pie y me devolvió la vida.

Sylvan la miró pasmada. Nanna pensaba que ella le había salvado la vida, y en cierto modo se la había salvado. No era la vida que había tenido antes, pero sintió su gratitud como un bálsamo sobre una vieja y dolorosa herida.

—Dios la bendiga, excelencia —dijo Nanna, con las mejillas mojadas por las lágrimas—. Aunque nunca haga ninguna otra cosa en su vida, ya se ha ganado su lugar en el cielo.

—Sylvan —llamó Rand—. Jasper ya está esperándonos con el coche.

Mel se acercó a ayudar a Nanna.

—¿Lista, ma?

—Sí, pa, sí. —Le tendió la mano—. Ha sido un día largo y cansado.

Él le cogió la mano, como si fuera más preciosa que un diamante, y luego miró a Sylvan y le sonrió enseñando unos dientes ennegrecidos.

Sylvan se estremeció y después se quedó quieta, mientras Mel cogía en brazos a Nanna y se la llevaba.

—Bueno, estoy impresionado —rió Rand a su lado—. Nunca había visto sonreír a ese hombre, y te sonrió a ti. Te has ganado un esclavo de por vida.

Aturdida, Sylvan aceptó su ayuda para levantarse.

—¿Sí?

—Pues sí. —Le dio un beso suave, rápido—. Vámonos a casa.

El trayecto de vuelta a Clairmont Court podría haber sido silencioso si no hubiera sido por James, que iba sentado en el asiento, de espaldas al cochero, y hablaba sin parar:

—Te dije que la idea de reanudar el trabajo en la fábrica era condenadamente estúpida. Tú sólo pensabas en la gente de Malkin-hampsted, en sus necesidades, en sus estómagos hambrientos. Ni siquiera se te ocurrió pensar en que a ese loco podía metérsele en la cabeza la idea de matarte. ¿Sabes qué habría ocurrido entonces?

Rand acurrucó más a Sylvan en sus brazos, deseando estar solo con ella. Solos podrían haber hablado, explicado y escuchado.

—¿Qué habría ocurrido, James?

—«Yo» habría sido el nuevo duque de Clairmont y habría teni-do que preocuparme por la gente de Malkinhampsted y sus estóma-gos hambrientos. —Se cogió la cabeza con la mano sana—. No podría haber hecho mi política, no podría haber viajado, no podría haber tonteado con mujeres casquivanas. Habría tenido que casar-me con una mujer apropiada, establecerme y producir una jauría de mocosos para que me ladraran en los talones como cachorros.

—Una jauría de mocosos —repitió Rand, pensando que le gus-taba la idea.

—Comprendí que había un loco suelto cuando fui a buscar a Sylvan y oí esos estúpidos gemidos que emitía para asustarla.

Sylvan enderezó la espalda.

—¿Los oíste?

—Por supuesto.

—¿Y lo negaste?

—¡No quería alarmarte!

Ella se inclinó hacia él y le dio una suave palmada en la mejilla.

—Idiota. Ese fue uno de los motivos de que te dejara encerrado en ese despacho. Pensé que tú podrías ser el fantasma que andaba al acecho.

—Ah —dijo James, tocándose la mejilla—. Eso no se me ocu-rrió.

Sylvan volvió a apoyar la cabeza en el pecho de Rand, y él le friccionó el hombro.

Rand había estado escuchando a Nanna, oyendo las cosas que decía para tranquilizar y consolar a Sylvan. Nanna pensaba que su mujer necesitaba llorar, hacer duelo por algo; él estaba de acuerdo, y nunca más volvería a permitir que se encerrara en sí misma excluyéndolo a él.

—Ah, bueno —dijo James, encogiéndose de hombros—. No ha sido gran cosa. Sólo Jasper y yo vigilando por ahí como un par de imbéciles melodramáticos, chocándonos y mirándonos desconfiados.

Rand se rió a carcajadas, recordando las sospechas de Sylvan y las de él.

Incluso Sylvan se estremeció de risa silenciosa, divertida.

—Así que Jasper quería protegerme.

—Cuando nos dimos cuenta comenzamos a turnarnos. Entonces las cosas fueron más fáciles. —El coche aminoró la marcha y él abrió la portezuela antes que se detuviera ante la escalinata de la terraza, y bajó de un salto—. No hay por qué preocupar a nuestras madres con los feos hechos hasta mañana, Rand. Yo se lo diré. Tú y tu dama entráis cuando estéis dispuestos; nadie os molestará.

Esa presciencia de James sorprendió a Rand, y nuevamente comprendió que su primo era algo más que el elegante dandi que aparentaba ser.

—¿Cómo vas a conseguir que nuestras madres no hagan preguntas?

James metió la cabeza en el interior del coche.

—Les voy a enseñar mi mano. —Levantó la mano con los dedos hinchados—. Les voy a decir que nunca más volveré a tocar el piano.

—Nunca has tocado el piano.

—Tardarán por lo menos diez minutos en caer en la cuenta.

Sonriendo de oreja a oreja, se dio media vuelta y subió corriendo la escalinata.

Jasper sostuvo la portezuela mientras Rand ayudaba a Sylvan a bajar, y sonrió azorado cuando ella le dijo:

—Jasper, he sido injusta contigo. ¿Siempre has estado protegiéndome?

—Sí, y bonito el baile que me hacía bailar la mayor parte del tiempo. —Metiendo la cabeza en el coche cogió dos de las mantas y se las pasó a Rand—. Claro que yo quería que lord Rand se casara con una mujer apacible y sumisa, pero como le dije la primera vez que la traje, a los duques de Clairmont no les interesa ni la sensatez ni la comodidad, sólo les interesa la lucha y el desafío. Están locos todos en esta condenada familia.

Rand echó atrás la cabeza y rugió de risa.

—Con un testimonio como ese, me sorprende que Sylvan no regresara a su casa antes de llegar aquí.

—Ah, yo supe que no se amedrentaría cuando aguantó tan bien esa bienvenida que usted le dio. —Cogiéndole con suma delicadeza la pequeña mano en la inmensa suya, se inclinó sobre ella—. Si me permite el atrevimiento, es usted una duquesa digna de los Clairmont.

Su criado y su lady hicieron las paces y Rand suspiró de alivio al verlo. Entonces Jasper volvió a subir al pescante y, tocándose el sombrero con el mango del látigo, dijo:

—Como ha dicho lord James, la noche está hermosa para sentarse en la terraza. Espero que lo disfruten.

Cuando puso en marcha el coche para llevarlo al establo, Rand cogió la mano que había abandonado Jasper un instante atrás, y la besó.

—Sí que eres un desafío.

—No sé por qué Jasper dice eso. —Se soltó la mano con un suave tirón—. ¿Por qué creen que deseamos quedarnos fuera?

—La noche está hermosa. —Hizo un gesto hacia la casa, donde se veía la luz de las velas en todas las ventanas, y luego hacia el parque, donde se extendían hileras de árboles iluminados por la luz de una luna que aún le faltaba un poco menos de un cuarto para estar llena—. ¿Por qué no?

—Porque te duelen las piernas y deberías descansar.

—No tienes por qué preocuparte. El mármol es una piedra suave y, además, —indicó el bulto que llevaba bajo el brazo— lo cubriremos con estas mantas.

—Pero tú...

Él le puso un dedo sobre los labios.

—Fíate de mí.

No la veía bien, pero le pareció que tenía los ojos llenos de lágrimas, y eso lo confirmó cuando ella pestañeó y se giró, dándole la espalda. Entonces ella, volviéndose a él, resuelta, le cogió el brazo:

—Me fío de ti.

—Lo necesitarás —dijo él.

—¿Qué?

Intentó retirar la mano de su brazo, pero él se la cogió y comenzó a subir la escalinata, llevándola.

Cuando llegaron a la terraza, alguien o, mejor dicho, muchos «alguien», apagaron todas las luces de la planta baja de la casa. ¿Acaso todos, familia y personal, estaban con las frentes apoyadas en esas ventanas, para ver el drama que esperaban se iba a desarrollar, o se iban alejando de puntillas para dejar en paz a la pareja y que resolviera así sus problemas?

—Fisgones —dijo él a la fachada de la casa.

Entonces llevó a Sylvan hasta el rincón más apartado de la terraza. Ahí extendió una manta en el suelo y con un gesto le indicó que se sentara. Ella se sentó con las piernas hacia un lado, se cubrió bien los tobillos con las faldas y juntó las manos en el regazo. Él se sentó a su lado de forma que sus caderas quedaron tocándose, extendió la otra manta sobre los dos, para protegerse del frío, y entonces se tendió de espaldas y cruzó los brazos bajo la cabeza.

—Mira eso —dijo—, nunca había visto una noche más hermosa. —La luna iluminaba lo suficiente para verla echar atrás la cabeza, pero no brillaba tanto que atenuara el resplandor de las estrellas. Y había millones—. Millones, millones y millones, repartidas en esa negrura, formando dibujos y caminos. ¿Adónde crees que llevan?

—No lo sé —repuso ella. Movió la cabeza mirando desde un horizonte al otro, siguiendo la larga Vía Láctea, llena de estrellas—. Tal vez sigamos esos caminos algún día.

—Algún día. Son tantas estrellas que jamás podríamos contarlas. Una por cada alma, dicen. —Le puso una mano en la espalda—. ¿Crees que hay una para Garth?

Ella giró la cabeza para mirarlo y sonrió.

—Eso espero. —Se le desvaneció la sonrisa—. ¿Crees que hay una para Bradley Donald?

—Tal vez ese sea su castigo. Tal vez le nieguen su estrella.

Ella lo pensó un momento y concluyó:

—Eso sería lo apropiado.

—¿Crees que hay una para cada uno de los muchachos que murieron en Waterloo?

Ella hizo una brusca inspiración.

—Ojalá las hubiera.

—Yo creo que las hay. ¿Ves con qué vigor titilan? Titilan para ti, Sylvan, enviándote un mensaje de gratitud.

—¿Gratitud de qué?

Ya no lo estaba mirando, y tampoco a las estrellas; se estaba mirando las manos, con las que estaba alisando la manta sobre sus muslos.

—Por intentar darles vida y por lamentarlo cuando...

—¿Cuando los maté?

La tironeó hasta que ella giró la cara hacia él, y él esperó hasta que levantó la vista y lo miró:

—No los mataste.

Ella se echó atrás el pelo que le había caído en la cara.

—No —dijo—, eso lo sé. De verdad lo sé. Algunos de los soldados me llegaron tan mal heridos que era un milagro que no hubieran muerto en el campo de batalla. Algunos murieron porque no sabíamos qué hacer para curarlos. Dios los llamó a su seno, me digo, pero si Dios me colocó ahí para atenderlos, ¿por qué no me dio los conocimientos y los remedios para una curación? ¿Por qué tuvieron que morir «así»?

Su sufrimiento era el de él, y sintió su dolor. Deseaba curarla, pero sólo pudo contestar:

—No lo sé.

—Algunos me maldecían. La mayoría se aferraban a mí. Ninguno de ellos deseaba morir. No había resignación, y no había ninguna dignidad.

Guardó silencio y contempló las estrellas, y él retuvo el aliento, esperando. Finalmente ella comenzó a hablar:

—Había un muchacho... Nunca lo olvidaré. Se llamaba Arnold Jones. Era fuerte como un buey, incluso con una bala en el pecho. Todos lo creían estúpido como un buey, porque sólo era un soldado raso, plebeyo, pero no era estúpido. Sólo era callado, para guardarse dentro el dolor y el miedo. —Se giró a mirarlo—. No es que fuera un cobarde. No lo era. Sencillamente era un niño. Un gato podría haberle arrancado la barba del mentón lamiéndolo.

Rand comprendió que nuevamente ella no encontraba las palabras, y estaba tan nerviosa o confusa que no era capaz de pedir ayuda.

—¿Curaste al niño Arnold Jones?

Ella hizo algo más que negar con la cabeza. Se echó a reír, y continuó riendo, riendo, con una especie de risa histérica. Alarmado, él se sentó. Ella se echó hacia atrás y levantó la mano, como si creyera que la iba a golpear.

Entonces él dedujo que ya la habían tratado por histeria, y de la manera más brusca posible.

Juntó las manos para tenerlas quietas a un lado, y observó cómo ella iba recuperando lentamente el autodominio.

—¿Curarlo? —dijo, con la voz ahogada—. Si mantener vivo a un hombre es curarlo, pues entonces, sí. Tuvo una infección en los pulmones. Bueno, el médico que le extrajo la bala dijo que esta le perforó un pulmón, así que no era de extrañar que él... bueno, Arnold sólo necesitaba una mano suave, tierna, para cogerse de vez en cuando. No tenía familia, se había criado solo en las calles de Manchester, y sobrevivió gracias a su ingenio. Por eso yo sabía que no era estúpido, porque...

Rand vio que se estaba alejando de él y alejando de la historia. Volvió a echarse de espaldas, pero muy lentamente, poco a poco, para no sobresaltarla con un movimiento brusco.

—Entonces, ¿le cogías la mano?

—Estaba muy mal. Yo era la única que podía controlarlo, porque era fuerte como un buey. —Titubeó—. ¿Ya he dicho eso?

—Fuerte como un buey —repitió Rand—, pero tú podías controlarlo con el contacto de tu mano.

—Y mi voz. Le cantaba. —Se rió, pero la risa le salió rota—. Sobre gustos no hay nada escrito. Los demás hombres de la sala me pedían que parara, pero a Arnold le gustaban las nanas y los versos que se cantan a los bebés. Era como si yo tuviera mi propio bebé gigante para cuidar.

Levantó las rodillas hasta el pecho, se las rodeó con los brazos y comenzó a mecerse, hacia atrás y hacia delante, hacia atrás y hacia delante.

—¿Cuánto tiempo lo cuidaste?

—Semanas. Estuvo en el hospital desde el momento en que yo entré hasta el momento en que me marché.

Rand se sorprendió. Había creído que le iba a contar una tragedia.

—Entonces estaba vivo cuando te marchaste.

Ella aumentó la presión de los brazos en las rodillas y se meció con más fuerza.

—Una noche me marché porque... porque tenía que descansar en algún momento. Cuando volví al hospital, lo primero que hice fue ir a examinarlo. Si no lo hacía yo nadie lo hacía, así que siempre era mi prioridad. —Se le cortó la voz y suspiró—. Y lo habían cubierto con una sábana, hasta los ojos. Los idiotas. Creían que estaba muerto.

Rand se tensó. ¿Qué quería decir?

—¿No estaba muerto?

—No, no está muerto. Nanna tenía razón. Lo veo todas las noches, suplicándome que le cante la nana que le gustaba. —Apoyó la cara sobre las rodillas, para que él no se la viera—. La verdad es que no recuerdo qué pasó. Dicen que me volví un poco loca.

Su voz ahogada le despertó la curiosidad; tenía que saberlo, y ella necesitaba decírselo.

—¿Loca?

—Intenté resucitarlo. Le cantaba, le hablaba, lo arrullaba.

Él pensó que estaba llorando, pero ella levantó la cabeza y tenía las mejillas secas y el mentón firme.

—Llevaba cuatro horas muerto. Ya estaba frío.

Él tuvo que esforzarse para no parecer horrorizado. Entonces ella lo miró a los ojos.

—Entonces fue cuando el doctor Moreland me obligó a marcharme. Yo ya no le servía de ninguna ayuda. Volví a Inglaterra, a la casa de mi padre y ahí me dediqué a pensar en lo que había visto y lo que había hecho. Y deseé matarme. Posiblemente me habría suicidado si no hubiera llegado Garth a rescatarme.

Él deseó hablar, pero seguía sin encontrar las palabras. ¿Cómo podía expresarle su furia por lo que había sufrido, su admiración por su valentía? Como un elogio dicho junto a una tumba recién excavada, cualquier cosa que dijera sería árida, sin vida, inapropiada.

—Ahora que lo sabes, ¿quieres que me vaya?

—¿Irte? —graznó él, y afirmó la voz—: ¿Adónde?

—De vuelta a Londres o —se encogió de hombros— de vuelta a la casa de mi padre. No importa.

—¿No importa? ¿Quieres dejarme y dices que no importa?

—No quiero dejarte, pero lo entenderé si sientes repugnancia...

Sin saber cómo él se encontró de pie.

—¡No vuelvas a decir eso nunca más! No me repugnas tú ni

nada de lo que has hecho. Con tu valor y tu fuerza eres más de lo que me merezco, pero te tengo y deseo tenerte.

Ella simplemente lo miró como si no le creyera; entonces él supo lo que debía hacer.

No deseaba decírselo. Cuando ella llegó a Clairmont Court él estaba a merced de sus emociones y su discapacidad. Después pudo caminar y luego se convirtió en el duque de Clairmont, por esa horrible muerte de su hermano, y lo consideró una señal de que tenía que ser todo lo que debía de ser el duque de Clairmont.

Como todos los duques anteriores a él, tenía que ser fuerte, estar al mando de todo y, lo más importante, ser invulnerable. No reconocía ninguna debilidad, porque el duque de Clairmont no era débil, y así fue como perdió a Sylvan. Ella estaba sentada a sus pies, pero se le había escapado la esencia de su ser. La había ido a buscar y la recuperó, pero sabía que cualquier día la buscaría y no la encontraría porque ella se habría marchado, a no ser que la hiciera partícipe de su sufrimiento y su miedo. Al instante, antes que se pudiera arrepentir, le dijo:

—Yo también tengo pesadillas.

—¿Sí? Pero ¿de qué podrías tener pesadillas? —preguntó, con amargura.

—Todas las noches tengo la pesadilla de que estoy nuevamente relegado a una silla de ruedas. Y cada día al despertar pienso «No me funcionarán las piernas». —Comenzó a latirle más fuerte el corazón, tan fuerte que igual podía hacer temblar el suelo; no conseguía inspirar bastante aire, y las palmas se le mojaron de sudor, pero se las arregló para continuar—: Porque, ¿sabes qué? No sé cuando me volverá la parálisis. No sabemos qué la causó, no sabemos qué la curó, y no sabemos si me volverá.

—No te volverá.

Él reconoció esa bravata, de otra ocasión, de la vez que lo encontró sosteniendo el cuerpo casi destrozado de Garth. Ella no sabía de qué hablaba, pero para consolarlo fingió tener conocimientos. Entonces golpeó violentamente la pared de mármol que se elevaba justo a su lado.

—Vamos, por el amor de Dios, no me digas que no me volverá. Cuando camino una distancia muy larga y se me acalambran las piernas, me siento feliz por el dolor, agradezco sentir el suelo bajo los pies. Viviré toda mi vida con la incertidumbre, pero, ¡maldita sea!, esta me obliga a saborear cada momento, cada paso. —Se acuclilló delante de ella, le cogió los hombros y la remeció suavemente. Ella ya estaba llorando, así que la instó—: Haz el duelo por los muchachos que perdiste, lamenta sus muertes, llora por ellos, y llora por ti también, y por toda la inocencia que perdiste en ese campo de batalla. Después déjalos volar hasta las estrellas, a Arnold también, y titilar ahí. Ellos no desean acosar tus sueños, Sylvan. Desean marcharse.

Se intensificó el llanto y las lágrimas se convirtieron en torrente; él se sentó a su lado, le apoyó la cabeza en su pecho, la rodeó bien con la manta y la mantuvo abrazada. Se mojó su camisa, su pañuelo quedó inservible, y siguió animándola a llorar y a llorar hasta que hubiera desahogado toda su pena. Cuando comenzaron a calmarse los sollozos, le dijo:

—Sylvan, ¿alguna vez piensas en las personas a las que curaste? ¿Esos hombres que caminan con cojera, pero caminan, los que no ven, pero pueden hablar y oír.

—Ssí.

—¿De veras?

—Lo intento.

—¿Recuerdas a Hawthorne y Sagan? ¿Te acuerdas de lo atentos que se mostraron para protegerte cuando estabas con ese grupo en la casa de lady Katherine?

—Son buenos.

—Buenos —bufó él—. Me habrían matado si se lo hubieras pedido.

Ella hundió los dedos en su camisa.

—Lo pensé.

—Yupi. —Le desprendió la mano, dejando libre el vello de su pecho para que continuara rizándose—. Me alegra que no lo hicieras. —Le besó la oreja—. He oído lo que te ha dicho Nanna esta noche. Está agradecida por ver crecer a sus hijos. ¿Te imaginas lo agradecidos que están ellos por seguir teniéndola?

—Tal vez.

Él le mordió la oreja.

—Probablemente. —Se quedó en silencio, pero no relajada, hasta que finalmente se movió y preguntó—. ¿No me culpas de todas esas muertes?

—¿Por qué habría de culparte? —preguntó él, francamente desconcertado.

—Esas mujeres de la sociedad me despreciaban tanto, y creo que nunca conseguiré lavarme toda la sangre de las manos.

—Eres una tonta, Sylvan Miles Malkin. —Le cogió las manos y le besó cada dedo—. ¿No sabes que la nueva duquesa de Clairmont sigue una tradición que se remonta a Jocelyn, la primera duquesa?

Ella lo miró recelosa.

—¿Qué tradición es esa?

—Jocelyn tenía una mente y un alma que inspiraba amor eterno a todo el mundo, y en especial al despreciable Radolf. —Le giró la cara hacia él—. ¿No quieres quedarte conmigo y cada mañana acariciarme con tus manos sanadoras? Contigo no tengo miedo.

Ella lo miró fijamente, tratando de ver la verdad tras esas palabras, pero no pudo. La verdad no se ve, sólo se siente, y sentía la fuerza de su cuerpo, la profundidad de su alma, la percepción de su mente; estas cosas formaban el todo de Rand, y él restauraba el todo de ella.

Sonrió.

—Yo te acariciaré por la mañana si tú me mantienes abrazada toda la noche.

—Te lo prometo —dijo él con vehemencia—. A tu orden, mi duquesa, removeré cielo y tierra.

—¿*Cuándo vas a venir a casa, Radolf?*

*Hacía muchísimo tiempo que Radolf no oía esa voz, pero la reconoció inmediatamente. Se giró y ahí estaba ella, tan hermosa, tan sana y tan impetuosa como siempre.*

—*Te he estado esperando y he tenido mucha paciencia.* —*Contradijo sus palabras dando impacientes golpecitos con el zapato—. Sabías que querías encargarte de que nuestra familia prosperara, pero ¿no te parece que ya has hecho bastante? ¿No crees que ya pueden cuidar de sí mismos?*

*Radolf desvió la mirada del milagro de Jocelyn para mirar a Rand y Sylvan.*

—*Ellos pueden, pero ¿y sus hijos?*

—*Su hijo ya se está formando en el vientre de ella, ¿no lo ves patalear?* —*Mirando a Sylvan sonrió afectuosa—. Será lo mejor de su padre y lo mejor de su madre. Lo hará muy bien.* —*Volvió a mirar a Radolf—. Después de eso, ¿quien sabe? Tenemos un linaje fuerte y fecundo, eso lo hemos demostrado, de hombres y mujeres que sobreviven sea cual sea el reto. ¿Podemos irnos a casa ahora?*

*Le tendió la esbelta mano, con la palma hacia arriba. Él se la miró y luego paseó la mirada por Clairmont Court. Llevaba tantísimo tiempo ahí que casi se había olvidado que debería estar en otra parte, y había sido necesario que viera a Jocelyn para que se le despertara la memoria.*

—*Siempre estaremos juntos* —*dijo ella.*

*Esa promesa de Jocelyn lo convenció. Alargando su ancha mano, la puso sobre la de ella. Comenzó a formarse una brillante luz donde se encontraron sus espíritus; fue aumentando de tamaño y lo deslumbró.*

—¿*Qué es eso?* —*preguntó.*

*Jocelyn se rió, y su risa sonó como una lluvia de notas argentinas de alegría por toda la eternidad.*

*—Es tú y yo, juntos por fin. Agárrate, tenemos un largo camino por delante.*


Sylvan se movió entre los brazos de Rand.

—¿Has oído eso?

—¿Mmm? —musitó él, apretándola más a él, tratando de absorberla.

—Me ha parecido la risa de una dama.

—Sí, la he oído. —Se incorporó un poco, apoyado en el codo y le sonrió—. Eran los ángeles que se reían porque estamos juntos por fin.

Le cogió la mano; sus palmas se besaron; sus labios besaron los de ella, sus almas se besaron, y a través de los párpados cerrados vio el brillo de dos estrellas al pasar veloces de un horizonte al otro y formar nuevas y brillantes luces en el cielo.

Gracias a las enfermeras que trabajaron en Vietnam y salvaron a los chicos que conozco.

Nadie que haya vivido esa época lo olvidará jamás.